El paraíso de Elva

El paraíso de Elva

Felicidad Ramos

tom**book**tu.com

www.facebook.com/tombooktu
www.tombooktu.blogspot.com
www.twitter.com/tombooktu
#Elparaisodeelva

Colección: Tombooktu Romance
www.romance.tombooktu.com
www.tombooktu.com

Tombooktu es una marca de Ediciones Nowtilus:
www.nowtilus.com
Si eres escritor contacta con Tombooktu:
www.facebook.com/editortombooktu

Titulo: El paraíso de Elva
Autor: © Felicidad Ramos

Elaboración de textos: Santos Rodríguez
Revisión y adaptación literaria: Teresa Escarpenter

Diseño de cubierta: Santiago Bringas

Copyright de la presente edición en lengua castellana:
© 2015 Ediciones Nowtilus S. L.
Doña Juana de Castilla 44, 3º C, 28027 Madrid

ISBN Papel: 978-84-15747-81-9
ISBN Impresión bajo demanda: 978-84-15747-82-6
ISBN Digital: 978-84-15747-83-3
Fecha de publicación: Noviembre 2015

Impreso en España
Imprime:
Depósito legal: M-30547-2015

Existe una luz muy importante, que es la que tienen los libros.
Con ella, se ilumina el camino de la enseñanza, el conocimiento
y el placer de la lectura de infinitas historias.
¡No la apagues!

Juan Ramos Caballero

Índice

Prólogo

$\mathcal{E}$l mundo es un lugar hostil. Cada día supone una lucha contrarreloj para superar un nuevo reto, para llegar a tiempo dónde nos esperan, para aprobar ese nuevo examen, para lograr el ideal que se nos escapa de las manos. Hasta que nos detenemos, y abrimos un libro. Nuestra cotidiana realidad se desdibuja y la fantasía se filtra a través de las letras, devorándonos con el único objetivo de hacernos soñar.

Conocí a Feli Ramos Cerezo de forma casual, como surgen las mejores cosas de la vida. Compartimos nuestro mutuo amor por la romántica y somos compañeras de fatigas y desvelos literarios. Cuando tuve entre mis manos su primer manuscrito, sentí la misma emoción que un niño al ver los regalos de Navidad bajo el árbol y, a la vez, el vértigo que produce el situarte al borde de un acantilado, azotada por un fuerte viento. Esperanza y temor. Y, cuando comencé a leer, pude vivir a través de la protagonista. Me enfurecí, reí, lloré, me sorprendí y recuperé parte de la ilusión que el tiempo nos roba cada día sin que apenas lo percibamos.

Con *El Paraíso de Elva* me convertí en una viajera de los sueños. Narrado con aparente sencillez, no nos permite un segundo de descanso hasta que llegamos a la temida palabra final. Esta novela se convirtió en un bucle de sentimientos confrontados, de sonrisas esquivas, de ironía palpable, de sarcasmo escondido, de sorpresas infinitas, de venganzas deseadas, de optimismo desbordante, de un amor inquebrantable.

Al terminar su lectura, suspiré y no supe cómo definirlo. Entonces, recordé una tarde de juegos con mi hija. Ella quería hacer una pulsera y abrió su joyero lleno de cuentas de plástico y madera en brillantes colores. Cuando la tuvimos diseñada, nos dimos cuenta de que faltaba lo primordial, algo que le confiriera aquello que la hacía diferente a cualquier otra pulsera. Fue cuando lo vimos, una pequeña pieza de cristal tallado, destellando desde el fondo del joyero, casi oculta a nuestros ojos y, sin embargo, esperando ser descubierta. Su singularidad convirtió una pulsera de abalorios en algo de exquisita belleza. «El Paraíso de Elva» es aquella pieza.

En el metro de Barcelona, Feli Ramos Cerezo me pidió que le hiciera el prólogo de esta novela. En un viaje de más de ocho horas en autobús, escuchando la misma música que la protagonista, gesté este prólogo, dándole nacimiento con la palabra. Ella me convirtió en una viajera de los sueños y me dio la oportunidad de comprobar que el mundo no es tan hostil como se empeñan en hacernos creer…

Caroline March
Escritora

I

Barcelona, agosto 2014

—No insistas, Marisa, hoy no pienso salir —sentencio categórica mientras busco las llaves de casa en el bolso.

—Para un día que libro en la tienda y me dejas tirada. Eres un muermo, Elva, ¿lo sabes?

Y dale con la cantinela. Eso era algo que yo ya sabía, pero ese día Marisa estaba especialmente insistente.

—Sí, lo sé, gracias por recordármelo, así que déjalo ya.

—Hija, qué rancia te has levantado hoy…

—Si mañana fuera el día en el que tu exnovio se casara con la zorra con la que le pillaste follando en tu propia cama, seguramente tú también te levantarías rancia —escupo dolida.

—Lo sé, lo sé… —me respondió Marisa—. Perdona, tienes razón en eso, pero ya hace un año de aquello, nena. Tienes que seguir con tu vida y pasar página. ¡Manda ya a tomar por culo a Carlos, su boda y todo lo que representa!

—Y lo haré. Pero no hoy, Marisa. —¿Por qué me duele tanto todavía?—. Escuece, ¿sabes? Saber que lo que nunca estuvo dispuesto a hacer conmigo, lo va a hacer mañana con ella… No puedo evitarlo.

—¿Y qué piensas hacer entonces? ¿Quedarte en casa amargada viendo *Titanic* y fustigándote mientras escuchas a Alejandro Sanz? Eso no va a cambiar las cosas.

—Lo sé, pero necesito estar sola. ¿Lo entiendes? Estoy cansada y quiero acostarme pronto –le informo mientras sigo buscando las llaves, ¿dónde demonios están?–. Además, sabes que odio a Alejandro Sanz.

—Está bien, tú misma. Me hacía mucha ilusión pasar esta noche contigo en la playa, pidiendo deseos locos y conociendo tíos buenorros. No me hace ni puñetera gracia dejarte así, pero si es lo que necesitas, allá tú.

Suspiro aliviada cuando encuentro las llaves y compruebo que lo he hecho sin necesidad de dejar todas las bolsas que acarreo. Sólo me acuerdo de los inconvenientes de usar bolsos del tamaño de una saca de correos cuando tengo que buscar algo en ellos.

—En serio, Marisa, hoy no soy buena compañía.

—Pero prométeme una cosa; si en cualquier momento, entre llanto y sorbetes de mocos, tienes un momento de lucidez y te apetece salir, llámame. Llevaré el móvil encima y, en dos minutos, a la mierda la playa y nos presentamos todas aquí. Prométemelo.

—Marisa, de verdad. Yo no... –pero me corta a mitad de la frase.

—Que me lo prometas. ¡Vamos! No colgaré hasta que lo hagas.

—Vale, de acuerdo, pesada, te llamaré –bufo mientras sonrío.

—¿Seguro?

—Que sí, ¡mira que eres tocapelotas cuando quieres! ¿eh? –Con ella es imposible enfadarse después de todo.

—No te voy a decir que no, pero eres mi amiga y me preocupo por ti. No me gusta verte así.

—Anda, vete o no te dará tiempo a arreglarte.

—¡Uy, es verdad, qué tarde es ya! Mañana en cuanto se me pase la resaca subo a verte.

—¡Venga, cuelga ya! Que lo paséis bien. Dale un beso a las chicas de mi parte.

Me despido mientras aguanto el teléfono con la barbilla y el hombro, intento abrir la puerta con una mano y agarrar las bolsas de la compra con la otra. Entro en casa y apoyo la espalda en la puerta para cerrarla. Aquí estoy por fin, en mi dulce morada, sola. Miro al frente y recorro con la mirada toda la estancia.

Sesenta metros cuadrados prácticamente diáfanos, repartidos entre el salón con cocina americana, habitación doble con baño integrado, separado del resto por una gran librería y una habitación individual que sirve de vestidor. Pero si estoy enamorada del apartamento, es por la pequeña terraza que tiene mirando hacia la costa y las preciosas vistas que puedo divisar por la noche. Sonrío y suspiro resignada, porque aunque me siento muy a gusto aquí, todo me recuerda a él.

Gracias a que tengo un trabajo mal pagado como encargada de una tienda de antigüedades del centro y que me dedico a hacer trabajos de diseño como *freelance* en casa, puedo permitirme seguir viviendo aquí. Cuando pasó «aquello», era lo que menos deseaba. Hubiera dado lo que fuera por irme lejos. Lima, Pekín o Marte hubieran sido buenas opciones, pero ni tenía el dinero suficiente para hacerlo, ni donde caerme muerta en esta ciudad. Y aunque mi familia me hubiera recibido con los brazos abiertos, no quería pasar por el trance de tener que tragarme mi fracaso ante ellos.

Carlos, a partir de ahora, *el innombrable*, se marchó ese mismo día. Recogió sus cosas personales de mala manera y el resto lo vino a recoger una empresa de mudanzas una semana después. Ella, por supuesto, desapareció del vecindario casi al mismo tiempo.

Como siempre en estos casos, fui la última en enterarme de que mi novio se tiraba a la vecina del tercero, porque lo sabía hasta Álvaro, el encargado del mantenimiento de la comunidad. Pero claro, de eso me enteré mucho después, cuando yo iba como alma en pena llorando por las esquinas y detectaba miradas de compasión y comentarios por lo «bajini» por parte de los vecinos.

Pasó más de un mes hasta que pude cogerle el teléfono, y dos largos meses hasta que soporté tenerlo cerca y mirarle a los ojos sin echarme a llorar, o directamente pegarle un puñetazo en la boca y dejarle sin dientes por haberme destrozado la vida y el corazón. Llegamos con rapidez a un acuerdo respecto al apartamento. Una vez descubierta la traición, *el innombrable* tenía mucha prisa por arreglarlo todo, por lo que no puso objeción alguna en que yo me quedara en él y sufragara todos los gastos.

Fue en el notario cuando le vi por última vez, y de eso hacía ya casi nueve meses.

Al poco tiempo, me enteré de que se había ido a vivir con la *zorrasca* del tercero, que habían alquilado un piso de ciento ochenta metros en la zona más pija de la ciudad y que se les veía muy bien.

En ese momento tenía la esperanza de que simplemente fuera una aventura pasajera, que al final el calentón y el morbo pasarían. Que él me echaría de menos y volvería a casa arrepentido pidiéndome perdón. Pero no. Yo, que creía conocerle, en el fondo de mi ser sentía que no era un simple encoñamiento. ¿Y si realmente se había enamorado de ella? ¿Y si realmente el amor de su vida no era yo? Era difícil de aceptar que, tras cinco años, hubiera significado tan poco en su vida, pero no tuve más remedio que intentar asumirlo.

No quise alertar a mis padres por mi, entonces, precaria situación económica. Fue gracias a la persuasión de Marisa, que conocía al dueño del Hysteria, la disco por donde se movía habitualmente con sus amigas, que acabé haciendo pequeños trabajos de diseño para el club: carteles, *flyers*, etc... Tuve suerte y en pocos meses me encontré trabajando para varios negocios de la noche, e incluso haciendo portadas de novelas para escritores.

Marisa... qué habría sido de mí sin ella. Hasta que pasó «aquello» apenas habíamos tenido relación. Nuestro trato había sido estrictamente el de dos vecinas que se cruzan de vez en cuando en el portal o en el ascensor. Hola, adiós y las dichosas predicciones del tiempo. Por entonces, yo vivía en mi perfecta nube de amor y felicidad y poco me interesaba lo que ocurría alrededor de ella. Ni siquiera sabía que era dependienta en una importante cadena de moda, y mucho menos que fuera una tía tan legal. Fue la primera cara amable que vi cuando salí de mi aturdimiento, tras realizar aquel doloroso descubrimiento.

He de decir que aquel fatídico día en el que descubrí al *innombrable* follándose a la vecina en mi propia cama yo había ido a trabajar a la tienda como era habitual. A media mañana recibí una llamada de Álvaro, el de mantenimiento, en la cual me recordaba que el inspector de gas efectuaría la inspección ese mismo día. Juré no tener constancia de ello, pero él insistió en que alguien de la compañía había llamado, por no sé qué problema del conducto general que afectaba a mi piso. Resignada, intenté localizar a mi novio, pero no dio señales de vida, por lo que me vi obligada a solicitar con urgencia un par de horas de asuntos personales, con el consiguiente enfado de mi superior. Llegué a casa, y a partir de ahí todo fue como una película de terror. Al entrar en la habitación les pillé —nunca mejor dicho— con las manos en la masa. Me quedé allí plantada, estupefacta. Mi mente no podía asimilar lo que mis ojos estaban viendo, y pasaron varios minutos hasta que aquel par de desgraciados, totalmente entregados como estaban a la faena, se dieron cuenta de mi presencia.

Nunca olvidaré la expresión del capullo de mi novio cuando me vio. Primero de sorpresa, para luego dar paso al alivio puro y duro. Y eso fue lo que me dolió más, porque al descubrirle, el muy cobarde sintió que por fin se libraba de la carga del engaño.

Me habló de forma pausada, como si se dirigiera a una niña de seis años, diciendo que me tranquilizara y no montara un escándalo. ¿Que no montara un escándalo? Por un momento me decepcionó. Esperaba el típico «esto no es lo que parece», pero obviamente, sí que lo era. Y sin asimilar del todo lo que acababa de ver, la mente, que es muy sabia, hizo que me rebelara. Empecé a reírme como una posesa, hasta el punto de no poder contener las lágrimas del esfuerzo. Verle allí plantado, en pelotas y con su erección menguando por momentos tras la inoportuna interrupción, era muy cómico. ¡Aquello sí que había sido un *coitus interruptus* en toda regla! Mi risa se fue convirtiendo en histeria y no me percaté de que lloraba a mares hasta que empecé a beberme las lágrimas. Entonces sí grité, grité mucho. Y fui capaz de sacar de mi casa a aquel cabrón de metro ochenta en pelotas y dejarlo tirado en el rellano, a la vista de todos los vecinos curiosos que se habían congregado para ver el espectáculo. A ella no tuve que decirle nada, simplemente la miré y salió corriendo como a quien persigue el diablo; no le dio tiempo ni a recoger su ropa.

Aún me pregunto cómo lo hice, porque realmente de aquel momento tengo recuerdos muy vagos, fruto del estado de ofuscación y nervios en el que me encontraba.

Según me dijo más tarde Marisa, mis gritos se habían oído hasta en Montjuic. Fue a ella a quién abrí la puerta una vez salí de mi letargo. Fue ella la que se encargó de disolver la concentración de vecinos. La que, pasados unos días, se acercó a verme y la que estuvo pendiente de mí, dándome espacio, aguantando mis lágrimas y lamentos, sin decir una sola palabra.

Eso nos unió, y a partir de ahí fuimos inseparables. Me presentó a sus amigas, con las que enseguida tuve buen *feeling* y desde entonces, de vez en cuando, salimos juntas o quedamos en casa para ver una peli, y solemos acabar poniéndome al día de sus conquistas.

De ahí ha nacido una amistad de esas que pocas cosas pueden romper. Lo mismo pasó con Nerea, mi vecina del quinto, que trabaja como enfermera y fue la que me asistió aquel fatídico día. Calmó mi ansiedad con su voz dulce y una cantidad ingente de tranquilizantes, suficientes como para dormir a un elefante, imaginaos mi estado. Con ella salgo a veces a tomar café o al cine, pero sus turnos de trabajo hacen difícil que coincidamos todo lo que quisiéramos. Al menos de todo aquello salió algo positivo. Es lo único que le puedo conceder al *innombrable*.

Por cierto, el inspector del gas jamás hizo acto de presencia. Ella no lo sabe y nunca se lo preguntaré, pero sospecho que fue Marisa la que se aseguró de que yo llegara a casa antes de tiempo aquella mañana. Y aunque al principio me dolió pensarlo, sé que lo hizo por mí, porque no quería seguir viendo cómo era la última en enterarme de que me engañaban. Sólo por eso, la perdono y la quiero.

Y así han ido pasando los meses, trabajando, saliendo con Nerea, Marisa y las chicas, e intentando sobreponerme al palo más grande que me he llevado en la vida. No he sido capaz de tener otra relación, aunque he tenido varios pretendientes e incluso algún rollito sin importancia del que luego me he arrepentido. La herida que me ha dejado Carlos en el corazón todavía está muy tierna, y la de la confianza no creo que cicatrice nunca. Pero bueno, lo he ido sobrellevando con mis días buenos y mis días menos buenos, pero avanzando. Hasta hace justo dos semanas, cuando me encontré a una amiga común, bueno, del susodicho, en un centro comercial y no perdió la oportunidad de dejar caer la noticia bomba.

—No sabes qué mal me siento por ti, Elva. Debe ser duro haberte enterado de la boda de Carlos en tan poco tiempo…

¿Cómo? ¿Carlos? ¿Se casa? ¿Qué? ¿Con quién? Creo que estuve clínicamente muerta durante un instante, porque mi corazón dejó de latir de sopetón y la oscuridad se apoderó de mí. Lo siguiente que recuerdo es estar sentada en un banco rodeada de gente, con una señora bastante rechoncha dándome palmaditas en la cara, mientras me daba de beber agua de un botellín. Comprobé en mis propias carnes que sí, te puedes desmayar de la impresión.

Obviamente, mi «amiga» se disculpó de forma reiterada, pero sé que la muy zorra en el fondo disfrutó. Fue un palo saber que aquel hombre con el que había compartido los que yo creía los mejores años de mi vida, el hombre que posponía el momento de formar una familia porque nunca era el momento adecuado, el hombre que me decía que no creía en el matrimonio porque lo consideraba un atraso, y que nosotros ya estábamos unidos sin necesidad de un papel, se casaba con la *zorrasca* del tercero.

Tras esa penosa escena, volví a caer en el pozo de la desesperación. Durante estas dos semanas he vuelto a revivir los malos momentos de hace un año, y el dolor y el rencor se han vuelto a apoderar de mí. Por eso hoy no voy a salir con Marisa y las chicas. Tengo la necesidad de revolcarme en mi propia mierda, y sí, veré *Titanic*, me emborracharé a base de Malibus y, por supuesto, escucharé a Alejandro Sanz hasta que el setenta por ciento del agua que forma mi cuerpo me abandone mientras lloro y le maldigo. Por destrozar mi corazón, por traicionarme, por mentirme y engañarme. Pero, sobre todo, por no quererme.

Así que decidí planear el fin de semana. Nerea había propuesto salir fuera, irnos a un hotel de la costa y pegarnos dos días de desconexión del mundo. Pero le asignaron una guardia de veinticuatro horas por sorpresa y se nos fue al traste el invento. Ya sé que ocultarme en casa, cual avestruz metiendo la cabeza en un agujero, no va a cambiar el hecho de que mi exnovio se case mañana con esa rubia con cara de mosquita muerta. Prefiero evitar las miradas de lástima y compasión de mis amigas, o evitar beberme hasta el agua de los floreros y acabar en una cama que no conozco, con alguien al que seguramente detestaría por la mañana.

Me dirijo a la cocina y por el camino enciendo la televisión con el mando a distancia. He descubierto que es una buena solución para no sentirme sola los ratos que estoy en casa. Sentir el jaleo de fondo llena el silencio que me acompaña en mi día a día. Hay quien tiene un gato; yo pongo la tele.

Dejo las bolsas que acabo de llenar en el súper sobre la encimera y admiro las delicias que he comprado para superar la jornada de bajón: doritos, salsa de queso, chocolate blanco, helado de vainilla con nueces de macadamia, una *pizza* barbacoa, una bandeja de cruasanes rellenos de crema y una botella de Malibu que me pienso meter entre pecho y espalda, si no he muerto antes porque mi hígado ha explotado ante tal cóctel Molotov. Ideal, sonrío satisfecha.

Decido darme una ducha antes de ponerme en situación. He calculado al milímetro las siguientes horas. Tengo preparadas varias películas y una lista de canciones en un pen-drive, que cualquier otro día me harían morir por sobredosis de azúcar. Hoy voy a obligarme a verlas por aquello de autocompadecerme y tal, y fustigarme hasta que se me olviden los seis últimos años de mi vida. A veces pienso en si los americanos habrán inventado ya un aparatito de borrado de memoria selectiva, como los que utilizaron Kate Winslet y Jim Carrey en *Olvídate de mí*, con el que poder mandar a paseo ciertos momentos de tu vida. Estoy convencida de que sí, pero como son tan suyos seguro que no lo quieren compartir con el resto del mundo mundial. ¡Egoístas!

Tardo más de media hora en salir de la ducha. Hace calor y el agua templadita me ha venido de perlas para quitarme las tensiones de los últimos días. Me pongo mi pijama favorito de pantalón corto y camiseta con estampado de mariquitas y me hago una coleta, que enrollo con la goma hasta hacer un moño. Me miro al espejo y lo que veo reflejado no me gusta. Aunque me siento fresca y limpia, llevo una enorme carga sobre mis espaldas y un nudo me oprime el pecho hasta doler. Ya no veo el reflejo de aquella chica pizpireta y feliz que vivía con comodidad y sin preocupaciones. Ahora la imagen del espejo es un fantasma de lo que fui, una chica de ojos tristes y sonrisa rota. Muy delgada y con tanto brillo en el alma como en lo que antes fue una bonita melena castaña, es decir, ninguno. Una lágrima furtiva se desliza por mi mejilla, reacciono con rapidez y la hago desaparecer. No puedo, no quiero llorar. Al menos, aún no. Me pregunto en qué momento dejé de quererme. Nerea siempre me lo dice: «Para que los demás te quieran, tienes que empezar por quererte a ti misma, cielo». Y tiene toda la razón, pero ¡cuesta tanto reponerse de algo así! Carlos se fue y con él se marchó mi autoestima.

Al salir del baño me detengo frente a ese enorme trasto inútil llamado cama. Desde aquel miserable día no he podido volver a dormir en ella. He sido incapaz de tumbarme siquiera, sin que acudan aquellas dolorosas imágenes a mi mente. Sí, desde hace casi un año tengo montada mi trinchera nocturna en el grandioso y cómodo sofá de tres plazas color musgo, que gracias a Dios, me empeñé en comprar cuando nos mudamos, en contra de la opinión de Carlos. Cada vez estoy más segura de que ese sofá y yo estábamos predestinados a estar juntos.

Me dirijo a la cocina a prepararme un picoteo, mientras algo en la tele me llama la atención. Durante las últimas semanas la gente ha estado como loca por la llegada de una espectacular lluvia de estrellas. Al parecer cada ciento cincuenta años la actividad de estos astros se acentúa de manera considerable, llegando a triplicar los registros de Perseidas que aparecen habitualmente cada mes de agosto. A este singular acontecimiento lo han bautizado como «La noche de los deseos». La fiebre consumista que nos controla la ha utilizado para lanzar todo tipo de *merchandising* sobre el tema, y se han organizado fiestas y excursiones para disfrutar de tan mágica noche en playas y montañas. De hecho, la fiesta a la que se dirigen Marisa y mis amigas es una de ellas, dispuesta en la playa de la Barceloneta en plan *chill out*. Las muy locas creen que el deseo que van a pedir hoy les cambiará la vida. ¡Ojalá fuese verdad!

Cojo una cerveza de la nevera y me apoyo en la barra, mientras los doritos y la crema de queso se calientan en el microondas. Pienso que el único acontecimiento que a mí me emociona, y no gratamente, es la boda de mi ex mañana. No sé, igual me animo y pido un deseo cuando comience la dichosa lluvia de estrellas. Que el *innombrable* se encuentre a la novia fornicando con el padrino en los lavabos del restaurante durante el banquete o, que una legión de ladillas carnívoras invada su entrepierna y la industria farmacéutica no tenga fondos para investigar un tratamiento efectivo contra semejante plaga. No estaría mal, pero no va en mí ser tan mala persona. La mala persona fue él. Ese desgraciado fue quien jugó conmigo sin importarle lo más mínimo el sufrimiento que me causaría.

Me quemo los dedos al sacar el plato de doritos del microondas, creo que me he pasado con el tiempo. Tiro el plato como si fuera un *frisbee* sobre la mesa del comedor, y tras coger de nuevo mi cervecita fresquita, me acomodo en mi fabuloso sofá.

Escucho que un mensaje llega al móvil. Me da coraje tener que levantarme, ahora que ya estaba cómoda sobre el hueco que tengo hecho bajo mis posaderas, ya que el bolso está en la cocina. Decido no moverme, pero el dichoso tono del pajarito suena de nuevo, e imagino que posiblemente sea Marisa. Si no contesto, me arrepentiré de no tener una recortada para poder cargarme al dichoso pajarraco ante tanta insistencia. Me levanto y busco el teléfono. Efectivamente son wasaps de Marisa.

Marisa:
¿Cómo vas, Doña Depre?

Elva:
Idiota, ahora voy a picar algo.

Marisa:
Nosotras de tapas y luego a la playa, menudo ambientazo.

Elva:
Ya lo he visto por la tele, ni que se fuera a acabar el mundo.

Marisa:
En serio, ¿no quieres venir?

Elva:
En serio, pijama, cena y a la cama.

Marisa:
Por cierto, anoche con las prisas me dejé un libro de Nerea sobre la barra de tu cocina. ¿No lo has visto? Me lo subió Álvaro a mediodía.

Elva:
Álvaro, ¿el de mantenimiento?

Marisa:
No preguntes.

Elva:
¿Estáis liados? ¿Desde cuándo?

Marisa:
No comment.

Elva:
¡Serás zorra! ¡ja ja ja!

Marisa:
Lo dicho, léelo y luego me dices de qué va por si me pregunta Nerea cuando se lo devuelva, que ya sabes que a mí, si no va de látigos y esposas, como que no.

Elva:
¡Qué morro tienes! ¡No pienso leer nada!

Marisa:
Pediré un deseo por ti si lo haces.

Elva:
Pasadlo bien.

Marisa:
Si te aburres, llámame.

Elva:
La la la la la

Lanzo el móvil hacia la otra punta del sofá mientras me rio sola. Marisa tiene una capacidad de espantar mis malos rollos abrumadora. Con un poco de suerte ya no me molestará nadie más esta noche. Me meto en la boca un *Dorito* con salsa, que más bien es medio kilo de salsa con un *Dorito* dentro. Enchufo el *pen* en el portátil mientras le quito la voz a la televisión y elijo una película para ver. Me asombro de mí misma. He escogido una variedad de películas bastante tétricas para pasar la noche: *Love actually*, *Los puentes de Madison*, *El diario de Bridget Jones* y, cómo no, *Titanic*. Me decido por la primera, la he visto mil veces y Hugh Grant me encanta. Presagio que esta película hoy no me va a gustar tanto, pero estoy decidida. Si supero esta noche sin llorar, me haré inmortal.

Me acomodo con un cojín bajo la cabeza y me dispongo a comenzar la sesión cinéfila, cuando recuerdo lo que me ha dicho Marisa sobre el libro. Allí está sobre la mesa, tal y como me ha indicado. Anoche, como cada jueves, Marisa y yo nos reunimos para nuestra noche de series y nos pegamos una buena sesión de *Arrow*, que teníamos bastantes capítulos pendientes, mientras cenábamos. Después de la sobredosis de Oliver Queen que nos metimos, como para acordarse del libro a la una de la mañana. Es que con Marisa pasa eso, que te lías hablando o comentando lo bueno que está el arquero y se te olvida que tienes que madrugar. Me pica la curiosidad y me levanto a cogerlo mientras comienza la peli. La portada ya de por sí tira un poco para atrás. Se ve a un hombre de oscura melena sosteniendo una espada con la espalda desnuda y un kilt como única vestimenta. Mira hacia la lejanía en donde se alza un castillo imponente. Vaya, el título no deja dudas sobre de qué trata: *La insignia del highlander*, de la afamada autora Helena Carsham. No es que no me guste la novela de género romántico, de hecho, desde que estoy sola, Nerea se ha encargado de prestarme algún libro, y la verdad es que con algunos me he divertido mucho. Pero no estoy preparada todavía para los finales felices, cuando mi vida amorosa es una constante mierda desde hace un año. No hay nada en este libro que me llame la atención, por muy *best-seller* que se indique en la portada que es. Lo más seguro es que trate sobre el típico escocés machista que va en auxilio de la pobre muchachita terca y sin cerebro. Sinceramente, hoy no me apetece leer algo así.

Durante la siguiente media hora voy pasando por varias fases. Río mientras como, lloro mientras bebo, rememoro los mejores y peores momentos de mi relación con ese demonio encarnado en mi ex y acabo maldiciendo el día en que le conocí. Me doy cuenta de que mi espíritu masoquista llega a nivel semidiosa cuando advierto de que he rebobinado como veinte veces la escena de los carteles de Keira Knightley. Ahora tengo hipo, me ahogo entre lágrimas y debo tener la cara más hinchada y deformada que los orcos de Mordor. Me niego a estar así mientras él está celebrando su última noche de soltería más feliz que una perdiz. Siento pena de mí misma, doy asco. ¡Me da rabia ser tan débil!

Apago el portátil y decido poner algo de música, porque si sigo así acabaré yendo al hospital para que me descongestionen la nariz. Si no muero de pena esta noche, lo haré por asfixia por la gran cantidad de mocos que me están poseyendo. Reconozco que quizá no ha sido tan buena idea ver esa película. Hugh Grant, de repente, ya no me resulta tan encantador.

Sin saber qué CD está puesto en el reproductor, lo activo y suena el último de One Republic. Tras pensármelo un segundo, recuerdo que a Carlos no le hacían ninguna gracia, así que me alegro de la elección y comienzo a bailar lentamente disfrutando de los acordes de I lived. Es una canción de esas que te contagia el buen rollo, de esas que necesito para olvidar que mañana él habrá dicho el sí quiero y tendré que aceptar que le perdí para siempre.

II

⊙⤬⊙

Acompañada de los acordes de la siguiente canción, decido prepararme un Malibu y encender el horno para cocinar la pizza. No es que tenga mucha hambre, pero si sigo bebiendo sólo con los doritos en el estómago, voy a caer redonda. Recojo de la mesa los restos del picoteo, y coloco los cojines del sofá para sentarme cómodamente a escuchar música mientras veo las imágenes de la silenciosa tele que aún está encendida. Por lo que veo hay lo mismo de siempre: contertulios haciendo aspavientos y destrozando la vida de algún infeliz que ha ido a contar sus miserias por un pastizal. Penoso. Cambio de canal pero no hay nada potable en ninguno de ellos y al tirar el mando sobre el sofá veo el libro de nuevo. Lo cojo y lo reviso otra vez con curiosidad. Leo en la sinopsis que trata sobre Connor Murray, un *Laird* y fabuloso guerrero temido por sus oponentes, que ha caído en desgracia por un mal de amores y ha de tomar en matrimonio a una mujer del clan enemigo para no perder sus tierras, o bien llegar a un acuerdo con los ingleses para no llevar a su pueblo a una guerra que no soportarían. ¿Encontrará entre tanta maldad el amor? Típica.

Sin darme cuenta, me encuentro inmersa en sus páginas conociendo la vida de ese escocés. Un hombre al que, para mi sorpresa, no le hace justicia en absoluto la sinopsis.

Tuvo muy poco tiempo de ser niño, ya que desde joven cargó con una enorme responsabilidad. Vio como la enfermedad se cebó con su familia, quedándose completamente solo. Se resignó a perder a su primer amor cuando esta fue casada a la fuerza con otro caballero. A partir de ese momento, pierde el norte, centrándose en los asuntos de guerra sin importarle nada más. Por culpa de malos consejos y peores decisiones, está llevando a su pueblo a la ruina más absoluta. Un hombre que ha confiado en personas inadecuadas, en algunos que se hacían llamar amigos y no lo eran y que está a punto de perderlo todo por su ignorancia y buena fe. Angus, su mentor y consejero, le propone un pacto con un clan afín a los ingleses. Un acuerdo que les libraría de la penuria y de ser vasallos de los Lennox, el clan vecino que quiere adueñarse de sus tierras. Este arreglo les proporcionaría el favor de la corona inglesa.

He avanzado hasta leer casi medio libro sin poder evitarlo. La vida de Connor es fascinante, y reconozco que no podía estar más equivocada respecto a él. Un hombre íntegro y honesto, pero que tiene defectos y se equivoca como cualquier mortal, un hombre al que el dolor le ha hecho perder su esencia.

Eso me gusta, el que sea imperfecto. Siento empatía por él. Quizá nos parecemos más de lo que creo. Pierdo por completo la noción del tiempo. Estoy tan metida en la historia que apenas me doy cuenta de lo tensa que estoy.

—¡No te fíes de Angus, creo que te la va a jugar! No puedes pactar con los ingleses. ¡Os traicionarán! No te conviene confiar en ese tipo por mucho que sea tu mentor, algo busca que no sabemos —no puedo evitar decir en voz alta—. ¿Le estoy hablando a un libro? Estoy peor de lo que pensaba. —Me río, pero continuo leyendo la novela que, sin saber si es provocado por lo que he bebido, el dolor, o simplemente porque Connor me ha cautivado, me tiene atrapada entre sus páginas.

Fantaseo con su imagen en mi cabeza, alto, moreno, de ojos verdes profundos como océanos, sonrisa pícara, fuerte y protector. Claro, no voy a imaginar a un hombre de metro y medio, calvo y con joroba. Con todo el respeto, no pega. Sonrío ante la tontería que acabo de pensar y es entonces cuando huelo a quemado.

—¡Mierda, la *pizza*!

Bueno, lo fue en su vida anterior, porque ahora es mi cena absolutamente carbonizada. Me quemo de nuevo la mano al cogerla, y la tiro al fregadero mientras maldigo en arameo. La casa se llena de humo y de olor a barbacoa chamuscada. Abro la puerta de la terraza para intentar ventilar la estancia con rapidez antes de que doña Concha, la radio-patio del edificio, llame a los bomberos creyendo que como estoy depre me he vuelto pirómana o algo parecido. No puedo creer el rumbo que está tomando la noche y no puedo dejar de sonreír al percatarme de que, al menos, ya he dejado de llorar. Mientras intento hacer desaparecer el humo por la ventana con la ayuda de un cojín, vuelve a sonar el móvil. Lo más probable es que vuelva a ser Marisa, pero esta vez me apetece responderle y que me contagie su buen humor con sus wasaps.

Marisa:
Bruji ¿aún estás viva?

Elva:
Casi. Me acabo de quedar sin cena, por poco quemo el edificio.

Marisa:
Y, ¿qué estabas haciendo?

Elva:
Leyendo el libro de Nerea.

Marisa:
¿Interesante?

Elva:
No está mal.

Marisa:
Bueno, mejor eso que pensar en el gilipollas de tu ex. ¿Has pedido ya tu deseo?

Elva:
No voy a pedir ningún deseo.

Marisa:
Tú misma. El de hoy dicen que se cumple, de verdad de la buena.

Elva:
Sí, claro. ¿La noche bien?

Marisa:
Sí, y tiene pinta de que va a acabar mucho mejor.

Elva:
¿Ojos verdes?

Marisa:
Marrones, pero con un culo de infarto.

Elva:
¡Estás como una campana!

Marisa:
Te dejo que viene culo prieto. Besos.

Elva:
Besitos.

Marisa me da envidia, pero de la sana. Ojalá tuviera yo la capacidad de pasar de todo y disfrutar de esta noche como ella. Como veo que va a estar muy ocupada el resto de la velada, le quito el volumen al móvil y lo dejo sobre el sofá. El humo casi ha desaparecido, pero aún huele a fritanga, así que dejo las puertas de mi pequeña terraza abiertas y salgo a disfrutar del aire fresco de la noche. No sé en qué momento he cogido el libro, pero ahora lo llevo en la mano. Me siento en la silla de madera que tengo en mi pequeño pero estupendo paraíso y retomo la lectura mientras la brisa nocturna y el suave olor a lavanda de las macetas que me rodean acarician mi piel.

Connor lo tiene bastante complicado, la verdad. La otra opción que le queda, si quiere evitar el enfrentamiento con el enemigo y la penuria de los suyos, es casarse con una tal Ilona, la hija de su rival del clan Lennox. Ilona resulta ser una cría bastante estúpida y un poco ligerita de cascos. Aunque no hace ascos al trofeo que para ella representa Connor, me da a mí que está muy poco interesada en la fidelidad. Además, no me gusta nada la extraña alianza que misteriosamente han fraguado ella y Angus. Por otra parte, el consejero no hace más que insistirle con que un acuerdo con los Campbell y los ingleses acabaría con todos los problemas. Connor no se decanta por ninguna opción de momento. No debe ser fácil tomar una decisión que puede cambiar el futuro de tanta gente. Se recluye en solitario, pensativo, y se torna muy esquivo. Supongo que valora la opción menos mala.

Casi me da lástima el escocés. Tan grande, guapo y valiente como lo imagino y, a la vez, tan desdichado. Cierro el libro y lo abrazo contra mi pecho, fantaseando sobre un imposible.

—Lo que daría yo por encontrarme un hombre así y sentirme protegida. Se le iban a quitar todas las tristezas de golpe. Y a mí también, para qué negarlo. —Contemplo con resignación al hombre que aparece en la portada—. Míranos, tú vas a casarte con alguien a quién no quieres, y el que quiero yo se casa con otra. Es gracioso y triste a la vez, ¿no crees? —Suspiro y me animo yo sola—. Algún día llegará el hombre de tus sueños, ya verás Elva. Algún día.

¿Lo he dicho en voz alta? ¡Ay madre! ¡Necesito beber algo! Me hago otro Malibu con piña y abro una lata de aceitunas rellenas de anchoa —que me pirran—, y sigo leyendo al fresquito, expectante por lo que sucede en la historia. Como siga así me la ventilo de un tirón, y me da pena, porque no quiero que termine nunca. Sospecho que no va a acabar tan bien como deseo, pero tengo la esperanza de estar equivocada. ¿Las novelas románticas no acaban siempre bien? Viene a mi mente *Romeo y Julieta*, y el corazón se me encoge. ¡No seas pesimista Elva!

Connor negocia con el clan rival aconsejado por Kieran, su jefe de armas y mejor amigo y, aunque la detesta porque es una arpía de mucho cuidado, creo que va a aceptar casarse con Ilona Lennox. Su moral y su historia le impiden pactar con los ingleses, por encima de todo está su honor, y tras perder tantas cosas en su vida no quiere que le arrebaten el único orgullo que le queda, el ser escocés. Angus, en un último intento de convencerle de que su propuesta es la mejor opción, le convoca a un encuentro para negociar con los Campbell. Pero algo no me huele bien, desconfío del consejero, y mucho. Tengo un pálpito. En cuanto mi hombretón de ojos verdes se descuide, se la van a meter doblada. Intuyo intereses ocultos que pueden perjudicar a Connor, y me dan ganas de gritarle que no vaya, porque me temo que se trata de una trampa.

—¡No vayas! ¡No te fíes, Connor! Angus no me da buena espina. ¿No te parece raro que ahora esté tan interesado en el pacto con los ingleses, cuando antes era su más ferviente opositor? —¿Qué diablos estoy haciendo?

Pero Connor no me oye, ni siente el peligro. Se dirige directo y confiado a lo que yo creo que es una emboscada, y de la que sospecho, no va a salir muy bien parado.

La ansiedad no me abandona. Me retuerzo incómoda en la silla, como si de repente tuviera alfileres. Un mal presentimiento se apodera de mi alma a cada segundo que el *highlander* se acerca al lugar, que está absolutamente desierto. Alguien aparece entre las sombras y por sorpresa. El filo de una daga que no ha podido esquivar y un golpe en la cabeza dejan al guerrero escocés herido e inconsciente en el suelo. Mi cuerpo se congela por un momento, y mi ira se materializa cuando consigo volver a respirar.

—¡No! ¡No, joder! ¡Lo sabía! ¡Te lo dije, no debías confiar en él! —Alucino conmigo misma, pero estoy indignada—. ¿Por qué no me has hecho caso? ¡Ahora no te puedes morir! ¿Cómo no lo has visto venir? ¿Por qué no me has escuchado? —Y se lo digo dolida al hombre que aparece en la portada de un libro. De locos.

No me he dado cuenta, pero en el balcón de al lado está Álvaro, el de mantenimiento, apoyado en la barandilla con un destornillador en la mano y flipado por completo con la escena que estoy montando.

—Eh... Hola. —Me incorporo de un salto muerta de la vergüenza y me tiro por encima medio Malibú.

—¿Estás bien? —me pregunta con cara de póker.

—Sí, sí... Es sólo que estoy leyendo y me he emocionado un poco. —Tierra trágame.

—Ah, el libro que le he prestado a Marisa, ya veo —me contesta con una media sonrisa traviesa pintada en la cara.

—Perdona, pero es que hoy no estoy teniendo un buen día —le respondo mientras intento parecer lo más presentable posible.

Él me sonríe, suspira profundamente y pierde su mirada en el horizonte. Le observo y veo que no lleva puesto su uniforme habitual de trabajo. Va vestido con ropa informal y, por primera vez, dejo de ver a Álvaro como el chico de mantenimiento. ¡Lo que cambia un uniforme!

—¿No sales a celebrarlo como toda la ciudad? —me pregunta tras un silencio algo incómodo.

Se me está pegando la camiseta al cuerpo y estoy algo pringosa.

—¿La lluvia de estrellas? ¿Y quién te dice que no lo estoy celebrando? —contesto a la defensiva inflándome como un pavo.

Levanta las cejas y me mira condescendiente.

—¿En serio?

Me desinflo como un suflé cuando comprendo que no engaño ni al manitas del edificio.

—Vale, me pillaste. No tengo ánimos para celebrar nada. Soy la vecina depre y que llora por los rincones, ya sabes —le recuerdo algo irónica.

—No deberías castigarte. Esta es una noche mágica. Hoy es la noche en la que se cumplen los deseos —me dice sin retirar la mirada del libro que sostengo en mis manos como un tesoro. Carraspea y sonríe—. Al menos, eso es lo que todo el mundo dice.

—Bobadas, eso es lo que son —afirmo poniendo los ojos en blanco—. Y tú, ¿has pedido ya el dichoso deseo?

Se inclina acercándose un poco más hacia mi dirección y bajando la voz, me susurra divertido y en confidencia.

—¿Te puedo contar un secreto? Soy muy supersticioso y, aunque negaré públicamente haber dicho esto, sí, lo estaba haciendo cuando te escuché… gritar. No quiero ser el único ser al que no se le concede un deseo esta noche. —Los dos nos reímos a la vez y me siento más relajada. Creo que este chico va a caerme bien.

—Puedes estar tranquilo. No se lo diré a nadie, si tú olvidas mi escenita de tragedia griega.

—Soy una tumba. —Y haciendo el gesto de la cremallera en la boca, se retira señalando el destornillador—. Bueno, me marcho. Sólo vine a arreglar la persiana antes de irme a trabajar al Hysteria. El lunes llegan nuevos inquilinos y quería dejarlo listo.

—Bien. Yo debería ir a cambiarme… —le respondo señalando el lamparón que me ha dejado el Malibu en el pijama, y levantando la mano en la que llevo el libro me despido—. Buenas noches.

Asiente con la cabeza y lo veo desaparecer. Cuando estoy a punto de girarme para entrar en casa, oigo de nuevo su voz que me sobresalta.

—Por cierto, Elva, hoy puede ser esa noche en la que dejes de ser la vecina depre que llora por los rincones. Tan sólo tienes que desearlo. Recuerda, es una noche mágica.

Me lanza una última sonrisa mientras me guiña un ojo, y vuelvo a quedarme sola un poco confusa por esta última frase. ¿Es que todo el mundo se está volviendo loco hoy? Pero lo admito, en otro momento más feliz de mi vida hubiese sido la primera en hacer todo tipo de rituales en una noche como esta. ¿Qué te ha pasado, Elva?

Reflexiono sobre por qué hoy voy a contracorriente de todo el mundo, encerrándome en casa y negándome la posibilidad de divertirme y pasármelo bien. En este plan nunca superaré lo de Carlos. Pero me conozco, soy muy cabezota, y si digo que esta noche no pediré un deseo como todos los habitantes del planeta, no lo haré. Me apoyo en la barandilla y miro al cielo inusualmente estrellado. Suspiro mirando hacia arriba, cuando veo caer una estrella fugaz, dejando a su paso una estela brillante y mágica que desaparece en pocos segundos. ¿Y si de verdad se cumple? Pienso divertida. Quizás Álvaro tiene razón y tan sólo tengo que desear algo… Bah, imposible. Suspiro profundamente y levanto la mirada.

—Está bien, está bien. Ya sé que esto es una chorrada y que, por supuesto, si pido un deseo no se va a cumplir. Joder, ¡que sólo es una lluvia de estrellas! Pero vale, lo haré. —Mientras hago un repaso a mi alrededor, para asegurarme de que no hay testigos indiscretos, suspiro de nuevo y me lanzo—. Yo no te lo voy a poner fácil. No quiero un cochazo, ni que me toque la primitiva, ni un Grey que me solucione la vida, como seguro que te está pidiendo media humanidad. —Me entristezco por momentos, pero cojo aire y hablo decidida—. Sólo quiero dejar de estar triste. Quiero poder superar esto y pasar página. Volver a sonreír, olvidar, dormir en una cama sin tener pesadillas, no sentir dolor y poder quererme y que me quieran… Sólo eso. Si lo consigues de verdad que no volveré a dudar de estas cosas en la vida. —Dudo durante un segundo mientras observo la ilustración del *highlander* y prosigo—: Bueno y ya puestos, que Connor no muera, que encuentre una mujer que le quiera de verdad y le salve de los traidores que tiene por amigos, que evite la guerra y que sea feliz —sentencio orgullosa—. Dios, ¡lo que daría por conocer a un hombre así! No quiero morir sin conocer a un hombre como este. ¿No puedes traerme a Connor o algún sucedáneo? Esto último no me lo tomes en cuenta, llevo ya unos cuantos Malibús encima, nunca mejor dicho.

No puedo evitar reír asombrada. ¿En serio he dicho todo eso? Estoy verdaderamente mal, y creo que debería empezar a preocuparme. No he advertido que el CD de One Republic ha terminado y ahora suena Coldplay. ¡Cómo me gusta este grupo! Cojo lo que queda del Malibú, el libro y entro en casa bailando y cantando a todo trapo *A sky full of stars*. ¡Me encanta esta canción y no podría ser más adecuada! Estoy emocionada y me voy creciendo hasta límites insospechados, en los cuales me creo Beyoncé y me contoneo como si fuera una experta bailarina contra la barra de la cocina. De un salto me subo al sofá y con el mando por micrófono sigo imitando a Chris Martin con los ojos cerrados. ¡Lo estoy viviendo!

Lo que no espero al abrirlos es encontrar el filo de una espada enorme apuntando a mi barbilla. Como tampoco encontrar al pedazo de hombre que la sujeta.

Sé que no he dejado de respirar por los jadeos que emite mi garganta tras el espectáculo que acabo de dar. Tengo los ojos como platos y el corazón a punto de reventarme en las sienes. Decido quedarme absolutamente inmóvil. ¡Cualquiera es la guapa que se mueve!

El desconocido y yo nos escrutamos con la mirada en silencio. Veo una fina línea que se dibuja en su boca, debido a la presión que está haciendo con la mandíbula y no me atrevo a decir nada. Lo único que se me ocurre es desconectar el equipo de música, aprovechando que tengo el mando en la mano.

—¡No se mueva! —me gruñe una voz masculina mientras me amenaza con el arma.

—Y tú, ¿quién coño eres? ¿Qué estás haciendo en mi casa? Cómo… ¡¿Cómo has entrado aquí?! —me embalo, los nervios me acaban de traicionar.

—¿Qué modo tan irrespetuoso de hablar es este? ¿Cómo se atreve a dirigirse a mí con tal falta de respeto? ¿Acaso no le han enseñado modales, mujer? —ruge como si mis palabras le hubiesen ofendido por completo.

Aunque mis piernas ahora mismo tienen la consistencia de la gelatina, no puedo evitar que mi verborrea escape por mi boca como un torrente. ¡Elva que no tienes filtro!

—¿Qué? ¿Me pides modales cuando has asaltado mi casa y me estás apuntando con una… con una espada? ¿Quién merece un respeto aquí? —le amonesto consumida por el nerviosismo.

—Vaya, la muchachita tiene agallas o bien desea recibir una buena azotaina —anuncia cínico mientras me apunta aún con la espada a dos centímetros de mi nariz—. Tal vez así aprenda a dirigirse como corresponde a un hombre de mi rango y posición. —Veo sus ojos brillar e imagino la escena.

¿Azotaina? ¿Disculpa? Aunque reconozco que como actor este tipo es bastante creíble, va listo si piensa que esa táctica funciona conmigo.

—Si te parece me asaltas y te hago la ola, «excelencia» —recalco con mofa e inclinando mi cuerpo hacia adelante con un pequeño gesto—. ¡Es que hay que joderse! ¿Qué ocurre esta noche? ¿Es que una no puede ni deprimirse a gusto? —lloriqueo desesperada.

—¿Excelencia? —noto como se aguanta la risa ante mi sermón, porque le tiembla hasta la barbilla, pero se recompone y vuelve a mirarme con hosquedad—. No está mal para empezar. Al fin comienza a comprender, muchacha. —Su mirada ahora es indescifrable. Creo que está tan perplejo como yo—. Por su comportamiento sospecho que debe ser la hija del bufón real o la hija tonta de algún campesino. ¿Quizás eres corta de entendederas, mujer? —¿lo dice en serio? Porque serio lo está diciendo. ¿Bufón real, corta? ¿Yo?

Harta de la conversación surrealista que estoy manteniendo con un señor, que ha aparecido de la nada, armado y con… ¿falda?, me insulta y lo peor, me toca a la familia. Porque, oye, a mí dime lo que quieras, pero a mi familia ni nombrarla. Me muerdo la lengua porque me conozco, pero mi vena «a lo Patiño» se hincha por momentos y creo que va a estallar en tres, dos, uno. Para mí, el alcohol en situaciones de estrés es como un acelerante en un incendio. El poco filtro que tenía se diluye por completo y me vuelvo una auténtica bocazas, lo reconozco. Si ya lo dice mi madre, si para todo tuviera el mismo genio, otro gallo cantaría.

—Mira, esta broma ya ha llegado demasiado lejos y no voy a permitir que me insultes ni que me tomes más el pelo. Así que coge tu espadita, tu falda de cuadros del año de la polca y tus modales de pacotilla y te vas por esa puerta, ¡ahora mismo! —Bueno, dentro de lo malo me he contenido bastante.

Me mira sorprendido y descolocado, quizás por mi discurso o quizás porque no capta el mensaje. El hecho es que puedo ver como su indignación corre galopante por las venas de esos musculosos brazos que tiene y me temo que no tengo escapatoria.

—¿Por qué habla tan rápido, muchacha? ¡Apenas puedo entender lo que dice! ¿Qué es este lugar? Y, ¿quién es usted? —me apremia con una voz ronca que me parece del todo seductora. Recapacito, y veo al extraño que hay frente a mí y el temor me puede.

—¿Qué quién soy yo? ¿Otra vez? —casi grito impaciente—. ¡Estás en mi casa y deberías marcharte antes de que grite tan alto que se entere todo el vecindario!

—Esta es… ¿su casa?… Una mazmorra lustrosa tal vez, pero llamar a este agujero casa… –efectúa un reconocimiento al salón con desprecio y vuelve a centrarse en mí con cara de pocos amigos en cuanto nota que quiero huir hacia la terraza a gritar como una posesa–. ¡Ni lo intentes, mujer!

—En serio, ¿me estás amenazando con una espada? Venga ya. –Aunque el disfraz está muy logrado, ya estoy cansada del numerito y lo de apuntarme con un arma me parece demasiado, así que intento apartar la hoja con un dedo, y el dolor que siento al pincharme con el filo me devuelve de una bofetada a la realidad–. ¡Joder! ¡Es de verdad! ¡Mierda! ¡No me hagas daño, por favor! –le suplico, mientras me lamo la herida e intento apartarme de él.

Él se sorprende, y hasta creo reconocer un puntillo de diversión en sus hermosos y enormes ojos verdes.

—La fiera se ha amansado, bien –apunta con una sonrisa de medio lado–. Tranquila, aunque esté medio desnuda no voy a lastimarla. Tan sólo dígame cómo me ha embrujado para traerme aquí.

No me corre la sangre por las venas, en serio.

—Estás de broma, ¿no? Mira, si esto es cosa de Marisa, no tiene ninguna gracia. Sabe de sobra que no me van estas cosas de los boys. No estoy tan desesperada. –Como haya sido ella, juro que la mato.

—No sé de qué me está hablando, mujer… ¿Dónde se encuentran los hombres de esta casa? Necesito saber quién y cómo me ha traído hasta aquí –inquiere sin quitarme ojo de encima.

Pero ¿de qué va este tío? Me olvido de que el arma no es ficticia, me envalentono y me enfrento a él con lo primero que se me ocurre. Presiento que la voy a fastidiar, pero el impulso es superior a mí.

—Pues ya somos dos. Primero, aparta esta cosa de mi cara, ¡ya! Jamie Fraser de medio pelo –le ordeno perdiendo la paciencia–. Si has venido a robar, como verás aquí no hay nada de valor, y si quieres violarme, te informo de que tengo una enfermedad venérea incurable que hará que en unas horas mueras de una forma muy lenta y dolorosa. Además, mis cuatro hermanos están a punto de llegar a casa, así que te recomendaría que te marcharas, ¡ahora mismo!

¡Qué bien me acabo de quedar! ¡Ole tú, Elva!

—Eres tú… –farfulla frunciendo el ceño y apretando la mandíbula sin dar crédito. Intento hablar pero me interrumpe–. ¡Deja ya de hablar como una cotorra! ¿No puedes callarte ni un solo momento? –Baja la espada y mientras la envaina en su cinturón, murmura casi sin que yo pueda escucharle con claridad–. Esto no es posible. –Se acerca a mí mesándose el pelo, y me zarandea por los brazos, exigente, pero sin ser brusco–. ¿Qué tipo de brujería es esta? ¿Qué demonios me has hecho?

—¿Perdona? –le recrimino entretanto trato de zafarme de sus manos y bajándome del sofá–. Creo que me estoy perdiendo algo. ¡Eres tú el que te has colado en mi casa, por Dios! ¡Me has dado un susto de muerte! –Le observo pasmada de arriba abajo–: Y ¿de qué vas disfrazado? ¿Y por qué de repente me tuteas?

Le noto tenso y contrariado, ¿qué está pasando aquí?

—¿No has tenido suficiente con meterte en mi cabeza noche y día? ¿Acaso también necesitabas secuestrarme de no sé qué forma para traerme hasta este lugar?

Ahora la que no da crédito soy yo. Este tipo está como un cencerro.

—Mira, no sé de qué vas pero me estás asustando. Si te has obsesionado conmigo de alguna forma estás muy equivocado, te aseguro que ¡no valgo la pena! Yo estaba aquí tan feliz ahogando mis penas cuando has llegado y, créeme, no tengo ni idea de cómo lo has hecho. La puerta está cerrada por dentro y joder, ¡vivo en un sexto piso!… ¡Esto es de locos!

—Sólo quiero que me expliques por qué hace un momento estaba en mis tierras acudiendo a una reunión y ahora mismo estoy aquí –insiste cruzándose de brazos frente a mí.

—¿Y cómo quieres que lo sepa? Yo… Espera, ¿qué has dicho? –Es entonces cuando le observo con detenimiento y descubro que ese hombre que está plantado ante mí cual roble no me es del todo desconocido. De hecho, creo que le reconozco, y empiezo a trastornarme por el descubrimiento que mi mente se niega a aceptar. Mi mandíbula acaba por desencajarse del todo, cuando me percato de que, de modo inexplicable, llevo un rato hablando en inglés con ese hombre—. Oh, oh… ¡Esto no puede ser! ¡Esto es una locura! Madre mía, ¡estoy peor de lo que pensaba! Tengo que buscar ayuda de un profesional con urgencia. —Me echo las manos a la cabeza y comienzo a moverme nerviosa—. Se acabó el Malibu, se acabaron las pelis de azúcar en vena. ¡Me he vuelto loca! —Me abrazo como si eso me diera consuelo y le miro de arriba abajo, ojiplática.

—¿Y ahora por qué me miras así, muchacha? ¿Qué es lo que te ocurre? —reclama entre curioso y cabreado.

Intento pensar con claridad, pero me cuesta mucho. No es posible que la persona que tengo frente a mí, ese hombre al que ahora miro entre maravillada y asustada, sea quien creo que es.

—¿Cómo te llamas? —atino a preguntar casi en un murmullo.

—¡Deja de hacer preguntas estúpidas y contesta a las mías! —creo que se le está acabando la paciencia. Me reta con su mirada intransigente y me atraviesa el alma.

—Está bien, está bien —suspiro y me doy por vencida—. Ay madre… Mira, no sé cómo decirte esto, pero creo que ya sé cómo has llegado hasta aquí. Te va a parecer una locura pero, ¡es que lo es! Sólo necesito saber quién eres. —Debo de tener una expresión temerosa, porque la suya cambia y se torna indulgente.

—Está bien, te diré mi nombre si prometes contarme la verdad. —Coge aire y muy solemne comienza a contarme algo que yo ya sé—. Mi nombre es Connor Murray, *Laird de…*

—*Laird* de Stonefield —prosigo tímidamente pero con decisión—, en Escocia. No tienes familia y vas a casarte con la hija del Clan Lennox, a menos que pactes una alianza con los Campbell que son pro-ingleses. Necesitas una tregua y salvar a tu pueblo de una guerra que no quieres. Tu mentor es Angus, al que quieres como un padre y en el que confías ciegamente y Kieran es tu mejor a…

—¡Basta! —me grita amenazador—. ¿Cómo sabes todo eso? ¿Acaso eres una espía inglesa? ¡Responde, muchacha!

—Lo he leído —susurro asustada.

Comprendo que me mire con esa expresión de incredulidad. Supongo que es muy parecida a la mía.

—¿Lo has leído? ¿Dónde? —me exige mientras se acerca a mí, asombrado.

—En un libro –respondo dando un paso atrás por precaución.

—Pero ¿cómo es posible? ¿De qué condenado libro se trata?

Me pellizco esperando que todo esto sea una pesadilla y de repente, me haga despertar. Pero creo que voy a tener que contentarme con explicarle a este atractivo morenazo cómo me las he ingeniado para traerle aquí.

—Vale, vale... –le contesto instándole a que se calme–. A ver, esto va a sonarte un poco raro, pero créeme que yo también estoy alucinando en este momento. –Intento poner en orden mis ideas–. Hice algo, y creo que Marisa tenía razón.

—No comprendo nada de lo que me dices, mujer. ¿Quién es Marisa? –pregunta contrariado.

Al mesarse el pelo, nervioso, veo que un pequeño hilillo de sangre cae por su frente.

—Por Dios... ¿Eso es sangre?

—Ah, esto... No es nada –contesta tocándose la cabeza. Cuando me enseña la mano está totalmente manchada de sangre.

—La madre de Dios, ¡estás sangrando! ¡Estás herido! –exclamo preocupada.

—Créeme, no es más que un rasguño –por su mirada de sorpresa, presiento que ni él mismo se lo cree. ¿O es por mi interés por lo que está sorprendido?

—¿Estás loco? Necesitas atención médica. Voy a llamar a una ambulancia o a la policía, y da igual en qué orden.

Pienso por un instante en llamar a Nerea, pero ¿qué persona en su sano juicio creería algo como esto?

—¿Es que nunca has visto un corte de espada, mujer? –¿En serio me ha preguntado eso?

—Te estás quedando conmigo, ¿no? –al ver que su expresión no cambia, me lanzo–. ¿Puedo verte la herida? –Es tan alto que tengo que subirme al sofá para verla bien.

Madre mía, ¡qué olor a hombre! ¡Concéntrate, Elva, concéntrate!

—No te muevas. –Gruñe de dolor y comienzo a sentir como mi salón por alguna razón está dando vueltas. La herida no es muy profunda, pero sí lo suficiente como para dar algún punto de sutura, lo justo para que me haya dado mucha impresión–.

Necesitas puntos, yo sólo puedo limpiarte el corte… Creo que me estoy mareando.

Y cómo si lo hubiese planeado, hago una caída de esas melodramáticas que he visto en tantas películas. Afortunadamente, esos brazos fuertes me recogen, aunque la cara de su dueño no es que sea la amabilidad en persona. Me zafo de sus brazos y me recompongo frente a él mirándole avergonzada. Por su mirada, deduzco que ha confundido mi vergüenza con un acto de desprecio.

—¿No te han enseñado modales? –¿Está dolido?

—Por lo que veo, a ti sí a colarte en las casas ajenas, y sí, tengo la suerte de haber recibido una buena educación, gracias –le espeto cortante cuando vuelvo en mí completamente.

—¿Dónde me has traído? –me pregunta mirando la estancia con cara de póquer.

—Estás en mi casa, en Barcelona. –Y esto último se le explico con cuidado por temor a su reacción.

—¿Barcelona? –pregunta incrédulo para luego, en un instante, estallar de ira–. ¡Por todos los dioses! ¿Quién me ha traído a esta guerra?

—¡¿Guerra?! –¡Ay, madre, la que estoy liando!

—Ese traidor de Berwick y su ejército salieron hace un mes de Francia para invadir Barcelona. ¿Cómo es posible que me hayas secuestrado para participar en esta refriega cuando tengo que resolver mis propios problemas? Yo no puedo ayudarte, ¿me oyes?

—¿Berwick? –¿Por qué me suena tanto ese nombre? Vamos Elva, piensa, piensa.

Entre tanto sobresalto, tengo un instante de lucidez y me quedo helada. Recuerdo por qué ese nombre no me es desconocido.

En la época del *highlander*, concretamente en el verano de 1714, el duque de Berwick con un ejército venido de Francia, país aliado de Felipe V, se unió al asedio de Barcelona, que ya duraba más de un año, mientras la ciudad era defendida por la coronela y partidarios del archiduque Carlos de Austria. Desgraciadamente, el 11 de septiembre de aquel mismo año, Barcelona se rendía. Una fecha difícil de olvidar cuando vives en Cataluña y cada año se celebra en la comunidad ese día en honor a los caídos en aquella batalla: la Diada.

—¡No! ¡No estamos en ninguna guerra! Eso pasó hace mucho tiempo —reacciono de inmediato, como si aquello fuese a mejorar la explicación que voy a darle a continuación—. Estamos en el año 2014.

El *highlander* me mira asombrado, mientras la furia se desvanece poco a poco de su mirada.

—Está bien muchacha, ¿y cómo es eso posible? —se carcajea mientras mueve la cabeza, lo que me indica que le cuente lo que le cuente, no se lo va a creer.

Suspiro resignada, como una niña que va a confesar una travesura y teme ser castigada.

—Pedí un deseo.

—¿Pediste un deseo? —Ahora la carcajada es mayúscula—. ¿Y por qué demonios ibas a desear traerme aquí? ¿Por qué a mí?

Doy gracias a Dios porque no diera al ser humano el don de la lectura de mentes, ya que si no, este hombretón imposible que me traspasa el alma con su mirada descubriría lo que me ha hecho sentir mientras leía y lo que me hace sentir al tenerle cerca.

—Bueno, es más complicado de lo que parece, ni yo misma puedo entenderlo, pero no le encuentro otra explicación.

—¿Cuál es tu nombre, muchacha? Porque tendrás nombre ¿no? —me pregunta condescendiente.

—Elva.

—Un nombre muy bonito. —Intuyo que lo ha dicho sin darse cuenta de que lo hacía en voz alta, porque enseguida me estudia desconcertado—. Bien, Elva, vas a contarme paso a paso todo lo que recuerdes que has hecho, y creas que ha sido el motivo por el cual ahora estoy aquí y no en un bosque de Escocia en 1714.

—Está bien, pero luego no digas que no te he advertido de que es una locura. —Suspiro algo turbada y le invito a acompañarme—. Ven, te curaré esa herida en el baño mientras te lo explico, ¿vale?

Tras examinarme con algo de desconfianza, sospecho que al final comprende que no soy peligrosa y accede. Mientras nos dirigimos al lavabo, veo el móvil tirado en el sofá con la pantalla encendida y parpadeando. Probablemente, es Marisa de nuevo. ¿Debería cogerlo? ¿Debería explicarle lo que me está ocurriendo? Me detengo, decidida a tomar una decisión. Observo furtivamente a ese hombre, a ese cuerpo increíble que hay junto a mí, y miro el teléfono. Mi curiosidad y el morbo que me provoca este pedazo de hombre me pueden, e ignoro el aparato.

—Siéntate por favor. Te aviso de que no soy muy buena enfermera, pero al menos evitaremos que se infecte. —Se sienta en el borde de la bañera, y mientras cojo el botiquín y me preparo para limpiarle y ponerle unos puntos de sutura de papel, que por suerte tengo en la caja, le narro todo lo ocurrido.

Hasta yo misma me sorprendo de la historia que estoy contando, de lo imposible que es. Se la explico tranquila, esperando que en algún momento me diga que me entiende y que eso me haga no perder del todo la esperanza de que lo que estoy viviendo es real. Nos hacemos varias preguntas, cuyas respuestas son complicadas de explicar. Entiendo que para un hombre de su tiempo es difícil comprender lo que le cuento. ¡Qué leches! ¡Y para una mujer del mío!

Termino de hacerle las curas y me siento junto a él en la bañera. Siento que si no lo hago, mis piernas me traicionarán y volveré a desmayarme en sus brazos. Creo que con hacer una vez el ridículo ya he tenido suficiente. Ahora es él quien me habla, me cuenta lo último que recuerda antes de aparecer en mi casa. La verdad es que apenas le hago caso, su voz se va solapando con el sonido retumbante de mis latidos, mientras admiro sus ojos verdes como el jade, su boca de labios carnosos y sensuales, ese lunar que tiene bajo el ojo izquierdo, el otro en la mejilla derecha, su nariz pequeña y recta, su pelo negro y brillante… Elva, ¿qué estás haciendo?

III

⊙⊱⊰⊙

$\mathcal{M}$e sobresalto cuando oigo el timbre y escucho como alguien aporrea la puerta. ¿Quién puede ser? Es tardísimo y no espero a nadie. ¿Marisa? Quizá por eso me ha llamado varias veces. ¡Mierda! ¿Y ahora qué? ¿Cómo voy a explicar la presencia de semejante Dios griego, o escocés en este caso, en mi casa? ¿Qué coño pasa esta noche?

—¿Qué ocurre? –pregunta divertido, cuando ve mi cara de enojo.

—Alguien llama a la puerta –susurro con cautela.

—Eso ya lo he advertido. Pregunto que qué es lo que te aflige. –Sonríe y me derrito por segundos.

—¿Tú que crees? –Suspiro mientras levanto las cejas de forma interrogante y le ordeno–: Quédate aquí, no salgas bajo ningún concepto, yo ahora mismo vuelvo. ¿Ok?

—Okeeeeey –contesta imitándome y arrastrando la palabra con una sonrisa burlona.

Me atuso la ropa lo mejor que puedo, y me miro en el espejo que hay junto a la entrada. Por Dios, ¡estoy hecha un asco! Va a ser imposible no parecer exactamente lo que parezco, pero me esfuerzo por tener la lucidez suficiente para terminar la visita de Marisa lo antes posible. Abro la puerta y me encuentro a la última persona en la faz de la tierra que esperaba ver apoyada en el marco de mi puerta. Me aferro al pomo para no caer por la sorpresa, mis piernas, de repente, casi se niegan a sostener mi peso.

—Hola Elva.

—¡Tú! ¿Qué haces aquí? —atino a decir en cuanto mi boca se vuelve a encajar en su sitio.

—Necesito hablar contigo.

—Ya es un poco tarde para eso, Carlos. —Intento cerrar la puerta, pero su brazo me lo impide.

—No me cierres la puerta por favor, Elva. Sé que fui un cabrón y no tengo derecho a pedirte nada, pero necesito decirte una cosa, déjame entrar, por favor… —No me lo puedo creer. Mi ex, la noche antes de su boda… ¿Va a pedirme perdón?

—Yo es que alucino contigo, después de todo lo que ha pasado ¿qué es lo que quieres? ¡Te casas mañana, por Dios! —Y se lo digo cansada y harta de todo.

—Ya lo sé, pero dejemos eso a un lado ahora, ¿vale? Esto se trata de ti y de mí —apunta con pesar.

—Oh sí, claro. —Y me cabreo conmigo misma como nunca, porque sé que aún tiene poder sobre mí y abriendo la puerta, le hago un gesto para que entre—. Dos minutos, ¿vale? Es lo que tienes. Dispara.

Me quedo de pie de espaldas a la puerta, con los brazos cruzados, e incómoda porque sé que en el mismo momento en que he accedido a escucharle acabo de cometer un gran error. Él entra tímido, y veo como mira con nostalgia la que fue nuestra casa. Detiene su mirada en la mesa, hecha un asco con la cena y la bebida, y luego me mira a mí como evaluando la situación algo sorprendido.

—¿Qué ha pasado aquí? ¿Estás bien?

—El tiempo pasa, tic, tac, tic, tac… —le aviso impaciente.

—Está bien, está bien. —Se dirige hacia el sofá verde musgo que tanto odiaba y se sienta apartando como puede los cojines—. Mira Elva, sé que ya nada va a cambiar lo que hice, pero quiero pedirte perdón por todo el daño que…

—¡Basta! —exclamo cortando su discurso.

—No, por favor, déjame seguir o no podré hacerlo. Aunque no lo creas, aún te quiero

Mi asombro ante su confesión es mayúsculo. ¿Qué está pasando aquí?

—¡Sal de mi casa, ya! —exclamo señalando la puerta y evitando mirarle. No me puedo creer lo que estoy oyendo. ¿Tendrá cara?

—¡Escúchame, por favor! —me suplica mientras baja la mirada con expresión sombría.

—Esperé durante mucho tiempo una explicación, Carlos. Necesité que me dijeras cuál había sido mi error, por qué te liaste con otra mujer a mis espaldas… ¡Pensaba que me querías, que estábamos bien! —Se me está revolviendo el estómago sólo de recordarlo.

—¡Y lo estábamos! Pero necesitaba un poco de espacio, estaba agobiado y la rutina me estaba matando —escupe contrariado mientras se mesa el pelo.

—Es una excusa patética y lo sabes.

—No tengo ninguna excusa, lo reconozco, y no sabes cómo me arrepiento de haberte herido. Fui un cobarde, debí decírtelo antes de que…

—Ni se te ocurra hablar de aquel día, por favor. ¡Fue humillante! —le advierto amenazante.

Me coge de la mano y me insta a sentarme a su lado. Mi defensa ha empezado a resquebrajarse al tacto de su mano, caliente y no tan olvidada por mi memoria como yo esperaba.

—Elva, no busco que me perdones por lo que hice, me merezco todo lo malo que puedas desearme, pero no quería dar este paso sin hablar primero contigo. En estos meses he pensado mucho en lo mal que hice las cosas. Maldigo el día en que empecé todo esto y acabé perdiendo lo único que me importaba de verdad. Aún te quiero, cariño.

—¡No me lo puedo creer! —le espeto impaciente e incrédula.

—Sé que tú también me quieres. Es por eso que tenía que hablar contigo. No quiero cagarla otra vez, esta vez quiero hacer las cosas bien, escúchame…

—No sé qué es lo que pretendes, pero ya es muy tarde, Carlos. —Dudo si siento de verdad lo que estoy diciendo.

—¡No, no lo es!

—¡Mañana esperarás a otra persona en un altar, a una persona que no seré yo! –Le reprocho. Y me trago las lágrimas que no quiero que él vea y me duele el alma mientras se lo digo. Me coge de las manos reclamando toda mi atención.

—Dime que me quieres y no lo haré.

—¿Estás loco?

—¡Dímelo, y no me casaré! Empezaremos de nuevo y te juro que me esforzaré para que vuelvas a confiar en mí. ¡Dime que aún queda algo y no cometeré el error más grande de mi vida!

La situación me supera. Llevo meses esperando este momento, toda la rabia que llevo guardada en mi corazón reclama salir con fuerza.

—¡Pues claro que te quiero! Pero estoy intentando aprender a no hacerlo, ¿entiendes?

—Elva…

Es su mirada desesperada lo que me desarma por completo, realmente puedo ver que no es feliz, que me necesita de verdad, posiblemente tanto como yo a él. Sin poder remediarlo, me dejo llevar. Fija su mirada en la mía, y un atisbo de esperanza ocupa mi corazón. Mis barreras se vuelven de mantequilla, cuando él coge mi cara con suavidad entre sus manos y delicadamente me besa. Un beso cálido y lleno de sentimiento, que me hace caer en el abismo.

—Cuánto te he echado de menos, cuanto he echado de menos tocarte, besarte… –me susurra mientras me besa cada rincón de la cara. Siento su aliento ahogado en alcohol estrellarse en mi piel y me provoca náuseas.

Mi sentido común lucha contra lo que manda mi corazón y, de momento, no hay claro ganador. Aun así, no es lo que esperaba. Carlos ha vuelto a por mí, pero inexplicablemente ahora mismo no puedo pensar en otra persona más que en el hombre que hay escondido en mi baño. Eso me sorprende. Me doy cuenta de que aunque aún siento algo por Carlos, una gran parte de mis emociones siguen apagadas, como si se hubieran fundido. Ni sus palabras ni sus besos las han despertado.

—Esto no está bien. —Me aparto sofocada intentando mantener la distancia.

—No, lo que hice yo no estuvo bien. Esto es lo que tenía que haber sido siempre. Hablaré con ella, le explicaré que no puedo casarme porque sigo enamorado de ti.

—Me has hecho mucho daño, Carlos. No sé si podré perdonarte.

—Esperaré lo que haga falta, cariño. Hasta que vuelvas a confiar en mí. —Veo en sus ojos el brillo de la esperanza, pero no puedo confiar en él, no puedo.

—Necesito tiempo para pensar, ahora mismo esto me sobrepasa.

Estoy confundida. Llevaba un largo año esperando este momento, pero no logro entender por qué me siento decepcionada, por qué no siento la necesidad de abrazarle, por qué Carlos y todo lo que tenga que ofrecerme, ahora mismo, me dan igual.

—No te preocupes, yo tendré que arreglar mis cosas primero. Voy a formar el escándalo del siglo. No será fácil con el niño de por medio, pero me haré cargo de él sin ningún problema.

—¿Qué has dicho? ¿Qué niño? ¿De qué estás hablando? —le grito alucinada. Como sea lo que creo que es, la voy a liar parda.

—Elva, yo… ¡Pensaba que lo sabías! Bueno, ella se quedó embarazada hace unos meses. No fue buscado, pero una cosa llevó a la otra y se fijó la boda y yo… Dios… No quiero casarme, Elva, ¡no con ella! —exclama realmente desesperado.

—¡Eres un miserable de la peor calaña! ¡Sal ahora mismo de mi casa! ¿Cómo te atreves a venir aquí a humillarme de nuevo? ¡Vas a ser padre! —exclamo alzando las manos sin poder creerlo y me dirijo a él decepcionada—. Te pasas la vida huyendo, Carlos. Afronta tus errores de una puñetera vez, ¡madura! Dices que vas a dejar a esa pobre chica embarazada esperándote en un altar para volver conmigo. ¿Te estás oyendo? Pero ¡¿qué tipo de persona crees que soy?! ¿De verdad esperabas que aceptara algo así?

—Elva, escúchame, ¡no quiero casarme! –lloriquea.

—¡Pues no lo hagas!, pero no me utilices a mí para huir de tus problemas. –Me coge del brazo y aprieta hasta hacerme daño–. Eres un cobarde… ¡Suéltame!

—¡Elva, por favor, no me dejes! Aún me quieres, ¡tú misma me lo has dicho hace un momento! –suplica.

—Y no sabes lo que daría porque no fuera así. No me toques. ¡Suéltame!

—No puedes hacerme esto. –Su súplica se ha tornado una orden y su mirada se oscurece hasta llegar a hacerme temer lo peor.

Preso de la furia me agarra con fuerza, tirándose sobre mí en el sofá. Me inmoviliza con sus piernas y sus manos buscan mi cuerpo con ansiedad, mientras con su boca busca la mía con una urgencia que me asusta. Intento zafarme de su abrazo, pero su peso es mayor que el mío y apenas puedo respirar. Me revuelvo y consigo darle un rodillazo en sus partes nobles y, durante un momento, se aparta dolorido pero enseguida vuelve a la carga más cabreado aún que antes, si cabe. No me da tiempo ni a pensar en gritar y salir corriendo, cuando un fuerte bofetón me gira la cara y me deja aturdida, más que por el golpe, por la sorpresa.

—¡Tú eres mía! –me escupe a la cara.

Ahora sí que tengo miedo.

Veo sus intenciones, reflejadas como llamas impresas en sus ojos oscuros, aquellos que una vez me miraron con calidez y ahora brillan obsesionados y perdidos. Me besa y me hace daño, sus manos ya se han hecho dueñas de mi cuerpo e intenta meter una de ellas por dentro del pantalón del pijama.

—¡Suéltame, Carlos! ¿Qué estás haciendo? –sollozo. Apenas me quedan fuerzas para luchar. Me duele que quiera hacerme esto y si no entra en razón, cometerá el error más grande de su vida. No consentiré que me destroce más la vida–. ¡Suéltame, joder, me haces daño! ¡Estás borracho! No hagas esto por favor, no lo hagas. ¡Suéltame!

Cuando empiezo a verlo todo negro a causa de la impresión y el cansancio, noto que su peso desaparece de mi pecho y de nuevo puedo respirar.

—¡Te ha dicho que la sueltes!

Un gruñido como salido de lo más profundo de la tierra me hace volver a la realidad.

Me hago una bola en el sofá, intentando tapar con mis manos la vergüenza y la humillación que estoy viviendo. No puedo dejar de mirar a esa masa musculosa que hace unos minutos se escondía en mi baño, golpeando la cara de mi ex.

Mi agresor intenta defenderse de los golpes, pero los suyos tienen el mismo efecto que harían los de una pulga a un elefante. Sigo paralizada ante el dominio de aquel hombre que me ha salvado de experimentar la peor noche de mi vida. Le golpea con furia y rabia, la misma con la que yo lo haría si pudiese moverme. Reacciono cuando veo que Carlos tiene la cara ensangrentada. Tengo que levantarme a detener a Connor, porque creo que le ha roto la nariz. He sentido un crujido y ahora grita como un cerdo. Y aunque se lo merece, estoy segura de que si no le detengo, mi salvador es capaz de matarle allí mismo.

—¡Para, Connor, para! ¡Vas a matarle! Para, por favor. ¡Connor, basta! —Por un segundo, desvía su mirada hacia mí pero creo que no me ve, está ofuscado y no divisa más allá del cabrón que supuestamente un día me quiso, y que ha estado a punto de forzarme. Toco su brazo intentando calmarle, justo cuando saca un puñal de entre su ropa y lo coloca en el cuello de Carlos. Me acerco más a él, casi rozando su oreja—. Estoy bien, déjale, por favor. —Se lo digo con la voz más tranquila que puedo en ese momento. En un principio pienso que mis palabras no surten el efecto esperado, pero me mira y sus ojos se desplazan hacia la mano que mantengo en su musculado brazo. Es cuando detecta el temblor que me domina, cuando su semblante se relaja, y el estado de furia que le posee se desvanece poco a poco. Mantiene la mandíbula apretada, sus labios carnosos ahora son una fina línea en el rostro, y respira como un toro a punto de embestir a su presa. Busca mis ojos y yo asiento intentando tranquilizarle.

Noto como su cuerpo va perdiendo el rigor de la lucha y, tras apartar la daga, empuja a Carlos contra la pared y le advierte, con el dedo a un centímetro de su cara ensangrentada.

—No te acerques a ella. ¿Me oyes? ¡Jamás!

Cuando Carlos puede reaccionar, se aparta de él a toda prisa con las manos en la cara, intentando detener la hemorragia nasal.

—¿Y este quién es? —me grita con la misma actitud chulesca que hasta ahora y se acerca a Connor para plantarle cara—. ¡Me has roto la nariz, hijo de puta!

—¿No me has oído? ¡Aléjate de ella, miserable! —sisea con la rabia a punto de desbordarse.

—Elva… ¿De qué va esto? ¿Quién es este tío? ¿Qué coño está diciendo? —Nos mira a los dos pero yo no tengo nada que decirle, estoy tan sorprendida por su comportamiento, que no atino a pronunciar ni una palabra—. Ah, entiendo. ¿Has dejado que hiciera el ridículo mientras tenías a otro esperando en tu cama? ¿Es eso? —Me mira cada vez con más desagrado—. Has disfrutado, ¿verdad?

Recuerdo que los idiomas nunca han sido su fuerte, y espero que entienda lo que yo voy a decirle, porque acaba de traspasar una línea muy peligrosa y, con esta actitud, lo único que va a conseguir es que Connor acabe con lo que había empezado antes de que yo le detuviera.

—Sal de mi casa ¡ya! —Exploto.

—¡Eres una zorra! He estado a punto de mandar mi vida a la mierda por ti. ¿Cómo he podido ser tan imbécil? Me has dicho que aún me querías, ¡me has besado!

—¡También te he dicho que no, y tú no has dudado en hacerme daño!

—¿Sabes? Me has decepcionado. Me has demostrado que no vales lo suficiente como para que sacrifique mi vida por ti. ¡Vete al infierno!

Su desprecio sólo sirve para llenar mi vacío interior con dignidad, y me niego a seguir aguantando ningún tipo de insulto más.

—¿Yo? Vienes borracho a mi casa pidiendo perdón y acabas intentando… ¿Qué te ha pasado, Carlos? ¿En qué te has convertido? —Siento una enorme lástima por el desconocido que tengo ante mí—. Sal de mi casa y no vuelvas a venir jamás, olvídame, por favor. ¡Déjame en paz!

—¡Mírate, Elva! ¡Mira cómo has acabado, como una maldita zorra, metiéndote en la cama con cualquiera! ¡Esperaba más de ti!

Al percibir la agresividad de Carlos y la mirada que me clava con cara de verdadero asco, Connor da un paso al frente que consigue intimidar a mi exnovio.

—Sal de aquí ahora mismo, si no quieres que este cualquiera te haga tragar esos bonitos y blancos dientes que aún tienes colgando de tu repugnante boca —sisea amenazante a dos centímetros de su cara—. Te advierto que si vuelves a acercarte a ella, a tocarla o incluso a mirarla, te encontraré. Y en esa ocasión no habrá nadie que me impida abrirte el pescuezo con mi daga. ¿Lo has entendido? ¡Largo!

Carlos nos atraviesa a ambos con la mirada, dominado por la furia y la impotencia. No ha entendido ni una palabra de lo que Connor ha dicho, pero ha sido tal su fiereza que no hace falta traducción alguna. Escupe al suelo, a mis pies, y se marcha pegando un portazo.

Me rompo en mil pedazos, mi cuerpo empieza a quedarse laxo y mi estómago decide hacer un centrifugado exprés por su cuenta. Noto que unos brazos fuertes, pero que siento cálidos, han impedido que llegara al suelo. Como puedo le indico que me lleve al baño, donde me arrodillo frente al inodoro. Allí, me libero del dolor que me ha causado Carlos durante el último año. Vomito las mariposas muertas que ha dejado en mi cuerpo. Expulso la vergüenza que me provoca haber sido tan débil ante él, el haber creído sus palabras. Pero sobre todo, dejo ir casi un litro de Malibu que, entre pitos y flautas, me he bebido esta noche. Cuando creo que sólo me faltan por vomitar mis órganos vitales, me limpio la boca y la nariz con un poco de papel del váter y me siento en el suelo. Me abrazo las rodillas entre lágrimas, temo que si no aprieto fuerte me voy a descomponer por el dolor. Este no es el final de la historia que yo esperaba.

IV

⚬⚬⚬

—¿Te encuentras bien? —oigo desde el rincón en el que me encuentro, deseando que se convierta en una cueva profunda y oscura.

—Déjame sola, por favor.

—Te ha… ¿Estás herida? —La delicadeza con la que me pregunta me ablanda. Niego con la cabeza, pero de alguna manera miento.

Porque sí que estoy herida, pero por dentro, de modo que las heridas no se ven. Connor sigue ahí, de pie, junto a la puerta. No le miro, me da vergüenza. Se acerca y se acuclilla ante mí.

—Lo siento, muchacha.

Esas palabras me rompen el alma, porque le miro y sé que ese desconocido lo dice de verdad. Se me inundan los ojos, y cuando empieza a temblarme la barbilla, noto que su mano se acerca a mi rostro y limpia una lágrima furtiva. Su tacto es cálido, demasiado. Giro la cabeza y la escondo entre mis rodillas.

—Por favor, vete. Por hoy ya he tenido suficiente —le digo levantando la mano para que no se acerque más.

—No voy a marcharme a ninguna parte. No sé adónde tendría que ir en mi situación —me sonríe con timidez—. Además,

El paraíso de Elva

me has traído tú, por si has olvidado ese pequeño detalle —puntualiza tocando la punta de mi nariz con un dedo.

Se sienta junto a mí, mientras dejamos que el silencio se apodere de nosotros.

—Creo que se la has roto. La suya, digo —le indico casi en un susurro.

—Y me parece que a partir de hoy su sonrisa tampoco va a ser la misma —sentencia. Suspira y se mira los nudillos dañados por los golpes.

—¡Te has hecho daño! —exclamo cuando me percato de las contusiones y los cortes.

—No es nada.

¿A este hombre todas las heridas le parecen nada?

—Déjame que te limpie las heridas, por favor. —Me levanto y le insto a sentarse de nuevo en el borde de la bañera y con el teléfono de la ducha le limpio los restos de sangre con cuidado. Tras un instante, al sentir el tacto de su piel, la preocupación desaparece, y una sensación de alivio inunda mi corazón—. ¡No me lo puedo creer! —Me río a carcajadas, supongo que presa de los nervios. Necesito sacar toda la tensión que hay dentro de mí—. ¡Creo que mañana va a tener que dar unas cuantas explicaciones a su futura mujer!

—Un hombre que trata así a una muchacha se merece mucho más de lo que yo le he hecho. Ha tenido suerte de que me hayas detenido. —Su gesto sombrío me confirma que podría haberle hecho mucho más daño, pero tampoco se siente orgulloso de ello—. Él era tu hombre, ¿cierto? —me pregunta mirándome de reojo.

Mi risa nerviosa cesa al escuchar su pregunta y su tono solemne. Dudo si responder. Carlos, mi héroe durante cinco años, convertido en villano.

—No, ese no era el hombre al que yo conocí. O quizás sí, ya no lo sé.

—Sí, es triste saber que las personas en las que confías no son cómo realmente pensabas que eran —sonríe decepcionado.

—Veo que no soy la única que conoce esa sensación.

—Supongo que no, pero en mi caso no ha sido tan grave, y en eso tienes mucho que ver tú —responde aliviado.

—¿Yo? −pregunto sorprendida.

—Reconozco que por un momento creí perder la cordura —me explica poniendo los ojos en blanco−. Me costó mucho aceptar que te… escuchaba, puedes creerme. Nunca me había topado con una mujer con tanto genio. Eres muy insistente, ¿sabes?

—¿Qué?¿Me escuchabas? Todo lo que yo… ¿Todas mis advertencias? ¿Me oías? −¡Ay madre! ¡Qué vergüenza!−: Pero, ¿cómo es eso posible?

—¿Cómo es posible que yo esté aquí?

Asiento y noto el peso de la carga que lleva este hombre, al que me une un lazo que no sé explicar. ¿Cómo comprender esta situación desde el inicio?

—Decidí tomar precauciones y seguir tus indicaciones. Temía que si no lo hacía Dios me castigaría a cargar con tus improperios durante toda la eternidad. Además, no tenía nada que perder.

—Entonces, cuando fuiste a reunirte con Angus, ¿ya sospechabas de él?

Estoy alucinada. Esto es como una película.

—Fui precavido. Kieran, mi jefe de armas, también me advirtió, y se negó a que me reuniera a solas con los Campbell sin ningún tipo de protección. Ahora sospecho que él también intuía algo. Reclutó a varios hombres que se ocultaron en el bosque para responder en caso de una emboscada, como así fue. Si no llega a ser por ti, es muy probable que ahora mismo fuera pasto de los gusanos.

Me cuenta con detalle sus sensaciones al llegar a la reunión, y me siento apenada.

—Pero aun así, no pude evitar que te hirieran —musito señalando la herida de la cabeza.

—Ah, esto. Créeme no es más que un rasguño, no te preocupes —dice restándole importancia.

—No puedo creerlo, esto es muy… cómo decirlo, ¿raro?

—Sí muchacha, lo es, pero aquí estamos —contesta acariciándome la mano.

Un pequeño silencio se instala a nuestro alrededor. Observo que su semblante se ha vuelto sombrío y me inquieta el sentimiento que le aflige.

—¿Estás preocupado?

—Sí. Ahora no sé en qué situación seguirá todo. Temo que Angus tome represalias en mi ausencia, y debo atender un asunto importante. He de volver, si supiera cómo, claro.

—Lo siento, todo esto es culpa mía.

—Tienes razón, eres la responsable de que ahora me encuentre aquí, pero gracias a ti estoy con vida y he descubierto que el mal crecía dentro de mi propia casa. No te disgustes por ello. –Deposita su mano sobre la mía por inercia, pero la retira turbado al primer contacto–. Muchacha, no sé lo que has hecho ni cómo, pero gracias. –Percibo su gratitud reflejada en esa gran sonrisa que me deslumbra y me deja hecha natillas.

—¿Y ahora qué? ¿Qué voy a hacer contigo? –pregunto con los brazos en jarras.

—De momento y si me lo permites, necesitaría asearme. Aquí hace un calor del demonio y no es que esté muy presentable, que digamos, para estar frente a una dama –bromea zalamero–. Y no lo niego, estoy hambriento.

Le miro pasmada y no puedo evitar hacer una reverencia mientras sonrío. ¡Mira que soy payasa!

—Vaya, gracias por subirme el rango de hija del bufón a dama.

Me observa sin comprender, porque obviamente no ha pillado la indirecta, así que cortada y colorada como un tomate retomo la conversación en un tono más formal.

—Por supuesto, es lo mínimo que puedo hacer. Puedes ducharte si quieres mientras preparo algo de comer. Pero no tengo ropa que prestarte, dudo que alguno de mis pijamas te sirva.

—No te preocupes, soy un hombre de costumbres austeras, cualquier cosa estará bien. Pero necesitaré que me eches una mano con esto –me dice señalándome la grifería de la bañera.

—Derecha agua fría, izquierda agua caliente. Puedes regularlo hasta conseguir la temperatura que quieras. –Me sorprende ver su reacción cuando le explico una acción tan cotidiana para mí, pero que para él debe ser como estar en una peli de ciencia ficción.

—Interesante. –Le miro y le veo con el ceño fruncido, lo que me deja con cierta duda de si lo ha comprendido–. Necesito que me ayudes con una cosa más. Apenas puedo levantar el brazo y no puedo quitarme la camisa. Si no te importa, claro.

Me quedo callada y no sé qué contestar. Creo que a él le ha dado más vergüenza decirlo que a mí oírlo. Le veo tan grande, tan potente…, pero a la vez tan vulnerable, que no desconfío de sus intenciones. ¿Cómo podría desconfiar del hombre que me ha salvado de ser humillada por mi ex? Me coloco tras él, mientras saca su camisa de la falda. La levanto con cuidado de no hacerle daño y ante mí se descubre una espalda esculpida cual estatua griega. Siento como las mariposas que he sentido en mi estómago durante toda la noche ahora parecen elefantes bailando la conga y, a medida que le voy rodeando y la camisa sale por completo, mi respiración se va tornando veloz de modo inexplicable.

Ya frente a él me doy cuenta de su magnitud. Ancho, musculoso, fibrado, un hombre fuerte, pero natural. De piel curtida color café con leche y cicatrices, muchas cicatrices.
—Puedes tocarlas, ya no duelen —me anticipa, como si me hubiera leído el pensamiento.
Recorro con cautela, con la punta de mis dedos, una enorme marca que atraviesa su antebrazo, y noto que se le eriza el vello. Mis ojos prácticamente le llegan al pecho, ¿en serio es tan alto? Me siento pequeña y frágil a su lado. Aunque Carlos tenía un buen físico nunca me había encontrado ante uno tan perfecto y sugerente. ¡Cuánta historia hay en ese cuerpo! Bajo la mirada por su estómago hasta llegar a… ¡Oh Dios mío, me muero! ¡Tiene los oblicuos más bonitos que he visto en mi vida!
—¿Te agrada lo que ves? —me pregunta con voz ronca y un ligero tono burlón.
Imagino que tengo que tener una cara de completa salida que está experimentando todas y cada una de las tonalidades de rojo que pueden existir. ¡Sal corriendo de ahí, ya!
—Voy a por unas toallas, ahora vuelvo —farfullo nerviosa.
—Espera —me coge con dulzura de la barbilla y me obliga a mirar hacia arriba, a sus ojos.
—No me importa que me mires, siempre que lo hagas como acabas de hacer.

Creo que mi ropa interior se ha volatilizado, así por las buenas, sin avisar. Su voz profunda me hipnotiza por momentos. Aproxima peligrosamente su rostro al mío y, como si fuera un imán, no puedo evitar pegarme a él y buscar su contacto. Cuando siento su aliento apenas a unos centímetros de mi boca, me pierdo en sus ojos, caigo profundamente en ellos. De hecho, creo que acabo de hacer un mortal hacia adelante con triple tirabuzón. Oigo los latidos de mi corazón palpitando en mis sienes, y un hormigueo en mis labios que hace que emita un jadeo que anticipa el estado en que me encuentro.

—No puedo. –Reacciono con decisión y me aparto asustada. Sus manos me queman como si fueran brasas.

—Yo… lo siento, no quise… –Se disculpa confundido.

Aturdida, no se me ocurre otra cosa que coger el cepillo y la pasta de dientes y salir escopeteada del baño, sonrojada hasta las orejas y respirando con dificultad. Ahora sé lo que tuvo que pasar Bella cada vez que hiperventilaba por Edward Cullen. ¿Qué me está pasando? Si esta situación ya era surrealista desde un principio, ahora se está tornando de lo más inverosímil.

Me apoyo en la puerta que acabo de cerrar tras de mí e intento mantener mi respiración y mis pensamientos a raya. Tengo a un dios de la guerra de hace varios siglos dándose una ducha en mi bañera, un hombre que no puede ser real, ¡el personaje de un libro! ¡Mi Jamie Fraser particular! Un hombre que está despertando sensaciones que yo ya creía muertas tras mi fracaso con Carlos. Es una locura, todo esto lo es, pero no puedo evitar sentirme atraída por él. Es la primera vez desde hace meses que siento que un hombre me afecta tanto, que mi corazón reacciona y late deprisa de nuevo siento. No es dolor ni me ahoga, es algo diferente. Una placentera sensación que ya había olvidado. Ya no siento agobio ni ahogo, esto es algo que casi había olvidado.

Y es cierto, hace mucho que no me pego un buen revolcón con un hombre y esto puede que esté revolucionando mis hormonas de mala manera, pero yo no quiero un «aquí te pillo, aquí te mato». Me imagino haciendo el amor con semejante *highlander* y ardo. ¡Estoy loca y muy salida! Lo que me faltaba.

Media hora después ya me he cambiado de ropa, me he lavado los dientes en el fregadero de la cocina y estoy preparando algo de picar. Mi nevera no es que sea un culto al *delicatesen*, y menos con la cantidad de guarradas que compré por la tarde creyendo que pasaría el fin de semana en completa soledad. Así que tiro de la siempre socorrida pasta y me las ingenio para hacer unos macarrones a la carbonara con cuatro cosas que he encontrado en los armarios. Sonrío satisfecha cuando veo el resultado. Limpio y preparo la mesa del comedor, mientras fantaseo con mi escocés oliendo a mi champú de violetas. Reparo en que Connor aún no ha hecho acto de presencia y me alarmo. No porque crea que ha podido pasarle algo, sino porque temo que se haya marchado de la misma forma en la que llegó, por sorpresa.

Entro en la habitación y me dirijo con lentitud hacia el lavabo, temerosa de llamarle y que no responda y, con ello, despertar de este sueño que estaba empezando a gustarme demasiado. La puerta está entreabierta, la empujo con cautela y ahora sí, casi en un susurro, le llamo.

—¿Connor? ¿Estás bien? —No recibo contestación—. Voy a entrar —anuncio cerrando los ojos y cogiendo aire antes de hacerlo. De nuevo el silencio es lo único que escucho y me encuentro el vacío. La ansiedad y la desilusión se apoderan de mí, salgo hacia la habitación pensando en voz alta sin darme cuenta—: Por favor, que no se haya ido, por favor, aún no…

—¿A dónde podría ir muchacha? —me preguntan a mis espaldas, con un *tonito* un poco vacilón.

Me giro mientras suspiro de alivio y, así como lo hago, me arrepiento de haber liberado el poco aire que tenía en mis pulmones porque siento como me quedo sin oxígeno. Me quedo totalmente petrificada y con el corazón a punto de salir de mi pecho como un *alien*. Le veo apoyado en la baranda del balcón, tan fresco, desnudo por completo salvo por la toalla anudada en la cintura y que en su cuerpo se ve diminuta.

¡Madre mía, qué oblicuos, por favor! Creo que he empezado a arder por combustión espontánea, cuando al bajar la vista, me he percatado de lo que se marcaba bajo la minúscula toalla. ¡Madre del amor hermoso! ¡Esto es una tortura!

—Por Dios, ¿qué haces ahí? Quieres taparte con... ¿con algo?
—le reprendo dándome la vuelta, azorada.

—¿Qué te ocurre? ¿Nunca has visto a un hombre desnudo?
—se sorprende.

—Claro que sí —replico nerviosa, pero nunca uno como él, a
un metro de distancia de mí—. Si no quieres que nos denuncien
por escándalo público, será mejor que no vuelvas a salir al balcón
en pelotas. —Intuyo que Connor se lo está pasando bomba y me
doy la vuelta. Su sonrisa me relaja, no sabe cuánto—. Si llega a verte
doña Concha, la cotilla del bloque, nos monta un cirio de narices.

La verdad, es que no puedo evitar reír mientras lo imagino. Esa
mujer abochornada e indignada ante tal monumento a la virili-
dad.

—Siento si te ha molestado. Hacía unos días que no disfrutaba
de un baño en condiciones, y aquí hace mucho calor, no he podido evitarlo. No estoy acostumbrado a esta temperatura, es una
novedad muy agradable para mí.

—Perdona, no debí reaccionar así, es que hace mucho tiempo
que no estoy con un hombre, me refiero así, desnudo... quiero
decir... cerca... y tan...

¡Cállate, que lo estás estropeando todo! Me ordeno a mí misma.

—Tranquila, yo también hace mucho tiempo que no estoy
con una mujer. —¿Se ha ruborizado?—. De hecho, es la primera vez
que me encuentro con una mujer como tú.

—¿A qué te refieres? —le interrogo a la defensiva al percatarme
del tonito final.

—A una mujer que habla por los codos. Eres como un tintineo
continuo, como un cascabel. Un sonido dulce e insistente que
te acaba martilleando en lo más profundo del cerebro —se mofa
gesticulando con las manos alrededor de su cabeza.

Cuando más desprevenida estoy a causa de la sorpresa e indignación que me han producido sus palabras, el muy traidor me
lanza la toalla a la cara. Eso que he visto de refilón, ¿es de verdad?

—¿Eres tonto? —le reprendo mientras inhalo su aroma impregnado en la toalla—. ¡No vuelvas a hacer eso! ¿De qué vas?
Anda, vístete y vamos a comer algo.

—A sus órdenes, mi dama. −Me dedica una sonrisa socarrona mientras me hace una reverencia imposible y se dirige hacia el baño guiñándome un ojo. ¡No mires abajo Elva! ¡No mires! ¡Dios, tiene un culo perfecto!

Floto con sus palabras, por el tono en el que las dice. Me siento afortunada de vivir esta locura que no sé cuánto va a durar, pero que ha tornado una noche triste en algo muy especial.

Suspiro y salgo al balcón desbordada por esta sensación. Miro al cielo estrellado y sin pensarlo, le grito.

—¡Gracias, estrellas, gracias!

—¿Decías algo muchacha? −pregunta asomándose por la puerta del baño.

—Eh… ¡no, no! −Me muero de la vergüenza pero estoy feliz, como hacía mucho que no lo estaba.

V

꧁❧꧂

Durante la siguiente hora y media nos dedicamos a comer y a charlar como si fuéramos dos conocidos de toda la vida. Al principio me sentía cohibida, pero la mirada de Connor me calma. Es como una anestesia que me hace olvidar que él no puede ser real, y que estoy comiendo un plato de macarrones en plena noche con un guerrero escocés protagonista de un libro. Me habla de muchas cosas y me pregunta muchas más.

Es curioso cómo intenta comprender el mundo en el que vivo, y percibo lo mucho que quiere a su tierra y a su gente. No puedo evitar quedarme embobada cuando me habla.

—Bueno, Elva de Barcelona, háblame de ti —me pregunta curioso mientras saboreo la cena.

—No sabría qué contarte, mi vida no es nada interesante —respondo espontánea. Realmente, no le he mentido.

—No me parece justo, tú pareces saberlo todo de mí.

—Sólo sé lo que cuenta el libro, y dudo, por lo que dices, que muchas cosas sean del todo ciertas. De hecho, creo que la escritora no ha sido nada fiel a la realidad.

—¿Tienes familia? —prosigue interesado.

—Nací en un pueblo gallego. Mis padres emigraron a Barcelona en busca de trabajo y bueno, crecí aquí. Hace unos años ellos volvieron a casa. Yo me quedé por amor. O por desamor —puntualizo resignada—. Supongo que en breve tendré que volver a casa. —Dejo ir un suspiro de nostalgia y decepción a la vez, y me percato de su silencio.

Le hablo de mi familia, de mi trabajo, de mis sueños, de mi vida. Al principio con timidez, pero acabo encontrándome tan a gusto con él que no me siento en absoluto cohibida.

Le observo y está pensativo. Noto que quiere preguntarme algo y, por alguna razón, no se atreve.

—¿Qué te preocupa?

—¿Dice ese libro si volví a casa? —¿Es temor lo que leo en sus ojos?

—Pues no lo sé, justo me quedé en la parte de cuando fuiste herido. —Dejo el tenedor sobre el plato y se me ocurre una idea—. Espera.

Me dirijo a buscar el libro, que no sé dónde he dejado tras los acontecimientos de la noche. Aparece bajo un cojín del sofá, con la portada doblada y un poco maltrecho.

—Aquí está. Vamos a ver. Según esta historia, fuiste herido y, tras la emboscada, desapareciste.

—Es evidente. —Sonríe y se cruza de brazos expectante.

—Espera —murmuro mientras alucino con lo escrito en el libro y él se desespera.

—¿Qué?

—Al final hay boda —expreso con sorpresa.

—Te aseguro que no pienso desposarme con Ilona después de esto —me responde rotundo.

—Lo sé. Tú no te casas con ella, lo hace Angus. —¿Por qué me complace tanto esta noticia?

—Vaya. No sé por qué no me sorprende.

—De todas maneras esa arpía no te merece, es una auténtica zorra —escupo sin apenas darme cuenta.

—¿En serio? —Incorporándose, apoya los codos sobre la mesa con mirada inquisitiva—. ¿Y qué es lo que me merezco?

—Bueno, yo no debería haber dicho eso. —Rectifico con algo de embarazo—. Ya eres mayorcito para saber lo que te conviene.

—No, en serio. Cuéntame. –Disfruta torturándome con sus preguntas y mis reacciones, lo sé.

—No has tenido una vida fácil y no tienes en quién confiar. Te mereces una mujer que te quiera por lo que eres, por lo que sientes, no por quién eres. Una mujer que se preocupe por ti, para variar. Que quiera compartir el peso que soportas. –Hasta yo misma me sorprendo de la sinceridad de mis palabras.

—Vaya –susurra afectado. Sospecho que no esperaba esa contestación.

—Perdona, a veces soy una bocazas.

Fija sus ojos verdes en los míos, y su expresión se endurece, con un extraño brillo de contención reflejado en sus pupilas. Su voz emerge ronca y masculina de la garganta, haciendo que raspe por toda mi piel.

—Y, ¿qué necesitas tú, Elva?

¡Babum! Mi corazón acaba de explotar como una granada.

—Eh… Yo, dormir. –Me levanto absolutamente turbada, por el tono de su voz y el cariz que está tomando la conversación–. Estoy hecha polvo, demasiadas emociones juntas.

Recojo los platos y los llevo a la cocina, suspiro mientras los dejo en el fregadero e intento recuperar mi autocontrol.

—Claro, por supuesto. –Se levanta algo decepcionado y me observa mientras quito la mesa.

No quiero que la magia se rompa, me siento muy bien con él. Dudo que haya estado tan cómoda, con un hombre al que no me une ningún vínculo afectivo desde hace años. Porque no lo hay, ¿no? Pero es que no puedo ni mantenerle la mirada sin que mi cuerpo reaccione.

—¿Puedo fiarme de ti? –pregunto con una falsa inquietud pintada en la cara.

—Tranquila, no voy a aprovecharme de ti mientras duermes, si es lo que piensas. ¿Puedo fiarme yo? –¿Me está tomando el pelo? Me pregunto sofocada.

—¿Tan desesperada me ves? –No sé qué me cabrea más, si la pregunta o su silencio. Desde luego, este escocés con falda es un provocador profesional.

—Dormiré aquí, si te parece bien. –Me indica señalando el suelo junto al lateral de la habitación.

—Ni hablar, puedes dormir en la cama. Yo dormiré en el sofá.

—No voy a permitir que duermas en esa cosa en mi beneficio. −¡Eh tú, con mi sofá no te metas! Exclamo mentalmente.

—Llevo un año durmiendo ahí, una noche más no me matará, créeme.

—Eres extraña, ¿lo sabías? −¿Pregunta o afirma? No te desnudes delante de mí. No, por Dios, suplico para mis adentros en cuanto veo que comienza a desatarse la falda.

—Si no te importa, espera a que yo me acueste. No es por nada, pero… −¡Cállate ya, Elva! o se va a notar que te pone como una moto.

—Está bien, como usted mande. −Se cruza de brazos con una expresión placentera, señal de que está disfrutando lo indecible con mi reacción de niñata adolescente.

Mientras preparo mi humilde camastro, oigo una risita guasona que me pone a mil.

Escucho como se desviste, el roce de las sábanas y cómo su cuerpo se desliza entre ellas. Un gruñido, que imagino es causado por el cansancio y las heridas. Y un gemido profundo producido por la comodidad. No puedo evitar curiosear por encima del sofá. Tengo a la perfección humana durmiendo en mi cama ¡en pelota picada! No sé él, pero dudo que yo vaya a pegar ojo en lo que queda de noche. Estoy tumbada boca arriba, con las manos cruzadas sobre el estómago. Miro al techo y suspiro. No puedo creer que esto me esté pasando a mí, no puede ser real. Intento contener las ganas de asomarme por encima del respaldo del sofá, pero no puedo evitarlo. Sigue ahí, tumbado, libre y descansando a pierna suelta.

—¿En qué estás pensando? −Me doy cuenta de que me ha pillado de lleno y, muerta de vergüenza, vuelvo a la misma posición, tapándome la cara con las manos−. Sé que estás despierta. Todo esto es muy extraño, muchacha. −¡Qué me vas a contar! Me digo a mí misma.

Tras un silencio incómodo, decido romperlo con lo primero que se me ocurre:

—¿Qué haremos mañana? Aquí no puedes quedarte, bueno, al menos no para siempre.

—¿Y dónde se supone que debo ir entonces? Si como bien dices estoy en otra época, eso significa que no tengo hogar, no al menos en este tiempo.

—De hecho dudo que ese lugar exista, eres el personaje de un libro. Eres el fruto de la imaginación de una escritora.

—Eso no puede ser cierto. Mi casa es… es de verdad. Mis tierras, mi vida. Yo soy de verdad.

Y ante eso no sé qué responder, pues tiene toda la razón. Suspiro y me cabreo por no saber darle una respuesta, porque no la tengo. Quizás todo esto es fruto de mi mente, tras haber pasado una etapa triste de mi vida. Ni yo misma sé cómo afrontar esta experiencia.

—¿Te puedo hacer una pregunta? —Se sienta en la cama y yo me incorporo ligeramente en el sofá.

—Sí, claro.

—¿Por qué le esperabas? A ese hombre. Si tan mal se ha comportado contigo, ¿por qué has perdido tu tiempo esperando a que volviera?

Por un momento me siento ofendida, pero no por lo que me dice, sino porque es la pregunta que yo he evitado contestar durante el último año.

—No lo sé. Pensaba que era el hombre de mi vida, ¿sabes? Cuando le vi con otra mujer, mi mundo se hizo añicos. Mi vida controlada y organizada al milímetro se desvaneció y me sentí perdida. Yo no soy de aquí, mi mundo se limitaba a mi trabajo, su círculo de amistades y a él. Ha sido muy duro para mí verme sola de verdad, por primera vez en mi vida.

—Discúlpame, no quería molestarte. Es sólo que me cuesta creer que haya dejado escapar a una muchacha como tú. —Mis ojos se agrandan como platos al escucharle. ¿Qué quiere decir con lo de una muchacha como yo? Creo que la penumbra me ha delatado. Escucho un ligero carraspeo y continúa—. Eres hermosa y por lo que he visto pareces buena mujer.

—Me quieres llevar al huerto, ¿verdad? —disparo sin pensar.

—¿Qué?

—Nada —rectifico completamente azorada. Alucino porque es la primera vez en mucho tiempo que alguien me ve hermosa—.

No soy nada del otro mundo. La verdad es que tengo más defectos que virtudes. No es que me sobren los pretendientes, precisamente.

—¿Por eso deseaste que ojalá conocieras a un hombre como yo?

—¡Yo no he dicho eso! —espeto sorprendida levantándome de golpe del sofá. ¿O sí?

—Sí lo dijiste, y varias veces por cierto —manifiesta con contundencia.

—No. —Ahora recuerdo que es posible que lo pensara en voz alta.

—Te aseguro que sí. Y muchas otras cosas más que ahora mismo prefiero obviar. —¿Será mamón?

—¿Qué cosas? ¡Yo no he dicho nada! —le interrogo cabreada como una mona mientras me acerco a la cama.

—Muchacha, he de admitir que me sorprendió mucho saber lo que sentías. Te oía sí, pero también percibía tus pensamientos. Tu preocupación, tu estado de alerta, tu pena y tu compasión al saber de mi vida. La soledad, la decepción, tus deseos…

—¡Qué vergüenza! —Pido al cielo que no haya visualizado los pensamientos más calenturientos que habitan mi mente, pero por su expresión picarona sospecho que ha sido espectador en primera fila.

—No te avergüences, me ha gustado mucho conocer tu interior. Supongo que lo mismo que a ti el mío. —Me lanza una sonrisa de esas tan socarronas y, al instante, se vuelve más amarga—. Tenías razón, ¿sabes? He sido un hombre muy desdichado desde que Aileen, mi primer amor, se casó con un Lennox.

—¿Con un Lennox? Pero, ¿Ilona no es también una Lennox? —le pregunto mientras tomo asiento en el lado contrario de la cama con la mayor naturalidad.

—Exacto. Hubiésemos sido parientes. ¿Imaginas lo que iba a suponer eso para mí? Verla casada después de tanto tiempo… No sé… —Su mirada se pierde en recuerdos que intuyo dolorosos.

—Lo siento. Ni me imagino lo que has debido pasar. ¿Aún la quieres? —Desconozco por qué le hago esa pregunta, pero mi lado cotilla me puede. Ahora que estamos de confidencias, no me parece tan descabellada esta cuestión.

—La amé mucho, eso es cierto. Pero yo he cambiado e imagino que ella también. Amo su recuerdo, que es lo único bonito que me queda de ella. Pero eso no quiere decir que no me doliese verla de nuevo, y con otro hombre que no fuese yo.

—No entiendo. Entonces, ¿qué vas a hacer con los clanes? Si no te casas con Ilona tendrás que pactar con los Campbell y los ingleses —exijo preocupada.

—No. Al comenzar a escucharte, sembraste en mí la duda sobre Angus. Hice varias averiguaciones y descubrí que aún tengo parientes vivos en las Highlands.

—¿Te lo ocultó? —Alucino. ¡Vaya con el mentor y amigo!

—Así es. Envié a un emisario con una propuesta a mis parientes que no pudieron rechazar. Volvió hace dos días con una respuesta afirmativa. ¡Mis tierras estarán a salvo, muchacha! —Me coge de las manos con una sonrisa que ilumina sus ojos como dos faros, y calienta mi corazón como en una puesta de sol—. Pero tengo que volver para solucionar varios asuntos si no quiero que todo se tuerza.

—¡No sabes lo que me alegro por ti! No era nada optimista, llegué a pensar que…

—Que la volvería a fastidiar como tantas otras veces —me corta resignado.

—Lo siento. —Realmente, lo siento de verdad.

—No lo sientas, eres sincera y eso me gusta. Reconozco que la culpa de que haya estado a punto de perder mis tierras, lo único que merece la pena en este mundo, es enteramente mía. En cambio, el que me haya dado cuenta es gracias a ti, niña. —Su tacto me envuelve y su mirada es una caída al abismo que no tiene fin.

—Creo que voy a volver al sofá. Ya es tarde y tendríamos que dormir un poco —me justifico, cohibida ante la comodidad que se está fraguando entre ambos.

—Por supuesto. Debes estar cansada.

Me dispongo a levantarme cuando una serie de risas, golpes y a continuación gemidos inundan la fantástica tranquilidad que reina en mi casa. No puede ser, ¡esa mujer es insaciable! Mabel es la vecina fogosa del piso de abajo. Una mujer con una más que activa vida sexual, que ha estado atormentándome durante los últimos meses con sus polvos olímpicos.

—No me lo puedo creer —susurro avergonzada.

—¿Qué sucede? ¿Qué es eso? —pregunta alarmado y en guardia.

—¡Chsss! Escucha y verás —sonrío y le insto a acomodarse y a que preste toda su atención a lo que va a suceder ahora.

Gemidos, susurros, gritos de placer se hacen eco en la noche, mientras a Connor se le abren los ojos como platos.

—¿Es eso lo que creo que es? —No puedo aguantar la risa al ver la incredulidad y sorpresa que delata su cara—. Dios mío, es... es... —Me mira y no puede evitar sonreír conmigo—. Pero, ¿qué demonios están haciendo?

Estallo en una carcajada. Me doy cuenta de que es una liberación, hacía meses que no lo hacía y me siento bien, muy bien. Me tapo la boca con la mano, ahogando la risa e incluso, se me empiezan a escapar algunas lágrimas. Connor está tumbado en la cama, aguantándose el estómago por la risa. No puedo dejar de mirarle, le veo tan feliz y relajado que mis mariposas revolotean hasta mis labios, en donde empiezo a notar un picor extraño que no desconozco.

—¿Es que en este tiempo no existe el decoro? ¡Es impresionante!

Le explico con esfuerzo que llevo viviendo esto desde hace más o menos dos años. Al principio me hacía gracia, incluso me daba una envidia sana el que fuera tan «activa». Pero reconozco que este último año ha sido una verdadera tortura. Lo que menos necesitaba era escuchar lo bien que se lo pasaban otros, mientras yo estaba aquí ahogando mis penas. Me mira comprensivo y vuelve a cogerme la mano con suavidad, cuando veo un brillo travieso en esos ojazos que me hacen perder el sentido. ¿Qué está tramando?

—¿Confías en mí como para cometer una pequeña locura? —pregunta socarrón.

—No te entiendo. —Estoy confusa, me acaba de dejar fuera de juego.

—Creo que va siendo hora de que le den un poco de su propia medicina. Ponte de pie sobre la cama. —Le miro sin saber qué quiere decir o hacer. Enrolla la sábana en su cintura y se alza junto a mí–. Haz todo lo que yo te diga. –Me coge de las manos y empieza a botar sobre la cama con lentitud. Con la mirada y sin dejar de sonreír me insta a hacer lo mismo–. Ahora, despacio… ¡Mmmm! –Dios mío, ¿eso ha sido un gemido?

—Yo… No puedo. Me da vergüenza –le susurro casi sin moverme.

—Vamos, es la hora de tu venganza… ¡Mmmm! ¡Oooh! –La verdad es que la estampa es muy divertida, y me convenzo de que si un hombre como él puede dejarse llevar por el momento, yo también.

—¡Oh, sí! –comienzo a decir con voz trémula, aunque cuando veo que él sigue saltando y elevando más la voz, me animo– ¡Oooh, cariño… sí!

—¡Oh, sí!… ¡Muy bien, mi amor! ¡Aaah! –Apenas puedo contener la risa, pero seguimos manteniendo una especie de duelo sexual con Mabel «la fogosa», como la llama medio edificio, durante unos minutos. Los muelles de la cama rechinan como si fueran campanas, el cabecero da golpes contra la pared. Logramos jadear de verdad, presos por el esfuerzo y la contención de las carcajadas. Hemos llegado a un nivel de éxtasis tal que temo que la cama acabe cediendo y nos peguemos el batacazo padre. Nos hemos desatado en gritos de placer propios de películas porno, cuando de repente nuestros contrincantes callan. Hemos ganado el pulso.

—Se han callado –susurro mientras dejamos de botar con lentitud, poniendo atención.

—Creo que no han podido superar nuestro arrebato de pasión. –Su sonrisa pícara me desarma y el ejercicio de contención llega a su fin cuando me arrodillo sobre la cama y comienzo a reírme a carcajada limpia. Él me acompaña sentándose, exhausto.

—¡Estoy agotado!

—¡Y yo! No imaginaba que «no hacerlo» cansara tanto. –Sigo sonriendo mientras me siento a su lado, y me estiro hacia atrás mirando el techo–. Gracias. Ha sido genial.

—¿Genial? Curioso. Es la primera vez que me felicitan por un acto sin consumar. –Me guiña un ojo y me arranca otra carcajada mientras se tumba a mi lado en mi misma posición. Nos miramos sonriendo, hasta que me inunda la preocupación al ver el semblante serio que se ha instalado en su rostro–. Me ha gustado verte reír. Eres como un ángel cuando sonríes.

Desvío la mirada roja como un tomate. Siento una descarga eléctrica atravesar mi columna vertebral, hasta erizarme hasta el último pelo de mi cuerpo.

¡No puedo estar sintiendo esto, no es posible que este hombre me haga sentir esto! Su mirada se torna profunda y oscura, haciendo que un escalofrío recorra mi ser.

—Cuando llegué aquí, te pregunté cómo me habías embrujado, ¿recuerdas? Ahora me vuelvo a hacer la misma pregunta. No sé qué me está pasando, muchacha, pero no puedo evitar sentirme atraído por ti. Tienes algo que despierta sensaciones que creía enterradas desde hace mucho tiempo. –El brillo de sus ojos me traspasa el alma, pero me da paz. No sabe hasta qué punto le entiendo.

Sin apenas darnos cuenta, estamos el uno frente al otro, de medio lado. Las palabras han dejado de tener sentido desde hace ya unos minutos, y no las echamos en falta. Mi mano se ha hecho presa de la suya, atrapándola en suaves caricias en su exterior.

Nuestras respiraciones se aceleran al mismo ritmo que el latido de nuestros corazones. Estoy casi segura de que puedo escuchar el suyo retumbando como un tambor de guerra.

Me caigo en su mirada y me pierdo, sus ojos verdes como océanos me engullen y me cortan la respiración. Para evitar caer presa de su hechizo, decido cerrarlos. El hormigueo que recorre mi cuerpo desde mi sexo hasta mis labios acabará por desterrar cualquier atisbo de contención. Acerca su mano libre, y aparta de mi cara un mechón que cae rebelde sobre ella. Noto su tacto dibujando mi pómulo y no puedo evitar estremecerme. Brasas, fuego, deseo, pero también algo más. Aguantamos por un segundo la respiración anticipándonos a algo que es posible que no tenga marcha atrás.

Cuando abro los ojos ya he tomado una decisión, no puedo luchar contra lo que siento. Acerco mi rostro hacia el suyo sin dejar de mirarle. Estamos envueltos en una burbuja, ajenos a todo. No existe ni un solo destello de duda respecto a lo que va a pasar ahora, porque no puedo controlarlo. Acerco mis labios a los suyos embriagándome con su aroma varonil mezclado con mis violetas, esperando que él haga el mínimo gesto de rechazo, pero me sorprende atrapando mi cara con sus manos y se apodera de mi boca de una forma que me deja desarmada por completo. Sus labios presionan los míos con necesidad, hasta que un jadeo se escapa de mi garganta estrellándose contra su boca. Es entonces cuando noto que se aparta asombrado y entre jadeos se disculpa.

—Lo… Lo siento.

Sonrío levemente, pues comprendo que esta situación es tan sorprendente y nueva para mí como para él. Vuelvo a acercarme a unos pocos centímetros de su rostro. Le doy un tímido beso en la comisura de la boca, otro más dulce en el lado contrario, le beso en el pómulo, en la barbilla, en los labios. Pequeños besos, que no son más que mi forma de mostrarle lo que siento, la forma de darle mi permiso. No me da tiempo a más. Nuestras bocas se acercan como un imán, sin poder apartarse la una de la otra, esta vez con más fuerza, pero cargadas de ternura. La necesidad de poseernos nos nubla la razón, pero hay algo más, lo siento. No es sólo sed de sexo, es algo más profundo que me llega al corazón, algo que no estoy preparada para sentir aún, algo que me da miedo.

Abro los ojos ya bañados en lágrimas y me aparto compungida, con los labios hinchados y el corazón latiendo en cada miembro de mi ser. Me tumbo de espaldas a Connor y me encojo como una oruga, mientras su sabor se mezcla con mis lágrimas dentro de mi boca.

—Elva, ¿estás bien? ¿Te he lastimado? —me pregunta contrariado mientras recupera al aliento. Me retiro como si su mano quemara en cuanto toca la piel de mi hombro.

Oigo su angustia y me siento despreciable. ¿Por qué he empezado algo que ahora no puedo acabar? ¿Cómo puedo acostarme con un extraño cuando hace unas horas mi ex ha intentado forzarme? Sí, peco de mojigata, pero sé que aunque lo deseo y este hombre también me desea a mí, acostarme con Connor no me va a hacer ningún bien. Carlos me ha roto el corazón dos veces, aquella fatídica mañana y esta noche. Y los cachitos van a tardar mucho en recomponerse. Sencillamente, no puedo hacerlo. Ahora mismo, no es lo que necesito. Mañana me arrepentiría de estropear esto tan bonito que ha surgido entre nosotros. Me siento como si tuviera en un hombro al ángel bueno y en el otro al mismísimo demonio. Quiero, pero no puedo. ¿Por qué no puedo olvidarme de todo y retozar con este regalo que me han traído las estrellas? ¿Qué mujer en su sano juicio perdería la oportunidad de pasar una noche con semejante espécimen? Si Marisa se entera de esto, ¡me mata! ¿Por qué ha tenido que salir a flote mi maldito sentido común? Mi angelito me susurra al oído la respuesta: «Porque ahora lo que necesitas es sólo un abrazo. Un abrazo que recomponga tu alma y tu corazón».

Como si leyera mi mente, noto como su calor desaparece de mi lado en cuanto se aparta y se sienta en el borde de la cama. Le miro de reojo y le veo de espaldas mesándose el pelo y apoyando sus brazos en las rodillas pensativo. No logro entender qué es lo que dice entre siseos, y que parece una maldición. Seguro que me está poniendo a parir. ¡Menuda calienta braguetas estoy hecha! Me incorporo y apoyo mi mano suavemente sobre su hombro. Las palabras apenas emergen de mi garganta como un susurro, pero quiero tranquilizarle y explicarle lo que me pasa.

—Connor, yo…

Se gira hacia mí evitando, con la cabeza gacha, posar sus preciosos ojos verdes sobre los míos. Coge mis manos con delicado apremio, me mira y en ellos veo el pesar que, creo a pies juntillas, le acabo de causar.

—Te pido mil perdones, no sé qué me ha ocurrido ¿Cómo no me he dado cuenta antes? ¿Cómo he podido ser tan insensible? –Su discurso me confunde. ¿Por qué sus palabras están llenas de culpa?–. Por Dios, hace unas horas ese despreciable ha intentado mancillarte… ¿Cómo he podido siquiera intentar…?

Se levanta de la cama y su semblante derrotado se enfurece hasta tensarse por completo.

—¿En qué demonios estoy pensando? Me han traicionado, no sé cómo he llegado aquí, ni siquiera sé si voy a poder regresar y arreglar todos los problemas que he causado a mi gente… y… y lo único en lo que puedo pensar es en seducirte, besarte, arrancarte la ropa y hacerte mía hasta que desfallezcas. ¿Cómo puedo ser tan egoísta? —grita rabioso, sin dejar de moverse por la habitación.

Yo me quedo estupefacta ante su reacción. No esperaba de ningún modo una salida como esa. Aunque me halaga que Connor quiera hacerme suya hasta desfallecer, creo que lejos de sentirse rechazado, lo que siente es culpabilidad y eso me mata.

—Me he comportado como un hombre despreciable y te ruego me perdones. Entenderé que quieras que me marche por no haberte respetado y por haberme puesto a la altura de ese hombre que quiso hacerte daño. Tienes todo el derecho a pedirme que me vaya de tu vida. —Cada palabra pesa como una losa sobre mi alma. ¿De verdad ha pensado que me ha humillado?

Se queda quieto frente a mí, esperando una respuesta que yo, atónita como estoy, no puedo pronunciar. Simplemente me levanto por inercia y le abrazo. Lloro como una niña pequeña, amarrada a su pecho y su espalda como si fuera a desvanecerse. Connor, que en un principio se sorprende por mi acción, no tarda en entender que es lo que necesito y me abraza con el mismo ímpetu con el que yo lo hago. Me consuela y me besa la cabeza.

Cuando me recompongo lo suficiente como para recuperar la voz, le cojo de la mano y le invito a sentarse junto a mí en la cama.

—Connor, no te sientas culpable por nada de lo que hayas dicho o hecho. —Le miro y le hablo con calma. No sé por qué, pero ahora me siento mucho mejor. Mis sentimientos fluyen como si ese nudo que sentía en mi pecho este último año por fin se hubiera deshecho—. Necesitaba besarte y lo he hecho, necesitaba tocarte y no he podido evitar hacerlo. Y lo creas o no, nada me gustaría más en este mundo que acostarme contigo hasta el amanecer. ¡Estaría loca si no quisiera hacerlo! Pero son demasiadas emociones incluso para mí. Para abrir una puerta tengo que cerrar otra, y ahora mismo, aunque es lo que más deseo en el mundo, sé que no podría soportar hacer el amor contigo y ver como desapareces después. No estoy preparada. No necesito más de ti que lo que hasta ahora me has dado, tu complicidad, tu comprensión, tu amistad y tu consuelo.

—Pero… he debido controlarme y no dejarme llevar por mis instintos más primarios cuando sé que no estás bien —insiste avergonzado.

—Vamos a ver, *highlander* cabezota —contesto con algo más de humor—. No estoy enfadada contigo, ni me siento humillada ni mancillada ni ningún adjetivo que acabe en «ada». Quizás un pelín ridícula por este dramón que te he montado, pero nada que no pueda superar.

—¿Estás segura? ¿no quieres que me marche? —repite, esta vez con más tranquilidad.

—Ni lo pienses, no te vas a librar tan fácilmente de mí. Aunque sea una niñata estúpida y llorona que no ha dudado en aprovecharse un poquito de tu perfecto cuerpo de Dios escocés.

—¿Perfecto cuerpo de Dios escocés? ¡Hum! Reconozco que eso me ha gustado mucho —sonríe abiertamente por mi ocurrencia y se tumba hacia atrás mirando el techo.

—Va, no seas vanidoso, que seguro que en tu tierra estás acostumbrado a que las mujeres se tiren a tus pies —respondo poniendo en blanco los ojos y sonriendo por fin, con toda naturalidad.

—Siempre que les pagues lo acordado, desde luego —responde categórico.

No puedo creer lo que acabo de escuchar. ¿Connor, de pilinguis? Al ver mi asombro comienza a reír con fuerza hasta casi doblarse del esfuerzo. Me siento idiota porque no he pillado que era una broma, y he quedado completamente en ridículo.

—¿De verdad has pensado que yo…?

—¡Cállate!

Cojo un cojín del suelo y le golpeo en la cabeza con él. Intenta zafarse de mí y me ataca con la almohada como si fuéramos dos niños pequeños hasta que, obviamente, pierdo la batalla muerta de risa. Volvemos a quedarnos como hace un rato, jadeantes el uno frente al otro y, esta vez, ya no hay tensión entre nosotros.

Sólo complicidad, una intimidad que muy pocas personas deben sentir junto a otra persona, sin que se vean abocados a una sesión de lujuria y desenfreno.

Aparta de mi rostro un mechón rebelde y me acaricia la barbilla con suavidad.

—¿Y ahora qué, preciosa?

Le observo con una sonrisa sincera, y enredo mis dedos entre los suyos, sellando así las grietas que mi inseguridad le ha causado.

—¿Qué te parece si me cuentas lo que tienes pensado hacer cuando vuelvas a casa? Ese capullo de mentor, ¡tiene que recibir su merecido!

—¿Qué te parece si te lo explico mientras te abrazo?

Sonrío mientras me acomodo en el hueco que su cuerpo me ofrece, y su voz empieza a mecerme transportándome a tierras escocesas.

VI

༄

Me desperezo, acompañando el gesto con un gemido de satisfacción que hasta a mí me parece algo cursi y con la impresión de que estoy muy a gusto en la cama. Es de esas mañanas en las que el cuerpo está cómodamente incrustado en el colchón, de esos días en los que podrías quedarte allí horas y horas por placer. Sonrío feliz y con una sensación de paz absoluta, cuando noto un brazo que me rodea el hombro y deja caer una mano sobre mi estómago. Abro los ojos como platos. Una ráfaga de imágenes y emociones inundan mi mente a cámara rápida. ¡Oh Dios mío!

Giro la cabeza con lentitud, para intentar reconocer a mi acompañante y allí está Connor, con esa melena negra y brillante cayéndole sobre la cara. Pero, ¿¡cómo puede ser tan guapo hasta dormido!? ¡Este hombre no debería ser legal! Nota mi movimiento y, con un gruñido, entierra su rostro en la curva de mi cuello hasta encontrar lo que parece su lugar perfecto para descansar. No es posible que el simple contacto con él me erice hasta las pestañas. Me tiene totalmente atrapada entre sus brazos, estamos acoplados como dos cucharitas, como dos piezas de puzle destinadas a encajar. Al contrario de lo que esperaba en un primer momento, no me inquieto. Saber que sigue ahí, acostado conmigo, me relaja y me sienta mejor de lo que pensaba. Decido no moverme más y aprovechar el placer de sentir su calor, su cuerpo y el latir acompasado de su corazón sobre mi espalda. Me siento protegida. ¡Me siento de maravilla!

Rememoro los momentos más interesantes de la pasada noche y disfruto de cada uno de ellos, hasta el punto de que me siento totalmente nueva. Aquel hombre me ha dado algo mucho más valioso que su cuerpo, me ha abierto su alma. Me trató con una delicadeza extrema en los momentos más dulces, con su silencio y abrazo protector. Hemos pasado la noche tumbados en la cama, compartiendo confidencias y algo más profundo que un polvo. Nos escuchamos. Sin más. Nuestra complicidad ha sido algo de otro mundo. Hablamos hasta el amanecer, comimos helado e incluso jugamos con él, reímos, nos abrazamos. Volvimos a disfrutar de la intimidad y conexión que nos dio la noche con *Magic* de *Coldplay* sonando de fondo, para después quedarnos dormidos, exhaustos y felices. ¿Podría ser más perfecto? Esos recuerdos me confirman un hecho: ¡ha sido una de las mejores noches de mi vida!

Disfruto, perdida entre mis pensamientos, cuando noto algo que se clava entre mis muslos. Una voz ronca y llena de picardía, se abre paso entre mi pelo hasta mordisquear mi oreja.

—Si sigues rozándote así, creo que no podré contenerme durante mucho más tiempo, muchacha. No soy de piedra.

—¿Estabas despierto todo el rato? –le digo fingiéndome ofendida, mientras intento darme la vuelta zafándome de sus brazos.

—¡Chsss! Aún no te he dado los buenos días, *Mo Cion Daonnan.* –Esa frase hecha susurro se adentra en cada poro de mi piel y me deja literalmente deshecha.

Memorizo cada uno de sus rasgos mientras nos admiramos en silencio. Recorro con un dedo el mapa que me dibujan los tres pequeños lunares, uno bajo cada ojo y otro en la mejilla, que le hacen tan sexy. No es amor, lo sé. Pero me siento tan a gusto con mi *highlander* que no puedo describir lo que nace dentro de mí. Es una auténtica liberación.

Es extraño que dos desconocidos lleguen a tener esa conexión más allá de lo físico en tan poco tiempo, pero es tan visceral lo que sentimos que tengo miedo de dejar de tocar el cielo.

—¿Qué significa lo que dijiste antes?

—¿*Mo Cion Daonnan*? Mi amor eterno. Mi padre solía decírselo a mi madre a menudo. Tenéis mucho en común. ¿Sabes que ella también le salvó la vida? —Levanto la mirada, incrédula, y le insto a continuar—: Mi padre fue un joven bastante... ¿cómo decirlo...? afortunado en cuanto al arte de seducir mujeres. No es que me enorgullezca de ello pero, al ser el hermano pequeño y no tener obligaciones, fue libre para disfrutar de la vida con mayor libertad que su hermano Finn, primogénito y futuro *Laird* del clan Murray. Cambiaba de cama como de camisa, y en cierta ocasión, digamos que fue sorprendido con una amante que olvidó comentar que estaba casada con el terrateniente del pueblo. Huyó por la ventana como Dios le trajo al mundo, perseguido por un marido furioso y media aldea armada hasta los dientes, deseosos de colgarlo de una soga en la plaza.

Me besa divertido el cuello mientras recorre mi brazo con una caricia que me hace estremecer de lo a gustito que estoy. Él me mira de reojo y al ver mi cara de interés continúa sonriente con la historia.

—Logró entrar en un granero de las afueras en el que mi madre, casualmente, estaba practicando tiro al arco. Y en este caso, las flechas del amor hicieron el resto, exactamente una, en el trasero desnudo de mi padre.

—¿Le clavó una flecha en el culo? —pregunto incrédula incorporándome sobre su pecho.

—Sí, muchacha, por accidente, pero le hirió. Y al verle desnudo, perseguido e indefenso, le escondió bajo la paja hasta que todo se calmó. Una vez pasó el peligro, le atendió la herida y él se desmayó mientras miraba a aquella muchacha angelical. —Mientras me toca el cuello con las yemas de los dedos sigue hablando con voz profunda y melancólica—. Se despertó horas más tarde cuando fue encontrado en el camino de Stonefield por los hombres de Finn. Sólo podía pensar en su ángel de piel blanca como la nieve y pelo rojo como el fuego, y aunque todos pensaban que estaba delirando, él sabía que no era un sueño, gracias al dolor que sentía en sus posaderas cada vez que se movía. —Ambos reímos imaginando la escena y vuelvo a acurrucarme en su abrazo—. Cuando se recuperó, volvió camuflado a la aldea y la buscó hasta encontrarla. La cortejó durante meses y, finalmente, huyeron y se desposaron. Mi tío Finn murió sin descendencia en una emboscada de los Campbell a los pocos meses, y mi padre ocupó su lugar como *Laird*. El resto de la historia ya la conoces.

Percibo su gesto contrito y llevo mi mano hacia su barbilla intentando apaciguar su pesadumbre con mi caricia. No puedo imaginar lo que es perder a tu familia y no tener a nadie para protegerte. Descubro, para mi sorpresa, que la idea de esa soledad me aterra.

—Curiosa historia —susurro divertida para cortar mis pensamientos.

—En efecto, debe ser herencia en mi familia el conocer a una mujer especial en circunstancias «curiosas» —bromea tocando la punta de mi nariz con un dedo, mientras suspira, mirando al techo, pensativo—. Aunque creo que esta supera a cualquiera que conozca. Dudo que alguien me crea cuando vuelva a casa. Seré el primer *Laird* loco de las Highlands, ¿lo sabías?

Le miré con ternura y me estremecí. Sentí un pellizco en el pecho sólo con imaginar su ausencia.

—Ojalá no tuvieras que irte. Me caes bien, escocés socarrón y exhibicionista.

—Ojalá pudieras venir conmigo, Cascabel. No disfrutarías de los placeres de este hogar, pero disfrutarías de los de mi tierra. Yo he de volver. Mucha gente depende de mí, y no puedo fallar a la memoria de mi familia más de lo que ya lo he hecho.

Un escalofrío se apodera de mí, pero lo siento diferente.

—¿Y si desapareces? ¿Y si te vas en cualquier momento? No sabemos cuándo puede ocurrir, ni siquiera si vas a llegar a irte. —Lo admito, la idea de que se marche me espanta.

—Eso es algo que no está en mi mano solucionar, Elva. Al igual que no pude controlar este viaje de ida. Inexplicablemente estoy aquí, y sabes tan bien como yo que puedo no estarlo en cualquier momento. —Noto que se debate entre dos aguas, y entiendo todo lo que él puede perder quedándose aquí.

—Perdona, siento ser tan egoísta. No debí decir eso. ¿Quién soy yo para impedirte nada? Tú tienes tu vida, tu casa, tu gente, en algún recóndito lugar de la Escocia de un libro.

—¡Ay, querida!, hablas con demasiada ligereza sobre mi hogar. —Se acomoda mirando al techo con nostalgia—. ¿Te he dicho que tengo un castillo? Stonefield —recalca con orgullo—. Una construcción magnífica, rodeada de buenas tierras y frondosos bosques a la orilla del lago Fyne, en la península de Kintyre. Te encantaría, preciosa —me dice dulcemente mientras me besa la punta de la nariz—. Es una casa muy bonita, aunque no tan limpia. Disfrutamos de un clima menos cálido que aquí, eso es cierto. Pero hay unos bosques preciosos, jardines llenos de flores silvestres, un lago maravilloso en el que bañarte a la luz de la luna… ¡Cómo echo de menos un baño en esas condenadas aguas heladas!

Le sonrío mientras imagino los parajes que me está describiendo, el hogar donde hace mucho fue feliz y que ahora debe recuperar como sea. Enredo mis dedos en la cadenita de oro que tengo colgada en el cuello. Es en ese justo momento cuando se me ocurre una idea que me emociona y me asusta a partes iguales.

—No quiero que esto suene cursi ni te sientas obligado a hacerlo, pero por si no nos diera tiempo a despedirnos, quiero decir, por si en algún momento desapareces, ¿te importaría que nos despidiésemos ahora? Así no habría dramas, y nada por decir se quedaría en el tintero.

—¿Te he dicho ya lo extraña que eres, Elva? —pregunta divertido.

—Varias veces. —Le miro con cara de cordero degollado e insisto, explicándole los motivos de mi propuesta—. No me gustaría que te marcharas sin que pudiésemos despedirnos.

—Está bien, porque yo tampoco quisiera marcharme sin decirte adiós —me confiesa besándome la frente.

Me arrodillo junto a él y desabrocho la cadenita con el sol celta que llevo conmigo desde hace seis años. Un astro pequeño y reluciente, regalo de mi abuela y que según ella, era un símbolo de sus antepasados celtas.

—Quiero darte esto, para darte las gracias por aparecer en mi vida y cumplir mi deseo, porque no sé cómo lo has hecho, pero ya no estoy triste. Te ofrezco este sol, que para mí tiene mucho valor, para que recuerdes la calidez del sol siempre que lo necesites, para que recuerdes este extraordinario viaje y para que no me olvides.

Intuyo por su expresión que no se lo esperaba. Noto cierto destello de emoción en sus ojos. Aprieta la mandíbula mientras recoge mi regalo y, mirándome fijamente, se lleva la mano al corazón. Creo que le está costando encontrar el resuello necesario para hablar.

—Siempre te llevaré conmigo, *cascabel*, porque has llenado de calor un corazón frío, lo has hecho revivir. Es imposible que pueda olvidarte, pase lo que pase. —La emoción que derivan sus palabras hacen que por un momento las lágrimas fluyan en mis ojos, deseosas de salir rodando por mis mejillas, pero se detienen al verle levantarse de la cama y dirigirse hacia su ropa—. Yo también tengo algo para ti. —Veo que busca algo en su *sporran*, y vuelve hacia la cama sentándose frente a mí—. No tengo nada aquí que pueda darte, con más valor que mi nombre y el de mi casa —me dice solemne, mientras deposita algo envuelto en una tela sobre mis manos.

Una especie de pañuelo de lino envuelve un broche parecido a una hebilla. Tiene forma de herradura y sobrepuesto en el centro, el relieve de lo que parece un bosque, un castillo y la orilla de un lago.

—Stonefield —digo en voz alta.

—Exacto, no hay nada de más valor para mí que mi hogar y quiero que nunca olvides que ya formas parte de él, como él de ti.

No puedo evitar emocionarme y dejar brotar las lágrimas que esperaban ansiosas su libertad. Connor las seca con el pañuelo que envolvía el broche y, reparo en su fabuloso y delicado bordado. Una herradura, un cardo y tres palabras: *Mo Cion Daonnan*.

—Fue un regalo de mi madre antes de morir —confiesa cabizbajo.

—Yo… No puedo aceptarlo. —Le miro asombrada, no esperaba algo así.

—Sí que puedes, porque yo así lo deseo —me dice categórico, besándome a continuación como si de un momento a otro fuera a desvanecerse—. No sólo has salvado mi vida, sino la de todo un clan, la de toda una región, mi familia. Nunca podré agradecértelo lo suficiente. Algún día, Elva, un buen hombre pondrá a tus pies el paraíso que mereces. Nada me hará sentir más orgulloso que el saber que vas a vivir una vida tal como la deseas. Confía en ti, vive y disfrútala.

Exhaustos por la noche en vela e intentando olvidar los motivos que nos mantienen intranquilos, nos mantenemos abrazados hasta que un rugido proveniente de mis tripas rompe el silencio del que disfrutamos.

—Creo que es hora de darle de comer a la bestia, muchacha —me avisa serio, abalanzándose sobre mí provocándome unas cosquillas que me dejan floja.

—¡Tú sí que eres un bestia! ¡Para, por favor!

Me escabullo como puedo de la cama y me dirijo hacia el baño para hacer pis. Al mirarme al espejo, me maravillo al ver la imagen que se refleja en él. Mis ojos brillan, mi piel vuelve a tener un tono sano y sonrojado. No dudo que es gracias a los beneficios de una noche de «no sexo» legendaria, de confesiones y catarsis emocional. Sé que algo ha cambiado en mí, en lo más profundo de mi alma.

Elva por fin ha vuelto.

Me aseo y me pongo un pijama corto con rapidez, deseando volver a la cama junto a Connor, pero cuando salgo él está en el sofá intentando poner en marcha el televisor. Juro que no hay nada más sexy en el mundo que verle con la sábana como única vestimenta.

—Increíble. Da miedo. Parece tan real… —murmura asombrado.

—Y lo es, pero nada interesante la verdad. Prefiero escuchar a Coldplay.

Bajo el volumen del televisor, sustituyéndolo por el sonido del CD del reproductor. Coldplay, sin duda, va a ser la banda sonora de esta fantástica aventura que estoy viviendo. Será el equivalente a la canción de una pareja de enamorados.

—Me gusta lo que canta ese hombre, ven. —Me coge de la cintura y me sienta junto a él. Me acomodo apoyando la cabeza en su pecho, inhalando su aroma, ese que me da seguridad, el que me hace sentir protegida–. ¿Te he dicho ya que tienes un pelo precioso? Enreda sus dedos en mi cabello mientras clava sus bonitos ojos en los míos, hechizándome.

—Definitivamente, tienes los genes de tu padre, canalla –le amonesto divertida.

—Por cierto, Elva. No me has dicho cómo termina el libro.

—Mierda, perdona. –Cojo el libro que está sobre la mesa, ojeo las últimas páginas y maldigo al aire indignada–. ¿Qué? ¡No puede ser verdad! –Connor me mira sin comprender nada, y yo sigo buscando algo que sé que no voy a encontrar–. Atención –le aviso, y leo las palabras de la última página–: ¿Cuál es el misterio que se esconde tras la desaparición de Connor Murray, Laird de Stonefield? Si quieres conocer el destino que le aguarda a este gran guerrero escocés, muy pronto lo descubrirás en El legado del highlander. ¡Maldita sea! ¡Es una puñetera saga!

—Y eso... ¿qué significa? –reclama confundido.

—Pues que no podemos saber que te ha ocurrido. El libro acaba con la boda de Ilona y Angus. Nada dice de tu vuelta a casa. Parece ser que hay un segundo libro, pero aún no se ha publicado.

Arrastro estas últimas palabras, temerosa de su reacción. La posibilidad de que esté atrapado en mi tiempo y en mi casa es del todo real.

—Connor... eso no quiere decir que no vuelvas a casa. Simplemente lo cuentan en el segundo libro, es imposible que estés aquí...

—¿Atrapado? –pregunta irónico.

Suspiro totalmente impotente, no se me ocurre qué decir. Creo que él nota mi preocupación y me atrae con delicadeza hasta su cuerpo. Me coge la barbilla y la levanta suavemente hasta que nuestras miradas se encuentran.

—Mi destino, sea cual sea, se ha cruzado con el tuyo, muchacha. Y si he de quedarme aquí el tiempo que Dios disponga, estaré orgulloso de tener tan buena compañera. –Acabo de morir de amor, literal–. Sólo prométeme una cosa. Si en algún momento desaparezco, búscame. Intenta averiguar qué fue de mí, si logré volver a casa, si solucioné los problemas de mis tierras. Si conseguí salvar a mi gente de esos traidores. Búscame para saber si este viaje valió la pena.

Asiento, porque no tengo ninguna duda de que pase lo que pase le buscaré. Y sellamos la promesa con un leve y delicado beso en nuestros labios.

Escuchamos en silencio O (Fly on), cada uno perdido en sus pensamientos. Evito pensar en que esto puede acabarse en cualquier momento, quiero disfrutar de cada segundo de su reparadora compañía.

—Podría quedarme así eternamente —le confieso mientras le beso en el pecho espontáneamente. Otra vez, mis tripas rugen como el león de la Metro. ¡Traidoras!

—Y yo, cascabel, pero en estos momentos temo por mi seguridad. Si no llenas esa barriguita con algo sólido, sospecho que te abalanzarás sobre mi brazo para comerme.

Me levanto sin gana alguna y sonrío, mientras tarareo otra canción y abro la nevera, en busca de leche para preparar el desayuno.

—¡Mierda!

—¿Qué ocurre? —No sé como, pero ha tardado cero coma en estar junto a mí.

—No hay leche —contesto mientras me acoplo al cuerpo que tengo a mi espalda.

—¿Y? —pregunta excitado.

—Tengo que bajar a comprar un cartón, al menos, para poder hacer el desayuno. —Y lo digo nada convencida, porque no me apetece nada separarme de él. Me mira con esa expresión socarrona que tanto me gusta, y aunque anoche decidimos no traspasar esa línea, estoy a punto de perder la compostura cuando noto su mano tanteando mi trasero—. De verdad, necesito un café para ser persona. Y vístete ya, vanidoso.

Preparo un plato con los cruasanes de crema que compré ayer, y los dejo sobre la mesa, mientras observo como se viste con su indumentaria habitual. Nunca antes un hombre en falda me había parecido tan sexy, ¡esas rodillas! Me muero de la vergüenza cuando es evidente que me ha vuelto a pillar mirándole con la boca abierta.

—O sales por esa puerta o no respondo, muchacha, quedas advertida –sentencia con la mirada oscura por el deseo.

—Vale, vale. Será mejor que baje a casa de Marisa a por la leche o corro el riesgo de perder el control, arrogante escocés –le reto con un tono sensual, desconocido en mí.

Veo que se recuesta sobre el sofá cómodamente, mientras le pega un mordisco al cruasán y se relame de gusto. Voy a la habitación y me cambio de ropa. Un vestido corto de algodón será suficiente para visitar a mi amiga sin levantar sospechas.

Me dirijo hacia la puerta y lo último que veo al girarme es a Connor ojeando el libro que habla sobre su propia vida. Está relajado y feliz. Levanta la mirada y me sonríe con los ojos.

—Ya te echo de menos, *Mo Cion Daonnan* —veo como vuelve a morder el cruasán y el relleno le cae por las comisuras de la boca. Un hombre tan grande y, a la vez, un niño tan torpe. Sonrío cerrando la puerta tras de mí, y salgo corriendo a toda pastilla para conseguir un cartón de leche y proseguir con mi particular fiesta de pijamas a la escocesa.

Llego al segundo y me encuentro ante la puerta de Marisa. Dudo en llamar porque, seguramente como es tan perspicaz, es capaz de percibir el notable cambio que hasta yo misma siento en mí.

—¡Tú has follado! –me grita sorprendida en cuanto me abre la puerta.

—¡Marisa! –le recrimino falsamente escandalizada.

—Y además te han follado bien. ¡Serás zorra! Y yo preocupada porque me encontré a Carlos en la playa y estaba dispuesto a venir a verte. ¿Quién es? ¿Aún está en tu casa? ¿No habrá sido el gilipollas de tu ex? ¡Cuéntamelo todo! –me grita eufórica, hasta que su resaca la hace encogerse y enmudecer de golpe.

—Ahora no es buen momento. Pero no, no tiene nada que ver con Carlos. Te prometo que hablaremos, ¿vale? Ahora sólo necesito leche para hacerme un bendito café.

—Está bien. Te vas a escapar, porque tengo al maldito David Guetta montando una *rave* dentro de mi cabeza. Anda, toma. –Me da la leche de mala manera, aguantándose la cabeza como si le fuera a salir volando en cualquier momento–. Pero te juro que me vas a contar con pelos y señales quién es el macho ibérico que te ha dejado con esa puñetera cara de satisfacción –me dice apuntándome con un dedo acusador.

—Prometido. Anda, acuéstate que falta te hace. Te llamo, ¿vale? –Le doy un beso y salgo como un cohete de su casa. Ni se imagina lo afortunada que me siento y ni me paro a coger el ascensor. Estoy pletórica hasta tal punto que subo los cuatro pisos trotando por las escaleras. Pienso en cuán equivocada está Marisa, porque el que me ha hecho relucir de nuevo ni es un macho ibérico, ni hemos intercambiado fluidos. Y sinceramente, aunque en otro momento hubiese sido la noche de lujuria y desenfreno del siglo, siento que he ganado algo mucho más especial que un polvo de una noche.

Abro la puerta, ansiosa por ver a mi Dios escocés de nuevo y me encuentro el sofá vacío.

—Connor, ¡ya he vuelto! ¡Te voy a preparar un café que en tu vida lo vas a olvidar! –digo elevando la voz. No recibo respuesta alguna, pero imagino que está en el baño, por lo que preparo la cafetera esperando a que vuelva al salón.

Mientras aguardo, me apoyo en la barra de la cocina mirando la tele. De nuevo, las noticias sobre el cometa acaparan todo el interés. Leo en los rótulos impresos de la pantalla un titular que despierta todas mis alarmas.

«Adiós estrellas fugaces, adiós deseos. Hasta dentro de ciento cincuenta años».

Me acerco poco a poco al televisor y estoy subiendo el volumen cuando tropiezo con algo que hay tirado en el suelo. Recojo un libro, el libro de Connor. En un instante, todos mis temores se hacen realidad, la congoja se apodera de mi cuerpo y mi corazón se acelera hasta el punto de querer estallarme en el pecho.

—¡No! ¡Connor! –grito casi sin aliento cuando me dirijo al baño. Vacío. Un gramo de esperanza me hace ir hacia el balcón. Quizás esté allí en pelota picada tomando el sol. Vacío–. ¡No, por favor, aún no! –Me giro desesperada y corro hacia el vestidor, pero por supuesto, tampoco está allí.

La ansiedad me puede, necesito sentarme o caeré redonda, y ya no están sus brazos para recogerme. Me siento en la cama y observo mi casa, durante un día llena de vida, y ahora, llena de su ausencia. Me recuesto con el libro sobre el pecho, apretándolo hasta casi fundirlo con mi cuerpo. Miro al techo, intentando contener el llanto. Sabía que esto iba a pasar, él tenía que volver de una forma u otra. Y lo ha hecho igual que llegó, sin avisar.

Me resisto a llorar, pero no puedo evitar que mis lágrimas tengan vida propia y decidan correr libres por mis mejillas. Aún noto su olor impregnado en las sábanas, siento su tacto acariciando mi piel, su voz varonil susurrando en mi oído. Estoy triste, pero no soy infeliz. Me acomodo sobre la cama en posición fetal y veo sobresalir algo entre las sábanas. Una herradura plateada, un bosque, un castillo, un lago. Cojo el broche y lo admiro con agradecimiento. Al menos pudimos despedirnos. Me abrazo mientras escucho a Chris Martin cantar *Oceans*.

Behind the walls, love,	*Tras los muros, amor,*
I'm trying to change,	*Estoy intentando cambiar,*
I'm ready for it all, love…	*estoy listo para todo ello, amor…*
I'm ready for the pain	*Estoy listo para el dolor*
so meet under blue sky,	*así que encontrémonos*
	bajo el cielo azul,
meet me again,	*volvamos a encontrarnos,*
in the rain,	*en la lluvia,*
in the rain,	*en la lluvia,*
in the rain.	*en la lluvia.*
The rain…	*La lluvia…*
Got to find yourself alone in the swirl,	*Tienes que encontrarte*
you've got to find yourself alone.	*otra vez en el remolino,*
	tienes que encontrarte
	sola otra vez.

Entiendo que Connor ha sido un regalo en el peor momento de mi vida. Y gracias a él, la Elva que fui una vez ha vuelto para quedarse. Y te prometo, Connor Murray, que un día no muy lejano, bajo el sol, la lluvia o las estrellas, te encontraré.

Ya hace dos días que Connor se ha marchado, y a pesar de que Marisa ha intentado sonsacarme cualquier información referente al misterioso hombre que, según ella, me ha cambiado hasta la expresión de la cara, no he tenido valor de explicarle la verdad. Si yo misma no lo comprendo, si aún tengo que asimilar lo ocurrido… ¿qué le explico sin que me tome por loca? «Coño, Elva, pero ¿en qué lío te has metido que ni a tu propia amiga puedes contárselo?», me ha insistido ofendida. Después ha empezado a barajar hipótesis, a cual más rocambolesca. La pobre, cansada de mis risas, mi cara de boba y mi silencio, se ha dado por vencida y me ha creído cuando le he dicho que confiara en mí, que se lo contaría cuando estuviera preparada. Si es que es un tesoro de chica, soy muy afortunada.

Apenas me he levantado de la cama en estos dos días. Sí, del trasto inútil que odiaba con todas mis fuerzas y ahora me acoge aún con su olor pegado a las sábanas. Y no, no es que haya sucumbido a la depresión ni nada parecido. Eso ya es historia. Estoy extrañamente bien, sólo que he pensado en todo esto sin parar. Con una gastroenteritis por excusa, me he ausentado del trabajo y ahora me encuentro sin saber como digerir este… encuentro imposible. Connor, ¡eres un desgraciado! Hubiese preferido vivir en la ignorancia toda mi vida, sin tener el conocimiento de que existían hombres como tú. Y de nuevo se lo digo a la silueta varonil que aparece en la portada del libro, del que no me he separado ni un segundo. Pero esto ya no me parece raro, es más, siento nostalgia cuando la miro.

Lo tiro a un lado de la cama, cansada ya de mirar el techo, de ver su cara en mi recuerdo y no poder tenerle cerca. Suspiro resignada y decido que quizás una buena ducha me quite el sopor y tanta tontería de encima. Además, Marisa me ha traído un taper de ensaladilla que ha preparado su madre, temerosa de que muera de inanición. Hoy puede ser un buen día para empezar a ser la nueva Elva.

Me levanto de la cama y me dirijo al baño para intentar ser persona de nuevo. Acciono el grifo y me siento en el borde de la bañera, recordando la cara de Connor, sus cicatrices… sus oblicuos… Ay Elva ¡para ya! ¡Esto no es sano! Salgo del lavabo en busca de una toalla limpia y al pasar junto al trasto inútil, sobre las sábanas blancas y destartaladas, el libro parece llamarme a gritos. Me detengo y lo miro con la extraña sensación de que quiere decirme algo. Pero, ¿qué?

Lo cojo y lo abro por cualquier sitio, y el texto de la página en la que la suerte ha querido que me detuviera dice: «Si quieres conocer el destino que le aguarda a este gran guerrero escocés, muy pronto lo descubrirás en *El legado del highlander*».

¡Eso es! ¡Elva a veces eres cortita! ¿Cómo no lo he visto antes? Pues sí Srta. Helena Carsham, tiene usted toda la razón, murmuro con el corazón a punto de explotarme en el pecho. Busco el portátil como una posesa, y cuando lo encuentro me siento en el borde de la cama. Apenas soy dueña de mis actos, he sentido el impulso de hacerlo y, por una vez, mi cerebro se niega a preguntarle a mi corazón por qué voy a cometer esta locura. Porque, por una vez, los dos están de acuerdo.

De: Elvamota82@gmail.com
Para: RomanticaconReditorial@rcre.com

Estimados señores:

Me pongo en contacto con ustedes para mostrarles mi interés por la obra editada bajo su sello *La insignia del Highlander*, de la autora Helena Carsham. Ante la imposibilidad de contactar con dicha autora a través de las redes sociales o web alguna, les hago llegar este mensaje para intentar localizarla. Tengo entendido que es una persona muy ocupada, pero si fuese posible a través de ustedes concertar una cita para conversar sobre su novela, les estaría eternamente agradecida. Estoy muy interesada en charlar con ella sobre la figura de Connor Murray y su vida en Stonefield. Adjunto mi teléfono. Muchas gracias.
Atentamente,

Elva Mota

VII

⚜

Diciembre de 2014

Me acurruqué cerca de la estufa de leña de la cocina de mi abuela, ataviada con mi pijama de felpa de tres centímetros de espesor y enrollada en una manta. Le daba vueltas con la cuchara al colacao calentito que me había preparado disfrutando de un momento de intimidad. Me encantaba sentarme allí como cuando era pequeña, con la casa en completo silencio excepto por el crepitar de los troncos en el fuego. Allí podía pensar con tranquilidad. Quedaban pocos días para las celebraciones navideñas que iba a compartir con mi familia en Vigo y, aunque lo había intentado, no podía quitarme de la cabeza lo ocurrido cuatro meses atrás y lo sucedido después. No imaginé lo que iba a desencadenar aquel insignificante deseo de noche de lluvia de estrellas. Un deseo llamado Connor Murray y que iba a poner mi vida patas arriba.

La crisis me azotó mes y medio después del verano. Los dichosos recortes y que mi jefe aprovechó la tesitura para ahorrarse algún sueldo me llevaron a pertenecer a la empresa más grande de España: el paro. Me planteé sin dramas lo que iba a hacer a partir de ese momento. En otra época de mi vida hubiese vuelto con el rabo entre las piernas de vuelta al nido familiar, pero ya no era la misma. Lo que antes me hubiese dado miedo ahora me parecía un reto. No iba a rendirme tan fácilmente.

Decidí poner orden, empezando por mudarme de aquel piso en el que había pasado los mejores y peores momentos de mi vida. Alquilé un pequeño estudio en un pueblo del área metropolitana de Barcelona, rodeado de montañas y vegetación, un lugar tranquilo en donde hacer borrón y cuenta nueva. Allí seguiría diseñando portadas de libros, *flyers* y lo que me encargasen mientras conseguía un nuevo trabajo. Había acabado muy harta de los clientes pejigueros, de los horarios intempestivos y de las cada vez más bajas comisiones que me llevaba por realizar una venta. Así que me apunté a un curso de diseño gráfico online para perfeccionar mi estilo, abriendo así nuevas perspectivas laborales. Me gustaba diseñar y, para empezar, no estaba mal.

Una vez establecida, me animé a programar un viaje a casa de mis padres en diciembre y pasar con ellos la Navidad. Necesitaba desconectar y regresar a mis orígenes. Volver bajo el ala de mi querida abuela Bríxida, ver a los primos, a mis viejos amigos, y empaparme de mi tierra a la que tanto echaba de menos. Cuando les llamé para comunicarles mis planes, evité hablar de Carlos más allá de una breve explicación sobre nuestra ruptura: «Cosas de la vida, las cosas se acaban y ya está». Y no sentí dolor al decirlo. «Ay Connor, ¿qué me has hecho?», pensaba.

Llegué a la conclusión de que le eché de menos desde el día que al despertar extrañé su abrazo. Soñaba con él continuamente, recordaba cada una de las conversaciones que mantuvimos aquella noche de los deseos en la que el mío se hizo realidad. Rememoré cada instante que pasamos juntos una y otra vez, sintiéndome feliz por haber podido conocer a aquel hombre tan peculiar, a aquel guerrero con el corazón ardiente e inteligencia avispada. ¿Enamorada? No. No podía describir el sentimiento que me embargaba de esa forma. Que me había marcado era indiscutible. Hubiéramos sido muy buenos amigos, o quizás algo más, pero tuve que quitarme esa idea de la cabeza para no obsesionarme. Connor ya no existía. Desapareció de mi vida, pero se quedó para siempre en mi corazón. Me sentía agradecida, porque gracias a él cerré de un portazo una etapa oscura de mi vida, que al igual que a él estuvo a punto de arrastrarme a las sombras. Sí, podía decirlo en voz alta, gracias a Connor abrí los ojos y renací como el ave Fénix.

Guardé como oro en paño la insignia de la casa Murray y el pañuelo bordado que Connor me había regalado aquella mañana como despedida. Su casa, su nombre, su hogar. Recordé con nostalgia su mirada llena de orgullo al decir esas palabras mientras los ponía en mis manos. No quise lavar el pañuelo para no estropearlo, aún olía a él. Y aunque sabía del valor histórico de aquel trozo de tela, lo que de verdad me importaba era el inmenso valor sentimental que supuso para su dueño entregarlo.

Un domingo, mientras paseaba por el mercado de Sant Antoni, me encontré por casualidad una cajita de madera tallada con símbolos celtas que llamó mi atención en un puesto hippie. Tenía pintadas unas pequeñas flores de lavanda en su tapa, y estaba forrada de terciopelo verde que desprendía un suave aroma a la misma flor. Se convirtió, sin saber cómo, en el lugar más propicio para guardar mi gran tesoro. Un tesoro que siempre llevaría conmigo. Era la única forma de no olvidarle, recordándole el resto de mi vida. Si el ser humano tenía derecho a vivir un hecho excepcional a lo largo de su vida, y yo, desde luego, podía darme por satisfecha.

Fue aquel día también, cuando me encontré de bruces con Carlos, su mujer —la zorrasca del tercero— y su hijo. Iba tan ensimismada con mi nueva adquisición que no me percaté de su presencia hasta que casi fui arrollada por el carrito del bebé. Fue un encuentro incómodo para todos, pero no tanto para mí como esperaba. Pude mirar a aquel capullo abiertamente a los ojos y darme cuenta de que ya no me importaba. Yo le miré, él a mí y la zorrasca a los dos. Fueron apenas segundos, pero no nos dijimos nada. No fue necesario. Era patente que Carlos tenía miedo. Quizás de que yo fuera capaz de abrir la boca y explicar lo que pasó aquella noche. Vi cómo me observaba y en sus ojos percibí decepción, le conocía demasiado bien. ¿Arrepentimiento quizás? o ¿simple sorpresa al verme tan bien? Ay Carlos… era evidente que no era feliz. Bordeé el carrito con elegancia y con una sonrisa pintada en la cara, me marché triunfal cerrando la última puerta de mi pasado, mientras mantenía bien sujeta la insignia de mi *highlander* en el bolsillo y le daba las gracias mentalmente.

Al margen de mis recuerdos, tomé la determinación de averiguar todo lo posible en referencia a aquel libro mágico y su autora, Helena Carsham, pero hasta el momento todo los intentos habían sido infructuosos. Era como si a esa mujer se la hubiera tragado la tierra. Fueron varios, por no decir muchos, los correos que hice llegar a la editorial y que me enviaban de vuelta dando las gracias por mi interés, pero sin ningún tipo de ayuda para contactar con la autora. Pasé muchas noches enganchada a internet y Míster Google fue decisivo en mi búsqueda. Encontré varias referencias al libro, alguna reseña y algún dato más sobre la autora, de la que poco se sabía más que era inglesa y viajaba alrededor del mundo. Ni una foto, ni una dirección. Nada. Hasta bombardeé su club de fans con emails pidiendo información, pero nada. Nadie sabía más de ella que lo que se había publicado. Temí convertirme en una psycofan y decidí emprender otro tipo de búsqueda.

Si de verdad Connor fue real esa noche, ¿era posible que fuese real en el pasado? Probé suerte buscando el apellido del guerrero, «Clan Murray: 1.090.000 resultados encontrados». ¡Uf! «Connor Murray: 1.080.000 resultados encontrados». ¡Aj! «Castillo de Stonefield: 96.000 resultados encontrados». Me llamó la atención la primera entrada, «Stonefield Castle Hotel, Loch Fyne, Tarbert» ¿Loch Fyne? ¿El mismo lago Fyne donde Connor se bañaba bajo la luz de la luna? Un escalofrío recorrió mi cuerpo y presa de la impaciencia hice clic sobre la entrada. Allí estaba, imponente sobre una colina a los pies de un lago y rodeado de bosque. Debía ser este, debía serlo, deseé. Busqué desesperadamente la insignia en la cajita celta y la comparé con la fotografía de la pantalla. No había duda, el torreón, los picos de las torretas, el bosque, el lago. ¡Lo había encontrado! Leí nerviosa que se trataba de un castillo antiguo patrimonio nacional del país y que, en la actualidad, servía como hotel de lujo y en donde se celebraban bodas de postín. Un lugar precioso en el que imaginé, presa de la emoción, a Connor viviendo una vida muy feliz. Las fotos que corrían por internet eran impresionantes, el lago casi helado, los bosques frondosos salvaguardando el castillo... Fue en ese momento en el que decidí que tenía que hacer algo al respecto. Si no me equivocaba y ese castillo realmente fue el hogar de Connor, debía verlo con mis propios ojos. Él no iba a volver, pero yo tenía la oportunidad de acercarme a su entorno y saber de él, como le prometí.

Cogí el teléfono decidida y marqué el número del hotel. Quizás fuese tan sólo una coincidencia, pero tenía que saber si aquella fortaleza de hacía cuatrocientos años era la casa de mi querido *highlander*.

La pobre recepcionista que me atendió en un escocés tan cerrado que me recordó, por como arrastraba las erres, a Connor no supo darme la información que demandé. En efecto, ese castillo pertenecía a la familia Murray –¡Yuju!– y era regentado como hotel y centro de celebraciones. Al percatarme de que no podría sonsacarle más a la empleada, insistí en hablar con alguien de la familia y me inventé una historia sobre que era historiadora y buscaba documentación sobre el clan Murray. Se hizo un silencio y la chica, que no debía tener mucha idea al respecto, me pidió el teléfono para que alguien más adecuado se pusiera en contacto conmigo en otro momento. Yo sabía dónde iría aquel pósit con mi número de teléfono, seguramente a la basura. Me despedí algo decepcionada y colgué el teléfono. Me mesé el pelo con los brazos apoyados en el escritorio y de repente, se me ocurrió. «Si la montaña no va a Mahoma, Mahoma irá a la montaña».

Decidí organizar el viaje de mi vida la próxima Semana Santa, pero antes debía pasar las Navidades con mi familia y ahorrar lo suficiente como para disfrutar de una semana por tierras escocesas.

Los días me parecían eternos y mataba mi tiempo casi obsesionada, perdida por GoogleMaps, mirando rutas de llegada, vuelos, alojamientos, fotografías… No veía el momento de pisar la tierra que Connor tanto adoraba. En ocasiones, me asaltaban las preguntas respecto al viaje de vuelta del guerrero a su hogar. Porque… habría vuelto a su tiempo, ¿verdad? ¿Qué le sucedió? ¿Consiguió recuperar su casa y librarse de los traidores? ¿Qué fue de él? ¿Se acordaría de ella? «¡Mierda, se me ha enfriado el colacao!».

—No sé quién es el *rapaz* que hace que los ojos de *miña netiña* brillen de esa manera pero, hija, debe ser una maravilla.

—Por el amor de Dios *avoíña*, ¡qué susto me has dado! —exclamé mientras se me derramaba media taza de colacao encima. Mi abuela me dio un beso en la cabeza y se dispuso a hacer un café mientras me miraba con ojos interrogantes.

—Y ¿bien?

—No pensaba en nadie en particular —contesté algo turbada, como si me acabaran de descubrir haciendo algo malo.

—¿Estás segura? Reconozco muy bien cuándo un corazón está atado a otro. Ni con el estirado ese tenías esa luz en la mirada —expuso zalamera mientras intentaba abrir la cafetera *Oroley* de toda la vida.

Me levanté y con un paño de cocina y no sin esfuerzo, conseguí abrirla. ¿Aún tenía aquella cafetera? ¡Debía tener al menos su misma edad!

—Deberías tirar ya esta cafetera, ahora existen unas cosas llamadas cápsulas.

—Eso no es café, a saber qué es lo que llevan dentro. Pero no me cambies de tema y explícale a tu *avoa* quién es ese hombre que te hace suspirar.

—No empieces tú también, que la cosa no va por ahí —le respondí entornando los ojos.

—¿Es guapo? —susurró emocionada— ¿Es un buen hombre?

—De verdad, ¿eh? —me quejé levantándome de la silla y echándome leche caliente en la taza—. Entre mi madre y tú vais a volverme loca con esa manía que tenéis de emparejarme con el primero que se os ocurre —le amonesté, ya con la sonrisa en la cara.

—Estás cambiada, *netiña*. Sé que algo o alguien te han hecho madurar y me alegro. Sólo espero que, el que haya sido, tenga un buen cuerpo y unas buenas manos para abrazarte y llevarte al cielo cada noche.

—Pero, ¡*avoa*! —grité completamente azorada y escandalizada—. ¿De dónde has sacado esas ideas? ¡Que me muero de la vergüenza! Como te oiga mi madre le van a tener que subir la dosis del Diazepam. —¿Por qué de repente hace tanto calor aquí?

La abuela Bríxida dejó la cafetera sobre la encimera y se giró hacia mí apoyándose en ella. Miró hacia la puerta de la cocina y, mientras secaba sus manos en el mandil, se acercó misteriosa y susurrante.

—¿Te puedo contar un secreto *netiña*?

Yo no pude más que sonreír divertida.

—¿Desde cuando tienes tú secretos?

La mujer cogió una silla y se sentó junto a mí. La miré sorprendida, ¿qué tipo de secretos podría guardar una anciana de pueblo de casi ochenta años?

—Mira, desde hace unos meses voy con Carmiña a la biblioteca.

—Me parece muy bien.

La abuela Bríxida cogió aire y continuó sin apenas hacerme caso.

—Alquilamos libros para un club de lectura que hemos formado en el centro de día. Pero tuvimos un pequeño problema por culpa de Ginesa, la cuidadora, que nos pilló leyendo un libro de esos fuertes y nos prohibió la actividad. Por eso marcho cada tarde a casa de Juana, que desde que está viuda nos cede su casa para el grupo de lectura.

—Pues es una idea fantástica *avoíña* –respondí mientras bebía un sorbito de mi taza. Pero algo no cuadraba, algo me había chirriado en la explicación. Fruncí el ceño y le pregunté–. Y, ¿a qué tipo de libros llamas tú fuertes, si puede saberse?

—Pues mira, ahora estamos con uno muy bueno. Trata sobre una chica española y un alemán que es un portento en la cama, hija. Van a sitios de esos raros en donde se juntan las parejas y se van unos con otros, ya sabes… Ella es graciosísima y él un estirado de cuidado, pero, ¡*carallo*, menudo Superman! La Pepi lo llama así porque se llama Zimmerman o algo así… –respondió restándole importancia mientras se levantaba y sacaba un bote de hojalata en el que se leía la palabra café de un armario. Me miró y con la cuchara me señaló–. Uno de esos necesitas tú.

Atónita, *ojiplática*, patidifusa, alucinada, flipada y… y… horrorizada. ¡No podía ser verdad! Tras la visita de Connor, me había tirado de cabeza al mundo de la literatura romántica y ¡vaya si me sonaba el argumento que mi abuela me estaba explicando!

—¡No me lo puedo creer! ¿Me estás diciendo que tú y tus amigas octogenarias estáis leyendo *Pídeme lo que quieras*? —exclamé incrédula bajando la voz paulatinamente. Bebí un gran sorbo de colacao, deseando, por una vez, que este se hubiera convertido en *whisky*.

—No. Ya vamos por el segundo, hija —me aclaró mientras rellenaba la cafetera de agua.

—¡*Avoa*! ¡Por el amor de Dios! —balbuceé mientras tosía. El colacao se me había ido por otro lado, atragantándome.

—¡Cómo ha evolucionado todo! La Antonia dice que si llega a saber que se podían hacer esas cosas, hubiera dejado al Andrés sequito. —Volvió a acercarse a mí y me susurró con los ojos como platos—: ¿Sabías que venden unos pintalabios para el bolso que no son pintalabios?

—¡Basta *avoa*, por favor! —Me levanté y con la mano libre que me quedaba hice ademán de que se detuviera—. No quiero más detalles. Esto es demasiado hasta para mí. Pero, ¿cómo se os ha ocurrido hacer este club de lectura? ¿Lo sabe mi madre? —le intenté recriminar, aunque esta vez ya no pude evitar carcajearme.

—¡No! Ya te dije que era un secreto, ella cree que voy a hacer ganchillo.

Y me lo dijo así tan fresca, y con una sonrisa triunfal por el hecho de que su nuera no tuviera ni idea de lo que ella tramaba por las tardes.

—Con que ganchillo ¿eh? Sin palabras estoy, abuela, sin palabras, y eso ya es decir. ¿Cómo voy a mirar ahora a tus amigas? ¡Es que no me lo puedo creer!

No pude evitar las lágrimas producidas por la risa, esa situación era del todo surrealista. Pero, ¿no lo era mi vida últimamente?

—Pues nosotras nos lo pasamos muy bien. Hay que ver de las cosas que se entera una a esta edad. ¡Qué bien se lo pasa la juventud de hoy en día! Eso sí, tenemos que echar mano de las pastillas de la tensión, porque hay trocitos que *carallo*… ¡Qué calores, hija, qué calores! —exageró abanicándose con la mano.

—De verdad que alucino con vosotras.

Me limpié la cara con la manga del pijama sin poder evitar sonreír. Mi abuela, *la terremoto de la familia*, era una mujer peculiar, y la quería, la quería mucho. Pensé en quién era yo para juzgarla, teniendo una historia inverosímil a mis espaldas que no creería nadie.

—Bah, cosas más raras se habrán visto que cuatro *avoíñas* leyendo guarrerías… −bromeó la mujer mientras repasaba el mármol de la encimera con un paño húmedo.

—Sí, *avoa*, te aseguro que sí. −Suspiré para mis adentros.

—¿Me guardarás el secreto? −murmuró cogiéndome de una mano.

—Por el bien de la humanidad y la salud mental de mi madre, sí, sin ninguna duda. ¿Cuándo te he fallado yo?

La anciana apartó del fuego el café y se sirvió uno hirviendo con un poco de leche. Siempre pensé que esa mujer pequeña y regordeta en realidad era una súper heroína venida de otro planeta, con el esófago de titanio para poder aguantar el café a aquellas temperaturas. Vi como sacaba del armario una bolsa de rosquillas de azúcar las cuales, cada una de ellas, ya superaba el límite calórico de una semana, y las sirvió en un plato mientras se sentaba junto a mí cerquita de la estufa.

—Anda come. Luego te prepararé un buen caldo y unas fillas. Estás delgada como un alambre, ¿qué *home* va a fijarse en ti si no tiene dónde agarrarse? −me dijo guiñándome un ojo.

Pero yo no pensaba en hombres; bueno, quizás sólo en uno. Un hombre moreno de espesa y brillante melena, de piel café con leche y los ojos verdes más bonitos del mundo, con una voz profunda como su mirada y un corazón enorme como él mismo. Y con aquellos oblicuos tan perfectos… ¡Ay madre…! Connor.

Dudé por un segundo en materializar en sonido el pensamiento que me rondaba la cabeza, pero cuando quise darme cuenta, ya lo estaba verbalizando.

—*Avoa*, ¿crees en la magia?

—Menuda *galega* iba a ser yo si no creyera en la magia y en las meigas… ¿Cuál es tu secreto? −Cabizbaja, seguí dándole vueltas a la cuchara en silencio−. Mira, hija, te conozco. Algo guardas que te está reconcomiendo el alma. Sabes que puedes contarme lo que quieras, ¿verdad?

Era cierto, podía confiar en ella, siempre lo había hecho. Ella había sido mi cómplice durante toda mi vida. Le hubiera gustado gritar a los cuatro vientos la experiencia de aquella noche de verano, pero además de ser algo increíble, consideré que quizás mi abuela no era la persona adecuada para sincerarme. ¿Cómo podía contarle a aquella anciana que un hombre de trescientos años salido de un libro me había cambiado la vida? De locos. Sin embargo, me atreví a mencionar el tema de otra forma, lo necesitaba.

—*Avoa*, ¿y si te dijera que conocí a alguien maravilloso, pero es un amor imposible?

—¿Cómo de imposible?

—Completamente. –Al ver el ceño fruncido que se instaló en el rostro de la mujer imaginé lo que estaba pensando al instante–. No está casado si es lo que has pensado.

—No serías la primera ni la última que se enamora de un casado, pero eso no quiere decir que me gustara que tú pasases por eso. ¿Cuál es el problema entonces?

—Es complicado. –Complicado no era la palabra exacta, pero ¿cómo definirlo?–. Está muy lejos.

—¿Extranjero? –asentí–. Ya sabes que yo no tengo ningún problema con eso, pero si es negro a tu madre le vas a dar un disgusto tremendo –sentenció socarrona con la mirada traviesa.

No pude tragar a tiempo mi colacao, y acabé escupiendo por la impresión.

—¡Es escocés, abuela!

—Bueno, digo yo que habrá negros escoceses también ¿no? –ironizó mientras tragaba lava pura.

—Vale… pero no, no es de color.

—Qué lástima, me hubiese gustado ver la cara de espanto de tu madre al enterarse.

Las dos nos miramos sorprendidas y comenzamos a carcajear imaginando la cara desencajada de la susodicha, si yo llegara a casa con un dios de ébano agarrado de la mano. Mi madre no era racista, era demasiado tradicional y conservadora, ya sabéis. Que las hijas de las demás hiciesen lo que quisieran, pero la suya no.

—Eres una bruja, ¿lo sabías?

—Eso mismo decía tu abuelo, y no se equivocaba mucho. Me encanta hacer rabiar a tu madre —musitó divertida—. Y bien, ¿vas a verle pronto?

—No. No voy a volver a verle nunca más, abuela.

Fue en ese momento cuando verdaderamente sentí que eso iba a ser así.

—Pero si eso hoy en día no es un problema. Con el internet puedes hablar con él cada día y con un avión te presentas allí donde esté en un periquete.

—Sí, supongo que sí, *avoa*, pero en donde está Connor todo eso es imposible.

—Vaya... Connor... tiene nombre de guerrero vikingo, de esos grandes y peludos y de los que tienen brazos que miden más que mis dos muslos juntos.

Sonreí espontáneamente, recordando el cuerpo de mi guerrero buenorro, su mirada, su sonrisa...

—Ay, ven aquí, hija —acogiéndome bajo su abrazo—. La magia está en ti, aquí en tu corazón. Si ese hombre te ha hecho sentir algo parecido a la magia, no desaproveches la oportunidad de ser feliz. No a todo el mundo le llega el momento de conocer a su alma gemela. Si de verdad lo merece, y por tu mirada así lo creo, ve a verle.

—¡Ya estamos aquí! —gritó Carmela, mi madre, entrando como un torbellino en la cocina cargada de bolsas de la compra y rompiendo la intimidad que se había forjado entre nosotras.

La abuela se levantó de la silla y, quitándome la taza de la mano, me susurró mientras me quiñaba un ojo.

—Ganchillo.

Le devolví el gesto de confianza y sonreí.

—Ganchillo.

Sí, mi abuela tenía razón. Había sentido magia y había hecho una promesa. Definitivamente, viajaría a Escocia en primavera para encontrar a Connor.

VIII

❦

Madrid, en un ático del barrio de las Letras,
febrero de 2015

Rafael de Alcolea y Figueroa de Castañeda, quinto hijo de
los marqueses de Paloalto, filántropo y grande de España, seguía
en la cama a las diez y media como cada mañana. Apenas varia-
ba su rutina matinal a menos que tuviera que viajar o asistir a
algún almuerzo puntual en el club del que era socio, pero dada
su posición y las comodidades que le proporcionaba su más
que holgada situación financiera podía permitirse el despertarse a mediodía si le daba la gana. Estaba inquieto y apenas había
descansado en toda la noche, lo que le ponía de muy mal humor. Con el antifaz puesto y tapado hasta las orejas, resoplaba
incómodo buscando la postura perfecta sin cumplir su objetivo.
Maldijo cuando notó que la puerta de la habitación se abría y
Anselmo, su fiel mayordomo, entraba para dejarle la bandeja con
el desayuno en la mesita auxiliar dispuesta ante el balconcillo
de su precioso ático de la calle Cervantes, en pleno barrio de las
Letras de Madrid.

—Buenos días, señor, le traigo el desayuno y la prensa de hoy.
¡Ah! Y le informo de que la señorita Macarena ya ha llegado y le
espera en el salón —masculló el hombre de mediana edad mientras corría las cortinas y dejaba entrar la luz del sol.

Tras sus palabras, elegantemente y casi sin hacer ruido, dio media vuelta y salió de la habitación, cerrando las puertas sin esperar respuesta alguna.

Aunque su intención era la de hacer oídos sordos a las palabras de su empleado y seguir durmiendo, no pudo más que dar varias vueltas buscando comodidad y acabó bufando al no encontrar la forma de conseguir hacerlo de nuevo. Odiaba despertarse de mal humor y, como buen supersticioso que era, sabía que ese hecho acabaría condicionando el resto de la jornada. Decidió, dadas las circunstancias, levantarse y comenzar su rutina leyendo la prensa en su antiguo y caro sillón de terciopelo de finales del siglo diecinueve, mientras tomaba un té con una gota de leche y dos cucharadas de azúcar. Nunca comía nada hasta el almuerzo, el casi ayuno al que se sometía despejaba sus ideas y le llenaba de energía para afrontar el día.

Se levantó de la cama con el antifaz puesto por diadema y se colocó un batín de satén color borgoña, sobre el pijama del mismo tejido color verde estampado de cachemir. Tras asearse en el baño del que disponía en la misma habitación, se dirigió a la mesilla y se dispuso a leer la prensa cuando tomó la campanilla que se encontraba en la bandeja y la hizo sonar.

En cuestión de un minuto escaso, las puertas se abrieron y Anselmo hizo pasar a una joven embarazada, que llevaba en sus manos el correo, una *tablet* y varias carpetas de colores.

—Buenos días don Rafael, ¿no ha dormido bien? Tiene mala cara —dijo tomando asiento frente a él, mientras el hombrecillo se ponía sus gafas de montura redonda y echaba mano del periódico que Anselmo le había preparado.

—¡Desde luego que no! —exclamó ofendido casi escupiendo las palabras—. Estos nuevos ricos que van de intelectuales, y montan esas casposas fiestas llenas de progres y artistas de medio pelo sin respetar el descanso ajeno… ¿Dónde se ha visto? Ni siquiera pude disfrutar de la lectura de Homero con el respeto que se merece. Concierte una cita con el administrador de la finca, quiero interponer una queja al respecto. ¡Esto es una vergüenza!

—De acuerdo.

La chica se arrepintió de haber hecho la pregunta en el mismo instante que don Rafael abrió la boca con los pequeños ojos inyectados en sangre. Cogió aire intuyendo que ese arranque matutino no era más que la punta del iceberg que hundió al *Titanic*. Así que cambió de tema para suavizar el ambiente.

—Nada urgente en el correo, facturas, invitaciones a varios eventos, un burofax de la editorial, cartas de fans y la reserva para la gala anual contra el cáncer que organiza la señora Hamilton.

La cara de desidia del hombre cambió al escuchar ese nombre y levantó la mirada del diario con aire de suficiencia.

—No olvide indicar al hotel que quiero la habitación con vistas al lago. No quiero encontrarme sorpresas como el año pasado –le recriminó, levantando las cejas por encima del diario.

—No se preocupe, ya lo confirmé. La señora Hamilton insistió en que en esta ocasión se hospedara en el castillo, pero comprendió que era importantísima la calma y la tranquilidad para su trabajo de documentación y desistió. Esperan su llegada el próximo trece de febrero. He reservado los billetes de avión y alquilado un coche con conductor.

—¿Algún compromiso que pueda evitar esta semana? –preguntó suspirando mientras seguía leyendo el periódico.

—Tenemos programadas una conferencia en El Escorial el martes, la exposición de la baronesa el miércoles, una cena en casa de los Mendizábal-Arristre el jueves y un almuerzo en el club con sus compañeros de mus el viernes.

—Ufff… no me apetece nada ver a la cacatúa de Isabel Mendizábal y ese horrible nido de cigüeñas que tiene por moño. Me sangran las córneas cada vez que la veo. A esa mujer le robaron el glamour y lo tiraron al fondo del mar al nacer. ¡No he conocido a nadie con tan mal gusto en mi vida!

Macarena, aunque ya tenía práctica en lidiar con el carácter cambiante de su jefe, se sentía insegura debido al embarazo. Cerró los ojos y pidió al mismísimo Dios que le proporcionara paciencia.

—Es importante, asistirá el embajador americano y su pareja, y han expresado mucho interés en conocerle.

—Está bien, está bien –claudicó. Cerró el periódico y lo depositó sin delicadeza sobre la mesa–. ¡Qué ganas tengo ya de marcharme a Escocia y perder de vista a tanto esperpento!

La secretaria vio la oportunidad perfecta para comunicarle una noticia que llevaba postergando varios días, pues le aterraba su reacción dado su irascible carácter.

—A propósito de eso… —susurró, retorciendo el bolígrafo que tenía entre sus manos—. He estado en el ginecólogo esta mañana, y es muy posible que tengan que programar el parto para evitar problemas de última hora. El doctor me ha aconsejado que no viaje dado mi avanzado estado.

—¡¿Cómo?! —espetó prestándole, ahora sí, toda su atención—. Me niego a que me abandone en este momento, ¡la necesito! Y yo la veo en perfectas condiciones para cumplir con su trabajo. ¡Qué sabrá ese médico! —alegó al borde del colapso.

—No puedo viajar don Rafael es del todo imposible. No es nada recomendable para mí ni para el bebé —masculló Macarena, cabizbaja, mientras acariciaba con cariño su tripa. Inspiró y decidió que por ese bebé que estaba dentro de ella debía ponerse en su sitio por una vez—. Estoy buscando una sustituta para que me cubra durante la maternidad. Alguien de confianza y que pueda acompañarle en este viaje. Apenas notará que yo no estoy allí.

—Como si lo notase en algún momento… —replicó a la *zorricallando*, incapaz de soportar la ira que le producía el pánico al verse solo, sin su mano derecha—. Digo yo, que si el parto puede adelantarse, también podrá posponerse algunas semanas más ¿no? No sé a qué viene tanta prisa.

Hasta ahí habíamos llegado. No le iba a pasar ni una más. ¿Habría hombre más egoísta y egocéntrico que aquel que tenía delante? Lo dudaba. Macarena no pudo soportarlo más, y con el rostro descompuesto por las lágrimas se levantó y se dispuso a marcharse. Apenas podía hablar por el hipo, pero se giró en un último arrebato de coraje y explotó.

—¡¿Por qué es tan cruel?! ¿Es que no puede alegrarse por algo o alguien por una vez en su vida? —después se marchó sollozando.

La cara de estupefacción de don Rafael era un poema.

—¿Pero qué…? —atinó a balbucear sorprendido.

Desde luego, si algo no esperaba encontrarse el hombrecillo vestido de raso, era con una reacción similar de su secretaria embarazada de casi nueve meses, y que había dinamitado por completo la seguridad que le proporcionaba el sentirse superior.

—¿Qué he dicho? —exigió a Anselmo, cuando este entró a tropel en la habitación para ver lo que había ocurrido. Se sentó dramáticamente en la butaca de nuevo, y como si le quemara, se levantó y gritó hacia la puerta por donde Macarena había huido—. ¡Está despedida!

—¡Don Rafael, cálmese! ¡Va a darle un jamacuco si sigue así! —exigió Anselmo mientras le servía un vaso de agua.

—¡Esto es inconcebible!

—Beba y respire hondo —le apremió, llevándole el agua a los labios para calmarle—. Así. Tranquilo.

El estado de don Rafael no era más que una exageración en toda regla. Era dramático por naturaleza. Había sido un niño mimado por cuatro hermanas y una madre que bebía los vientos por él. Acostumbrado a conseguir lo que quería, eso cambió con la llegada del sexto vástago a la familia. Otro niño muy diferente a él, de piel clara, ojos verdes y rollizo tal querubín. Todo lo contrario a aquel niño delgado, pequeño y sin ningún encanto especial. A partir de ahí se volvió egoísta, reclamando el protagonismo perdido y volviéndose un niño malcriado y egocéntrico, lo que le acompañaría hasta su edad adulta. Anselmo le conocía bien, llevaba a su servicio más de treinta años, y sabía que sus dramas no eran tales, sino que era su forma de llamar la atención para conseguir sus objetivos.

—Señor, no sea tan obstinado. Debería comprender que en su estado las hormonas hacen que su sensibilidad esté a flor de piel —le amonestó con suavidad.

—Pues, ¡que no se hubiera quedado embarazada! No tengo que aguantar semejante trato por parte de una empleada de tres al cuarto.

—En el fondo no puede vivir sin ella y lo sabe —confirmó con una sonrisa mientras le servía el té—: Además, algún día tendrá que nacer esa criatura, ¿verdad? Piense que cuanto antes lo haga, antes volveremos a la normalidad.

—¿Y qué hago yo mientras? ¿Quién se ocupará de mí? —tartamudeó preocupado.

—Buscará a una persona competente que se ocupe de usted en su ausencia, ya verá.

—No quiero a una persona competente, no quiero que se ausente, ¡la quiero a ella!

Anselmo creyó que su amigo y jefe estaba llevando demasiado lejos la pataleta de niño de colegio. Hasta la fecha, había sido la única persona que era capaz de mantener a don Rafael a raya, con su temple pacífico y apaciguador. Sonriendo de oreja a oreja, pensó en darle un poquito de su propia medicina, como siempre hacía, sibilinamente.

—¿Sabe, don Rafael? Creo que la sensibilidad de las hormonas también le está afectando a usted.

—No digas tonterías. ¿Tú también? ¿Es esto una especie de conspiración? –bramó casi derrotado el aristócrata–. ¡Fuera de aquí si no quieres que te despida a ti también! ¡Y tráeme la papelera!

Anselmo entornó los ojos resignado, pero con una sonrisa de triunfo impresa en la cara. Salió de la estancia para aparecer un minuto después con una pequeña papelera de metal, que ya tenía preparada, como cada mañana. Don Rafael la usaba para desechar todo tipo de correo postal que no era de su interés, mucho de él sin abrirlo siquiera. El correo más perjudicado era el de sus fans. Seguidoras de todo el mundo que alababan su trabajo, idolatraban sus historias y esperaban con ansias una pequeña contestación. Pero esta nunca se producía por obra del aristócrata. Era su empleado Anselmo y, a espaldas de su jefe, el que se ocupaba de rescatar las cartas de la basura y enviaba una tarjeta de agradecimiento y buenos deseos a las personas que se habían molestado en escribir unas letras a la que creían la escritora que contaba las mejores historias de amor del mundo, Helena Carsham.

¡Ah!, ¿Que no os lo había dicho todavía? Sí, tras el icono de la literatura romántica que era Helena Carsham se escondía un hombre de mediana edad, delgado, con gafas redondas y aspecto aristocrático, un hombre que dormía con antifaz y pijama de satén, egocéntrico y esnob, filántropo, estudioso y con una reputación que mantener en la alta sociedad. Un hombre que estaba condenado a ocultar una práctica, su faceta literaria romántica, ya que su ambiente selecto y elitista no lo comprendería, don Rafael de Alcolea y Figueroa de Castañeda, quinto hijo de los marqueses de Paloalto y grande de España.

—Si me permite, voy a atender a la señorita Macarena, no vaya a ser que se nos ponga de parto por el disgusto en el salón —comunicó Anselmo.

El hombrecillo hizo un gesto con la mano instándole a hacerlo presa del pánico. Sólo imaginar a su secretaria poniéndose de parto encima de su sofá Chester de terciopelo verde le ponía los pelos de punta.

Suspiró deseando que el dichoso crío esperara para salir al menos unas horas más y se dispuso a hacer la criba de correo diaria. Gracias a que Anselmo era el mejor empleado del mundo, seguramente se ahorraría vivir esa experiencia aterradora. Fue pasando las cartas de su mano a la papelera al leer el remitente.

—No. No. No. No. —Así hasta llegar a un sobre marrón acolchado, que la editorial había marcado como importante. En él, un folio con la impresión de un email colgaba enganchado de un clip. Le comunicaban que la persona que remitía el sobre llevaba meses intentando contactar con él. «No estaría de más echarle un vistazo y dedicarle algunas letras», le decían.

Odiaba la rutina de leer las cartas de los fans que le enviaban casi a diario. Su ego entendía que era por su impecable narrativa pero, por otra parte, el Rafael esnob detestaba a todas esas personas que le escribían tratándole como si le conocieran de toda la vida, en su gran mayoría mujeres de mediana edad fantaseando con el amor que no tenían en la vida real. No llegaría nunca a acostumbrarse al trato con la plebe y tampoco a ser más agradable. Si algo había cierto en la vida de Rafael, era que detestaba a todo el mundo.

Abrió el sobre y de él sacó varios papeles y una cartulina plastificada. Comenzó a leer la carta de una tal Elva Mota que se presentaba como lectora de su novela *La insignia del highlander* y que bla, bla, bla… lo de siempre. Decidió que, directamente, estos papeles tendrían la misma suerte que sus predecesores y los tiró a la papelera sin continuar. Fue al intentar meter la cartulina rígida en la papelera cuando estuvo a punto de parársele el corazón.

La cogió de nuevo lentamente y la miró apenas sin respirar anonadado. No podía ser, era imposible que esa mujer supiera… No era posible de ninguna de las maneras que nadie, y menos una lectora de Barcelona, tuviera ni la más remota idea y menos, con tanta exactitud, de los rasgos de Connor Murray. Era del todo imposible. Ante aquella ilustración extraordinaria, que mostraba a un *highlander* con porte rígido y expresión afable y llena de determinación, no podía ser de verdad. Se acercó más el dibujo a los ojos y los abrió como platos. El nerviosismo volvió a apoderarse de él, pero esta vez mezclado con excitación. Hoy no iba a ser un lunes como todos los demás, ni iba a ser un mal día a pesar de su despertar. Hoy iba a ser el día en que todo podría comenzar. El día que un ciclo legendario comenzaría a cerrarse.

Se levantó de la silla y con verdadera emoción gritó:

—¡¡Macarena!! ¡Teléfono! ¡Ponme con Rosalind! ¡Ya! ¡Anselmo! ¡Prepara las maletas, nos vamos a Barcelona!

IX

❦

—¡Me cago en la leche! –grité cuando el chorro de la relajante y calentita ducha que estaba tomando se tornó hielo puro sobre mi espalda–. No te estropees ahora por favor, ¡ahora no! –supliqué mientras abría y cerraba el grifo comprobando la temperatura–. ¡Joder!

No me podía creer que el calentador se hubiese estropeado otra vez. Hacía apenas un mes que le habían hecho un pequeño remiendo. Según el supuesto técnico, aguantaría todo el invierno. Tendría que reclamar de nuevo al propietario que, aunque era muy majo el señor y ya me había dejado una cuota de alquiler bastante ajustada, se notaba a la legua que era devoto de la virgen del puño cerrado. Entendía que invertir en una caldera nueva era un gasto enorme, pero aún quedaban un par de meses para la primavera y, obviamente, yo esperaba disfrutar durante ese tiempo de bastantes duchas de agua caliente.

Busqué a tientas la toalla evitando resbalar en el intento, me enrollé en ella como pude y comencé a tiritar en cuanto el pelo comenzó a chorrear sobre mi espalda, frío y lleno de espuma.

—¡Mierda, cómo escuece! –me quejé cuando el jabón entró en contacto con mis ojos.

Sin perder apenas el equilibrio, sorteé los muros de la pequeña bañera, intentando agarrarme la melena para que no goteara y pusiera el suelo perdido. Limpié con la mano el espejo teñido de humedad y suspiré presa de la desesperación al ver la estampa que se reflejaba en él.

—Divina de la muerte, vamos.

La imagen rocambolesca que tenía ante mí al final hizo que me echara a reír, y no era para menos. En ese momento era una versión espumosa de un Jackson Five.

Escurrí los restos del champú de mi cabello y, quitando la humedad con una toalla, recé para que no se me quedara con la textura del cartón piedra. Me eché otra toalla a modo de capa sobre los hombros y haciendo acopio de toda mi valentía, abrí la puerta del baño para dirigirme a la cocina como una exhalación. El cambio de temperatura fue importante y noté como hasta el último poro de mi piel se erizaba.

—¡*Let it gooo, let it goooo*! –tararee divertida al verme arropada por tres toallas azules sintiéndome una princesa Disney. Pasé de ser Elva a ser Elsa en cuestión de segundos. ¡Qué frío, leches!

Ya en la cocina, y como buenamente me permitieron los bonitos paños de rizo americano –con mis iniciales bordadas destinadas a un ajuar que mi madre se encargaba de engrosar cada vez que tenía oportunidad–, busqué varias cazuelas, las llené de agua y las puse a calentar en la vitrocerámica.

Sin dejar de tiritar, recordé con nostalgia la cantidad de veces que había visto a mi abuela Bríxida hacer lo mismo durante mi infancia para llenar aquel enorme barreño metálico que depositaban en el patio de la casa, y en el que éramos capaz de bañarnos varios de mis primos y yo. Benditos veranos en el pueblo, ¡cómo echaba de menos a los míos!

Cuando mis pezones estaban ya en el punto perfecto como para cortar el mejor cristal blindado, decidí cambiarme de ropa. El agua aún tardaría un rato en estar lista, y si no ponía remedio y me aseaba en condiciones cogería una pulmonía.

De camino a mi habitación, cogí el pequeño trasto que tenía por estufa y lo llevé conmigo como si fuera un tesoro.

—Como se te haya ocurrido estropearte a ti también vas ventana abajo, te aviso –amenacé al aparato.

En diez minutos ya estuve lista y preparada con un chándal de estar por casa, la bata de guatiné de estampado de vaca y la toalla puesta como un turbante. Ni pegarme como una lapa a la estufa me dio resultado, el frío y la humedad del pelo se me había metido en los huesos. Si no quería quedarme calva, pensé, sería mejor que me aclarara el pelo lo antes posible. Era gracioso lo mucho que había vuelto a preocuparme mi larga melena y todo mi aspecto en general. Había recuperado peso, había vuelto a maquillarme de vez en cuando, a comprarme ropa bonita y a valorarme como merecía.

Abrí el portátil que tenía sobre la mesa y aproveché para revisar el correo. Sonreí al ver que tenía en espera alguna propuesta de trabajo y me llamó la atención un correo en particular:

De: Macafe@gmail.com
Para: elvamota82@gmail.com

Buenas tardes:

Mi nombre es Macarena Ferreira, secretaria personal de la autora internacional Helena Carsham. Quiero agradecerle en su nombre las misivas recibidas interesándose por sus obras. La señorita Carsham está muy emocionada con la ilustración de Connor Murray que nos remitió y es por ello, y aprovechando nuestra inminente visita a Barcelona, que desearía conocerla personalmente. Nos preguntábamos si sería posible concertar una cita con usted para mantener una pequeña charla.

Le adjunto mi teléfono para concretar y cerrar agenda. Nos alojaremos en el Hotel El Palace de la ciudad condal el 7 y 8 de febrero.

Espero su llamada y le invito a tratar este tema con suma discreción.

Muchas gracias. Hasta pronto.

Macarena Ferreira
Tel. 655313131

Releí varias veces el correo estupefacta, sin dar crédito a lo que veía. ¿Helena Carsham quería conocerme? ¿A mí?

—No me lo puedo creer, esto no puede ser verdad… —farfullé presa de los nervios. Miré la hora en el reloj que tenía sobre la tele y busqué un número en la agenda del móvil.

—Petarda, son las nueve y media… —contestó una voz soñolienta después de varios tonos.

—Lo conseguí… quiere verme… en Barcelona… tía, ¡quiere conocerme! Esto no puede ser…

—A ver, espera que no me entero de nada, Elva. Cálmate, coño —me cortó Marisa—. Venga, despacito y por partes que aún no soy persona.

—Me ha enviado un correo la secretaria de Helena Carsham —comencé de nuevo, despacio y con la emoción contenida.

—¡¿La escritora?! —El chillido eufórico que oí al otro lado de la línea casi me deja sorda y cerca del infarto.

—Viene a Barcelona y… ¡¡quiere conocerme!!

Las dos comenzamos a gritar presas de una alegría descontrolada hasta que empezamos a hiperventilar.

—¡Al fin! ¿Y qué vas a hacer?

—Pues no sé, ¿qué hago? Llevo tanto tiempo esperando una respuesta que ahora, ¿qué voy a decirle?

—Pues todo lo que me has contado a mí —sentenció como si fuera algo sin importancia.

—Sabes de sobra que no puedo hacer eso, iría de cabeza a un psiquiátrico.

—Pues… que te cuente cosas de él, no sé. Algo como quiero saber más de su *highlander*, con el cual, por cierto, pasé una noche fantástica.

—¡Ja, ja, ja! Nadie me creería.

Y eso era verdad, a pesar de lo increíble que era lo ocurrido aquella mágica noche, ella nunca me había recriminado nada. Cuando me armé de valor y me vi con la capacidad de contarle lo sucedido con mi *highlander*, no sé si quiso creerme o realmente pensó que estaba loca. Su semblante era de preocupación, imagino que creyó que se me había ido la olla y que había tocado fondo en mi depresión —cosa lógica, para qué engañarnos—, pero supongo que, al final, la seguridad con la que yo le contaba la historia y, sobre todo, tras mostrarle los regalos de Connor y comprobar en el anticuario más reputado de Barcelona que eran auténticos, no tuvo más remedio que creer en la magia, por muy asombroso que fuera. En realidad su lado romántico emergió a la superficie y flipó bastante, llegando a ponerse muy moñas y no dejar de suspirar mientras me preguntaba una y otra vez por mi escocés. Ese hombre que me había abierto los ojos y había conseguido que, poco a poco, saliera del agujero de avestruz en el que me había metido. Y aunque fuese algo increíble, a ella con eso ya le bastaba. Marisa quería verme bien y si el producto de una fantasía me había ayudado a estarlo ¡Ole yo! «Cosas más increíbles ocurren todos los días», me dijo.

—Yo lo hice —afirmó muy segura.

—Pero tú eres mi amiga y me quieres, eso no cuenta.

—Mira, nena, después de casi llegar al acoso cibernético, como mínimo esta mujer tendrá curiosidad por lo que tengas que preguntarle. Simplemente, ve a verla, habla con ella y deja que te cuente cosas de Connor.

—Estoy atacada, Marisa. Ya había perdido la esperanza y ahora no sé cómo enfrentarme a esto. No puedo llegar allí y decirle «Hola, pedí un deseo mientras leía su novela y, como un milagro, Connor apareció en mi salón» —suspiré vencida y con los nervios agarrotándome el alma.

—No es lo más adecuado, no. —Se hizo un pequeño silencio y continuó—. No es por aguarte la fiesta pero no te has preguntado ¿por qué ahora? No sé, dudo que esta mujer, siendo lo famosa que es, se reúna en privado con cada una de las miles de fans que tiene que tener desperdigadas por el mundo.

No lo había pensado, pero Marta tenía razón. ¿Qué podría querer esa escurridiza mujer de mí? Yo sólo era, supuestamente, una lectora más de su novela. Sí, había enviado muchos correos e incluso dibujos de Connor para llamar su atención, pero, precisamente por ello, sospechaba que ese tipo de celebridades huían de estas cosas. Me sentí una loca fanática al recordarlo. ¿Y si lo que quería era pedirme que la dejara en paz?

—¿Crees que debo ir?

—¡Por supuesto! Nena, quizá sea tu oportunidad para saber qué hay de cierto en la historia de Connor. Si no lo intentas, siempre te quedarás con la duda. Al fin y al cabo, fue ella la que escribió su historia, por lo que debe saber cómo va a acabar.

No pierdes nada, ¿no? Además, después del coñazo que me has dado estos meses hasta yo necesito saber qué pasó con tu buenorro escocés.

—Estoy loca ¿verdad? –le pregunté mientras me enrollaba un mechón de pelo en un dedo.

—¿Quién soy yo para juzgarte? ¡Si yo estoy peor que tú! –contestó divertida–. Cariño, tanto si existió ese hombre como si no, debes tratar de averiguar todo lo que puedas sobre él. Lo necesitas. Además, no pienso perdonarte el que dejaras escapar la ocasión de retozar con semejante jamelgo… ¿¡Cómo pudiste hacerlo!?

Sonreí. Marisa tenía esa capacidad sobre mí, sacarme siempre una sonrisa y protegerme de mis miedos. Por fin tenía ante mí la posibilidad de hablar con la persona que resolvería mis dudas respecto a la vuelta de Connor a su tiempo, si es que había vuelto. Necesitaba saber si, en la continuación de la saga, Helena Carsham hablaría de ello.

—¿Cuando viene? ¿Dónde te ha citado? Yo voy contigo, ¡esto no me lo pierdo por nada del mundo! –su excitación me envolvió y mi corazón comenzó a latir furioso de nuevo.

—Llega hoy y se alojará en el Palace hasta mañana. Tengo que llamar para confirmar cita. ¡Socorro!

—¡Joder! –silbó Marisa–. ¿El antiguo Ritz? Nena, lo peor que puede pasarte es que salgas por la puerta de ese mega hotel de lujo con veinte euros menos en el bolsillo tras tomarte un café. Llama y me dices algo. ¡Nos vamos al Palace!

Eso era cierto. ¿Qué tenía que perder? Cogí aire para darme seguridad a mí misma y suspiré cuando escuché un ruido que provenía de la cocina. Recordé el agua que tenía al fuego y me alarmé.

—¡Mierda! ¡Marisa tengo lío en la cocina, cuelgo!

—Vale, pero queda con esa mujer y me mantienes informada. Como se te ocurra ir sola te mato –amenazó.

—Sí, sí –respondí mientras salía disparada tirando el ordenador sobre mi querido sofá y sorteaba los obstáculos que me impedían llegar a la cocina sin caerme de bruces.

Mientras intentaba apagar la vitro por donde el agua hirviendo se había derramado, el móvil sonó de nuevo.

—¿Qué quieres ahora? Estoy en medio de una emergencia, ¡dame un respiro! —supliqué a mi amiga.

—Nena, que con la emoción se me había olvidado lo más importante. ¿Qué debería ponerme para ir a un hotel de lujo?

—Marisa, por favor, que no vamos a ir a las carreras de Ascott, no te emociones ¿eh? Que te conozco. —le avisé.

—¡Tocapelotas!

—Yo también te quiero. Anda, luego te llamo. ¡Adiós plasta! ¡Mierda, que me quemo!

Dejé el móvil sobre la encimera e intenté limpiar el estropicio como pude. Esperé a que el agua estuviera a una temperatura adecuada como para no despellejarme viva y me aclaré el pelo en el fregadero de la cocina. Sí, lo sé, poco higiénico, pero mi pelo corría el riesgo de caerse a mechones.

Cuando hube terminado, me lie de nuevo la toalla al estilo turbante y suspiré aliviada. Demasiadas emociones para empezar el día, así que me merecía un té cargadito. Una vez preparado, volví al sofá y releí de nuevo el correo de la tal Macarena mientras entraba en calor con pequeños sorbitos. ¿Sería posible al fin conocer el destino de Connor? Miré el móvil que descansaba junto a mí en el sofá y, tras un momento de indecisión, lo cogí y comencé a marcar el número de teléfono indicado en el mensaje. ¡Allá voy! ¡Que sea lo que Dios quiera!

A cada tono de llamada mi expectación se iba acrecentando hasta hacerme temblar como la gelatina. Cerré los ojos centrándome en Connor. Le imaginé frente a mí, sonriendo y acariciando con su mano mi barbilla invitándome a ser valiente, a seguir adelante, a llegar hasta él. Fue tan real que creí sentir su tacto y eso me tranquilizó.

La voz al otro lado fue lo que me devolvió a la realidad, haciendo que su imagen se desvaneciera como si fuera polvo.

—Despacho de Helena Carsham ¿diga? —Como era de esperar, me quedé muda. «Vamos, Elva, vamos *Mo Cion Daonnan*, estás cerca». Sentí en mi interior como un susurro—: ¿Hola?

Me armé de valor y presintiendo que Connor, de alguna manera mágica y fantástica estaba conmigo, respondí.

—Eeh… buenos días. Quisiera hablar con Macarena Ferreira. Soy… soy Elva Mota.

—¡Oh!... Elva Mota. Gracias por contactar, esperaba su llamada. La señorita Carsham está deseando conocerla.

La voz de la mujer, en un principio de lo más seria y profesional, se tornó amable y hasta diría que se alegró.

—¿En serio?

—Recibimos los correos y cartas que envió a su atención, pero bueno, eso será ella misma quién se lo cuente. ¿Estaría disponible hoy mismo para concertar una cita?

—¿Hoy? —«¡Ay madre!», pensé.

—La señorita Carsham está muy interesada en verla cuanto antes, sería estupendo poder hacerlo hoy mismo, su agenda está completamente llena de compromisos, pero podría hacerle un hueco esta tarde en su hora del té.

—Yo... supongo que no habrá problema. —«Tranquila Elva, tranquila. ¡Por Dios, que me están entrando hasta retortijones!».

—Fantástico. Nos alojamos en el Palace de Gran Vía de les Corts. Acuda a las 16:30 y pregunte por mí en recepción, la estaré esperando.

—Perdone, ¿puedo hacerle una pregunta? —atino a decir con precaución.

—Por supuesto —contesta vivaracha.

—¿Quiere verme por algo en especial?

Se hizo un pequeño silencio al otro lado de la línea y me alarmé. ¿Por qué una escritora de fama internacional estaría tan interesada en verme? ¡Si casi había rozado el acoso!

—No se preocupe, Elva, seguro que la señorita Carsham estará encantada de contárselo ella misma. Sólo le pido una cosa, sea puntual. No hay nada que ella odie más que la impuntualidad. Tiene unas costumbres muy férreas.

—Perfecto, muchas gracias. —En vez de despejar mis dudas las había acrecentado. ¿No podía ser más concreta?—. Pues allí nos vemos a las cuatro y media.

A punto estaba de colgar ya, cuando oí la voz apresurada de la secretaria.

—¡Ah! Perdone, lo olvidaba. ¿Tiene alguna ilustración más del protagonista de la novela?

—¿Cómo? —me había dejado fuera de juego.

—Del *highlander*, de Connor Murray. La señorita Carsham se ha quedado muy impresionada con su dibujo, y quisiera ojear sus trabajos sobre su novela si no tiene inconveniente. Le encantan los *fan arts*.

—Oh, sí. Tengo algunos más... los llevaré esta tarde entonces.

—*¡Oh, my God!*

—Estupendo, pues hasta esta tarde entonces. Será un placer conocerla al fin.

—Adiós y... ¡gracias! –casi grité acelerada, pero Macarena ya había colgado y mi escocés moreno y guapo apareció de fondo de pantalla.

Durante un rato me quedé en la misma posición, con el portátil sobre las rodillas y la mirada fija en la pantalla de mi móvil. Un escalofrío placentero recorrió mi columna hasta erizarme el último poro de mi piel. Connor me miraba desde la pantalla con una media sonrisa, la misma que me había dedicado tantas veces aquella noche. Estaba muy cerca de saber sobre él, de volver a sentirme cerca de aquellas sensaciones que viví, pero tenía miedo. ¿Por qué me sentía así? Llevaba meses esperando este momento, al fin podría saber de Connor desde la misma fuente de la historia. Pero, ¿y si lo que aquella mujer me tenía que contar no era lo que yo esperaba?

Envié un wasap a Marisa indicándole la hora del encuentro y quedamos en vernos en unas horas. Tiré el teléfono sin ganas al otro extremo del sofá mientras suspiraba, y dejé mi mirada fija en ninguna parte, absorta en mis pensamientos y sin saber cómo digerir lo que estaba a punto de ocurrir.

Durante el resto de la mañana y tras secarme el pelo que, a pesar del aclarado exprés, se había quedado limpio pero sin brillo, decidí distraerme y dejar los nervios de lado hasta que llegara la hora de marcharme. Una tarea casi imposible, porque el nudo que tenía en mi estómago me recordaba que algo grande iba a suceder.

Tenía dos trabajos de diseño pendientes de entrega; una portada para una novela de terror y otra para el CD de un compositor español de música épica, Ivan Torrent, que estaba despuntando en el panorama musical a pasos agigantados. No me arrepentía en absoluto de haberme decantado por los estudios de arte en la universidad. Aunque hasta ahora mi vida profesional no había estado relacionada con él, era ahora cuando estaba disfrutando de lo que realmente me gustaba: el diseño gráfico. Tras revisar los dos trabajos, me decidí por el grupo musical y puse el cd que me habían enviado en el reproductor para ambientarme. Me gusta diseñar mientras escucho música. Me ayuda a abstraerme de todo y concentrarme en el proceso creativo, a buscar la esencia del trabajo que tengo por delante. Una vez que la melodía de la primera canción comenzó a sonar, abrí programas y bocetos, pero era imposible fijar mi atención en el diseño. El hilo de mis pensamientos acababa siempre en el mismo sitio: Connor. Sus ojos verdes, sonriéndome desde algún lugar imposible e imaginario, tenían el efecto de la flauta de Hamelín. Me sentía hechizada, ansiosa y emocionada. Me estaba acercando a algo grande y lo sentía por todo mi ser. Eso, o me estaba volviendo loca de atar, que también podía ser. Sólo existía una persona que podía despejar mis dudas y confirmar o no mi cordura, y era la persona que había escrito la primera novela, Helena Carsham.

Que sonara la canción *Forbidden love*, no ayudó en absoluto a calmar mi ansiedad. Aquellos violines me recordaron a Connor y la voz de esa mujer me hizo casi llorar de emoción. Yo me sentía así, atormentada por su recuerdo, lo nuestro no era un amor prohibido, era algo peor, un imposible. Apenas escuchaba su susurro en mi memoria, necesitaba encontrarle de nuevo.

Cuando hube terminado la portada ya eran casi las dos de la tarde. Sin comer apenas, pues sólo había picado cuatro patatas fritas y una lata de aceitunas rellenas —me encantan, ¿os lo había dicho ya?—, me dirigí a mi pequeña habitación y pensé en qué ponerme para mi cita. Opté por un vaquero pitillo negro y un jersey de punto de cuello cisne del mismo color. Ante la duda, el negro siempre es resultón. Me calcé mis botas australianas de media caña color camel y me dirigí al baño decidida a acicalarme para dar una buena impresión. Si iba a quedar como una loca, al menos que fuese divina de la muerte.

Un poco de colorete, rímel, kohl y algo de *gloss* en mis labios hicieron maravillas con mi aspecto. Me hice una cola de caballo dejando mi largo flequillo de lado, y cuando me sentí satisfecha de lo que veía frente al espejo me dispuse a recopilar todos los dibujos de Connor que hasta ahora atesoraba. Connor de pie, Connor sentado en la cama sin camisa, Connor sonriendo, Connor pensativo… Connor, Connor, Connor.

Guardé los dibujos en una carpeta y la dejé a un lado. Sobre el estante de mi escritorio, relucía una caja de madera tallada. La caja. La tomé entre mis manos y la abrí con cuidado, como si con un leve movimiento fuese a resquebrajarse como un cristal. Observé ensimismada la insignia y el bonito pañuelo y mis ojos se humedecieron de emoción. Cerré los ojos sin poder evitar que se derramara una fugaz lágrima y creí notar el tacto de un dedo hacerse con ella en mi mejilla. No tuve miedo, al contrario. Mi corazón comenzó a repicar a más velocidad, reconociendo la sensación que me dejaba ese gesto imaginario y me llenó de paz. Instintivamente, llevé mi mano hacia mi rostro para atrapar en él la calidez que había dejado el rastro de ese roce. Abrí los ojos despacio y suspiré.

Durante las últimas semanas, había pensado bastante en él. Exceptuando los extraños y cada vez más vívidos sueños que me perseguían de vez en cuando y con los que fantaseaba durante semanas enteras, cada vez me costaba más recordar sus facciones, el timbre de su voz. Me resistía a olvidarle, a perderle para siempre en mis recuerdos. Pero tenía el pálpito de que su esencia había vuelto, lo notaba. Estaba segura de que Connor, de algún modo, me acompañaba de nuevo. ¿Estaba guiándome hacia él? Como veis, estoy como una cabra.

Cerré la caja con cuidado y la metí en mi bolso sin pensarlo. Me puse mi abrigo de plumas, la bufanda y con el bolso y la carpeta bajo el brazo salí de casa dispuesta a encontrar respuestas. Llevaba conmigo lo único que me quedaba de él y que me daba la seguridad de que realmente aquella noche, Connor y yo, existimos el uno para el otro.

X

&x&

Cuando dejé atrás la estación de Paseo de Gracia y salí a la superficie en pleno pulmón de Barcelona, el frío helado cortó mi cara como si fueran diminutos cristales. Me tapé la boca con la bufanda y observé mi entorno con nostalgia. Aquel había sido mi barrio y mi rutina durante casi siete años, pero ¿por qué lo veía tan distinto? Ahora era una simple visitante más, lejos del bullicio callejero, el tráfico y la locura de una gran ciudad. No lo echaba de menos en absoluto.

Un grito agudo me sacó de mis pensamientos como un elefante entrando en una cacharrería.

—¡¡Nena!! ¡Elva, estoy aquí!

Marisa corría hacia mí subida en unos andamios por zapatos y estuvo a punto de partirse la crisma cuando se le enganchó uno de los tacones en una rejilla de ventilación. Me adelanté anticipándome a la catástrofe y evité el golpe haciendo de saco de boxeo.

—¡Por Dios, Marisa! ¿Dónde vas con esos botines? ¿Quieres matarte? —le recriminé mientras intentaba no perder el equilibrio.

—Llegas tarde, llevo quince minutos esperándote. —Y tan fresca se quedó, oye.

—Perdí el tren, ¿vale? –me excusé algo cabreada–. Y de nada ¿eh?

—Me habías asustado, pensaba que te habías echado atrás.

Reí entre dientes al comprobar que estaba casi más emocionada que yo.

—¿Por qué estás tan nerviosa?

—Tú no has estado nunca en el Palace, ¿verdad? –me preguntó con los ojos llenos de emoción.

Mientras se recomponía el pelo y colocaba su bolso, yo intentaba sacar el tacón afilado de la oportuna trampa. Un pequeño rectángulo colgado de un cordón que asomaba por el cuello de su abrigo llamó mi atención.

—No quiero saber lo que llevas debajo de esto –le advertí señalando el abrigo–, pero espero que no sea lo que me estoy imaginando.

Ella se irguió tal estrella de cine y con un ademán glamuroso me pegó un pequeño capón en la cabeza.

—Trabajo en una de las mejores boutiques de la ciudad, no podía ponerme cualquier cosa para acompañarte a un lugar de lujo como ese Elva.

Marisa, la definición exacta del: «Antes muerta que sencilla».

—Pues esconde al menos la etiqueta –le susurré enfadada mientras miraba a uno y otro lado–. Estás loca, ¿sabes qué pasará si te pillan haciendo esto?

—¡No seas aguafiestas! –replicó haciendo un mohín–. Es sólo para un ratito y luego lo devolveré. Si esa mujer es tan rica y famosa, al menos una de las dos debería dar buena impresión–. ¡Zas! En toda la boca.

—Cómo… ¿¡cómo que buena impresión!? –La madre que la parió. Me miré de arriba abajo. ¡Estaba más que aceptable para ir a un hotel de lujo! ¿O no? Al ver mi cara de desconcierto me dio un codazo en el costado y sonrió.

—Vamos, anda, que son las cuatro. ¿Quieres llegar tarde o qué?

Llegamos a las puertas del hotel Palace rozando las cuatro y cuarto y con los pulmones a punto de salir disparados por la boca. Un señor con una levita impoluta con detalles dorados bordados en las mangas y media chistera nos dio la bienvenida y nos facilitó amablemente la entrada por la puerta giratoria. Si la fachada del hotel, antiguo Ritz y cuna del lujo desde los años veinte en Barcelona, era intimidante, por dentro me dejó maravillada. Un majestuoso hall presidido por una enorme lámpara de araña formada por diminutos cristales se abrió ante nuestros ojos. Dos escaleras laterales ascendían hacia una balconada del piso superior, con unas trabajadas barandas forjadas en negro y dorado que envolvían varias letras R; sello del pasado y la historia de ese gran hotel. Por un segundo temí que mi adorado Leonardo di Caprio bajara por ellas a recibirme como en *Titanic*. Los latidos de mi corazón comenzaron a retumbar en mis sienes. Me había quedado sorda y boquiabierta, y sólo atinaba a escuchar mi agitada respiración. En uno de los laterales, un cartel nos señaló la conserjería, y hacia allí nos dirigimos sin saber muy bien qué hacer.

Pregunté por la tal Macarena y enseguida una señorita de modales exquisitos, obviando que nosotras no pegábamos allí ni con cola, nos acompañó al bar del lobby. Un salón enorme, decorado en colores pastel, con techos altos y llenos de cornisas doradas, con grandes ventanales de espejos, coronados por metros y metros de densos cortinajes en el mismo tono y mesitas llenas de jarrones con flores frescas. Al entrar una ola de aromas únicos nos envolvió y me sirvió como anestesia. ¡Joder, qué bonito era todo aquello! Me llamó la atención la gran cantidad de lámparas que estaban dispuestas por todo el espacio aportando una calidez digna del mejor atardecer. ¡Precioso!

—¡Qué poderío! ¡Esto es vida! —exclamó completamente alucinada Marisa.

Yo no pude articular palabra, básicamente, porque aún tenía desencajada la mandíbula. Todo era lujo y opulencia, hasta el más mínimo detalle. Por un instante me sentí dentro de una película de época, aquello era grandioso y espectacular.

Seguimos a la empleada hasta uno de los conjuntos de sofás, sillas victorianas y butacas, en diferentes tonos verdes y borgoñas de exquisito satén y terciopelo que llenaban la sala. El espacio estaba lleno de ellos, separados y finamente alineados para crear ambientes independientes. Tan sólo al ver la mesa de mármol blanco con patas doradas que tenía delante, calculé que valía más que mi alquiler de todo un año.

Con un elegante ademán, la mujer nos comunicó que esperáramos cómodamente y que enseguida nuestra cita se reuniría con nosotras. Marisa no dejó de toquetear la suave tela del gran sofá Chester con ribetes y borlas doradas en el que nos sentamos. Estaba segura de que estos asientos habían acomodado las posaderas de lo más granado del mundo mundial.

Nos quitamos los abrigos y los dejamos con cuidado sobre nuestras rodillas, daba hasta pena dejarlos encima de tan delicado textil. Miré de reojo a Marisa y aluciné. Llevaba puesto un traje chaqueta de corte péplum y falda tubo granate con topos, conjuntado con una camisa blanca de seda y lazada al cuello. Por supuesto, combinados con su bolso y botines de media caña y taconazo carísimos, que se autorregaló las navidades pasadas.

Decir que estaba guapa era poco. Mi Rita Hayworth particular era incapaz de no llamar la atención. Ahora entendía por qué mientras yo admiraba la decoración del hotel, el resto de ojos se iban a adorarla a ella. ¡Qué diva que era la jodía!

—¿Qué parte de la frase «no te pases con la ropa» no entendiste? –le recriminé intentando no levantar la voz, tapando por instinto mi cuerpo con el abrigo–. A tu lado parezco una pordiosera.

—A estos sitios no puedes venir de cualquier manera, Elva, nunca sabes a quién te puedes encontrar… Quién sabe si al amor de tu vida.

—¿Pero tú no estás con Álvaro? –pregunté sorprendida.

—Hablaba de ti, no de mí –puntualizó molesta mientras cruzaba de forma imposible las piernas, gesto que me hizo sonreír por lo cómico y exagerado.

Al levantar la vista, vi como un señor calvo con uniforme blanco se acercaba diligente hacia nosotras con un paño perfectamente doblado sobre el antebrazo.

—¡Ojo que creo que viene hacia aquí un camarero! ¡Tú sonríe y ni se te ocurra pedir nada, que nos clavan! –le susurré entre dientes disimulando–. Ya tenemos bastante con la ropa prestada.

—Algo habrá que pedir, ¿no?

—¿Sabes lo que debe costar aquí una botella de agua? —le exigí.

—Tacaña —me dijo canturreando.

—No, pobre —puntualicé.

—Cálmate, Elva —contestó sonriente, cogiendo mi mano con la suya—. Entiendo que estés nerviosa, pero deberías relajarte un poco, nena. ¡Disfruta!

—Lo siento. —Tenía toda la razón del mundo, pero estar atacada era lo mínimo que podía estar dada la situación.

Marisa pidió un capuchino y yo decliné el ofrecimiento muerta de vergüenza, pero es que mi estómago había decidido cerrarse por su cuenta y sin preguntar.

—Tú nunca bebes capuchinos —afirmé con curiosidad.

—No voy a pedir un cortado, nena. Eso se pide en el bar de la esquina, no en un sitio de alto postín como este.

—Digo yo que los ricos también tomarán café ¿no?

—Pero, ¿lo llamarán así? Porque no me imagino yo a la Preysler pidiendo un cortado, corto de café y con sacarina…

—Tía, que son ricos no extraterrestres… Estás fatal. —No pude evitar soltar una pequeña carcajada, producida por los nervios sí, pero también por las ocurrencias de Marisa.

En serio, cuando mi amiga se ponía en plan divina, era para partirse de risa. A veces pensaba en cómo habíamos llegado a ser tan amigas, éramos completamente diferentes. Mientras ella era una chica segura de sí misma, que exprimía cada oportunidad que le surgía, yo vivía en una permanente indecisión y me gustaba permanecer en la sombra, lejos de las miradas de los demás y resguardada en mi propia zona de confort.

No dio tiempo a que Marisa se bebiera su capuchino, que según me dijo por lo *bajini*, sería muy de lujo pero estaba «aguao», cuando una chica rubia de unos treinta años y embarazadísima se acercó a nosotras.

—¿Elva? —asentí, levantándome sin poder apartar mis ojos de tan enorme barriga—. Hola, soy Macarena, secretaria de la Srta. Carsham. —Nos tendió la mano a ambas y se disculpó—. Perdonad la espera, en mi estado no puedo apartarme más de cinco metros del cuarto de baño.

Con una sonrisa en la cara, nos hizo un gesto para que volviéramos a tomar asiento frente a ella, y se sentó en una de las butacas no sin dificultades, con la mano postrada en sus riñones. Marisa estaba horrorizada. Siempre había tenido pánico a los embarazos, al cuerpo deforme que se les ponía a las mujeres durante los meses de gestación, la ropa feísima que debían llevar. Aquel era un claro ejemplo. Para ella pensarlo era una pesadilla. Siempre decía que, si podía, evitaría embarazarse por propia voluntad. Le encantaban los niños, pero los de otros. Con lo que le había costado mantener su cuerpo divino de la muerte, no entraba en sus planes tener hijos a largo plazo.

Macarena se acomodó y nos miró a ambas con una sonrisa. Se hizo un silencio algo incómodo que rompió entregándome una carpeta roja.

—En primer lugar, ¿puedo tutearte? –asentí expectante–. Quiero agradecerte que hayas podido venir. Sé que ha sido un poco precipitado, pero la señorita Carsham se marchará de viaje en unas semanas y esta era la única oportunidad de poder conocerla.

—¿Ha venido expresamente a conocerla? –preguntó Marisa, con los ojos como platos.

—Digamos que ha aprovechado la ocasión para arreglar algunos asuntos pendientes también. –Volvió a sonreír y señaló la carpeta–. Ahí encontrarás documentación para cumplimentar antes de que pasemos a tomar el té. Se trata de un contrato de confidencialidad. Todo lo que se hable y veas hoy aquí será totalmente privado. No te lo tomes a mal, pero como sabrás es una persona muy celosa de su intimidad y no concede entrevistas ni realiza apariciones públicas. Como en principio sólo te esperábamos a ti, no he traído más que un contrato, por lo que si no os importa que tu amiga espere aquí mientras pasamos al salón, perfecto.

Marisa y yo nos miramos con asombro, ¿un contrato de confidencialidad? Volviéndome hacia Macarena asentí sin poder articular palabra.

—¿Has traído los dibujos que te pedí?

—Sí, por supuesto –contesté ofreciéndole mi carpeta.

—Pues os dejo unos minutos para que revises el contrato y mientras voy a avisar de que has llegado.

Macarena se levantó de la butaca con la mano en su enorme tripa y, con una sonrisa, se marchó hacia el hall con mis dibujos de Connor en una mano y nuestra mirada pegada a su espalda.

—¡Tía! No será un contrato de esos tipo Grey ¿no? Todo esto me da mala espina, tanto secreto… A ver si es una pervertida o algo así…

Abrí la carpetilla muerta de curiosidad y, en efecto, se trataba de un cuestionario para cumplimentar con mis datos y en el que aceptaba mantener mi confidencialidad respecto a lo que ocurriera en esa cita. Como puntos importantes destacaban el no desvelar la identidad de la autora ni hacer referencia a ella tras el encuentro, no hacer ningún tipo de alusión pública sobre el mismo en redes sociales ni medios, nada de lo escuchado o dicho durante la reunión debía salir de entre aquellas cuatro paredes, y absolutamente prohibido fotografías, grabaciones ni móviles durante la misma. Aluciné un poco, porque no entendía a qué venía tanto misterio, pero no me pareció un sacrificio tan alto teniendo en cuenta que sabía guardar un secreto. Si aquella noche de agosto no lo era, válgame dios.

—¿Vas a firmarlo? —exclamó Marisa perpleja.

—Necesito saber de Connor, Marisa. Esta es la única oportunidad que voy a tener de despejar mis dudas, de saber si realmente existió o fue fruto de mi mente perturbada. Ya que estoy aquí no puedo dejarla escapar. Si no descubro nada, pues vuelvo a casa y tan feliz.

—Me da palo dejarte ir sola, y si es todo una trama rara de esas de una mafia rusa para la trata de blancas o algo así. —Miré a mi amiga boquiabierta—. ¿Qué? Los rusos están forrados y pueden permitirse este tipo de sitios, no me mires así.

—A ver, Marisa, que se te está yendo la olla. Tú espérame aquí y ya está. Tómate otro café y disfruta del lujo por un ratito —la amonesté sonriente mientras rellenaba cada campo del documento.

Una vez firmado, sentí que no había marcha atrás y eso me reconfortó. Eran tales mis ganas de saber, de conocer, que lo demás no importaba. Connor estaba cada vez más cerca, o yo del manicomio. De todos modos, iba a descubrirlo en breve.

Macarena no tardó ni diez minutos en volver a aparecer en el salón. Se plantó fatigada frente a nosotras y le di la carpeta.

—¿Preparada?

—Eso creo —dije nerviosa.

—Pues vamos. Mientras esperas pide un café o un refresco, o lo que te apetezca, por supuesto estás invitada —comunicó a Marisa.

Esta asintió con un poco de desconfianza y me soltó un «ten cuidado» en un susurro. Salimos del gran salón para dirigirnos hacia uno de los bares del hotel, el 19/Nineteen.

XI

ᐰᐰ

El lugar seguía la misma estela de pomposidad y lujo que el resto de estancias. En los laterales había unos sofás tapizados en cuadritos beis y muebles llenos de vajillas que, imaginé, poco tenían que ver con la mía de Ikea. En el centro, pequeñas mesas redondas y butacas de terciopelo rojo con detalles y borlas doradas daban el toque de color sobre la moqueta en tonos amarillos.

—Una cosa, Elva —me dijo la secretaria mientras caminábamos hacia el centro de la sala—: Te pido que tengas un poco de paciencia, en ocasiones la señorita Carsham puede parecer un poco, cómo decirlo, especial.

Algo desconcertada ante el comentario, seguí admirando la opulencia de cada detalle hasta que Macarena se detuvo ante una de las mesas ubicada junto a un gran ventanal. En ella, un hombrecillo con gafas de no más de sesenta años con una vistosa americana naranja, untaba una tostada con algún tipo de mermelada. Ni siquiera nos miró, pero se dirigió a la chica con una voz seria y autoritaria.

—¿Lo ha firmado?

—Sí, todo correcto. —Macarena, acompañando con su mano mi cintura, me instó a sentarme frente al hombre, mientras ella lo hacía entre los dos—. Don Rafael, le presento a Elva Mota.

Yo no entendía nada. ¿Don Rafael? A ver si Marisa iba a tener razón y esto no era más que una excusa para algo raro…

El tipo ni se inmutó, cogió una preciosa tetera de cerámica decorada con pequeños hilitos dorados y se sirvió el té con una tranquilidad pasmosa. Macarena hizo lo propio en cuanto él acabó y con un gesto me preguntó si yo iba a tomar también. Negué levantando mi mano un poco desconcertada, ¿de qué iba aquello? Cuando menos lo esperaba una voz aguda y algo afeminada rompió el silencio.

—¿Sorprendida?

—¿Disculpe?

—La noto algo decepcionada.

—Perdone, pero ¿quién es usted? —exigí confundida mirando hacia Macarena.

La chica sonrió brevemente y fijó sus ojos en mí algo divertida.

—Elva te presento a don Rafael de Alcolea y Figueroa de Castañeda, nombre real de la autora Helena Carsham.

Si me llegan a pinchar en ese momento, os juro que no sangro. ¿Helena Carsham no era una mujer? Era… era… ¿ese hombrecillo? Mi Connor, mi *highlander* buenorro y de gran corazón, ¿había nacido en la mente de ese hombre? *Muerta, morida, matá.*

—¿Entiendes ahora el porqué del contrato? Es su deseo mantener este anonimato y esperamos con tu ayuda que así siga siendo —me explicó la chica al ver mi turbación.

¡Helena Carsham era un tío! Si Marisa llega a estar aquí le da un ictus.

El hombre dio un bocado a su tostada y, mientras masticaba, fijó su mirada en mí por encima de sus redondas gafas. Yo no pude quitarle los ojos de encima, absorta por la sorpresa. En cuanto el riego sanguíneo volvió a fluir por mi cerebro, algo que no llegó a balbuceo intentó salir de mi garganta. El hombre, al ver mi dificultad, me animó.

—Vamos, no sea tímida, pregunte lo que quiera. Es lógico que se haya sorprendido, mi presencia suele causar ese efecto.

Era un tío hortera y encima pedante.

—Lo siento, es que no esperaba que usted… ya me entiende. Perdone, esto no se trata de una broma, ¿verdad? Una cámara oculta o algo así.

—¿Cree usted que yo puedo malgastar mi preciado tiempo en ese tipo de tonterías? Mire, voy a serle franco. Tengo una regla sagrada y es no reunirme con mis fans porque valoro mucho mi parcela personal, de ahí el contrato de confidencialidad. Comprenderá que un hombre de mi posición puede perder mucho si se llega a descubrir que soy escritor de literatura romántica. Ya sabe, prejuicios. Gracias a Dios, mis libros se venden solos y no necesito acudir a eventos ni firmas de libros, por lo que es muy fácil mantenerme al margen.

—¿Por qué romper la regla? ¿Por qué conmigo?

—Mire, si he accedido a conocerla es porque estoy... digamos, muy impresionado con sus dibujos sobre Connor Murray —me turbé—. Parece ser que le gustó mucho mi novela, ¿no es cierto?

—Sí —balbuceé nerviosa—. Me quedé muy impresionada. Es una historia fantástica, no pude dejar de leer desde que la empecé.

—Y, ¿qué le pareció Connor Murray? ¿Por qué le ha impresionado tanto?

Decidí ser sincera y ver a donde nos llevaba la conversación.

—Es un personaje diferente, me encantó que no fuera un ser perfecto como en todas las novelas, se equivocó muchas veces, y estuvo a punto de perderlo todo.

—Señorita Mota, ¿ha estado alguna vez en Escocia? —Esa pregunta me dejó fuera de juego.

—No.

—¿Está segura? —insistió mientras le pegaba un bocado a la tostada.

«Acaso, ¿no lo recordaría?», me dije.

—Estoy bastante segura, sí —respondí confusa—. No entiendo a dónde quiere llegar.

—¿En qué se basó para hacer los dibujos del *Laird*?

—Simplemente le dibujé tal cual le imaginaba mientras leía.

—¿No ha usado modelos ni alguien le ha dado indicaciones? —volvió a insistir.

—No. Ya le digo que sólo lo dibujé como lo sentía —reiteré.

—Entonces es muy poco probable, por no decir imposible, que conozca algo de la historia de los Murray. Y menos aún del *Laird* hechizado.

—¿*Laird* hechizado?

—Así es como se conoce a Connor Murray en su tierra. Aunque he de decirle que son muy pocos, además de la familia, los que conocemos los detalles de la historia.

—¿Me está diciendo que Connor Murray, el Connor Murray de su novela fue real?

—Exacto.

—Lo sabía, sabía que no estaba loca, ¡lo sabía! –celebré sin apenas contener la alegría.

El hombrecillo y su secretaria se miraron asombrados sin entender mi reacción.

—¿Se encuentra bien? –preguntó él extrañado.

Mi sonrisa abarcaba todo mi rostro y notaba que mis ojos chispeaban por la emoción.

—Estupendamente. Disculpen.

Retorcí con ganas mis manos bajo la mesa, mientras contaba hasta diez mentalmente. No podía dar ningún tipo de explicación a mi dicha ante aquellas personas. Por el bien de mi salud mental, mejor que no lo hiciera. ¡Contente, Elva, contente!

El hombrecillo trajeado en tonos chillones volvió de nuevo a sus quehaceres con la tostada y suspiró.

—En dos semanas parto de viaje para escribir la segunda parte de la novela, que como ya sabrá está anunciada desde hace unos meses.

—Algo he leído sí –afirmé.

—En esta ocasión trataré el tema más fantástico de la historia de este gran hombre. El por qué se convirtió en una leyenda. Tengo la suerte de tener una estrecha relación con la familia y me espera un trabajo creativo y de documentación importante.

—La historia de Connor es impresionante, me encantaría saber cómo acaba ya que el primer libro termina en lo más interesante. –«¡Elva, que te embalas!», me reprendí.

—Todo llegará, no se preocupe. Ahora bien, dígame, ¿por qué intentó buscarme tan obstinadamente? Envió más de cincuenta correos.

Vaya, lo que me temía. Soy una *psycho fan* reconocida.

—Me llegó mucho su novela… sólo quería felicitarle por ello.

—Su pertinaz interés, le confieso, me ha suscitado gran curiosidad. —Cogió una delicada servilleta de hilo y tras limpiarse la boca con exquisitos ademanes, se recostó en la butaca con las piernas cruzadas y observándome con cautela—. Suelo recibir cartas y correos habitualmente, incluso regalos absurdos por parte de mis lectores más acérrimos. Pero hay algo en usted que no acabo de comprender. ¿Por qué una chica como usted iba a interesarse de tal forma por un simple personaje de un libro?

¡Ay madre, que de esta no salgo! Si no pensaba algo rápido, y sabiendo que mi cara era todo un poema, me iba a encontrar en un aprieto y prefiriendo ser fiel a mí misma, no quería mentir.

—Verá, estaba pasando una etapa bastante dura en el momento en que leí su novela. Y podrá creerme o no, pero me ayudó mucho a salir del bache. —¡Ole yo! Aquello era una verdad como un templo—. La historia de Connor me marcó mucho en ese momento y simplemente, quise conocer más sobre la historia… a través de…

—Lo que no logro entender es, si realmente usted no ha viajado nunca a Escocia, ni por supuesto conoce la historia de los antepasados Murray, ¿cómo es posible que haya descrito con tanto lujo de detalles la imagen del *Laird* hechizado? Y no me diga que lo ha visto en Google, porque no es posible.

Se produjo un silencio incómodo en el cual don Rafael no cesó de observarme en ningún instante. Me sentí desnuda, como si su mirada pudiese ir arrebatando capa a capa la seguridad con la que protegía mi secreto. Intenté cortar de raíz esa situación pero no me salían las palabras. Fue Macarena, bendita ella, la que me hizo el enorme favor de romper aquel pulso visual.

—Don Rafael ha estado admirando tu trabajo. Según veo en el cuestionario, te dedicas al diseño de forma profesional, ¿es cierto? —preguntó mientras leía el contrato.

—Hago alguna cosita puntual, mi intención es llegar a hacerme un hueco como profesional en este campo. Pero, ahora mismo, estoy buscando un trabajo temporal hasta que pueda establecerme por mi cuenta. —Me sentía turbada y amenazada por aquel hombrecillo con gafas redondas. Era imposible que aquel hombre supiese nada referente a mi noche mágica, por lo que me animé a seguirle el rollo a la secretaria que había cambiado de tema.

—Vaya —dijo mirando a don Rafael de soslayo.

—¿Le gustaría viajar a Escocia? —espetó de súbito el hombrecillo.

—Tenía pensado viajar en primavera —contesté algo avergonzada.

Creí notar cierto destello en su mirada cuando prosiguió.

—¿Le gustaría acompañarme?

¿¿¿¿Qué???? Creo que si hubiese tenido la fuerza necesaria hubiera pulverizado los brazos de la butaca con mis manos. Fue Macarena la que continuó.

—Como ves, estoy a punto de dar a luz y don Rafael necesita a alguien que le asista durante su trabajo de documentación. Yo no puedo viajar a estas alturas y estamos seguros de que alguien que es capaz de plasmar la esencia de lo que hace como tú, con tus dibujos, serías perfecta para hacerlo. Incluso con la información recabada podrías realizar la portada de la novela. Si aceptas, claro.

Bolsa, hiperventilación, ¡¡Diazepam en vena!!

—¿Me están ofreciendo un empleo? —pregunté perpleja casi levitando.

—Sería algo temporal, un mes o dos a lo sumo. Lo suficiente para finalizar el proceso de documentación. Desde luego, sería oportunamente remunerado y con los gastos del viaje debidamente cubiertos.

Todo lo que habíamos imaginado Marisa y yo sobre el resultado de ese encuentro se quedaba a la altura del subsuelo con aquella proposición. ¿En serio me estaban ofreciendo la oportunidad de viajar a Escocia, a Stonefield, pagándome por ello?

—Sé que te puede parecer todo muy extraño, pero confiamos en que lo pienses y te decidas por acompañarle en este viaje. —Macarena, ofreciéndome un sobre alargado continuó—: En este sobre encontrarás las condiciones y particularidades del contrato. Así como tus tareas y servicios. Si decidieras aceptar, nuestro gestor se encargaría de todo para formalizarlo y organizar la partida.

—Usted tendría la oportunidad de encontrar las respuestas que busca y yo las mías —sentenció el escritor sin dejar de observarme.

¿A qué respuestas se refería? Las mías las tenía claras, pero ¿las suyas? Estaba tan descolocada que no atinaba a pensar con claridad. Mil imágenes me desbordaban y me impedían mantener la calma hasta el punto que me vi a mí misma pellizcándome el antebrazo para constatar que aquello era real.

—No digas nada ahora, piénsatelo unos días y te llamo. ¿Qué te parece el jueves? —Me tranquilizó la secretaria mientras abría una agenda roja.

—Bien, bien. Perdonen, pero es que no sé qué decir, no me esperaba...

—De acuerdo entonces —me cortó don Rafael dando una palmada sobre sus muslos—. Espero sus noticias y verla muy pronto. Macarena me mantendrá informado de todo. Ahora, si me disculpa, es la hora de mi masaje craneal.

Macarena se levantó y yo, como si tuviera un resorte, hice lo mismo. Él permaneció sentado, con sus ojillos vivaces clavados en mí. Deseé que no tuviera habilidades especiales respecto al lenguaje corporal, porque de ser así, mi cuerpo le estaba diciendo con neones: Yo conocí a Connor.

Le agradecí su tiempo y la propuesta, o algo parecido, porque ya estaba tan acelerada y confundida que no sé ni lo que dije, y con la invitación de su asistente embarazada me dirigí de nuevo al hall, esta vez flotando por encima de la maravillosa moqueta.

XII

⊙⤙⤚⊙

Barcelona, marzo de 2015

$\mathcal{D}$urante las dos semanas siguientes mi vida se convirtió en un continuo caos. Aquel viaje inesperado a Escocia iba a cambiar mi vida más de lo que ya lo había hecho hasta ahora, y lo iba a aprovechar al máximo. Connor Murray, él era la causa de todo. Hacía unos meses había estado al borde de la depresión y ahora me dirigía hacia una tierra extraña para conocer el hogar de mi querido *highlander*, la persona que me hizo salir de la espiral de dolor en la que me había metido. Porque sí, acepté el trabajo.

Como siempre, gracias a la inestimable ayuda de Marisa, que se sentía casi más emocionada que yo, pude terminar mis trabajos de diseño pendientes y preparar la maleta con todo lo que pensaba llevarme. He de decir que cuando le comuniqué el resultado de la reunión casi le da un jamacuco. Estuvimos riendo y saltando como unas niñatas histéricas durante diez minutos. ¡Locas de atar!

Recibí varias llamadas de Macarena durante ese tiempo, informándome de la organización del viaje. Me envió un paquete con los documentos que le harían falta a don Rafael, junto con un desglose de las costumbres del hombrecillo. De todo lo que leí durante esos días, pensé que esto último sería lo más difícil de sobrellevar. ¡Ese hombre estaba cargado de puñetas!

Una semana antes de mi partida, me llegó el correo con la confirmación de la reserva de hotel y las indicaciones oportunas para mi llegada. El itinerario era bastante alentador. Saldría el jueves diecinueve a primera hora de la noche en un vuelo directo que me llevaría al aeropuerto Internacional de Prestwick, en la zona sudoeste de Glasgow. Allí, dada la hora de mi llegada, me esperaría un chófer para llevarme al hotel situado a unas setenta millas de allí, en un pueblo costero llamado Tighnabruaich. Suspiré nerviosa y sonreí. Era un hecho. ¡Me iba a Escocia!

Marisa se empeñó en ir de compras, dado que mi viaje inesperado no iba a ser precisamente en plan mochilero, sino que iba a ejercer de pleno derecho como asistente de una de las «escritoras» más famosas del mundo. La ocasión se merecía que me gastara unos euros en cuatro trapos de categoría por lo que pudiera pasar.

Nuestra visita a Sarin´s, la boutique en la que ella trabajaba, fue una tortura absoluta. Marisa no hacía más que obligarme a probarme ropa y al final me decidí por tres trajes chaqueta por si tenía que ir a alguna reunión, y uno de fiesta para el día de la gala benéfica que organizaban los Murray, y a la que don Rafael tendría que asistir, y yo con él, esperaba. Un traje precioso negro tipo esmoquin y camisa de lentejuelas en blanco y negro. Lo peor fue el calzado. Desde que tuve un esguince hace unos años no andaba segura con tacones, por lo que me había acostumbrado a zapato plano o, directamente, mis Mustang de colores, que ya no estaba la economía para las Converse clásicas. De nuevo, Marisa me obligó a comprarme unos zapatos, divinos eso sí, con un taconazo que en el caso de caerme no quedaría diente vivo. Unos preciosos salones de pulsera muy sexis, que realmente quedaban preciosos con el traje de fiesta. Finalizamos la jornada de compras con varios vaqueros, algunos jerséis de lana gruesa, y un anorak de plumas impermeable amarillo mostaza que, aunque llamativo, Marisa me aseguró que era de pluma de oca de calidad y, por tanto, no iba a pasar frío. Menos mal que hicimos uso del descuento que le hacían a ella por ser trabajadora de la marca, si no me arruino. Así que acabamos el día con mi VISA fundida y mi conciencia con una luz de color rojo parpadeando, recordándome que ya podía trabajar mucho para pagar el cargo. ¡Fuera de mi cabeza luz maldita!

Marisa resultó ser peor que mi madre preparando la maleta, llévate esto, llévate lo otro… lo típico, llenar la maleta de «por si acaso». Así que mi maleta se convirtió en un popurrí de ropa de diseño, junto a mis vaqueros y jerséis favoritos y mi pijama de estampado de vaca, eso era sagrado. Iban a ser dos meses de aventura en los que todo podía pasar, así que debía estar preparada.

Llegó el día y Marisa me acompañó al aeropuerto, sumida en un mar de lágrimas.

—Tía, no olvides llamarme cuando llegues, y conéctate cada noche y hablamos por el Skype y me cuentas todo lo que descubras sobre tu escocés buenorro.

—Que sí, pesada. Pero llegaré de madrugada, te llamo mañana mejor ¿vale?

—Toma, te he hecho un bocata de jamón para el viaje. Intenta comer bien, que dicen que allí se come fatal —aseguró mientras metía el bocadillo en mi bolso—. Y ponte guapa en la gala, déjalos con la boca abierta.

—Marisa, te pareces a mi madre. Estaré de vuelta pronto, no te preocupes.

—Voy a echarte de menos, nena —sollozó mientras me abrazaba.

—Yo a ti también. —Y era cierto. Ojalá pudiese acompañarme en esta locura.

—Venga, vete ya, que me pongo muy moñas. A por él, preciosa, y deja el pabellón español bien alto. Te quiero, lo sabes, ¿verdad?

—Yo también te quiero —dije sorbiendo mis lágrimas.

—Acuérdate, videollamada cada noche con la crónica escocesa. Disfruta y ¡ten cuidado!

Mientras me alejaba de Marisa y esperaba a que chequearan mi billete, la sensación extraña de que algo iba a cambiar se hizo más fuerte. Atrás dejaba a mi amiga del alma, mi casa, mi tranquilidad. Ahora, al mirar al frente, no vi sólo la puerta de embarque, era mucho más que eso. Era la entrada a mi futuro.

Subí al avión con un revoloteo en el estómago. No estaba nerviosa por el vuelo en sí, ya que no era la primera vez que lo hacía. Pero sí era la primera vez que salía sola de mi país y sin saber exactamente lo que me iba a encontrar. Aunque fue inevitable, no quise hacerme falsas ilusiones con lo que me depararía la experiencia. Connor, aunque real, no estaría allí para protegerme. Tendría que buscar la forma de empaparme de su vida sin ser tomada por una lunática, porque ¿cómo iba a contar mi noche mágica? Estar cerca de su familia, pisar la misma tierra por la que él luchó tanto. Desde luego di por hecho que había regresado a su casa aquella noche, dada la prole de descendientes que siglos después llevaban su apellido. Era emocionante pero estaba asustada, expectante, a punto de entrar en estado Bella de Crepúsculo. ¡Hiperventilando modo on!

Recordé el espectáculo que montó mi madre cuando llamé para informarles de que, como tantos otros jóvenes españoles, iba a probar suerte en el extranjero con un trabajo. A ver, que mi madre es muy buena gente, pero es alarmista como pocas. Lloró como una loca, me instó a volver a casa, a que no hablara con desconocidos, a que no bebiera de vasos ajenos y, sobre todo, a que huyera cuando viera algo raro. Pobre, si es que es normal, pero vamos, que Escocia no está en la Cochinchina, a pesar de que para ella todo lo que sobrepase las lindes de mi pueblo ya es lejos. Hasta que mi padre no le quitó el teléfono, no pude explicar con claridad el motivo y las intenciones veladas de mi viaje —no era plan de contarle a mi padre nada de Connor, claro—. Mi padre, más comprensivo y siguiendo su costumbre de animarme a buscar mi sitio en la vida, se quedó más tranquilo. Pero fueron las palabras de la abuela Bríxida las que me hicieron ver que, por muy excepcional que fuera esta experiencia, debía vivirla.

—No hay lazos más grandes en una promesa que las dichas con las palabras del corazón. Si quieres saber de él, ve a buscarle. Si no, te encontrarás mirando demasiadas veces hacia atrás, recordándole y maldiciendo el día que decidiste no intentarlo.

Sonreí ante el recuerdo de sus palabras y me coloqué los cascos del Ipod mientras observaba los pequeños puntos de luz de la ciudad, que se alejaban poco a poco a través de la ventanilla.

Eso iba a hacer, no iba a romper mi promesa y sabría por fin qué había sido de él.

En el mismo momento en que Elva subía a ese avión, un hombre y una mujer con sus cuerpos totalmente entrelazados entraban de forma abrupta en una casita de Tighnabruaich, Escocia. Era tanta la urgencia que tenían por devorarse, que dejaron la puerta abierta de par en par, arrasando con todo lo que había a su paso con tal ímpetu que casi se matan al tropezar con el pequeño sofá de cuadros instalado frente a la entrada. La mujer, de larga cabellera morena y ondulada, reía aún con sus labios pegados al cuello del hombre. Este, deshaciéndose con rapidez de su grueso abrigo y con la camisa de cuadros abierta y el cinturón a medio abrochar, intentaba con presteza recobrar el equilibrio. Retrocedió unos pasos para cerrar la puerta sin mirar, ayudándose de una patada certera.

Agarró entre jadeos ahogados las nalgas de la chica y la estampó contra la pared, manteniéndola a horcajadas en una posición perfecta para acoplar su erección entre sus piernas.

Ella hundía con decisión sus dedos en el revuelto pelo del chico, que ya estaba a punto de comérsela entera. Le levantó el minúsculo vestido hasta las caderas y mientras ella acababa de extraer su miembro de la bragueta del pantalón, él extraía con apremio un condón de su envoltorio.

Estaba en pleno proceso de colocación cuando el móvil comenzó a sonar dentro del bolsillo de su vaquero que descansaba a la altura de sus tobillos. Era tal la pasión que les embargaba por comenzar a desatar sus instintos que la melodía *Hysteria* de Muse que reclamaba su atención se ahogó entre jadeos y suspiros. Ignoró por completo la llamada y la penetró con ansia. Tan sólo había acometido cuatro o cinco embestidas, cuando en una de ellas el móvil se liberó del bolsillo, multiplicando ahora su volumen hasta romper la magia del momento. Él reparó, molesto, en los insistentes acordes del bajo de Chris Wolstenholme y redujo su empuje resignado.

—No contestes… —susurró ella instándole a continuar con un hilillo de voz ronco y sensual.

Él clavó sus ojos de un azul profundo y opaco en la boca de la morena, que en ese momento se mordía el labio con lascivia. No tuvo que hacer más. Siguieron con su ritual salvaje y animal durante varios minutos más, cada vez con más ímpetu, con más necesidad. Estaban a punto de culminar el encuentro cuando el móvil volvió a sonar sin cesar.

—¡Joder! –gruñó el muchacho en la boca de ella.

—Ni se te ocurra parar ahora Olly,…

Pero a Olly el maldito teléfono le había cortado el rollo soberanamente.

—¡Mierda! ¡Joder! Espera…

Se apartó de la chica con rapidez y ella boquiabierta no daba crédito a su descaro.

—¿No irás a contestar?

—Es muy tarde, podría ser una urgencia, nadie insistiría a estas horas si no fuera importante.

El hombre se apartó definitivamente de la chica, se subió el pantalón y recuperando el aliento, se dispuso a contestar la llamada sentado en el sofá.

—¿Sí? Claro que estoy ocupado Miranda, ¿qué ocurre? ¿Qué? ¿Y tengo que ir yo precisamente? ¿Es que no hay nadie disponible en este puñetero lugar? ¡Mmmm! Está bien, está bien. ¿A qué hora llega? Joder, a estas horas ya no hay ferri, ¿estás loca? ¿Sabes lo que voy a tardar en ir y volver? Joder, vale. Saldré ahora mismo. ¡Mierda!

No se molestó ni en colgar, tiró el teléfono de mala gana sobre el asiento y se mesó el pelo contrariado.

—¿Qué pasa? –demandó la morena.

—Tengo que irme –contestó serio y con voz grave.

Se dirigió hacia el baño y tardó unos segundos en salir ya con el pantalón abrochado y recomponiendo de nuevo su atuendo con una camisa limpia. La chica lo miraba atónita desde el mismo lugar en el que la había dejado, incapaz de creer que Olly la hubiese dejado literalmente a medias.

—¿Ahora? ¿A dónde?

—A Glasgow, tengo que recoger a alguien en el aeropuerto.

La chica se desnudó por completo y con la piel perlada por el sudor del acto interrumpido, se tumbó en el sofá mientras observaba como el hombre que hacía unos minutos tenía en su interior buscaba las llaves del coche.

—¿Ahora también eres el chófer?

Al notar el tono burlón del comentario, Olly le advirtió con el dedo.

—No, Laura, no.

—Tu hermana hace contigo lo que quiere.

—He dicho que no sigas por ahí —escupió más que irritado.

Ella captó de inmediato que debía cambiar de tema si no quería terminar la noche peor de lo que estaba siendo ya, y decidió ser prudente. No podía estropear la oportunidad de estar con él. Porque de una cosa estaba segura, lo tenía a sus pies otra vez, como en los viejos tiempos. Así que no iba a cometer los mismos errores que en el pasado, ahora iba a jugar bien sus cartas para no perderle de nuevo.

Levantó una pierna dejando expuesta la zona de su cuerpo que más le necesitaba y con voz melosa y sugerente le instó a acercarse a ella.

—Olly, cariño, espero que esta no sea una de tus tretas para deshacerte de mí.

Pero Olly ya no se sentía con ganas de seguirle el juego. El arrebato sexual que había sufrido momentos antes había desaparecido. Se había enfriado por completo, ahora volvía a ser el hombre de hielo que acostumbraba a ser.

—Tengo excusas mejores que esta, deberías saberlo. Será mejor que vuelvas a casa, volveré tarde —ordenó casi saliendo por la puerta.

Laura enredó un mechón de pelo en uno de sus dedos y le aseguró a la sombra que desapareció ante sus ojos:

—Te esperaré, no tengo ninguna prisa. Además, esto que has empezado lo tienes que acabar.

El vuelo con destino el aeropuerto de Prestwick fue relativamente tranquilo, en tan sólo un par de horas me encontré esperando en la cinta mi equipaje, mientras me comía el bocata de jamón que Marisa, bendita ella, me había preparado en Barcelona. Apenas tenía hambre, pero me quedaban al menos otras tres horas hasta llegar a mi destino y poder llenar el estómago.

Después de quince minutos esperando a que mi maleta saliera por la cinta, temí lo peor. Me dirigí a uno de los pocos empleados que había en aquella zona y reclamé mi equipaje. No podía ser verdad, ¡no podían haber perdido mi maleta con todas mis cosas! Mi ropa nueva, mis libros, mis cremas, mis vaqueros, mi pijama de vaca, ¡¡mis bragas!!

Pero mis temores se cumplieron, tras varias comprobaciones, me indicó que mi maleta había salido rumbo a Roma debido a un error. ¿Un puñetero error? Y, ¿qué iba a hacer ahora? No tenía más que lo puesto, mis vaqueros, mis botas estampadas de leopardo, un jersey cisne negro y el anorak amarillo, eso sí, de plumas de oca de primera. El señor algo estirado, que en un principio me había dicho que no podría gestionar la reclamación hasta el día siguiente, se apiadó de mí al ver mi angustia. Me tranquilizó diciendo que él mismo la formularía esa misma noche y que, con suerte, podría tener mi equipaje de vuelta en un par de días. ¡¡Qué?!

Suerte que al no facturar la pequeña maleta con la documentación de trabajo de don Rafael y mi portátil, aún no estaba desahuciada del todo. Pero aun y así, nada más llegar a Escocia ya tuve ganas de marcharme.

Tras dar los datos de mi hotel al empleado, abandoné la oficina de reclamaciones y me dirigí totalmente perdida hacia una de las salidas en donde, supuestamente, el conductor que me llevaría al hotel estaría esperando.

Un gran cartel en la fachada con tres escoceses vestidos con kilt, me daban la bienvenida al país: *Welcome to Scotland, Fàilte gu Alba*. Desde luego, había hecho mi gran entrada triunfal en Escocia por la puerta grande y con lo puesto. «Mal empezamos», pensé con ironía. Supliqué rezando a todo el santoral, deseando que la cosa no fuera de mal en peor.

Con el estómago revuelto y a punto de llorar por la impotencia, saqué de mi bolso el móvil y busqué el número que Macarena me había dado en caso de emergencia. Estaba a punto de marcar cuando me detuve. No eran horas de llamar a nadie y, desgraciadamente, nada se podía hacer por mi ropa perdida. Hacía un viento horrible, y la humedad era latente. Suspiré derrotada y me coloqué la capucha del anorak de plumas sobre la cabeza, hundiendo mi cara en la bufanda mientras miraba a los lados en busca de mi dichoso conductor. Apenas quedaba nadie en la terminal, algunos pasajeros que montaban en los últimos taxis disponibles y que desaparecieron en un abrir y cerrar de ojos, dejándome sola con la mochila y mi bolso sobre la acera como única compañía.

«Elva, no te pongas más nerviosa, que seguro que el señor se ha retrasado por algo», me dije a mí misma cuando pasé de tiritar de frío a hacerlo de miedo. Mi mala suerte no podía acrecentarse en una sola noche de esa forma. No, no, no. Con la maleta perdida ya había tenido suficiente. Comencé a maldecir en voz baja cuando apareció un coche oscuro con los cristales tintados y se detuvo a dos metros de distancia. No quise moverme hasta que el conductor bajó del coche y con una expresión adusta se dirigió hacia mí como un doberman.

—¿Es usted Elva Mota, la española que trabaja para don Rafael? —asentí aturdida ante la agresividad verbal del hombre nada más llegar. ¡Qué agradable! Lo dicho, por la puerta grande, Elva, te has lucido—. ¿Y su equipaje?

—Camino de Roma. —Noté que su expresión se relajaba por un segundo al dibujarse una pequeña ¿sonrisa?, bajo la mata de pelo que poblaba su rostro.

—Suba al coche —me ordenó lacónico mientras él lo hacía sin tan siquiera meter mi bolsa de mano en el maletero. Este tío es tonto, ¿no?

Subí a la parte trasera del automóvil dejando mis bolsos a un lado y agradecí el calor del interior. Froté mis manos mientras echaba mi aliento sobre ellas, me desabroché el anorak y me mantuve en silencio mientras observaba de reojo al conductor. Parecía joven, no más de treinta y cinco años, pelo corto y con una barba descuidada que daba repelús. Vestido con vaqueros y un plumón oscuro que no tardó en quitarse en cuanto entró en el coche, dejando a la vista un grueso jersey de lana granate. No me había dado mala sensación al verle, pero esa expresión de mala leche, junto a ese aspecto descuidado me tenían desconcertada. Parecía un *hooligan*. Le observaba de soslayo cuando descubrí que me miraba por el espejo retrovisor.

—¿Sabe que llevaba más de una hora esperándola en la puerta de la terminal? ¿Dónde demonios se había metido? –preguntó en el mismo tono histérico que el de su llegada mientras se frotaba nervioso la descuidada barba.

—La maleta. Han perdido mi maleta. Lo siento –me disculpé con ironía.

—Podía haber avisado, creí que yo la había perdido a usted. Maldita sea... ¿Ha visto la hora que es? Aún quedan un par de horas de viaje hasta llegar a Tighnabruaich... ¿Cree que no tengo nada mejor que hacer?

El tono de sus palabras me hirió. Me sentí demasiado vulnerable después del incidente de la maleta como para tener que aguantar los malos humos de este señor. Callé durante unos minutos que se hicieron eternos, y decidí romper el hielo iniciando una conversación agradable.

—Me han dicho que el pueblo al que vamos es muy bonito. –Silencio–. ¿Conoce usted Stonefield? Estoy deseando ver el castillo, conocer a los Murray y disfrutar de esta tierra con tanta historia. –¿Me está ignorando? Sin duda, menudo antipático me ha tocado por compañero de viaje–: ¿Trabaja usted para los Murray?

El tipo, que no había dejado de observarme por el retrovisor, suspiró y su voz profunda y tajante me dejó claro cómo iba a ser mi viaje a partir de ahora.

—Mire, señorita, no he venido aquí a entablar una conversación sobre historia, mi trabajo o cualquier tema que pueda interesarle. Mi misión esta noche se limitará a llevarla a su hotel, por lo que le agradecería que no me distraiga y me deje hacer mi trabajo.

Asombrada y dolida por la contestación fuera de tono, decidí que ese escocés maleducado no iba a aguar más el accidentado comienzo de mi viaje y me coloqué los auriculares de mi móvil, esperando que quizá un poco de música y el silencio entre nosotros hicieran el viaje algo más agradable.

Durante más de media hora no volvió a dirigirme la palabra, tan sólo me observaba desde el espejo de vez en cuando y me intimidaba con su mirada. Era dura, implacable. La verdad es que en la penumbra ya se adivinaban unos ojos bonitos, pero ¡era tan borde!

Apoyé la cabeza sobre el costado de la ventanilla y observando las luces nocturnas que se perdían entre la oscuridad, cerré los ojos y comencé a dejarme llevar por la melodía de Ben Cocks, *Your firefly.*

Un golpe brusco acompañado de una maldición me despertaron de sopetón. Al abrir los ojos, miré a través de la ventanilla y vi que el coche se había detenido. No sé en qué momento se había puesto a llover, pero ahora llovía y mucho. Confusa, miré hacia mi acompañante, pero este ya no estaba ante el volante y me alarmé.

Un golpe en la puerta me desveló su ubicación. ¿Eso había sido una patada? Mi acompañante había salido del coche y gritaba bajo la lluvia con las manos en la cabeza bastante desesperado. Pegó otro golpe con el puño en el capó y me asusté más aún. ¿Seguro que se trataba de mi chófer y no de un asesino en serie? No supe cómo reaccionar ante el carácter del tipo, ¿debía salir para saber qué pasaba o quedarme dónde estaba? Recordé medio paranoica las películas de terror en las que la música avisa del peligro y la chica se lanza en picado hacia él. ¡Idiota! Mejor me quedo ¿no?

La puerta de mi izquierda se abrió súbitamente, dejando entrar el agua y poniendo perdida la tapicería del coche. El «simpático» conductor, completamente empapado, me miraba con cara de pocos amigos.

—¿Sabes cambiar la rueda de un coche? —Abrí la boca desconcertada y negué sin articular palabra—. ¡Mierda! —Maldijo—. Al menos baja y échame una mano.

—¿Con esta lluvia? —¿Está de broma?

—¡¿No esperarás que la cambie solo!? Baja del coche y ayúdame —sentenció.

Cerró la puerta y me quedé allí muerta de la impresión. Pero ¿es que ese tipo estaba loco? ¿Qué tipo de chófer era ese? Desde luego mañana me iba a oír don Rafael. Una cosa es que me obligara a viajar sola a esas horas y otra muy diferente que me dejara al cuidado de semejante idiota.

Entre que yo no me había visto jamás en la tesitura de tener que cambiar una rueda y que el tipo, atacado de los nervios, parecía tener menos idea que yo, la tarea fue un infierno. Por supuesto, tuve que salir del coche y ponerme a su lado con un gran paraguas que casi me obligó a coger, como las azafatas de la Fórmula Uno, mientras él hacía el trabajo. Un paraguas que, por cierto, no evitaba que nos estuviéramos poniendo perdidos de agua. Aquello era surrealista.

Miré a mi alrededor y comprobé que estábamos en una carretera secundaria estrecha perdida en medio de la nada. Mi acompañante no dejaba de maldecir por lo bajo a la mínima que podía, pero a un volumen suficiente como para que yo le escuchara.

Mientras él se afanaba en sacar la rueda de repuesto y el gato del maletero, pude fijarme más en él. Efectivamente, rondaba la treintena, y su aspecto era bastante agraciado. Me sacaba un palmo, y su complexión era, cómo decirlo, agradable de ver. Sus facciones duras era lo único que desentonaba en el conjunto. Recordé las categorías de Marisa para catalogar a los tíos –que os explicaré luego– y ese hombre en otra situación sería del tipo «follable», pero a mí en este momento me parecía que la vida era muy injusta al dar un físico estupendo a alguien con modales tan primitivos. Me estuvo mareando y amenazando con la mirada durante un rato, hasta que comenzó a realizar el cambio de rueda. Por Dios, ¡que esto acabe pronto! ¡Me estoy muriendo de frío!

Él tuvo que adivinar por mi semblante lo que estaba pensando, puesto que se dirigió a mí con un tono sarcástico que me sacó de mis casillas.

—¿Crees que yo estoy contento de estar aquí ahora mismo? ¡Maldita sea! ¿Podrías taparme con el puñetero paraguas? ¡Me estoy poniendo perdido!

Mi paciencia llegó al límite y no pude soportarlo más, dejando salir mi temperamento español que bullía como una olla a presión.

—Pero ¿qué coño te pasa? ¿Acaso tengo yo la culpa de que se haya pinchado la rueda? Acabo de llegar a este país, he perdido mi maleta, y ahora ¿tengo que soportar tu mal humor? –El hombre se quedó pasmado con mi reacción e intentó replicarme, cosa que atajé enseguida–. ¿Esta es la hospitalidad escocesa?

Joder, llevo en este país una hora y ya tengo ganas de marcharme. ¿Por qué me ha tenido que tocar el tío más borde, antipático e insoportable de Escocia? —grité la última frase desesperada, y continué con mi verborrea imparable–. Y ¿sabes? yo también me estoy calando hasta los huesos. Si no te parece bien como utilizo el paraguas, lo haces tú solito.

Cerré el paraguas en un arranque de frustración y lo lancé con todas mis fuerzas hacia el vacío, como si me fuera la vida en ello. A continuación le miré con determinación y tras pegar una patada al suelo, exclamé un «¡Imbécil!» finiquitando el monólogo y me metí en el coche. Le dejé allí chorreando y con la boca abierta, mientras mi estómago subía a mi boca por los nervios y comenzaba a llorar presa de la rabia. Mi llegada a Escocia no podía haber sido peor. ¿Por qué?

Durante la siguiente media hora, mi orgullo fue flaqueando y me sentí mal por el hombre que seguía fuera. En ese momento ya tendría mojados hasta los calzoncillos. Vi el bulto formado por su chaqueta moverse de un lado a otro y mi conciencia pellizcó mi corazón. Quizá, después de todo, me había excedido, aunque no me arrepentía de haberle parado los pies con su injusta actitud. Si yo estaba tiritando de frío, él estaría al borde de la pulmonía. Me moví un poco para acercarme a la puerta y, de repente, la del conductor se abrió. Una ráfaga de agua y frío se metió en el coche acompañando al chico, que completamente chorreando, intentaba quitarse el abrigo húmedo y calentarse las manos con la calefacción una vez puesto en marcha el automóvil. Me sentí fatal, pero ¡se lo merecía! Por idiota, por maleducado, por… «No, Elva, creo que te has pasado tres pueblos» me recriminó mi conciencia. Joder, ¡qué rabia me da ser tan blanda!

Le observé y se me ocurrió decirle algo para suavizar el ambiente tenso y ridículo que se había formado entre nosotros, pero no me dio tiempo. Fijó su mirada profunda en mí por el espejo retrovisor y exclamó con lo que me pareció un tono más tranquilo que el anterior.

—Vámonos.

En apenas algo más de una hora, volví a notar que el coche se detenía. El sueño y el cansancio me habían vencido de nuevo, y me desperecé despacio, en busca de mi chófer, que ya no se encontraba en el interior del coche. La puerta se abrió y el hombre ,sin apenas mirarme, cogió mis dos bolsas con decisión y se marchó, dejándome su aroma varonil mezclado con tierra mojada como regalo inesperado. Aún saboreaba su olor cuando noté su voz cerca de mi oído.

—¿Piensas bajar del coche? Ya hemos llegado. Tus cosas están en la entrada. Me gustaría marcharme para darme una ducha y evitar coger una pulmonía.

Sus palabras no fueron severas, no en esta ocasión, algo sarcásticas pero no duras. Quizá, después de todo, mi furia española le había bajado los humos. Me tranquilizó el sabor de la batalla ganada y bajé del coche mientras me intentaba poner el anorak. No me dio tiempo a cerrar la puerta, cuando el coche derrapó y se perdió en la noche a una velocidad pasmosa, poniéndome perdida de barro mientras lo hacía.

¡¡Será imbécil!!

XIII
❧

Sentí un escalofrío al introducir mis pies descalzos en el riachuelo. El agua estaba helada, pero a los pocos minutos, en cuanto mi piel se acostumbró a la temperatura, las sensaciones que recibieron mis plantas al tocar la tierra mojada fueron especiales. Me arremangué la falda con ambas manos aunque el agua no llegaba más allá de mis tobillos y, por primera vez, tuve una sensación de libertad que nunca había experimentado. Era curioso como algo tan banal podía dar tanta satisfacción. El agua era clara y cristalina, y divisé curiosa las piedras del fondo cubiertas de un fino manto de musgo, intentando sortearlas para no caer de bruces en un mal paso. Sentí que uno de mis pies se hundía en la tierra fangosa del fondo y di un respingo, pisando una de las resbaladizas piedras y escurriéndome hacia atrás sin poder evitarlo.

Por un milisegundo me vi estampada contra las aguas heladas y, tal vez, desnucada contra una piedra, pero unos brazos, firmes y cálidos, evitaron un mal mayor.

—Ten cuidado por donde pisas, Cascabel, las piedras del río son muy traicioneras.

¿¡Connor!?

Me incorporé mirándole embelesada, presa de la sorpresa y la emoción contenida. Si aquello era un sueño, era muy real. ¿En los sueños se podía oler? Porque yo olía su aroma varonil mezclado con madera y violetas. ¡Olía a mi jabón de violetas! Me hubiese quedado allí, entre sus brazos, para siempre. Su sonrisa socarrona y de suficiencia me hizo caer al abismo de la tontería extrema. Si es que cuando me pongo, puedo volverme muy tontaka.

—¿Qué te ocurre, muchacha? Ni que hubieras visto un fantasma. Se te ha quedado la mandíbula desencajada —se mofó mientras cruzaba los brazos y me miraba divertido.

—Pues ya que lo dices casi… ¿Qué… qué haces aquí? Bueno, y yo, ¿qué hago yo aquí? Y ¿dónde estamos?

—¡Para, para, muchacha! Hablas más rápido de lo que mi cabeza atina a asumir… ¿Estás cómoda?

¿Cómoda? No. Estaba en la gloria entre sus brazos. Cuando reparé en ello y vi la diversión pura y dura de su semblante me aparté. ¡Qué bien se lo pasaba a mi costa! Pero tenía que reconocerlo, era adorable, achuchable, follable y todos los adjetivos acabados en «able» referidos a dioses escoceses.

—Anda, quita.

No opuso resistencia cuando me zafé de sus brazos y seguía riendo divertido mientras yo sorprendida aún de tenerle frente a mí y muerta de vergüenza me arreglaba el vestido. Un segundo. ¿Yo con un vestido de época?

—¿Te has enfadado?

—¿Por qué siempre que te veo tienes que sacarme de alguna escena melodramática? Por dios, ¿cómo puedo ser tan patosa?

—Si no fueras tan patosa no serías tan peculiar, no serías tú.

Le eché una mirada de esas de «si existieran los rayos X ya serías polvo, chato», y sonreí, vencida ante aquella mirada encantadora que él sabía que me mataba de gustirrinín.

—Capullo.

—No sé si quiero saber qué significa eso, no ha sonado muy bien. Vamos, anda, te llevaré en brazos hasta la orilla.

—Ni se te ocurra, sé hacerlo perfectamente solita —le advertí alzando las manos.

—Está bien, está bien. Pero luego no digas que no te avisé.

Intenté dar un primer paso y escuché un sonido repetitivo, cantarín, parecido al de un grillo pero a unos decibelios dignos de un barítono.

—¿Por qué cantan los grillos si es de día?

—¿Grillos? —preguntó confuso frunciendo el ceño y echando un vistazo a su alrededor respondió con orgullo—. Elva, no he conocido mujer más extraordinaria que tú.

Decidida me dispuse a cruzar los dos metros que me separaban de la orilla. Para cabezona, yo. Concentrada en no volver a pisar una piedra maldita, me arremangué la falda ya con los bajos mojados para evitar que Connor, que me observaba desafiante esperando que cometiera un error, pudiese liberar las carcajadas que se estaba aguantando. Sí, porque allí estaba esperándome, sentado en la hierba, disfrutando como un enano a pesar de su tamaño cada vez que yo, con mi natural carencia de equilibrio, intentaba dar un paso firme sin matarme en el intento. El cantar insistente del grillo dinamitaba por segundos mi concentración, cada vez más cercano, cada vez con el volumen más alto.

—¿Qué tipo de grillos escoceses criais aquí? Porque este debe ser tamaño elefante.

Me detuve apenas a un metro de la orilla y ofendida ante la visión del rostro de aquel guapísimo escocés, que enrojecía por momentos debido al esfuerzo por contener la risa, no se me ocurrió otra cosa más que la idea nada inteligente de dar una patada al agua con la intención de salpicarle y cortarle la diversión. Craso error, porque quedó en eso, en intención. Resbalón, pérdida de equilibrio y caída de culo con todas las de la ley.

El contraste del agua helada sobre la piel del resto de mi cuerpo me cortó la respiración, me quedé sorda. Las carcajadas de Connor, ya libres y desatadas, se fueron alejando poco a poco y mi visión comenzó a nublarse mientras el puñetero canto del grillo se cernía sobre mí como ave a su presa.

Me desperté de mala gana cuando un sonido repetitivo e insistente acabó por expulsarme de mi agradable sueño. ¡Mierda! Gruñí al percatarme de que se trataba del teléfono y no de un grillo enorme, y hundí la cabeza bajo la almohada sin intención de descolgarlo siquiera. Estaba cansada, muy cansada. Y mojada, o eso creía tras haber caído de bruces al agua ante la mirada socarrona de Connor. Palpé mi cuerpo a ciegas con un esfuerzo titánico y comprobé con tristeza que, a pesar de todo, efectivamente aquello había sido un sueño. Connor no había existido más que en mi imaginación en esta ocasión, aunque curiosamente, aún percibía cierto aroma a violetas. Lógico, después de mi memorable llegada a tierras escocesas. Mi subconsciente, que es un traidor, quería cachondearse de mí. Lo que faltaba. Tras unos segundos de confusión recordé dónde me encontraba, en el Hotel Royal and Lochan de Tighnabruaich.

Mi llegada la noche anterior, lejos de ser placentera, se había tornado en un desastre absoluto. Habían perdido mi equipaje, luego el viaje con el conductor psicópata y, por último, encontrarme en un pequeño hotel costero a las tres de la mañana con el estómago vacío y la ropa mojada hasta las costuras. No había sido lo que esperaba, desde luego.

Intenté recordar cómo había llegado a aquella mullida cama, que ahora me acogía tan plácidamente, e hice memoria. Recordaba haber entrado a un lugar muy acogedor, pero sobre todo calentito. Casi se me doblaron las piernas por la flojera cuando vi al fondo del salón una chimenea. Como no había nadie en el pequeño mostrador de la entrada, me postré cerca de las brasas buscando algo de calor y juro que casi muero de gusto. Conforme el reconfortante ambiente me envolvía, noté como el cansancio se hacía cada vez más evidente. Entre los nervios y el accidentado viaje mis fuerzas estaban a punto de desaparecer. Elegí, por el bien de mi salud mental, no pensar más en la maleta llena de ropa estupenda que no iba a poder ponerme en unos días y busqué inconscientemente algún pensamiento que me sacara de aquel aturdimiento. Mi mente no lo dudó, acudió en busca de Connor Murray, que ahora mismo se hubiera descojonado ante la estampa que ofrecía. «Y no era para menos», pensé risueña. Le imaginé aguantándose la risa y soltándome algún comentario jocoso como «floja» o algo similar y no pude evitar sonreír. «Escocés del demonio, he empezado mal el viaje pero sobreviviré. Si me estás viendo desde algún lugar, te lo voy a demostrar».

Seguía yo retando mentalmente a Connor con que iba a superar con éxito mi periplo por tierras escocesas, cuando un ligero carraspeo a mi espalda casi me mata del susto.

—Buenas noches, supongo que eres Elva, la asistente de don Rafael —asentí, intentando recuperar la normalidad de mis pulsaciones—. Gracias a Dios, pensábamos que te había pasado algo —me indicó aliviada una pequeña pero espigada chica morena y con gafas en un perfectísimo español.

—Lo siento, el viaje desde el aeropuerto fue un desastre —contesté cortada. Al percatarme de que la chica llevaba el uniforme destartalado, me disculpé—. Siento molestar a estas horas.

—Ah no, tranquila. Te esperábamos tarde, pero me estaba empezando a preocupar. Pues bienvenida, Elva. —Y me soltó dos besos y un abrazo a traición, de aquellos que no esperas pero que necesitas—. Ni te imaginas la falta que me hacía hablar con alguien de la tierra. Por cierto soy Violeta, madrileña, del Atleti y la chica para todo de este hotel.

—Encantada. —Al menos algo va a salir bien hoy, suspiré reconfortada por la cercanía e ímpetu de Violeta.

—Me han dicho lo de la maleta. No te preocupes, en unos días la tendrás aquí.

—¿Quién?

—El chico que ha ido a recogerte. Debería haber sido Rufus, pero su yegua se ha puesto de parto y no había nadie más disponible.

—Ah, el imbécil —susurré desconcertada. Al ver la cara de póker de Violeta rectifiqué. No podía llegar allí y el primer día poner a parir a sus habitantes, aunque lo merecieran—. El conductor... bueno, se volvió... loco. Menudo tipo más insoportable. —Nada, que lo tuve que decir... Ay, Elva ¡que no tienes filtro!

Ella abrió los ojos como platos y se tapó la mano con la boca para disimular una sonrisa.

—Vamos, te llevo a tu habitación y te cambias pero ya, no querrás pasar tu estancia aquí metida en la cama con cuarenta de fiebre ¿verdad?

Me incorporé, no sin dificultad, y nos dirigimos en silencio hacia unas escaleras al fondo del salón. Mi habitación estaba en el primer piso, y os juro que lo único que vi al entrar fue una cama con dosel que me hizo pensar que estaba en el paraíso. Violeta intuyó por mi expresión que necesitaba descansar y se apresuró a darme cuatro indicaciones.

—La ducha está aquí. Te he dejado un pijama sobre la cama. Mientras te pones cómoda iré a por algo caliente para que comas ¿vale?

—No te molestes de verdad.

—Tranquila, lo vas a necesitar —asentí—. Don Rafael ha ordenado que te despertemos a las seis, así que venga, toma una ducha y en cuanto comas algo a dormir. Todos conocemos el genio matutino del viejo.

¡Mierda, don Rafael!... Casi había olvidado que me encontraba allí gracias o por culpa de él. Disfruté de una ducha calentita, como si fuese la última que pudiese darme en la vida y cuando salí del baño mi ropa había desaparecido y me esperaba junto a la cama una bandeja encima de una mesita supletoria con una humeante taza de sopa.

A partir de ahí no recuerdo nada, supongo que simplemente, caí rendida.

De nuevo, el sonido del teléfono se introdujo en mi cerebro como un tambor de guerra, y ya fue imposible volver al estado de calma que producía el sueño. A tientas, cogí el auricular y un sí cansado y ronco informó del estado en que me encontraba a la persona que esperaba al otro lado del auricular.

—¡Buenos días! Soy Violeta. Espero que hayas descansado bien estas pocas horas.

—¿Qué hora es? Si aún es de noche… —me quejé intentando levantar la vista hacia la ventana.

—Las seis. Bienvenida a los amaneceres escoceses —rio—. Encontrarás una cesta en tu puerta con tu ropa limpia, don Rafael te espera en el comedor en veinte minutos para desayunar.

—¿Has lavado mi ropa? Vaya, muchas gracias.

—Un placer, no hay nada como una secadora potente para urgencias de este tipo.

Colgué a tientas y enterré de nuevo la cabeza en la almohada para disfrutar de los últimos momentos de paz y tranquilidad. Suspiré y me di la vuelta mirando ahora el techo, espatarrada y con los brazos abiertos. El desasosiego se fue transformando en algo diferente. Hoy empezaba mi aventura, hoy vería con mis propios ojos el lugar en donde hace trescientos años vivió Connor Murray. Hoy sería el día que al fin conocería su destino tras su viaje a mi tiempo. Un plan emocionante si no fuera porque había dormido apenas tres horas y adivinaba que tendría un aspecto horrible. Pero había llegado allí dispuesta a todo. Me sentía como una niña de campamento por primera vez. Lo iba a dar todo por la causa. Recordé que con la tontería, no había llamado a Marisa ni a mis padres, por lo que enchufé el portátil rezando porque en este apartado hotel tuvieran eso tan maravilloso que era la conexión wifi. Respiré tranquila al comprobar que sí, y actualicé mi estado de Facebook, para tranquilizar a los míos, omitiendo algunas cositas para no preocuparles:

Por fin en Escocia, aunque al llegar de noche no he visto más que el aeropuerto, pero, ¡ya estoy aquí! Estoy bien, en el hotel con la pestaña pegada por el madrugón. ¡Hoy es mi primer día de trabajo! Voy a ver si me tomo un café como un tanque y cuando sea persona os cuento mis primeras impresiones sobre la tierra de *Braveheart*. ¡Besitos desde algún lugar perdido de las Highlands! ;)

Bajé las escaleras con mi ropa limpia e impoluta tras una chapa y pintura de urgencia y me encontré de nuevo en el salón con chimenea de la noche anterior. Una señora con el pelo rubio pollo y grandes bucles me dio los buenos días desde recepción, y yo seguí a una pareja mayor hacia lo que parecía un pequeño comedor. En la puerta, un hombre alto y moreno, entrado en la treintena y vestido con un delantal y un gorro de cocina me dio la bienvenida.

—Buenos días, mi nombre es Jorge, soy chef del hotel, espero que disfrute de los manjares de esta tierra y su hospitalidad.

—Gracias —contesté sorprendida al escuchar el acento zalamero, quizá cubano, del chef.

Ya sin ceremonia, me acompañó hacia el interior del salón con un ademán y me indicó el lugar en el que me esperaba don Rafael al fondo y ante un gran ventanal.

—Violeta me ha dicho que has dormido apenas tres horas. Ve a sentarte y me encargaré de que te traigan un café bien cargado, tienes una pinta horrible —susurró mientras sonreía socarrón y me guiñaba un ojo con complicidad.

Agradecí de verdad su proposición y la amabilidad con la que él y Violeta me habían tratado nada más verme. Intuí que después de todo, no me iba a encontrar tan sola gracias a ellos. No obstante, el «tienes una pinta horrible» tan sincero me trajo de nuevo a la realidad.

—¿Tan mal estoy?

—Una *mijita* —me indicó mostrándome cuánto con los dedos.

—Pues te agradecería un café tamaño industrial por favor, o no volveré a ser persona. —Le devolví el guiño divertida.

—Hoy no tiene un buen día —me informó señalando el rincón en donde el hombrecillo que ahora era mi jefe, tomaba un té—. Intenta no enojarle, ese hombre es el demonio personificado.

Asentí, y atusando mi ropa y mi pelo lo mejor que pude, me planté ante la mesa del escritor.

—Buenos días, don Rafael.

Él ni se dignó a levantar la vista, simplemente emitió una especie de gruñido y siguió leyendo la prensa mientras cogía su taza de té con el dedo meñique estirado de una manera exagerada. Me senté frente a él, y enseguida una muchacha depositó un tazón enorme con café humeante y que olía a gloria bendita ante mí. Tomé dos sorbos que necesitaba como el respirar y miré hacia el gran ventanal que tenía ante mí, dado el silencio tenso que se respiraba en la mesa.

Una maravillosa vista hacia un mar cubierto de bruma, salpicado de pequeñas embarcaciones pesqueras ancladas en medio de la nada, solitarias y embelleciendo el paisaje se abría ante mis ojos. Maravillada era poco.

—Tiene un aspecto horrible, ¿lo sabía? –Sí, sí lo sabía, gracias por la observación–. Sé que ha tenido un viaje accidentado, pero espero un mínimo de imagen y saber estar por su parte, siempre que tengamos que hacer alguna visita. Usted es parte de mi imagen. ¿Me entiende? –preguntó con sus pequeños ojillos asomando por encima de las lentes redondas.

¿Buena imagen y saber estar? ¿Y me lo dice él, que va vestido de azul y calabaza y lleva puesta la cara de amargado?

—No se preocupe, intentaré estar a la altura, en cuanto me devuelvan mi ropa, claro –dije entre dientes con ironía, guardando mi verdadera opinión en las catacumbas de mi cerebro.

—Salimos para Stonefield en media hora. Pasaremos la mañana allí y conocerá cuál va a ser su área de trabajo. ¿Sabe hacer fotos?

—Me defiendo. ¿Comenzamos hoy mismo a trabajar? –Ese día iba a ser largo y yo ya estaba cansada perdida.

—Señorita Mota, esto no es un viaje de placer –aclaró molesto–. Durante dos semanas, la familia Murray nos dará acceso a la parte privada del castillo, así como a documentación histórica de mucho valor que muy pocas personas conocen. Comprenderá que es un trabajo delicado y minucioso. Usted fotografiará todo aquello que sea de nuestro interés para la novela. Cuando hayamos recopilado la información suficiente, trabajaremos desde aquí. Sobra decirle que espero de usted toda la discreción posible al respecto.

—Por supuesto, no se preocupe. Estoy deseando ponerme a trabajar.

Y, era cierto, no veía el momento de pisar aquellas piedras centenarias y conocer la verdad sobre Connor.

—Anselmo le ha preparado la cámara. Almorzaremos con los Murray, por lo que lleve algo de abrigo e intente, como ya le he dicho, parecer presentable. –Bebió un poco de té y volvió a insistir con cara de Señorita Rottenmeier–. Eva, no me deje mal.

¿¡Será…!?

—No se preocupe –aseguré incómoda–. Y Por cierto, es Elva no Eva.

A pesar de mi puntualización, él ya me ignoraba por completo, mientras seguía bebiendo su té con la mirada perdida en el horizonte a través de los ventanales. Si algo tenía claro es que iba a esforzarme al máximo para no darle en bandeja a don Rafael motivo alguno para que se arrepintiera de haberme llevado con él. No sabía apenas nada de protocolo, y menos de cómo tendría que comportarse una asistente literaria y, menos aún, dentro de una familia acomodada y extranjera, para más inri. No sería fácil, sospeché, pero para cabezona, yo. Haber aceptado aquel trabajo tenía un objetivo, y aunque estuviese sin muda que ponerme y tuviese que aguantar los malos humos del aristócrata, debía aferrarme a él.

A pesar de la ligera antipatía que había mostrado mi jefe temporal durante el desayuno, el viaje hacia Stonefield fue aparentemente más tranquilo que el de la noche anterior. Después de la perorata absurda sobre protocolo que me había tenido que tragar de boca de don Rafael, parecía que su paranoia se había concentrado ahora en Anselmo, al que increpaba por no tener sus documentos en orden. Tendría que hacer de tripas corazón, y aguantar a ese hombrecillo pedante y esnob, al menos, hasta descubrir más información sobre Connor. Debía aprovechar bien esas dos semanas, aunque temí que no sería tarea fácil. Si mi misión no fuera tan importante, acabaría por estrangular al duendecillo de gafas redondas.

Y allí estaba, sentada en un Land Rover de lujo en dirección al hogar de mi *highlander*. Agradecí que el conductor se dedicara a su tarea y no me diera conversación. Aunque el hombre tenía un aspecto afable no quería encontrarme sorpresas como la que me tocó la noche anterior y tuve la oportunidad de disfrutar desde mi cómodo asiento de piel de las fantásticas vistas que se dibujaban al otro lado de la ventanilla.

Aunque el día estaba bastante encapotado y hacía un frío que calaba los huesos, la belleza de los paisajes era latente. Campos helados, cubiertos de fina nieve se perdían en el horizonte. Los árboles desnudos de color se despedían de nosotros mientras nos dirigíamos hacia Portavadie para embarcar en el ferry que nos llevaría a Tarbert, una población pesquera muy cercana a Stonefield. Un trayecto por mar de apenas treinta minutos que decidí disfrutar en soledad, intentando poner en orden mis emociones. Salí del todoterreno mientras Anselmo y el *hombrecillo infernal* se quedaban en él repasando una documentación.

Me apoyé en la baranda de un lateral poniendo antes la capucha del anorak de plumas amarillo que Marisa tuvo la gran idea de obligarme a traer en contra de mi voluntad. Vale, era llamativo, pero cumplía perfectamente su función y con eso me bastaba. Miré a la lejanía, en donde se perdían las aguas heladas de Loch Fyne. Inspiré hondo y suspiré al pensar que ese aire, posiblemente, era el mismo que Connor había respirado en su tiempo. Ya estaba allí, deseando pisar las centenarias piedras de su castillo, averiguar qué había de cierto en todo lo que me contó pero, sobre todo, ahora que sabía que el hombre de carne y hueso que saltó conmigo en el trasto de cama de mi antigua casa fue real, y que consiguió enderezar su vida. Deseé con todas mis fuerzas que lo hubiese hecho, y la curiosidad que me producía descubrir por qué le llamaban el *Laird hechizado* me tenía con la adrenalina a mil. Presentí que yo tenía mucho que ver en ello.

Por un segundo me entró el pánico. ¿Y si aquel viaje revelaba que todo había sido un cúmulo de casualidades casi imposibles? No, no podía ser. Me negaba a aceptar que el destino me hubiera llevado a este ferry en busca de Connor, para luego negarme una realidad de forma tan cruel. Noté una vaga sensación de calor a mi espalda y un hormigueo en mi mejilla y cerré los ojos. De nuevo, esa impresión de consuelo se apoderó de mí como en los últimos meses. «Ya estás muy cerca, Cascabel», me susurró el viento. Me aferré a la barandilla dejando que el viento acariciara mi cara y suspiré. Sí, Connor, estoy aquí como te prometí.

—Señorita —escuché a mi espalda—. Ya estamos llegando, debería volver al coche.

Anselmo devolvió el frío cortante a mi estado de ánimo, y asentí en cuanto volví en mí. Respiré hondo y me dirigí rápidamente hacia el vehículo, deseando que don Rafael estuviese calmado para evitar asesinarle.

—Vamos, tú puedes Elva. Tienes un buen motivo para hacer esto. —Intenté autoconvencerme.

Desembarcamos y nos pusimos en marcha hacia el destino que tantas veces había imaginado, mientras enfilábamos por Harbour Street y nos adentrábamos en Tarbert. El lugar parecía el típico pueblo pesquero que se divisa en las películas. Bordeamos el pequeño puerto con botes y pequeñas barcas que nos daba la bienvenida y giramos para tomar Barmor Road. El conductor, al ver mi curiosidad por el paisaje, rompió el silencio y me explicó que él había vivido allí toda su vida y me invitó a visitar la zona en cuanto pudiese, ya que la comida y las cuatro grandes fiestas anuales que allí se celebraban eran dignas de ver: La regata en mayo, el festival gastronómico de marisco en julio, el festival de música en septiembre y el festival de Navidad. Y sobre todo, hizo hincapié en que probara el delicioso menú a base de pescado que podía encontrar allí, como el *Loch Fyne kipper*. El hombre fue señalándome lleno de orgullo cada edificio importante de la ciudad, casitas de dos o tres plantas como máximo, pintadas de blanco o colores ocres que daban al paisaje un aspecto casi victoriano. Me comentó lo importante que era el turismo para la subsistencia de sus habitantes, atraídos sobre todo por las ruinas de *Tarbert Castle*, ligado al famoso Robert de Bruce. No pude evitar recordar con una sonrisa *Braveheart* mientras me explicaba la historia de las ruinas. Sin duda era un lugar interesante y que debía visitar con calma en cuanto el trabajo y el pequeño hombrecillo me lo permitieran. Ojalá tuviera la libertad y el dinero suficientes como para disfrutar de unas merecidas vacaciones por tierras escocesas. A pesar de todo, lo poco que había visto desde mi llegada, no sé si sugestionada por el motivo de mi visita o porque realmente era así, me estaba gustando mucho.

Salimos del pueblo y nos adentramos en una zona más boscosa, sin perder de vista el lago que se imponía a mi derecha con la bruma matutina sobre él. Apenas había luz natural, aunque ya hacía un par de horas que había amanecido. El cielo encapotado no ayudaba nada a enaltecer un paisaje ya de por sí de tonos tristes. Imaginé a Connor viendo ese mismo paisaje, sus tierras, parajes que conocía tan bien y de las que tan orgulloso se sentía.

En cuestión de diez minutos, el ahora parlanchín conductor se desvió a la derecha para adentrarse en un camino asfaltado entre árboles frondosos, que según me indicó, era la entrada a Stonefield. Era el momento, por fin estaba allí. Sentí emerger mi emoción contenida a raudales como si fuese una niña que visita por primera vez Disneylandia. Imaginar a Connor trotando por ese mismo camino a lomos de su caballo era de lo más excitante. Emití un gritito involuntario por el entusiasmo y me moví en el asiento presa de la impaciencia. De seguir así, mi corazón iba a salirse de mi pecho, pero poco importaba ya ¡al fin había llegado!

—¿Se encuentra bien? –preguntó Anselmo desde la parte trasera.

Me giré como un resorte, y me encontré los ojos entrecerrados y el ceño fruncido de don Rafael clavándose en mi cara. Su expresión, adusta e impertinente, fue como una bofetada de realidad. Asentí y volví a situarme mirando al frente algo avergonzada. No debía mostrar mi agitación tan a la ligera si no quería levantar sospechas, o me vería obligada a contar una increíble historia y que me creyeran una loca o quizá, tendría que mentir. Y yo odiaba mentir.

El camino, aún con restos de nieve en los laterales, era estrecho y flanqueado por árboles semi desnudos y arboretos y matorrales de colores variopintos, desde el verde oscuro a marrones y negros. Si ya era un paisaje curioso, debía ser digno de admirar en primavera. La vegetación se abrió para nosotros dando paso a la majestuosidad del castillo. Bueno, no un castillo cualquiera: el castillo.

Creo que perdí la facultad de respirar cuando apareció ante mí aquella construcción de piedra enorme, manchada de humedad por el paso de los años y las inclemencias del tiempo. Con una fachada impresionante, con grandes chimeneas y almenas alzándose hacia el cielo y coronada en la torre más alta por una flamante bandera escocesa. No parecía un castillo propiamente dicho, era una construcción mixta, como si un diseño medieval y otro victoriano hubiesen llegado a convivir en una simbiosis total. El aire de mis pulmones salió disparado de mi garganta junto a un pequeño murmullo producido por mi encandilamiento.

Bajamos del coche con diferente suerte. Mientras don Rafael lo hacía acompañado de Anselmo como si fuera un diplomático en misión internacional, yo me encargué de cargar los maletines de mi jefe y la bolsa con la enorme cámara réflex, que se convertiría en mi compañera durante las próximas semanas.

Una anciana en silla de ruedas, junto a varias personas de servicio, aguardaba a pie de escaleras para darnos la bienvenida.

—¡¡Oh, querido, al fin habéis llegado!! —La anciana extendió los brazos cordialmente hacia don Rafael y sonrió—. Ven aquí y dame un abrazo pequeño bribón. Espero que hayáis tenido un buen viaje. Hace mucho que no vienes a ver a esta pobre anciana. Bienvenidos —dijo extendiendo su amabilidad también hacia Anselmo.

Aguanté la risa al ver la cara de mi jefe, roja como un tomate, ante la efusividad en público que le mostraba aquella mujer de voz ronca y profunda que jamás hubiese imaginado en boca de tan pequeña y frágil anciana de aspecto bondadoso. Se le veía incómodo y atrapado entre sus manos, ya que no paraba de besarle y toquetearle. Se zafó de sus brazos en un descuido y replicó enderezándose y colocando su chaqueta azul marino con sus aires de grandeza marca de la casa.

—Querida, tú tienes de anciana lo que yo de plebeyo, así que ve con esos cuentos a otro. —Su expresión se dulcificó durante un segundo y casi en un susurro delicado, preguntó—. ¿Cómo te encuentras?

—Todo lo bien que se puede estar atada a esta silla desde la operación de cadera, pero mejor cada día —señaló ella—. Aunque confieso que esto no es nada comparado con sentirme vigilada por esa enfermera con cara de carcelera que ha puesto a mi cuidado mi querido nieto. Es del todo insoportable.

Seguí la mirada acusadora de la anciana, hacia la mujer alta y fornida que estaba a su lado entornando los ojos y con la mandíbula prieta, y que sin duda, era la susodicha.

—¿Más que yo? –preguntó el hombrecillo dándose importancia.

La anciana escocesa no lo dudó. Suspiró resignada y le rebatió dándole palmaditas en la mano que había vuelto a apresar entre las suyas.

—Dudo que exista alguien más impertinente y astuto que tú, querido amigo.

Por la confianza y camaradería que intuí entre ellos, imaginé que la relación que mantenían debía haberse fraguado hace muchos, muchos años. Quizás después de todo, mi pequeño jefe había tenido una vida interesante. Seguí allí plantada, con las bolsas, observando la escena y algo ansiosa, sin saber muy bien qué hacer, si dirigirme hacia ellos o quedarme donde estaba… ¡¡*Arrrgggg*!!

—Y cuéntame, ¿qué tal está Macarena? –se interesó curiosa la mujer.

—A punto de explotar como si del *big bang* se tratase –respondió don Rafael exagerando con un movimiento de manos y fingiendo desagrado.

—Adoras a esa chica, reconócelo –se guaseó la anciana sonriendo–. Es lo más cerca que vas a estar de ser abuelo.

Don Rafael abrió los ojos como platos y se envaró decidido a defender su postura.

—¿Abuelo? Por favor, Rosalind…

La mujer pareció percatarse por fin de mi presencia y desvió su mirada, haciendo una radiografía visual de mi persona que me hizo sentir más inquieta aún.

—¿Es ella? –consultó a don Rafael sin dejar de escrutarme.

—Cierto, lo había olvidado –señaló con indiferencia. Con un escueto gesto indicó que me aproximara—: Rosalind, te presento a Eva Mota, mi nueva… asistente temporal.

—Encantada de conocerla, señora Hamilton. –Me adelanté como un resorte y con un tono demasiado alto quizá, tendí mi mano a la anciana. Miré de soslayo a don Rafael bastante enojada.

¿Lo de decir mal mi nombre lo hacía a propósito? No pude evitar volver a corregirle por lo *bajini*–. Y soy Elva, no Eva.

La anciana me observó con curiosidad, mientras don Rafael, molesto por mi comentario y el ímpetu con el que había saludado a la mujer, casi rugía en silencio. Ella parecía divertirse mucho con el pulso visual que manteníamos mi jefe y yo. Nuestro lenguaje corporal lo decía todo y esa mujer parecía saber interpretarlo perfectamente. Con un pequeño carraspeo que amortiguó una carcajada, cortó la tensión que se respiraba entre los dos.

—Elva… bonito y exótico nombre –musitó sonriente mientras sus pequeñas manos blanquecinas y frías, sostenían la mía–. Un placer tenerte en mi casa –suspiró, y la energía con la que nos recibió volvió a aflorar–. Vamos, pasad y tomemos un té calentito, hoy mis huesos se están resistiendo con esta humedad insufrible.

La mujer me recordó mucho a la reina madre de Inglaterra, enjuta, de cabello blanco nuclear con rizos perfectamente peinados, y con una expresión pícara en sus pequeños ojos azules que resaltaban en su nívea piel. Vestida en tonos pastel y cubiertas sus piernas con una sencilla pero mullida manta de cuadros escoceses, calculé que rondaría la edad de mi abuela más o menos, pero noté la gran diferencia de las cunas de procedencia de ambas. Mi querida abuela tenía marcados los años de trabajo y dificultades en su curtida piel, mientras que mi anfitriona no presentaba signos de vejez producidas por las preocupaciones. Como decía la abuela Bríxida, cada surco era una experiencia de la vida, la constatación de que se había vivido intensamente. Y dado mi ligero conocimiento de la vida de esta mujer, me impactó que tuviese un cutis tan parecido a la porcelana.

Dentro de la documentación que Macarena me había facilitado semanas atrás me incluyó un pequeño resumen sobre quién era quién en la familia Murray. Rosalind Hamilton-Murray era la matriarca de la familia. Viuda de Colin Hamilton y madre de dos hijos que no le habían sobrevivido. A pesar del aspecto amable y vivaracho que presentaba en la actualidad, no pude imaginar lo que tuvo que ser para ella pasar ese trance dos veces. Una mujer adelantada a su tiempo, que había lidiado con las adversidades de la vida, manteniendo el nombre y la fortuna de su familia en tiempos en los que la alta sociedad escocesa estaba regida por hombres. Con estudios universitarios, apasionada del arte y los viajes, esa anciana que tenía delante era toda una institución en la región. Una heroína como ya no se encontraban. Aún guardaba cierto encanto en sus facciones, incluso postrada en la silla de ruedas, destilaba glamour por los cuatro costados. «De joven debía haber sido muy guapa», pensé. Definitivamente, ahora que la había conocido en persona, podía asegurar que Rosalind Hamilton-Murray me gustaba. Era ese tipo de mujer enérgica y valiente que ya no se encuentran entre las mujeres de nuestra generación.

Busqué alguna similitud entre ella y Connor, esperando que los genes hubiesen sido generosos en la herencia dejando algún rasgo característico reconocible pero, obviamente, no vi nada que me llamase especialmente la atención. ¡Elva, que han pasado trescientos años! ¡Evolución!

Antes de que mi reconocimiento se tornara descarado, seguí hasta la puerta de entrada al castillo a la comitiva formada por la enfermera-carcelera, un par de chicas del servicio y mis acompañantes, y fue entonces cuando mi mirada topó con un gran escudo encima del portón.

Allí estaba, coronando la entrada y marcando por siglos la tierra en la que estaba construida la fortificación. Un bosque, un castillo, una herradura, un lago… el escudo de los Murray que yo tan bien conocía. Se me humedecieron los ojos y me estremecí. Por inercia, metí la mano en el bolso buscando mi caja de los tesoros y palpé hasta encontrarla, quedándome retrasada del grupo, y sacando el broche con cuidado. Lo levanté colocándolo en paralelo a su homónimo de piedra y comprobé que eran completamente iguales. Se me erizó la piel y ahogué un gemido mientras cerraba mi puño en torno al broche y lo colocaba por instinto sobre mi corazón. Connor…

Cargada de bolsas y tras haber puesto de nuevo en su lugar mi joya secreta, entré en la fortaleza expectante y conmocionada ante lo que se me venía encima. Poner un pie sobre las piedras de la casa de mi deseo cumplido iba a ser lo más impresionante que había hecho en mucho tiempo.

XIV

Di mi primer paso al interior con los ojos cerrados y conteniendo el aliento. Al abrirlos me encontré en un gran hall que, para mi sorpresa, estaba decorado en colores claros y muy iluminado en contraste con la madera de roble y serbal de techos y paredes. Una decena de personas iban y venían de otras estancias portando mesas, sillas y grandes centros de flores de colores pastel, que adiviné iban a juego con las guirnaldas colocadas en la fastuosa escalera de madera maciza que presidía el hall. Vislumbré un par de tapices con escenas de caza en los laterales, y varias piezas que imaginé tenían más edad que todos los presentes juntos. Una señorita se acercó a mí y me instó a entregarle las bolsas y el abrigo amarillo, que para nada pasaba desapercibido ante los colores neutros que me rodeaban.

Observé a la señora Hamilton dar instrucciones a uno de los floristas, y se percató de mi presencia cuando hizo un pequeño reconocimiento visual de la sala con cara de satisfacción. Se acercó a mí conduciendo su silla y me miró divertida.

—¿Precioso, verdad? Mi nieta es única para estas cosas. Las bodas son nuestro principal sustento y en este año más que nunca necesitamos recaudar una buena suma para mantener esta fortaleza en el estado que se merece. Disculpa todo este jaleo, pero se nos echa el tiempo encima y ella quiere tenerlo todo listo esta misma noche.

—Esto, esto es maravilloso —balbuceé casi con la boca abierta.

—Espero que Rafael deje que nos hagas una visita fuera de horas de trabajo y yo misma te enseñaré el castillo. Ya no es lo que solía ser, pero estamos intentando devolverle la gloria perdida —respondió con la luz del orgullo brillando en sus ojos.

—Sería fantástico, muchas gracias, señora Hamilton.

—Por favor, llámame Rosalind, hace que me sienta… menos vieja.

Me guiñó un ojo y me instó a acompañarla al salón en donde don Rafael nos esperaba nervioso al haberme perdido de vista. Agradecí el calor que emanaba la chimenea dispuesta ante nosotros y tomé asiento entre los dos, en una butaca que nada tenía que envidiarle a las del Palace. El salón seguía el mismo patrón de la estancia anterior: techos de madera oscura y paredes empapeladas con cenefas y motivos victorianos en colores claros que contrastaba con los colores vivos de butacas y cortinas, de un verde musgo que me recordó enseguida a mi querido sofá.

—Rafael querido, relájate. Aunque parezca un cervatillo asustado, dudo mucho que Elva no sepa valerse por sí misma si llegara a perderse por el castillo —le amonestó socarrona.

El hombrecillo se envaró molesto al sentirse descubierto, y bufó poniendo tan tieso su cuello que temí que se le contracturara.

—No estaba preocupado —aseguró restando importancia al comentario. Casi no pude contener la risa ante tal actuación. ¡Mi jefe era una *drama-queen* con todas las letras!

Rosalind parecía conocerle muy bien y se podía permitir el lujo de ser irónica con él. Pensé que aquello podría resultar bastante divertido como espectadora.

El servicio se apresuró a servirnos el té, y ya más cómodos y ante la atenta mirada de ambos, me sentí algo cohibida. Rosalind intuyó mi estado y rompió el silencio en cuanto nos volvimos a quedar solos.

—¡Me alegro tanto de que estés aquí, Rafael! Este año Miranda ha puesto todo su empeño para que la gala sea perfecta. No son buenos tiempos, y hay que sacarle todo lo que podamos a esos ricachones —concluyó sonriéndome mientras tomaba un pequeño sorbo de su taza de porcelana.

—¿Cómo está mi adorable y caprichosa ahijada?

¿Don Rafael mostrando afecto por alguien? ¡Sorpresa!

—Más tarde la verás, anda por los jardines dando órdenes, ya la conoces. Sabes lo en serio que se toma su trabajo, es luchadora y pertinaz, no hay nada que no pueda conseguir —relató satisfecha.

—Creo reconocer esas características en cierta mujer.

—No seas adulador, pero puedo decir bien alto que estoy muy orgullosa de ella. —Sus ojos por un segundo se entristecieron.

La aflicción de la mujer me pareció sincera y me pregunté cuál sería el motivo mientras daba un sorbito a mi té. Don Rafael también se percató y fue rápido al devolver un ápice de frescura a la conversación.

—¿Aún existe gente que se deja engañar con el matrimonio?

—Sí, querido, gracias a dios aún quedan parejas dispuestas a pasar por el altar y que nos eligen para hacer de su día una experiencia especial.

—La verdad es que el castillo es de ensueño —apostillé con admiración.

—¿Sabes que este lugar ha sobrevivido a dos intentos de derribo? Durante la época del levantamiento y luego en la Segunda Guerra Mundial. Y aquí sigue, fuerte y amarrado a la tierra como un legendario roble.

—Vaya. Lo que han tenido que ver estos muros.

—Mucho, hija, mucho. Le diré a mi nieto que te acompañe a ver la zona privada del castillo, muchas estancias se han restaurado y se han dejado como eran originalmente.

—Oh, gracias. Me encantaría.

—Espero, también, que asistas a la gala benéfica contra el cáncer que organizamos el sábado. Soy la presidenta honoraria y me encantaría contar con tu presencia. Podrás disfrutar de una fiesta magnífica.

—Oh, sería un auténtico placer. —Observé como los ojos de don Rafael se clavaban en mí, emitiendo señales negativas, muy negativas—. Bueno, si don Rafael lo considera oportuno claro.

—Por supuesto que lo considerará, ¿verdad, Rafael?

Con su aire de suficiencia de actor de segunda, quiso dejar muy claro cuál era mi papel allí. Él era el jefe y yo la subordinada.

—No lo había previsto, es posible que Eva esté muy ocupada ordenando mis archivos.

«¡Elva, pequeño saltamontes! ¡Me llamo Elva!», pensé.

—Venga, no seas impertinente. Sois mis invitados, y como tales, ambos seréis muy bienvenidos. Espero que no cargues a la muchacha de trabajo esa misma noche, también tendrá que divertirse un poco ¿no?

No sé si el hombrecillo con gafas lo hacía a propósito o simplemente era postureo, pero ante la señora Hamilton no tenía nada que hacer.

—Verá, he tenido un problema con mi equipaje y no dispongo de… ropa adecuada para este tipo de evento. Espero recuperar mi maleta lo antes posible.

Qué triste verse con lo puesto ¡coño!

—Tranquila, mi nieta tiene un armario como para vestir a un ejército. Si no te importa compartir, en el caso de que la maleta no aparezca, le pediremos que te preste algunos conjuntos.

—No, de verdad, no se moleste. –Por dios, qué vergüenza.

—No es ninguna molestia, no te preocupes por eso. Estará encantada.

Recordé que tenía que ir sin falta a Tarbert o a Tighnabruaich para comprar ropa interior. En serio, no hay nada peor en la vida que ir por ella sin bragas que ponerte. Continuaron hablando de lo que supuse eran familiares y personas allegadas, por lo que no intervine y seguí disfrutando de mi té mientras les escuchaba. Don Rafael le expuso el plan de trabajo, tal y como me lo había comunicado a mí esa misma mañana.

—Me ha dicho Rafael que dibujas muy bien. Espero poder ver esos maravillosos dibujos de mi antepasado de los que tanto me ha hablado. Connor Murray fue el *Laird* de la familia que más hizo por su clan, fue un gran hombre y creo que el más guapo también.

Sin avisar y debido a la sorpresa por las palabras de la anciana, mi té decidió desviarse en mi garganta y campar a sus anchas, lo que provocó que tosiera y pringara mi ropa e incluso parte de la mesa con todo el servicio de té puesto con el líquido traidor. Observé paralizada y de reojo como don Rafael casi se encogía en su asiento ante tal falta de educación.

—Perdonen, yo… se me ha ido por otro lado –me excusé, roja como un tomate ante la mirada atónita de ambos. Tapé mi cara con la mano, intentando ocultar las gotas que salían por mi nariz y pregunté por la ubicación del baño, aunque si hubiera podido, habría deseado que el suelo se abriera ante mí y me tragara hasta llegar al núcleo terráqueo.

Mi anfitriona me ofreció una servilleta y, haciendo sonar una campanilla que había sobre la mesa, avisó al servicio. Una mujer pequeña y regordeta fue mi guía hasta el baño, una vez que me disculpé repetidamente ante mis acompañantes.

Apenas me fijé en lo que veía a mi paso mientras la mujer me conducía a mi destino. Esquivé a varios operarios que transportaban, ajenos a mi contratiempo flores, cajas y mantelerías de un lado a otro. Mantuve la cabeza baja y seguí diligente a la mujer, que me llevó por un pasillo forrado en madera oscura hasta que se detuvo ante un panel que, si no llega a ser por la manecilla de la puerta, hubiera pasado por uno más de la pared. Le di las gracias y me encerré en el baño con premura. ¿Por qué me había puesto tan nerviosa? Había sido escuchar su nombre y temblarme hasta las rodillas. Abrí el grifo del lavamanos y, tras lavarme la cara, intenté minimizar los daños con la toalla estampada de flores que encontré a un lado. No era lo más indicado llevar la única ropa que tenía a mano llena de lamparones.

Suspiré y me miré en el espejo. Volví a hacerme la cola de caballo, me atusé la ropa y sonreí ante mi propio reflejo. Sí, quizá no estaba siendo afortunada en mis actos ante aquellas personas pero, ¡yo era así! e intentar forzarme a ser perfecta sólo podía empeorar las cosas. Lo único que tenía que hacer era controlarme en todo lo relacionado con Connor, evitar sobresaltos, caras raras y comentarios desafortunados. A eso le tendría que sumar no escupir el té en cuanto le nombraran.

Salí del baño algo desorientada. Seguí el pasillo por donde supuse había llegado y aparecí en un salón enorme presidido por una magnífica chimenea. Al poner un pie en él, ya sentí lo acogedor que era. Sofás de piel marrón, alfombras tejidas con motivos florales, paredes de madera y libros, muchos libros expuestos en altas y fornidas estanterías empotradas en la pared. Un lugar que enseguida me pareció el paraíso de la comodidad para disfrutar de la lectura a la luz del fuego.

Me acerqué a la gran exposición de libros y cotilleé ejemplares que debían de tener la misma edad que el castillo. Aquello era fantástico. Primeras ediciones forradas en cuero y filigranas de oro se deslizaron por mis manos con todo el peso de la historia que soportaban en sus páginas. Uno en especial llamó mi atención, *La canción de Cascabel* y no pude evitar pensar en cómo Connor se dirigía a mí con esa bonita palabra.

Se trataba de un libro muy antiguo, lo supe por su encuadernación, el tono amarillento y el grosor rústico de sus páginas. Tomé asiento en el mullido sofá de piel frente al fuego y ojeé las primeras páginas, que copadas de dibujos y filigranas doradas, mostraban párrafos escritos en lo que imaginé gaélico, y de los cuales no saqué nada en claro. Fui pasando páginas y observando los bonitos dibujos, elaborados y coloridos que iban apareciendo como si de una fábula se tratase. Unos pasos seguidos del rumor de unas voces que se acercaban me pusieron alerta y me sacaron de mi fascinación. Yo no debería estar allí y seguramente mi anfitriona y mi jefe estarían pensando que había sido tragada por el inodoro. Deposité con cuidado el libro en su lugar original y me dispuse a marcharme por donde había venido, porque obviamente antes había tomado el camino equivocado.

Las voces se hicieron más latentes al pasar junto a la ventana y me detuve por inercia. Una voz masculina se oía al otro lado del cristal, y no precisamente en un tono amigable. Durante un segundo dudé sobre si seguir mi camino o no. Entre cotillear una conversación ajena, lo cual no estaba entre mis planes, o aguardar un segundito de nada y ver de lo que iba el asunto. ¡Es que me parecía una escena tan de Agatha Christie! Sí, está mal, lo sé. Soy una cotilla diplomada y con honores. Justo cuando me auto obligué a irme escuché esa voz masculina y profunda que me hizo estremecer. Di un paso hacia delante y me pegué a la pared, escudándome con el cortinaje e intentando asomar la cabeza y ver algo. Apenas oía lo que la figura masculina decía porque estaba de espaldas. Un hombre de buen cuerpo, espalda ancha, vaqueros y camisa de cuadros.

Al pasar por la puerta acristalada que daba al exterior, escuché a una mujer replicando a su interlocutor algo alterada.

—¡Ni se te ocurra acusarle de algo así! ¡Eso no es cierto! ¡Ya sabes cómo es la gente de este lugar, sus vidas aburridas dan para inventarse la vida de los demás!

—¡¿Cómo puedes estar tan ciega?! No es la primera ni será la última, y menos si tú consientes que te trate como basura.

—¿Basura? ¡¿Cómo te atreves?! ¿Quién te crees que eres para hablarme así? El único experto en tratar a los demás como basura eres tú ¿o ya lo has olvidado?

Desde luego, fuera quién fuese esa mujer rubia de pelo corto y aspecto delicado, los tenía bien puestos, porque no parecía amedrentarse ante aquel hombre de voz profunda y tosca, que suavizó su discurso bajando la voz. «¡Coñe, ahora no me entero de lo que dice!», pensé.

—Eso forma parte del pasado, y por ese mismo motivo no voy a permitir que nadie te trate así. Ya es hora de que haga lo que tenía que haber hecho hace tiempo, proteger a mi familia. Voy a recuperar lo que nunca debió ser de nadie más. He cambiado, y estoy dispuesto a llegar donde haga falta para devolver al clan lo que es suyo.

—¿Proteger? ¡Ja! ¿Y qué vas a hacer? ¿Gastarte de nuevo la fortuna familiar en las casas de apuestas? ¿En cocaína? ¿En putas?

—No te pases. Ahora el juego va a cambiar… si al menos escucharas lo que tengo que decirte sobre…

—No quiero saber nada de rumores ni chismes de tendero. Estoy bien, estamos bien y te pido por favor que nos dejes en paz y hagas tu vida.

—¿Mi vida? Mi vida la está viviendo él, y no pienso quedarme quieto mientras dilapida nuestro legado y te trata como una puta. ¡Ni lo sueñes!

Escuché una especie de palmada y asomé un poco más la cabeza. La chica permanecía con el brazo en alto, roja por la ira, mientras el hombre apretaba los puños a ambos lados de su cuerpo.

—Entra en razón o acabarás como ella —escupió él antes de darse la vuelta y salir como un toro de Mihura del jardín.

Me escondí tras la cortina con el corazón a punto de salir por mi boca debido al temor a ser descubierta como una vulgar alcahueta, así que apenas pude ver a la figura cabreada que pasó junto a mí. Creo que no me hubiese visto aunque me hubiese tenido ante sus narices, de tan ofuscado que iba en dirección desconocida dando puñetazos a los paneles de madera de las paredes.

—Bastardo. ¿Por qué has tenido que aparecer de nuevo? ¡Lárgate y no vuelvas nunca!

La rubia cayó de rodillas sobre sus pies y sollozó de impotencia y rabia. Yo, avergonzada de mí misma por profanar aquella intimidad, me llamé de todo mentalmente y corrí pasillo abajo en busca de mi jefecillo del demonio.

Me topé con la anciana Hamilton y don Rafael en el vestíbulo, mientras sorteaba a los operarios que seguían transportando flores y adornos de un lado a otro.

—Elva, querida, por fin apareces. ¿Te encuentras bien?

—Lo siento, al salir del baño me equivoque de dirección y creo que me he perdido.

Me disculpé azorada y volví al pequeño salón de té para recoger mis bolsas y la cámara. La cara de don Rafael era un poema, no sabía dónde meterse, cosa que me divirtió. Me lo iba a pasar en grande viéndole sufrir con mis inexistentes formas aristocráticas.

—Bueno, ahora que hemos encontrado al cervatillo perdido, será mejor que os enseñe el lugar en el que vais a trabajar estas semanas —explicó la señora, instándonos a seguirla mientras la enfermera-carcelera empujaba su silla—. Benjamin ha organizado todo para que tengáis acceso a los libros y documentos que se guardan en la biblioteca y a algunas piezas de arte pertenecientes a la familia. Espero que sea suficiente para vuestra investigación, Rafael.

—Seguro que sí —dijo mirándome de reojo con expresión adusta—; espero que en un par de semanas hayamos recopilado todo lo que necesito. Te lo agradezco mucho, querida.

—¡Bah! sabes de sobra que yo soy la primera interesada en saber cuál es la verdadera historia de mi antepasado. Siempre me fascinaron las leyendas que se cuentan sobre él y su aventura con las hadas. Connor Murray vivió algo excepcional y espero que puedas desvelar el misterio que lo envuelve.

El misterio. Si supieran parte del misterio se iban a quedar muertos. Quizá yo era parte de él pero desconocía hasta qué punto. Y ese era mi objetivo, saber qué ocurrió a su vuelta. Deseaba con todas mis fuerzas encontrar las respuestas. ¡Madre mía, qué emoción!

Rosalind Hamilton-Murray nos condujo, esta vez con la ayuda de su carcelera, hacia la parte oeste del castillo. Según me dijo, la antigua y original de Stonefield. Los pasillos empedrados y con poca luz natural parecían un gran museo. Grandes tapices y pinturas decoraban las paredes transportándonos, a cada paso, a una era en donde caballeros y doncellas, posiblemente, se declaraban su amor escondidos entre las sombras de aquellos corredores. Imaginé a Connor recorriendo desde niño esas estancias adustas; de joven persiguiendo a alguna muchacha para besarla; y, ya como *Laird*, con toda su magnitud, pisando firme aquellas piedras centenarias por las que ahora pasaban mis botas australianas. Una sensación indescriptible recorrió mi espina dorsal hasta estrellarse en la puntas de mis dedos como si fuese una bengala de colores.

Ajena a las miradas que me dedicaba don Rafael de soslayo, fui admirando cada pintura, cada mueble, cada grieta, dejándome envolver por la historia y la enormidad de la aventura que acababa de comenzar.

—Podrás hacer fotos de todo lo que quieras, Elva. Le diré a mi nieto que te enseñe el castillo en cuanto se digne a aparecer para ver a su abuela —me dijo echando la vista atrás desde su silla—: Estos jóvenes… siempre tienen algo más importante que hacer.

Asentí sin apenas escucharla y choqué contra la espalda de don Rafael, cuando la comitiva se detuvo ante una gran puerta de roble oscuro con forma ojival. Rosalind le ofreció a mi jefe un gran manojo de enormes llaves y señalándole una concreta con la cabeza en forma de flor, este se dispuso a abrir el portón con ella. Esa puerta abriría no sólo una estancia, también muchos secretos y misterios que yo no alcanzaba a conocer todavía.

Nerviosa ante la expectación que me causaba estar allí en ese momento, me adentré en aquella habitación impulsada por una sensación de bienestar fuera de lo común. Sentía como si todo aquello no me fuera desconocido, como si hubiera disfrutado de aquellos muros en tiempos inmemoriales. Pero, claro, aquello no era posible de ninguna de las maneras.

La estancia era enorme y cálida. Agradecí el calorcito de la chimenea que había sido preparada para cumplir su función a nuestra llegada. La humedad que guardaban aquellas paredes de piedra era patente. Una de las paredes, la más ancha, estaba totalmente cubierta de libros, colocados en gruesos estantes de madera con diferentes ornamentos en la parte superior que rozaba los altos techos. Dos enormes y robustas mesas se encontraban en el centro, acompañadas de varias lámparas de pantalla de cristal verde y sus correspondientes sillas. Un sofá de cuero marrón frente al hogar y varios muebles consola completaban el espacio. Desde luego, un lugar perfecto para trabajar.

Dejé mis bártulos sobre una de las mesas y me dirigí hacia las estanterías llenas de libros, examinando todo a mi paso. Aquel iba a ser mi hogar durante las dos próximas semanas. Allí, entre todos esos libros y papeles, encontraría la respuesta a mis inquietudes. Allí se escondía la historia de Connor y su clan, y yo esperaba formar parte de él en secreto.

Rosalind nos explicó que en aquella habitación era donde se suponía que Connor Murray había tomado muchas de sus decisiones. Formaba parte de los aposentos del *Laird* y ahí pasó muchas horas de su vida. Según nos contó, bueno, más a mí que a don Rafael, que estaba postrado frente a una de las ventanas mirando a la lejanía, el *Laird* fue un hombre muy instruido, y se dedicó a recopilar libros y grandes escritos. Quizá en algunos de ellos encontraríamos la resolución a los enigmas que se nos iban a presentar. Un escalofrío recorrió mi espalda hasta estremecerme y, con disimulo, me acerqué al fuego buscando calor.

La enfermera de Rosalind, con gesto implacable, nos informó de que era la hora de su masaje y que debíamos finalizar la reunión. Esta, con cara de disgusto, asintió:

—Será mejor que le hagamos caso. Aunque hoy no estoy especialmente dolorida, creo que me vendrá bien —comentó resignada—. Imagino que debes estar cansada, querida. Si no me equivoco, llegaste muy tarde y has dormido poco. Rafael, ¿por qué no posponéis el trabajo hasta el lunes? Como ves, mañana celebramos una boda y el sábado es la gala benéfica. Descansad y aclimataos, el lunes el castillo estará más tranquilo.

Esperé la reacción de mi jefe, que seguía absorto por el paisaje que divisaba desde la ventana, y me sorprendió.

—Está bien. Lo dejamos para el lunes, pues, si lo ves más conveniente. —Se giró hacia mí en un tono menos amable y añadió—: Organizaremos el trabajo mañana desde Tighnabruaich, así que Eva, no haga planes por su cuenta.

«De verdad, ¡qué hombre más repelente! ¡Y, me llamo Elva, no Eva!», me dije.

—No se preocupe, a trabajar he venido y eso es lo que haré —contesté mordiéndome la lengua.

—Pues perfecto entonces, volvamos de nuevo a la casa. Esta humedad me está matando.

La anciana desde su silla de ruedas nos instó a abandonar la estancia y retornamos al hall principal, donde amablemente nos despidió, excusándose por el poco tiempo que habíamos compartido y la ausencia de parte de la familia. Nos emplazó a la fiesta del sábado, la gala benéfica en favor de su fundación para la lucha contra el cáncer. Ambos asentimos y tras varios gestos cariñosos de despedida, nos marchamos de vuelta a Tighnabruaich. Yo únicamente soñaba con partir en dos esa mullida cama que me esperaba en el hotel.

El viaje de vuelta fue igual de ameno que el de ida. Mi única conversación fue con el conductor, porque don Rafael me ignoró haciéndose el interesante.

Una vez en el ferri, mis intenciones de volver a disfrutar del aire libre se vieron frustradas cuando una fina lluvia comenzó a caer hasta transformarse en una tormenta de aúpa. No me quedó más remedio que quedarme en el coche junto a aquel hombre de trato insoportable que era mi jefe, que no hacía más que quejarse por todo. Admiré a Anselmo, aquel hombre se merecía un monumento a la paciencia. Así que me coloqué mis auriculares y me negué a escucharle un segundo más.

Con la melodía de *Through the ghost* de Shinedown, mi mente se fue de nuevo hacia Stonefield, rememorando cada instante que había pasado en el castillo de mi escocés. Me encantó la adorable abuela Murray, no sé por qué, pero pensé que esa mujer y yo haríamos buenas migas, lo presentía. Una mujer con carácter y sin pelos en la lengua que, por otra parte, parecía achuchable a más no poder.

Lo siguiente que recuerdo es a Anselmo inclinado sobre mí con la puerta del coche abierta intentando despertarme con suavidad.

—Señorita Elva, disculpe, pero ya hemos llegado a Tighnabruaich.

—Por favor, Anselmo, ni se le ocurra llamarme señorita. Llámeme Elva, ¿de acuerdo? –le contesté una vez me hube despejado de la siestecita.

El hombre me sonrió asintiendo y me ayudó a bajar del coche. Me estiré y bostecé por el cansancio acumulado, necesitaba una buena sesión de cama e hibernar como una marmota durante todo el invierno. Ya era casi mediodía y mis tripas así me lo hicieron saber, ellas siempre tan indiscretas.

—Nos han preparado un almuerzo, si quiere puede pedir que se lo suban a la habitación si está muy cansada –susurró Anselmo al pasar por mi lado, consciente de que casi iba arrastrando los pies por la entrada del hotel.

—Pues si pudiese disculparme con don Rafael se lo agradecería mucho, no sé cómo se tomaría que comenzara a roncar en medio del segundo plato –le guiñé un ojo con complicidad y me dirigí hacia la recepción en donde la mujer del pelo amarillo pollo había sido sustituida por una chica de rizado pelo moreno y sonrisa perenne.

—Buenos días, habitación veintidós por favor –reclamé a la chica.

—¿Eres Elva? —preguntó en perfecto castellano y con la mirada curiosa.

Me sorprendía que todo el mundo supiera quién era a dos mil kilómetros de mi casa.

—Sí.

—Hola, soy Mar. Encantada de conocerte, Elva. No hay mucha oportunidad de ver compatriotas por esta zona. Yo también soy de Barcelona, bueno, de un pueblo costero.

—Anda, ¿no fastidies? —respondí curiosa—. Pero, ¿cuántos españoles trabajáis aquí?

—Fijos, Violeta y Jorge el chef, aunque él es cubano. Yo vengo sólo tres días a la semana para cubrir las jornadas de descanso del personal. Tres aquí y tres en otro hotel cercano —me explicó dicharachera—: Aunque, no creas, cada vez hay una colonia más amplia entre estudiantes y emigrantes huyendo de la crisis. Ven a cenar con nosotros un día si tienes tiempo y te los presentaré.

—Te lo agradezco mucho, Mar, lo intentaré. Pero ahora mismo lo único que quiero es partir la cama en dos. No he dormido nada —le digo casi arrastrando las palabras.

—Ya se te nota, ya. Violeta me dijo que llegaste muy tarde. Anda, toma y haré que Jorge te prepare un buen almuerzo y te lo lleven a la habitación —me indicó dándome la llave.

—Muchas gracias. —Ya me marchaba escalera arriba cuando me acordé de algo muy importante—. Por cierto, Mar, ¿se sabe algo de mi equipaje? ¿Alguien del aeropuerto ha llamado o algo?

—¡Mmmm! Pues no, lo siento, no hay mensajes ni llamadas al respecto. Lo siento. Esperemos que te devuelvan la maleta pronto.

—Eso espero yo también. Esto de ir sin bragas y a lo loco es un coñazo —comenté irónica—. Gracias de nuevo.

Y con mi cansancio y reptando casi por las escaleras, me fui hacia la habitación pensando que como la comida no llegara en quince minutos no iba a aguantar despierta. Estaba dispuesta a pegarme la siesta de mi vida. Pero, en menos que canta un gallo, me encontré a una camarera plantada en la puerta con un carrito que emanaba un olorcito a comida que hizo que mis tripas cantaran por fandanguillos. En cuanto la chica se marchó, me desvestí y me puse el pijama, llegando a duras penas a la cama.

XV

⁊⤳⊷⤳

—¿A dónde me llevas? Estoy cansada —me quejo lloriqueando unos metros por detrás de Connor.

—¿Cómo puedes estarlo? Sólo hemos andado tres o cuatro millas desde la última vez que paramos. Ten paciencia, aún nos queda un largo trecho hasta llegar a nuestro destino y te aseguro que valdrá la pena. —El escocés, que va caminando junto a su caballo, se detiene y se da la vuelta sonriente—. Elva, Elva... no seas holgazana, con ese genio que tienes esperaba mucho más de ti.

—¿Holgazana yo? Mira, guapito de cara, en mi tiempo tenemos coches, metro, autobuses y esas cosas. Y viajamos por carreteras. No vamos a los sitios caminando campo a través —respondo ofendida.

—¿Qué tipo de animales son esos? —pregunta perplejo.

—Son... a ver cómo te lo explico... como animales de hierro, enormes y rápidos que te llevan a cualquier sitio que necesites. —¿Animales de hierro? Viva mi pobre imaginación. ¡Ja!—. Sólo espero que el lugar al que me llevas sea como mínimo un resort en las Maldivas, porque si no, juro que te mataré.

Connor levanta la ceja derecha y se queda pensativo, momento que aprovecho para posicionarme a su lado y cogerle la mano con la que no sostiene las riendas del caballo, dispuesta a conseguir mi objetivo.

—¿Qué? —exige.

—Descansemos un poquito, por favor. No puedo más.

—No —contesta categórico.

—Connor, por favor, tengo los pies destrozados, me duelen. —*Algo raro si tenemos en cuenta que esto es un sueño y no deberían dolerme—.* Por favor, por favor, por favor… —suplico haciéndole ojitos.

Él me mira y se inclina para levantarme la pomposa falda de lana hasta las rodillas.

—Por favor, por favor… —insisto como una cría pequeña y poniendo muecas de dolor.

—No —repite—. Quedan dos millas más hasta el claro, allí descansaremos. Es peligroso que nos alcance la noche en el bosque. Sube al caballo si quieres hasta que lleguemos.

—Maldito escocés… Pero… ¿tú quieres matarme? ¡No puedo con mi vida! —exclamo pataleando el suelo—. ¿Sabes cómo duele el culo cuando no estás acostumbrado a montar? Yo sí, gracias, y no pienso…

No tengo oportunidad de terminar la frase. Me veo levantada en volandas por sus brazos fuertes y firmes y cuando me quiero dar cuenta, estoy sobre Fury, su caballo.

—Eres un auténtico suplicio, Cascabel, ¿lo sabías? —me dice entre carcajadas.

—Y tú un capullo al que le encanta hacerme sufrir. Si pudiera te ibas a enterar…

—Dudo que tengas el tamaño ni las capacidades para hacer tal cosa, Elva —me vacila.

Reconozco que me encanta que Connor me rete. Es una de las múltiples cualidades que me atraen de este hombre. Suspiro y contraataco.

—No te recomiendo que me desafíes, chato. Podría sacarte de tus casillas si me lo propusiera.

Connor me mira de soslayo y transforma su expresión en falso pavor.

—Muchacha, estoy muerto de miedo.

Decido hacerme la digna, y como cabezona cum laude que soy, no pienso darle el gusto de verme padecer. Si tengo que aguantar con el culo y los pies destrozados a lomos del caballo, como que me llamo Elva que lo haré. Voy enfundada en un vestido de falda larga y corsé que me aprieta lo indecible y que me pone los pechos casi en la barbilla. ¿Cuándo me he vestido así? Si a eso le sumamos, que voy súper incómoda a lomos del caballo y que siento palpitaciones en las plantas de los pies… ¿Por qué soy rara hasta para soñar? Que sí, que me encanta soñar con Connor, pero tengo la sensación de que este sueño está fuera de control. No entiendo el motivo por el que llevo unos días soñando con este viaje y mucho menos, y esto es lo extraño y me da un pelín de mal rollo, el por qué soy consciente de que esto es un sueño.

—¿En qué piensas? ¿Qué te aflige, muchacha?

—Nada.

—Además de quejica, mentirosa —manifiesta entre risas—. Se te forma una arruguita aquí cuando estás preocupada —me dice señalándome el entrecejo.

—¡Oye, sin faltar! No es nada, es una tontería. No entiendo qué hago aquí contigo, porque esto es un sueño, lo sé, pero es tan vívido que... ¿No habré viajado yo en el tiempo, no? ¡Ay dios! ¿Es eso? Pero ¿cómo? —exijo inquieta, sin darle oportunidad de contestar—. ¿Me estoy volviendo loca de verdad?

—Ay Elva, Elva... deja de pensar y relájate. Disfruta del viaje y confía en mí. Y te lo ruego, deja de parlotear como una cotorra, me agotas... —Y con todo su morro, me pega un manotazo en el culo.

¡La madre que lo parió! Por inercia, intento pegarle una patada en el hombro para demostrar mi cabreo por lo que acaba de hacer y me desestabilizo casi cayendo del caballo. Cuando consigo recuperar el equilibrio, Connor está escondiendo sus carcajadas bajo su mano. Me enerva sí, pero mientras le miro, mi indignación se suaviza ante los rasgos del escocés. A pesar de todo, la sensación de seguridad que siento con él no la había sentido con nadie en la vida, y me gusta, me gusta mucho. Adoro a este hombre, tan grande, tan guapo, tan... tan...

—Deja de mirarme así. Prometí que no volvería a tocarte, así que no intentes seducirme, no lo conseguirás —me advierte convencido.

Enderezo mi postura y miro hacia el otro lado, ocultando el rubor de mis mejillas al haber sido descubierta casi babeando por él. ¡Qué vergüenza!

Seguimos nuestro camino a no sé dónde durante unos minutos. Acabo de tener una idea con la que Connor va a arrepentirse de haberme provocado. Me enderezo en el caballo y con la cabeza mirando al frente, me envalentono. Si esto sale bien, le voy a desquiciar, lo sé. Aclaro mi voz y comienzo a cantar como una posesa.

—¡Pa papa papaaaaaa...! ¡Pa papa papaaaaa! ¡Tengo un tractor amarilloooo, que es lo que se lleva ahora! ¡Tengo un tractor amarilloooo, porque es la última moda! ¡Hay que comprar un tractor, ya lo decía mi madre, que es la forma más barata de tener descapotableeee! ¡Pa, papa, papaaaaaa...! ¡Pa papa papaaaaaa!

Creo que a Connor casi se le para el corazón al escucharme. Por un momento pierdo el hilo de la melodía al ver su reacción, y apenas puedo aguantar la risa al ver su cara descompuesta ante semejantes berridos. Pero como es tan orgulloso, resiste estoico ante la masacre auditiva que estoy perpetrando en la tranquilidad del bosque y, claro, como es tan machito —no olvidemos que es un Laird— es capaz de aguantar todo el concierto antes de rendirse ante mí. Repito varias veces el estribillo de El tractor amarillo, y le veo maldecir por lo bajo. Creo que me lo voy a tener que currar más si quiero sacarle de sus casillas, así que intento recordar todo el repertorio de la orquesta que canta en las fiestas del pueblo. Todas aquellas canciones que son odiosas pero pegadizas, y que con cuatro sangrías de más acabas bailando como nunca. *¡Viva la pachanga!*

Así que prosigo con La bomba, El chiringuito, Los pajaritos, una de Rafaella Carrá, de la que soy fan, alguna de Alaska y cuando estoy dándolo todo con Chiquilla de Seguridad Social y observo de soslayo que Connor está haciendo verdaderos esfuerzos por contenerse, algo impacta contra mi cara haciéndome caer del caballo.

—Por el amor de Dios, ¿estás bien?

—¿Qué ha pasado?

—Creo que la naturaleza se ha rebelado contra ti. ¿Cómo puedes cantar tan rematadamente mal? Hasta las comadrejas han cavado más profundo para esconderse de tus gritos.

Estoy medio atontada por el golpe, y le veo inclinado junto a mí con esos ojos verdes y esa sonrisa sempiterna.

—Connor —consigo balbucear.

—¿Qué?

—¿Descansaremos ahora? —pregunto inocente.

Connor suspira y sonríe derrotado. «Lo conseguí, me lo he llevado al huerto», me digo antes de desmayarme.

Un acto reflejo me hizo dar un bote y desperté de golpe. No sabía ni dónde estaba ni la hora que era. Estaba oscuro y no supe adivinar cuánto tiempo llevaba dormida. Me levanté de la cama a tientas en dirección al baño, y tropecé con algo metálico, que resultó ser el carrito con la comida que, finalmente, ni había probado. Busqué el teléfono en mi bolso y salí corriendo hacia el lavabo. Mientras hacía pis, me puse a leer los tropecientos mensajes que familia y amigas me habían enviado, y que yo, con la emoción y el cansancio, había olvidado por completo responder. Mi madre me instaba a llamarles de inmediato, bajo amenaza de movilizar a los Geo, la Interpol y los SWAT si no lo hacía. Marisa me llamaba de todo menos guapa, por pasar de ella, no haberla llamado y no explicarle qué tal había ido el viaje. Nerea y ella me enviaron una foto con cara de cabreadas para demostrarme lo ofendidas que estaban, así que allí mismo, sentada en el inodoro escocés, con la pestaña pegada y los pelos revueltos me hice un *selfie* y se lo devolví a ambas, con una frase

al pie: «*Destrozaíta* tras la paliza que le he pegado a la cama».
Marisa fue la primera en contestar.

Marisa:
¿¡Ya te has *empotrao* a un escocés buenorro?! ¡Ole mi niña!
Skype. ¡Ya!

Sonreí, imaginándomela con la boca abierta y ávida de que
le contara hasta el último detalle. Me lavé la cara y recompuse la
alborotada coleta para parecer más decente antes de volver a
la habitación y hablar por videoconferencia con mi amiga.

Por el camino, revisé la comida que debía estar fría y dura
como la suela de un zapato, y me decidí por una salchicha que al
menos parecía comestible.

Cogí la bolsa con mi portátil y lo dispuse todo para comenzar
con el interrogatorio al que me iba a someter Marisa. ¡Dios, eran
ya las 9 de la noche!

—Zorra, ya no me quieres. Ni una llamada, ni un mensaje.
¡Cuéntamelo todo!

—Hola a ti también, Marisa.

—Al grano, dispara.

—No hay mucho que contar… apenas he salido del hotel —contesté mientras bostezaba—. Me acabo de despertar, tengo
unos sueños súper raros.

—Nena, ¿te vas a Escocia y en lo único que piensas es en dormir? ¿Sola? A ver, pero algo habrás visto ¿no?

—El aeropuerto es pequeño pero bonito, mi maleta está en
Roma y sí, he estado en Stonefield.

—¿Has estado en el castillo? ¡Ay madre! y ¿qué? ¿Encontraste
algo sobre Connor?

—Aparte de a toda su descendencia, no. He conocido a una
abuelita encantadora, una Murray que debe ser su tátara-tatara-
nieta. El lunes empezaremos a trabajar allí. Estoy atacada, nena,
atacada.

—Vale, y ¿los tíos qué tal? ¿Cómo calzan esos *highlanders*?

—A ver, poco puedo decirte, pero si todos son como el imbécil que vino a recogerme al aeropuerto, voy apañada.

—¿Rango?

—Follable, si no abre la boca, claro.

Marisa tiene una cosa clara en la vida, que es su forma de catalogar a los hombres. Los divide en varias categorías: los Achuchables, aquellos que te escuchan cuando estás de bajón, te acompañan a comprar y te comprenden; los Follables, que como su propio nombre indica son a los que empotrarías sin necesidad de conversación; los Granada, que están casados, son unos crápulas y muy pagados de sí mismos y llevan pintado en la frente soy un peligro. Y, por último, los Libro de familia, que son los que cumplirían los dos primeros casos y con los que no te importaría dejar la soltería.

Le comenté que debíamos crear una nueva sección, los *Forever alone*. Insoportables hasta rabiar, inaguantables al trato, repelentes y maleducados, especialmente creada para mi adorado chofer.

—¿Y qué más da?¡Cuenta, perraca!

—No hay nada más que contar, me encontré al tipo más cretino de toda Escocia nada más llegar.

La magnificencia de Stonefield volvió a mi recuerdo, apartando de una patada en el culo el mal rollito que me producía aquel tipo. No iba a perder ni un segundo pensando en él.

—Stonefield es una pasada, nena. Casi me pongo a llorar como una idiota cuando estuve frente a la puerta. Es como un museo lleno de historia, una maravilla. Pensar que esa fue su casa es… emocionante.

—No me extraña y… ¿qué tal tu jefa? ¿Te deja respirar?

Puse cara de póquer ante su pregunta, y justo cuando iba a replicarle recordé que gracias al contrato de confidencialidad, sólo yo sabía que la famosa escritora no era tal, sino un hombrecillo llamado don Rafael.

—Sí, de momento, aunque no hay mujer más tiquismiquis que esta —respondí mintiendo a medias—. Tiene a su mayordomo amargadito. Por cierto, debe estar preguntándose dónde leches me he metido durante todo el día. Estoy muy cansada Marisa, los nervios por el viaje me dejaron hecha polvo.

—Nena, ¿he oído bien? ¿Qué es eso de que tu maleta está en Roma?

Le expliqué por encima y sin muchas ganas a mi amiga lo que había ocurrido desde mi llegada a Escocia, que no era mucho, y los planes para estos días, entre los que estaba asistir a la gala. Cuando mis respuestas a sus preguntas se tornaron meros monosílabos y bostezos, Marisa dio por concluida la conversación. Quedamos en hablar el domingo para que le explicara con pelos y señales los pormenores de la gala. «Y más te vale hacerlo, guarri», me amenazó. Tras la videoconferencia con mi amiga, llamé a casa. Por suerte, mi madre ya se había acostado y fue con mi padre con quien hablé. Escucharme le tranquilizó y tras conversar unos minutos di recuerdos a todos y nos despedimos hasta mi próxima llamada. Emití un bostezo tan grande que caí rendida hacia atrás, tumbada en la cama. Observé el dosel de la cama con cortinajes de un bonito color borgoña y me abandoné de nuevo en los brazos de Morfeo.

XVI

La mañana siguiente me desperté pletórica. La cura de sueño había surtido efecto, me sentí llena de energía y con ganas de encarar el nuevo día con fuerza. Encontré en la puerta de la habitación una cesta con varias prendas de ropa perfectamente dobladas y, entre ellas, una notita doblada que rezaba: «He pensado que ya estarías harta de usar la misma ropa. Ponte esta hasta que llegue tu maleta, espero que la talla te quede bien. ¡Ah! Y te he comprado ropa interior nueva. Besitos. Violeta».

Como era aún muy temprano, fui la primera en aparecer en el comedor del hotel, ataviada con los vaqueros y el jersey de lana de cuello alto color beis que Violeta había tenido el detalle de prestarme.

Violeta, la pequeña española que había sido tan amable desde mi llegada, me trajo un café cargado y un buen desayuno inglés en cuanto me vio aparecer. Debió verme con hambre y yo, la verdad, lo devoré hasta la última miga de pan. Como había sido la más madrugadora, nos dio tiempo a charlar unos minutos en los que le agradecí enormemente su preocupación por mí y comentamos la visita a Stonefield. Hablábamos sobre la gala cuando me informó entusiasmada de que el *catering* de la misma sería a cargo de Jorge, su pareja.

—¿No me digas?

—Sí, y estoy nerviosísima. Es una buena oportunidad para él, estamos a la espera de que nos confirmen si le han concedido una beca en París, y encargarse de este evento puede abrirle muchas puertas. En cualquier caso, nuestro sueño es abrir nuestro propio restaurante, y gracias a la señora Hamilton puede que algún día podamos cumplirlo.

—Pues es una gran oportunidad que hay que aprovechar, claro que sí.

—Ya me contarás qué tal, ya que tú vas a estar presente. Voy a estar deseando saber que todo ha ido bien.

—Por supuesto, cuenta con ello –le aseguré, mientras me percataba de lo importante que era esto para ella.

Aun a riesgo de ser cotilla, me atreví a preguntarle cómo habían llegado allí, ella y Jorge, aprovechando la confianza que se estaba fraguando entre nosotras. Violeta me contó algunas anécdotas de sus viajes junto a Jorge por todo el mundo. Cómo había abandonado su vida acomodada en Madrid para seguir a aquel cubano loco por los fogones, en contra, por supuesto, de la opinión familiar. Apenas tenía relación con su padre, pero su madre le enviaba a escondidas una pequeña asignación todos los meses. Aunque ya habían pasado casi cinco años desde aquello, los suyos aún opinaban que había tirado su vida por la ventana. «Y se equivocaron», me dijo, porque era feliz trabajando en el hotel, viajando a donde él necesitara hacerlo, simplemente porque se amaban y estaban muy bien juntos. Me reconfortó ver como sí había parejas a las que les iba bien y que superaban todos los obstáculos que se les ponían por delante. A pesar de que, a primera vista, Violeta parecía una chica tímida e introvertida, en las distancias cortas ganaba mucho y se convertía en un libro abierto. No debía haber sido fácil para ella dejar atrás su vida sin complicaciones, pero imaginé que el amor que sentían el uno por el otro podía con todo. Porque sí, se respiraba en cada mirada que se dedicaban cuando se cruzaban por el comedor, en cada gesto. ¡Qué envidia, por favor!

Ella hizo lo propio y se interesó por mi situación actual y cómo había acabado trabajando para don Rafael. Me sentí mal por no ser del todo sincera en este último punto, dadas las circunstancias de mi viaje. Había momentos en los que ni yo misma sabía cómo había ocurrido esta locura, así que le di la versión oficial y menos comprometedora. Le comenté por encima que estaba soltera, sin compromiso y sin ganas de tenerlo por el momento, a lo que ella, con una gran sonrisa en los labios, me susurró: «Ummm, si no quieres tener que apartar moscones a pares, será mejor que no lo cuentes... Estos escoceses suelen ser muy persistentes en cuanto a mujeres. Son obstinados como ellos solos, y como a alguno le gustes, lo vas a tener encima hasta en la sopa».

Agradecí el consejo mientras terminaba mi café y decidí salir un rato a la calle. En casi dos días que llevaba allí, aún no había visto el entorno más que por las vistas desde el ventanal del comedor o los viajes en coche.

—El pueblo es pequeño, pero es bonito, puedes ir al lago o andar por la carretera hasta la oficina de correos, que es el centro neurálgico de Tighnabruaich. A esta hora se reúnen en la taberna que hay junto a ella todos los pescadores del lugar. Acércate, es gente muy amable —me informó Violeta, animándome a dar un paseo.

Y así lo hice. Subí a por mi abrigo color mostaza y la bufanda y, aprovechando que todavía don Rafael no había bajado a desayunar, me dispuse a disfrutar de una pequeña excursión por Tighnabruaich.

El Hotel Royal and Lochan era un edificio no muy grande de fachada de obra pintada de blanco en la que grandes letras anunciaban su nombre. Estaba situado a pie de lago, sólo les separaba la pequeña carretera principal, y destacaba por tener unas vistas maravillosas. Realmente lo eran. Me quedé parada en las escaleras mirando el amanecer, que se levantaba fastuoso sobre las montañas y se reflejaba en tonos cobre sobre las aguas heladas. Aunque la espesa neblina cubría parte del lago, se adivinaba que el día no iba a ser tan lluvioso como el día anterior, al menos de momento. Un tenue olor a salitre inundó mis fosas nasales cuando respiré profundamente. Aquello era precioso, sano, lejos de ciudades y contaminación. Un lugar perfecto para descansar y desconectar de la civilización y del estresante día a día. Aunque ahora todo el paisaje tenía tonos oscuros, los grandes parterres de arbustos y plantas parduzcas ya comenzaban a recuperar un poco su color natural, tras haberse visto castigados por la nieve y las inclemencias del tiempo invernal. En poco tiempo, las flores, la hierba y los árboles teñirían de colores primaverales aquellos parajes. Ojalá pudiese quedarme allí una temporada.

Hacía frío, mucho. Me coloqué la bufanda casi hasta los ojos, y con las manos resguardadas en los bolsillos, me dirigí hacia el camino en dirección al pueblo. Apenas había nadie por la calle a esas horas, algún coche que se dirigía en mi dirección fue el único rastro de vida humana que me encontré durante el trayecto. Tighnabruaich era un pueblo muy pequeño, se extendía en un lado de la carretera en paralelo al lago, formado por pequeñas casitas blancas con jardín, muy similares unas a otras. A mi derecha, el lago se extendía en toda su magnitud, con pequeñas embarcaciones ancladas en él, como si fueran parte del paisaje.

Tras caminar durante unos quince minutos, me encontré ante lo que parecía la zona más viva del pueblo. Se abrían a ambos lados, además de las viviendas, varios comercios y establecimientos. La consulta médica, un supermercado, una panadería, la oficina de correos, un bistró, una cafetería, la oficina de turismo y el puerto deportivo, en donde se podían alquilar botes y hacer travesías por aquellas aguas fantásticas. Para ser una población tan pequeña, disponían de recursos que llamaron mi atención, como la pequeña galería de arte, en la que vislumbré desde el escaparate coronado por un gran cartel en color azul turquesa, cuadros y objetos de decoración hechos a mano. Me sacudí el entumecimiento de encima y decidí tomar un té en la cafetería que había pegada a la galería, el Elliot Café. Tal y como me había prevenido Violeta, aquel era el alma del lugar a esas horas. Estaba atestado de gente tomando el desayuno o bien un café caliente. Los clientes eran en su mayoría pescadores y gente joven que comenzaban el día entre amigos.

Me dirigí hacia la pequeña barra en donde una chica pelirroja, con una cantidad de maquillaje inmoral a esas horas, servía tés y cafés a todo el que lo solicitaba. Me coloqué en un pequeño hueco que quedó libre y tras pedir la infusión, solicité la ubicación de los servicios. ¡Con el frío me habían entrado unas ganas de hacer pis horrendas!

La muchacha, tras indicarme con la mano la dirección, dejó mi té sobre la barra, me sonrió amablemente y siguió a lo suyo. Salí del pequeño baño contenta porque la limpieza era exquisita. Algo a valorar para ser una cafetería tan transitada. Esquivé a varias personas hasta llegar a mi sitio, en donde mi bebida calentita me esperaba, cuando observé que alguien había tomado mi lugar. ¡Oh no! ¡Él no!

Sí, allí estaba él, el idiota del aeropuerto, apoyado en la barra ataviado con una chaqueta de cuero tipo aviador forrada en borrego y ocupando mi espacio. Pensé en largarme con tal de no tener que cruzar una palabra con él, ya que sólo mirarle me ponía de mala leche. No suele pasarme con casi nadie, no al menos con alguien que no conozco, pero la sensación era superior a mí. ¡Me caía fatal!

Pero había amanecido descansada, con ganas de pasar un buen día y no iba a permitir que ese antipático me lo arruinara con su cara de estreñido. Yo no tenía la culpa de que ese hombre fuera tan gris. Me acerqué por su espalda y con un carraspeo intenté llamar su atención.

—Disculpe. —Ni caso me hizo, claro. Entre que mi voz salió como un susurro ahogado y el bullicio que reinaba en el local era imposible—: ¡Disculpe!

¿Sabéis aquello de «cuando se produce un silencio es que pasa un ángel»? Pues tuve la mala fortuna de que se formara uno y pasara un regimiento de ángeles en el justo instante en que insistí en un tono que, ahora, era demasiado elevado. Obviamente, todos los ojos de aquel lugar se posaron en mí, menos los suyos. Miré de reojo a mi alrededor, pensando en que aquel era uno de aquellos momentos idóneos para que la tierra se abriera a mis pies y me tragara hasta escupirme en Cancún. Todos miraban expectantes, algunos con sorpresa, otros con la diversión pintada en la cara.

Tan sólo pasaron algunos segundos, que me parecieron años, hasta que el choque de una cuchara contra un vaso se escuchó y rompió la incomodidad de la escena. El bullicio inicial continuó como si nada y la normalidad se instaló de nuevo en el café. Fue entonces cuando el imbécil se dignó a atenderme con la mirada gacha, pegándome un repaso de arriba abajo.

—Disculpe —reiteré esta vez controlando el volumen de mi voz—. Este sitio está ocupado. Ese es mi té. ¿Le importaría…? —le dije señalando mi taza.

Él me miró con las cejas enarcadas y sin atisbo de siquiera seguir mi indicación, bebió un sorbo de su café, mojándose los pelos del bigote que conformaban su espesa y descuidada barba, y se limpió al segundo con la mano sin quitarme la vista de encima. «¡Qué hombre más desagradable, por dios! Y encima, ¡es un guarro!», me dije haciendo una mueca de asco.

—¡Eh, Pete! —indicó con una palmada en el hombro al señor que se encontraba a su lado—. Hazle sitio a la señorita.

—Claro, Olly.

El hombre se desplazó un poco hasta quedar un hueco pequeño en la barra, espacio en el que el imbécil escocés me invitó a posicionarme con un ademán, mientras con la otra mano acercaba mi té hasta ponerlo frente a mí. Tras eso, me ignoró.

—Gracias —dije con sorna, mientras él continuaba bebiendo su café.

Durante varios minutos intenté comportarme como si no me afectara la presencia de aquel barbudo arrogante a mi lado, que al parecer se llamaba Olly, pero era difícil evitarle. Tenía la sensación de que sus ojos estaban clavados en mi persona y aunque miré de soslayo en un par de ocasiones para ver si le pillaba, él seguía absorto en su café mirando al frente, serio y en completo silencio. Decidí distraerme observando a la camarera hipermaquillada, que llena de energía hacía su trabajo sonriendo a los clientes. Me pregunté a qué hora se habría levantado para hacerse tal trabajo de chapa y pintura. Yo era incapaz de pintarme ni la raya recién levantada y mucho menos parecer tan divina así de temprano. Eso sí, la chica era mona, no había que negárselo, pero llevaba una capa de maquillaje, como mínimo, de dos centímetros de espesor. Sonreí ante mi ocurrencia y bebí otro sorbito de té. Había casi olvidado a quién tenía al lado, cuando sorprendí al imbécil adivinando con la mirada hacia dónde iban mis pensamientos.

Estar junto a aquel hombre se me hacía incómodo, inquietante, así que al final pagué el té y salí del café como una flecha, dejando apostado en la barra al chofer imbécil con su café y su barba peluda.

Ya eran casi las siete y media y, seguramente, mi jefe ya estaría desayunando y en pie de guerra. Sería mejor empezar el día evitando echar leña al fuego, porque poco necesitaba el hombrecillo para encenderse como una cerilla y echar lava por la boca. Era mi primer día de trabajo oficial y no quería estropearlo, así que tomé rumbo hacia el hotel. De camino, fui fijándome en cada casa y cada piedra de nuevo, aquel sitio me gustaba. Al pasar junto a la valla de una de las casas, un enorme pastor alemán salió a mi encuentro y comenzó a ladrar. Me acerqué y le calmé hasta que el animal acabó lamiéndome las manos y la cara, deseoso de que le hiciera carantoñas. En pleno intercambio de caricias estaba, cuando un vehículo se detuvo a mi lado.

—¿Quieres que te acerque hasta el Royal? —me preguntó una voz ronca en tono serio.

Desde luego, este hombre era de lo peor. Me tenía desconcertada. Ni una mísera palabra me había dirigido en el café, ni un gesto amable, y ahora se ofrecía a llevarme en su coche hasta el hotel. Di por terminada mi sesión perruna, y dándome la vuelta, comencé a caminar mientras me negaba a su ofrecimiento.

—No, gracias. Estoy bien.

—No he preguntado si estás bien, sólo te digo que si quieres que te lleve voy de camino. Va a llover y no me gustaría tener que venir a buscarte después cuando estés calada hasta los huesos —respondió sarcástico.

—En serio, gracias. Volveré caminando —zanjé seca y con decisión. Apreté el paso y le dejé atrás.

—Está bien, como quieras —voceó con sorna.

Oí como rugía el motor del todoterreno al pisar el acelerador y pasó a mi lado a toda velocidad. ¡Idiota! Con la que me formó en el aeropuerto, ya había tenido suficiente para los restos. Gracias, pero no. Necesitaba estar lejos de tipos como aquel.

Iba yo sumida en mis pensamientos cuando, a apenas doscientos metros de la entrada del hotel, un nubarrón negro y amenazante que cubría parte del cielo, comenzó a descargar gotas de lluvia helada y con el tamaño de mi puño, que me pusieron perdida en pocos segundos. ¿Será posible? Maldije al cielo y salí corriendo como una posesa para evitar ponerme como una sopa por segunda vez en dos días.

Llegué con los pulmones casi asomando por mi boca, y no tan mojada como creí. Desde luego, el abrigo de pluma exquisita que me había recomendado comprar Marisa cumplía perfectamente su función. Calentito e impermeable. Las botas sí que estaban mojadas hasta las costuras y los calcetines completamente húmedos. Entré en recepción buscando resguardo y algo de calor junto al fuego del hogar, cuando escuché una risita burlona a mi espalda. Me giré perpleja y vi al imbécil observarme con aires de suficiencia desde el mostrador. ¡Maldito! No me percaté de lo que tenía ante sus pies, hasta que me instó a mirarlo con un gesto. ¡Oh, Dios mío! ¿Era cierto lo que veían mis ojos? Mi adorada y queridísima maleta viajera, por fin había vuelto de sus inesperadas vacaciones italianas.

Os juro que casi se me saltaron las lágrimas al verla. Esa enorme maleta rígida con ruedas, envuelta en plástico y con la etiqueta colgando, en ese momento me pareció lo más maravilloso del mundo. ¡Aleluya!

Me dirigí hacia ella, ignorando por completo al conductor borde, y me acuclillé, abrazando con emoción mis pertenencias como si fueran mi más preciada riqueza. Mi tesoro… ¡Gollum, Gollum! Mi vida estaba prácticamente allí dentro, ¡cuánto la había echado de menos!

—Elva, veo que ya has visto tu maleta —me dijo Violeta sonriendo al verme amarrada a ella—. El señor Reid ha ido a recogerla a la oficina de correos.

—¿El señor Reid? —pregunté curiosa.

Violeta me señaló con la mirada al tipo que seguía de pie junto a mí y que ahora se divertía viendo la escena melodramática que estaba formando. Miré hacia arriba e hizo una mueca con la boca y un gesto con la mano en plan saludo. ¿Cómo que señor? Aquel tipo no se merecía tal trato de cortesía. Me levanté maleta en mano y me dispuse a marcharme hacia mi habitación.

—Muchas gracias —expresé, no sin cierto grado de antipatía. Volví mi rostro ahora hacia Violeta, dando por zanjado el tema—. ¿Ha bajado ya don Rafael?

—No, hoy le han servido el desayuno en su habitación. Me parece que no se encuentra muy bien. Siempre que viaja aquí, durante los primeros días sufre de jaquecas. Me temo que hoy vas a tener un día festivo extra —me informa jocosa.

—Vaya. Pues nada, así tendré tiempo de ordenar la ropa y el resto de mis cosas.

El tal Reid, el mismo Olly del bar, seguía allí sin ánimo alguno de marcharse, observándonos con curiosidad, cosa que me extrañó, dado que ya le había expresado mi gratitud. Vi que a Violeta le divertía la situación, en particular mi cara de no enterarme de nada, y caí en la cuenta de lo que quizá esperaba aquel tipo. Siendo el chofer y, posiblemente, el chico de los recados, obviamente esperaba una compensación.

—Perdone, no he caído antes. Aquí tiene —le dije sacando de mi bolsillo un billete de cinco libras y situándolo sobre su mano. Él miró el billete y luego a mí con asombro. ¿Quizá era poca propina? ¿Cuánta se da normalmente? Ante la duda y para no quedar mal, cogí el billete y se lo cambié por uno de diez—. Ahora sí.

Violeta se marchó disimuladamente a punto de estallar en carcajadas, mientras el escocés grosero me miraba con aquellos grandes ojos azules completamente sorprendido. Cogí mi maleta y subí las escaleras con la convicción de que había obrado correctamente, porque podría tener muchos defectos, pero nadie me podría tildar de tacaña.

Estaba a punto de llegar a mi habitación cuando me topé con Anselmo por el pasillo, cargado con varias carpetas y algunos libros.

—Buenos días, señorita Elva, al fin la encuentro.

—Buenos días, Anselmo. Me levanté temprano y salí a pasear por el pueblo.

—Don Rafael se encuentra algo indispuesto, y no creo que sea posible que puedan reunirse hoy para trabajar. Me ha pedido que le traiga estos documentos para que les eche un vistazo y se familiarice con las tareas de la investigación.

—Ah, pues gracias. Me pondré a ello enseguida. Muchas gracias.

—Veo que ha recuperado su maleta. Me alegro.

—Sí, y yo. Me veía yendo a la gala en vaqueros para disgusto de nuestro jefe. Mejor así, evitaremos que le dé una apoplejía.

El hombre me devolvió la sonrisa de complicidad, y me invitó a comer con él en el salón a mediodía si era de mi gusto, cosa que acepté de inmediato. Aquel hombre, al igual que yo, necesitaba de una conversación normal.

Una vez en la habitación, dejé las carpetas sobre el escritorio, y cargué la maleta hasta la cama, en donde la liberé de los plásticos y la abrí para deleitarme con mis ansiadas pertenencias.

Al abrirla, como si de un regalo de los Reyes Magos se tratara, y aun sabiendo lo que contenía, la emoción me embargó cuando inspiré el olor a suavizante de violetas que desprendía mi ropa. Allí estaban los cuatro libros que me había llevado. No sé si había dicho que desde que me encontré con Connor, me he vuelto una consumidora compulsiva de novela romántica. No porque crea que se me vaya a aparecer cada protagonista, simplemente me apetece, y a falta de una historia de amor en condiciones, me gusta perderme en las de los demás. Casi lloré cuando vi mis prendas, mis bragas, mi pijama de vaca, mis libros, mi maquillaje…

Era una tontería, pero desde mi llegada a Escocia, era la primera vez que me sentía feliz.

XVII

ᚙᚙᚙ

El día pasó tranquilo y relajado. Durante la mañana estuve ojeando los documentos que don Rafael me había hecho llegar a través de Anselmo con el plan de trabajo, que se basaba en tres grandes preguntas: ¿A dónde fue Connor Murray durante su desaparición? ¿Con quién estuvo? Y la más importante, ¿cómo consiguió recuperar Stonefield de manos de los traidores?

Si bien la última era la que más me interesaba, las dos primeras me preocuparon sobremanera. Era imposible que nadie llegara a adivinar las respuestas a aquellas cuestiones, estaba segura, pero me incomodó el hecho de que mi jefe insistiera en hurgar en esos acontecimientos. Intenté convencerme de que Connor no habría dejado ningún escrito ni le habría dicho a nadie la verdad sobre nosotros, si lo hubiese hecho, la leyenda no existiría. Aquella fantástica fábula había servido para proteger nuestra verdad.

Como había prometido, comí con Anselmo a mediodía. Me comentó que don Rafael sufría de grandes migrañas y se sentía indispuesto todavía, aunque yo achaqué su ausencia a sus pocas ganas de socializar. Él no lo negó, por lo que entendí que no me equivocaba demasiado. Anselmo me pareció un hombre encantador y un profesional como la copa de un pino, y me dejó entrever con sus palabras que entre jefe y empleado existía un lazo más férreo que el de una simple relación laboral. «Llevo tantos años trabajando para él que somos casi familia. Nos conocemos muy bien, y aunque es un hombre muy especial, no es difícil llevarle. No es tan huraño como aparenta», me confió sonriente. Tras la comida y casi agradecida por estar libre del hombrecillo, organicé la tarde del viernes inmersa entre los papeles sobre Connor, en los que pocos datos encontré más que las preguntas clave y algunas indicaciones sobre por dónde iban a ir nuestras pesquisas: Árbol genealógico, posesiones del Clan Murray y legado familiar.

Aproveché también para revisar mi correo profesional, llamar a casa y cotillear por Facebook las publicaciones de mis amigas a las que ya echaba de menos. Marisa, muy aficionada a ello, había subido un *selfie* poniendo morritos y una de las frases con las que solía acompañarlos: «Recordad, las chicas buenas van al cielo, las malas a todas partes. Feliz viernes». Seguro que ya tenía plan. «¡Hombres del mundo, temblad que Marisa anda suelta!», pensé. Nerea, por el contrario, había subido una panorámica de la ciudad vista desde una de las ventanas de la Vall d'Hebron, el hospital en el que trabajaba y acompañaba la foto con unas breves palabras: «Empieza mi finde de guardias».

Iba a actualizar mi estado cuando el teléfono sobre la mesilla sonó.

—¿Elva? —Oí al otro de la línea al descolgar.

—¿Sí?

—Hola, soy Violeta, algunas de las chicas y yo vamos a ir a tomar algo esta noche, hemos pensado que igual te gustaría unirte a nosotras si te apetece. Iremos aquí cerca, al café de Elliot. ¿Qué? ¿Te apuntas?

—Pues yo… no sé… tengo trabajo que hacer y… —balbuceé sin tiempo a pensar en la propuesta.

—Será un ratito, un par de rondas, un poco de música y volvemos. Va, anímate, llevas todo el día metida en tu habitación, te vendrá bien un poco de diversión y así conocerás al resto de las chicas.

Pensé, mirando los papeles que yacían sobre mi cama, en los inexistentes planes que tenía para esa noche y al ver en la pantalla de mi portátil la foto de Marisa y sus morritos, me animé. ¡Bah! ¿Qué tenía que perder? Me apetecía estar con gente y Violeta parecía muy buena chica.

—Vale, pues tú dirás. ¡Me apunto!

—¡Yujuuuu! –exclamó como una cría pequeña–. Pues quedamos en la puerta a las… ¿siete? Verás que contentas se van a poner las chicas. ¡Te veo luego entonces!

Y, tal cual, me colgó sin miramientos dejándome aún imbuida en el torbellino de sus palabras. Sonreí ante la situación y miré el reloj del portátil. Me quedaba una horita para recoger los papeles y arreglarme un poco. Y así lo hice. Me costó decidir qué ropa ponerme, ya que no tenía ni idea de cómo se vestía la gente allí para ir a tomar algo. ¿Me pasaría de arreglada o me quedaría corta? Ante la duda, decidí hacer caso a uno de los grandes consejos que Marisa me daba siempre que nos preparábamos para salir: «Nena, menos es más, siempre». Así que elegí un vaquero desgastado y un jersey de angorina color blanco roto que dejaba uno de mis hombros al descubierto. Me calcé mis botas marrones de piel de media caña y me coloqué un abrigo de paño gris junto con una pashmina rojo sangre en el cuello. Me miré al espejo de una de las puertas del armario y me gustó lo que vi. Me había recogido la melena en un moño informal con una pequeña pinza y me había maquillado tenuemente, lo justo para estar guapa sin llamar mucho la atención. Me fijé en la imagen que se reflejaba ante el espejo y me alegré de ver la mejora que había realizado en los últimos meses. Mis ojos verdes ya no parecían hundidos y apagados, mis mejillas relucían y mis labios, ahora rosados por el carmín, esbozaban una sonrisa que hace un tiempo eran incapaz de dibujar. Suspiré satisfecha del resultado y tras coger mi pequeña mochila de piel, al guardar la cartera y el móvil, se me ocurrió algo. Cogí el teléfono y me dispuse a hacerme un *selfie* con todas las de la ley. Hice morritos en una postura casi imposible y disparé la foto. Sin pensarlo, la compartí en Facebook y añadí un mensaje: «Sin cambios, no hay mariposas», agregando también mi ubicación: Tighnabruaich, Escocia.

Efectivamente, Violeta me esperaba en la puerta junto a Mar, la catalana a la que había conocido el día anterior en recepción. Me informaron de que recogeríamos a las demás de camino al centro y caminamos animadas y a paso ligero debido a la baja temperatura. Se unieron a nosotras dos chicas durante el trayecto, Betty, una escocesa morena que me sacaba dos cabezas y trabajaba en la oficina de turismo del pueblo, y Celine, una rubia y angelical danesa de ojos azules que trabajaba como niñera mientras perfeccionaba su inglés. Tras la presentación inicial, nos encaminamos hacia el centro del pueblo siguiendo la carretera mientras las chicas, con evidente curiosidad, hacían preguntas sobre mi estancia allí. ¿De dónde eres? ¿Tienes novio? ¿Cuánto tiempo vas a quedarte? ¿Ya has estado en Stonefield? ¿Es cierto que Oliver fue a buscarte al aeropuerto?

—No la agobiéis, que acaba de llegar —exclamó Violeta partiéndose de risa.

—No, no, tranquila, no pasa nada —mentí ante tal batería de preguntas—: Soy de Barcelona. No, no tengo novio y sí, ayer estuve en Stonefield y… —Dudé en la siguiente contestación. No entendí qué importancia tendría para ellas si el imbécil me había venido a recoger o no—: Sí, el tal Oliver vino a buscarme al aeropuerto.

Betty y Celine se miraron ojipláticas y empezaron a dar saltitos de emoción, mientras Mar y Violeta sonreían y yo alucinaba en colores.

—¿Cómo podéis ser tan cotillas? —se mofó Violeta, pero ninguna parecía estar por la labor de sentirse ofendida.

—Y cuéntanos, ¿qué tal? —preguntó la escocesa con verdadero interés.

—¿Qué tal, qué? —pregunté confusa.

—Con Oliver. ¿Cómo fue el viaje?

Miré a mi alrededor y me encontré cuatro pares de ojos mirándome con expectación. ¿Qué insano interés tenían aquellas chicas por saber de mi patética excursión con aquel idiota?

—Bueno, no puedo decir que fuera el mejor trayecto de mi vida. Ese tipo fue de lo más… de lo más… maleducado. Menudo imbécil.

¡Mierda! Me traicionó el subconsciente. Es que era pensar en ese tipo y salir lo peor de mí. Busqué con la mirada algo de comprensión y lo que hallé fueron cuatro bocas desencajadas junto a sus rostros sorprendidos por mis palabras.

—Entonces era verdad… —susurró Mar en voz alta.

Se miraron entre ellas y volvieron sus ojos de nuevo hacia mí, estallando en sonoras carcajadas. Desconcertada y hasta un pelín mosqueada por no saber cuál era el chiste, pregunté qué era tan gracioso.

—Dicen por ahí que llamaron a Oliver para que fuera a buscarte mientras estaba en pleno… en pleno arranque de lujuria y desenfreno… ya sabes… Vamos, que le dejaste con la artillería preparada y sin poder disparar —contestó entre risas Mar.

—No hagas caso de estas alcahuetas. Todas las mujeres de este pueblo están locas por él… —afirmó Violeta.

Las chicas volvieron a estallar en sonoras carcajadas y yo intenté asimilar la información. Si aquello era cierto, la verdad es que tenía su gracia. Ahora entendía la mala leche que se gastaba el tipo. Si venir a recogerme le había supuesto cortarle el rollo en plena faena no me extraña que reaccionara así, aunque no era justificable que las pagara conmigo. ¡Yo qué culpa tenía! Pero era cierto que ahora, pensándolo en frío, la escena era cómica, yo pensando en mi maleta y él cabreado porque había frustrado un encuentro erótico-festivo. Lo que más me sorprendió, no obstante, fue saber que todas las chicas suspiraban por sus huesitos. «¿Cómo alguien puede estar loca por ese… ese imbécil?», me pregunté alucinada.

Me uní a la fiesta de risas y salimos corriendo hacia el café cogidas de los brazos cuando una fina lluvia comenzó a caer.

La noche fue divertida. Una vez en el café, las chicas se encargaron de presentarme a todo el que allí se encontraba. Se unieron a nosotras un grupito de cinco jóvenes más, Pete, Erin, Charlie, Eric y… bueno, aunque soy buena para los nombres, era imposible acordarse de todos ellos. Casi todos eran vecinos del pueblo y se dedicaban a negocios relacionados con el turismo que, por lo visto, era el principal sustento del lugar.

Hablamos, nos reímos y disfrutamos de buenas conversaciones y buena música. Cada viernes y cada sábado, un grupo musical tocaba por las noches en el local, invadiendo de versiones acústicas de canciones actuales y de música autóctona las frías noches escocesas. No fue difícil mimetizarme con aquellas personas y cantar a viva voz algunas de las canciones cuyas letras me eran conocidas, afortunadamente. La transformación de aquella cálida cafetería en un *pub* lleno de vida me sorprendió y gustó a partes iguales. Tras dos cervezas y animada por el ambiente, acabé en un rincón hablando con uno de los chicos del segundo grupo que se había unido a nosotras, un tal Eric. Un chico rubio de ojos color miel y gran sonrisa, lleno de pecas y con una cicatriz en la ceja que lo hacía muy sexi. Me pareció además de guapo, agradable, y no había que ser muy lista para saber que yo también le había caído bien. No era mi intención liarme con él, desde luego pero, ¿qué había de malo en dejarse querer? Debido al bullicio y la música, Eric se acercó para no tener que hablarme a gritos y posó su rostro cerca de mi oído. No recuerdo ni lo que me preguntó, la verdad, porque por encima de mi hombro, le vi. Estaba sentado en el mismo lugar en donde le había visto por la mañana, al final de la barra, con una cerveza en la mano y mirándome fijamente con aquel ceño fruncido exasperante. Oliver.

Intenté aguantarle la mirada retándole. Si se tomaba la libertad de mirarme con tanto descaro, yo tenía el mismo derecho a hacer lo mismo. «Pero, ¿qué más me daba si me miraba o no?», me gritó mi subconsciente.

Aparté la mirada en el mismo momento que el rostro de Eric se interponía en mi campo de visión.

—Digo, ¡si quieres algo de beber! —gritó Eric con su gran sonrisa por bandera.

—Oh, perdona. No te había entendido. No, será mejor que no beba más por hoy, mañana tengo trabajo y lo último que necesito es tener resaca.

—Como quieras —respondió el muchacho dejando caer su mano sobre la mía—. Si quieres, puedo acompañarte de vuelta dando un paseo.

«¡Ay madre! ¡Que este quiere rollo!», pensé.

—No, no te preocupes, he venido con las chicas y será mejor que vuelva con ellas —me apresuré a decirle.

—¿Estás segura? —preguntó mientras acariciaba el dorso de mi mano con sus dedos y me miraba fijamente.

Que sí, que el chico era guapo y en otras circunstancias oye, ¿por qué no? Pero ser consciente del escrutinio del imbécil, como imaginaba que estaba haciendo, me cortaba mucho el rollo.

—Mira, he cambiado de idea, acepto esa última cerveza.

Eric, sorprendido, enarcó las cejas, pues no era la respuesta que esperaba, pero al instante su semblante pareció conformarse con mi decisión y no dar por perdida la noche todavía. Sonrió y se dirigió entre el gentío hacia la barra, en donde yo puse mis ojos esperando encontrar los de Oliver escrutándome. Ilusa. El *imbécil* ya no tenía ojos para mí, ahora se centraban en la morena que tenía amarrada a su cuello como un koala y que le mordisqueaba la oreja sin ningún pudor. Él posaba su mano libre en el culo de la chica, mientras en la otra sostenía una jarra de cerveza. Me fijé en la chica, a la que tenía de espaldas, y me dio rabia. No por ella, pobre, sino por él. Me había molestado que me observara sin ningún tipo de vergüenza y ahora… Y ahora ¿qué, Elva? ¿Qué me importaba a mí lo que ese tipo desagradable hiciera? Intenté apartar mis pensamientos de Oliver y me uní a mis nuevas amigas en la mesa de al lado, en donde Violeta me observaba con cierta curiosidad mientras Eric, un poco decepcionado por la falta de intimidad, volvía con las cervezas.

Volvimos al hotel cerca de la medianoche. A Eric, aunque insistió en acompañarme de nuevo, le despedí en el café junto al resto del grupo y Mar, Violeta y yo nos pusimos en marcha apretujadas unas contra las otras para darnos calor, aunque el alcohol había hecho mella y casi estuvimos a punto de partirnos la crisma en dos ocasiones. Quedamos en volver a repetir otra noche y me fui a dormir. Estaba cansada, pero contenta. Había hecho nuevos amigos, de nuevo me había sentido apetecible para el sexo opuesto, cosa que ya creía que no iba a suceder jamás, y me sentía a gusto allí, entre gente joven, lejos de mi hogar pero cerca del de Connor. Suspiré, casi vencida por el sueño, y me alegré de que mi último pensamiento del día fuera para él, para mi *highlander*.

XVIII
৩৵৩

—¿En qué piensas, Cascabel? —me pregunta Connor.

Abro los ojos y le miro. Está sentado bocarriba, con la cabeza apoyada sobre uno de sus brazos. Yo, a su lado, me he acurrucado sobre el tartán que uso de manta, cerca del fuego que Connor ha encendido a nuestra llegada, y he intentado hacerme la dormida, aunque por lo que veo, sin éxito. Hace una hora más o menos que hemos parado para descansar y pasar la noche lejos del bosque, arropados por las rocas y la maleza de un llano.

—¿Cómo sabes que no duermo? Eres desesperante. ¿Tienes el poder de leer la mente o algo así? —le respondo molesta.

—¿Por qué estás enojada ahora? Lo sé porque no dejas de moverte, y respiras con aceleración. Cuando uno duerme plácidamente respira con más tranquilidad.

Tiene razón, de nuevo. ¿Por qué me estoy volviendo una vieja cascarrabias? ¿No debería estar feliz y contenta por estar con él aunque sea en sueños?

—Perdona, estoy algo nerviosa y confusa.

Connor se gira y nuestros rostros se quedan fijos el uno contra el otro a varios centímetros de distancia.

—Cuéntame que es lo que te aflige, somos amigos ¿no?

—Es una tontería, te vas a reír si te lo cuento. Vas a pensar que estoy loca.

—Muchacha, si a estas alturas no lo he pensado, créeme cuando te digo que ya nada puede sorprenderme viniendo de ti.

Tengo ganas de contarle lo que me ocurre y preocupa, de todas maneras, es la única persona en el mundo que podría comprenderlo, dado que vivimos juntos la experiencia más extraordinaria que alguien haya podido vivir. *Cierro los ojos, cojo aire y con todo el arrojo del que dispongo en este momento, me lanzo a expresarle mis temores.*

—A ver, estoy algo confusa con todo esto. Me explico. *Desde que te marchaste, he soñado contigo algunas veces, no lo niego, pero siempre con algo relacionado con el tiempo que pasamos juntos.* Pero, desde que he llegado a Escocia, esos sueños han vuelto, pero, esta vez, son muy diferentes. —*Connor me mira con curiosidad y me insta a continuar con un gesto*—. ¿Te das cuenta de que te estoy diciendo que soy consciente de que estoy soñando, dentro de un sueño?

—Cascabel, lo entiendo pero no comprendo a dónde quieres llegar.

—Cada uno de estos sueños es de lo más real, pero puedo controlarlo. Puedo ser libre de decir y hacer lo que quiera en ellos, Connor. En los sueños no se puede hacer eso, ¿entiendes? Además, sé que estoy soñando y sé que en este momento estoy durmiendo en la cama de un hotel de Tighnabruaich, y que mañana me levantaré e iré a tu casa, a Stonefield, y que el lunes empezaré a buscar información sobre ti para que don Rafael pueda escribir el libro de El Laird hechizado.

—¿El Laird hechizado? ¿Así es como me llamarán en el futuro? Uhmmm... me gusta.

—Escucha —*insisto para que ponga atención*—. He conocido a algunos de tus descendientes, Connor, al futuro de tu clan. Este sueño, como los anteriores, se terminará y el próximo continuará en donde lo hayamos dejado. Es como una serie, como si yo fuese la protagonista pero no supiese lo que pasa ni a dónde me llevas. Que, por cierto, espero que me digas en algún momento adónde narices me llevas. Pero lo extraño no es todo eso, lo extraño es que estoy aquí y ahora, contándotelo. ¿Lo entiendes?

—Sí, supongo que es algo singular, eso te lo concedo —*contesta frunciendo el ceño.*

Ese simple gesto me trae a la memoria el rostro de una persona que suele hacerlo constantemente. ¡Por el amor de Dios! ¿Hasta en mis sueños ese maldito imbécil tiene que colarse? Me llevo las manos a la cabeza y deseo con todas mis fuerzas que la imagen de Oliver desaparezca de mi mente. «¡Fuera, fuera!», balbuceo cerrando los ojos con rabia como si así pudiese desterrarle de mi pensamiento.

—Elva, ¿qué estás haciendo?

He olvidado por un segundo que Connor sigue a mi lado, y ahora me mira con verdadera preocupación.

—¡Ayyyy! He conocido a un tipo insufrible y no me lo puedo sacar de la cabeza, aparece en mi mente cuando menos me lo espero. ¡No voy a dejar que te metas también en mis sueños! ¡Sal de mi cabeza! –digo al aire como si Oliver pudiese escucharme.

—Y, ¿qué tiene de especial ese hombre para que pienses continuamente en él?

—¿De especial? Nada. Es guapo sí, pero un borde y un prepotente, y un... y un... imbécil.

Le cuento todo lo referente al tal Oliver, desde mi llegada a Escocia hasta lo de esta noche en el Café de Elliot. Connor me escucha con interés y, cuando termino la retahíla de adjetivos nada simpáticos que he soltado sobre el barbudo escocés, lanza una sonora carcajada al aire, cosa que me pone de muy mala leche.

—Y, ¡¿ahora qué te hace tanta gracia?!

—Elva, Elva... Muchacha, qué poco sabes de los hombres –atina a decir entre hipos producidos por la risa.

—No vengas a darme lecciones ahora, que a ti tampoco te ha ido nada bien con las mujeres –replico con sorna.

—Ay, Cascabel. Realmente, ¿es aversión lo que sientes por él? ¿Por qué muestras tanto interés por un hombre que no te importa nada? Quizá te ha marcado de algún modo más profundo de lo que estás dispuesta a aceptar.

—¿Qué quieres decir? ¿Que me gusta ese idiota? Connor Murray, creo que es hora de que vayas a dormir, o de que yo lo haga, o de que se termine este sueño –zanjo exasperada.

—En cualquier caso, me gusta si tiene las agallas de retarte. Le compadezco –susurra entrecerrando los ojos–. Presagio que este viaje va a ser más entretenido de lo que esperaba.

—¡Judas! –escupo encendida por el cabreo y la decepción.

Ya sea en el siglo dieciocho o en el veintiuno, todos los hombres son iguales. Me di la vuelta dándole la espalda y cerré los ojos hasta que conseguí calmarme y el sopor se apoderó de mi cuerpo. Lo último que recuerdo, antes de perderme entre las brumas del sueño, es el crepitar de las ramas en el pequeño fuego mezclado con la risa contagiosa de Connor.

Me desperté cerca de las ocho de la mañana con una sensación de angustia y malestar. No se trataba de resaca, puesto que no me había pasado con las cervezas la noche anterior, pero temí, en cuanto recordé antes de que se desvanecieran algunas de las imágenes del sueño con Connor, que mi mala leche no había desaparecido con él. Fui al baño a lavarme la cara, me miré al espejo y estaba hecha un asco. El pelo enmarañado, las ojeras pronunciadas y un olor a compañerismo que casi me tira para atrás me alertaron de que era el momento de pegarme una buena ducha. No había nada que me desconcertara más que empezar el día torcido, y más sin motivo aparente. Bueno, sí había un motivo, pero era una locura como todas las que tenían relación con Connor. Me metí en la ducha esperando que el agua caliente y mi jabón de violetas se llevaran el mal karma con el que había comenzado el día y, precisamente, ese en concreto, era el de la gala contra el cáncer en Stonefield.

Bajé a desayunar enfundada en unos vaqueros, una camisa de cuadros y una chaqueta de punto que me llegaba hasta las rodillas. Violeta, con mejor cara que yo, me indicó que don Rafael por fin había salido de su encierro, y que lo encontraría en el salón junto al ventanal. Pero sinceramente, no me apetecía lo más mínimo enfrentarme al hombrecillo. Me conocía bastante bien, y en los días que me levantaba con el pie izquierdo, era mejor no cruzarse en mi camino, porque sí, Elva Mota con los cables cruzados podía liar la marimorena. Así que pedí a mi nueva amiga si me podía preparar algo caliente para llevar, con la intención de tomarlo mientras daba un paseo por la orilla del lago. Ella asintió intuyendo que algo no iba bien, y me instó a esperarle en el saloncito principal hasta que me trajera un tentempié.

Diez minutos después me encontraba sentada en una roca, comiéndome un sándwich y bebiendo un té caliente. Aquella tranquilidad apaciguaría mi inquietud. Intenté relajarme y quitarme del cuerpo aquel mal rollo con el que me había levantado. Tan sólo llevaba en Escocia tres días y parecía que llevara tres semanas. Necesitaba centrarme en mi trabajo, que no era otro que conocer el pasado de Connor y dejarme de tonterías que me afectaran emocionalmente y que me apartaran de mi misión. Con lo que no contaba era con los dichosos y extraños sueños con mi *highlander*, que me tenían realmente desconcertada. ¿Qué significado tendrían? ¿A dónde nos dirigíamos con tanto misterio? Suspiré perdiendo la vista en el horizonte, en donde ya se levantaba la bruma para dar paso a los primeros rayos de sol de aquel fresco e importante día. La gala en Stonefield iba a ser todo un acontecimiento, y me prometí que, como tal, lo iba a disfrutar.

Al final, el malestar con el que había amanecido se fue evaporando conforme el día avanzaba. Don Rafael, lejos de estar arisco, se mostró muy amable y calmado durante la comida, incluso se disculpó por su ausencia el día anterior. Hablamos sobre el plan de trabajo y le expuse mis comentarios al respecto, que él escuchó con atención. Me explicó el tipo de fiesta a la que asistiríamos y, esta vez con delicadeza, recalcó en varias ocasiones que se trataba de un evento de etiqueta, a lo que yo alegué que estaría a la altura. Luego se retiró de nuevo con la excusa de dormir un poco con el fin de estar descansado para la fiesta y me informó de que un coche nos recogería a las cuatro para dirigirnos a Stonefield, en donde haríamos noche si la fiesta se alargaba lo suficiente. Yo intenté también dormir un poco, ya que tenía la sensación de no haber descansado bien la noche anterior y aún guardaba un pequeño resquemor quemándome las entrañas, pero al final acabé cogiendo uno de mis libros y me zambullí por completo en su lectura. Cuando el despertador sonó a las tres, casi me da un infarto. Tuve una hora para arreglarme y puse todo mi empeño en estar lo más presentable posible para demostrarle a mi jefe que a pesar de mi desastrosa imagen, podía sentirse orgulloso de mí ante toda aquella gente. Así que con mi traje esmoquin de corte femenino, mi blusa de lentejuelas y mis taconazos, aparecí en la recepción del hotel, dejando a Anselmo, a don Rafael y a casi todos los presentes con la boca abierta. Noté de inmediato que el buen humor que mi jefe había exhibido por la mañana había sido un espejismo. Era evidente por su agrio gesto que no podía evitarlo, ese hombre... ¡era bipolar!

En el mismo momento en que el coche se detuvo ante el castillo de Stonefield, di gracias mentalmente a Marisa por haberme obligado a comprar aquel conjunto de fiesta tan bonito y elegante. Viendo los estilismos de las invitadas que descendían de sus carísimos y flamantes coches, comprobé que en esta ocasión le debía una y muy gorda.

Sin apenas mirarme, don Rafael bajó con ademanes de estrella de cine del Rover granate y se dirigió a la entrada. Yo le seguí, extasiada al ver la maravillosa fachada del castillo totalmente iluminada en tonos ocre como si de un cuento de hadas se tratara. Entramos en el *hall* tras aguardar en una pequeña cola junto a otros invitados que en ese momento se agrupaban en la puerta entregando sus invitaciones. Don Rafael hizo lo propio, indicando con un gesto repelente que yo era su acompañante y enseguida una pareja perfectamente uniformada con traje chaqueta y guantes blancos se adelantó para retirar nuestros abrigos. Una no está acostumbrada a tanta pomposidad y me sentí algo fuera de lugar, no obstante, la excitación que sentía en mi interior era máxima. Tan sólo esperaba no fastidiarla en un evento como aquel.

Si la entrada era espectacular, el *hall* no se quedaba atrás. Como en mi primera visita, estaba exquisitamente decorado con centros de flores frescas, blancas y violetas, combinadas con helechos de un verde tan llamativo que ejercían un contraste mágico junto a la cálida iluminación de las lámparas de araña. Enrolladas en las barandas de la escalera principal, guirnaldas de pequeñas flores nos daban la bienvenida a lo que parecía un gran jardín entre cuatro paredes. Desde luego, no habían reparado en gastos para embellecer más si cabía el fabuloso hogar de Connor, ya de por sí majestuoso.

Seguía observando boquiabierta cada detalle cuando mis pasos me llevaron por inercia hacia donde se dirigían algunos de los invitados. Me percaté de que había perdido de vista a don Rafael y me abrí paso entre la gente que esperaba paciente y sonriente su entrada triunfal en el salón. Le divisé delante de una mujer gruesa con un moño alto que lucía tal cantidad de joyas que parecía un árbol de Navidad. Sonreí ante la fantasía de que aquella mujer encorsetada como una morcilla en su traje caro, tropezara y cayera sobre él, aplastando con sus lorzas al hombrecillo impertinente. «Sólo son dos semanas, Elva, y volverás a España como si no hubiese pasado nada». Este hombre estaba sacando mi lado más psicópata.

Justo cuando le alcanzaba, la enorme señora movió la prominente cola de su vestido con un gesto exagerado y me empujó.

Resbalé, chocando fortuitamente contra algo duro y cálido que me dejó noqueada por un segundo, a lo que me aferré con los brazos abiertos para evitar caer al suelo y dar el primer gran espectáculo de la noche. «Esto te pasa por desear el mal», maldije para mis adentros.

Un carraspeo sonó por encima de mi cabeza avisándome de que quizá mi abrazo estaba durando más de la cuenta. Abrí los ojos poco a poco y encontré una de mis manos apoyada sobre un pecho robusto mientras la otra acariciaba un pañuelo malva perfectamente doblado que asomaba por el bolsillo de una chaqueta azul marino. Todo pareció detenerse. Aquel cuerpo me transmitió calma y me sentí arropada por una calidez que recordé de inmediato.

Mi mejilla descansaba sobre el centro del pecho de aquel desconocido como si ese hubiese sido su hogar natural. Un lugar tranquilo en el que descansar mientras escuchaba el batir de su corazón que, en ese instante, latía tan furioso como el mío. Un lugar en el que zambullirme en el enigmático y balsámico aroma que desprendía mi «salvador». Un aroma varonil, a madera, a algo dulzón y amargo a la vez. Embriagador. Me hubiera quedado allí pegada toda la vida de poder hacerlo.

El desconocido, que me sostenía por los brazos, se separó algo incómodo. Miré tímidamente a mi alrededor con la esperanza de que nadie se hubiese percatado del incidente y divisé a varios invitados que me miraban con curiosidad, ellos divertidos, ellas cuchicheando con asombro.

Me incorporé con la cabeza gacha, evitando mirar a la persona que me había servido de colchoneta, y que esperaba no hubiese visto mi cara de tonta al olisquearle.

—Bonito, ¿verdad? —me preguntó molesto, apartando mi mano de forma algo brusca del pañuelo y volviéndolo a dejar en su lugar. Fijó sus ojos en los míos y exclamó sorprendido—. ¿Tú?

Su voz profunda y masculina me hizo reaccionar y dirigí mi mirada hacia la suya. Unos enormes ojos azules que me embrujaron hasta el punto de impedir que mis palabras salieran de mi garganta me observaban perplejos. Aquellos eran los ojos más bonitos que había visto en mi vida. Pequeñas motas marrones salpicaban un iris azul verdoso que sólo se podía comparar con las aguas de las playas más paradisiacas. Sólo había una pequeña pega, esos preciosos ojos pertenecían al chofer imbécil que me condujo al hotel desde el aeropuerto la noche de mi llegada. Aun así, su mirada era hipnótica. Observé su rostro anonadada, ¡madre mía, lo que hacía un buen afeitado!

Embobada y conteniendo el aliento, me fijé en una pequeña peca que descansaba bajo su ojo izquierdo. Recorrí su rostro de piel morena, pasando por sus pronunciados pómulos y encontré otra casi en diagonal a la anterior. Por instinto dirigí mi vista hacia el lado derecho de aquel rostro casi perfecto, de nariz algo torcida y afilada, buscando una tercera, y allí estaba, pintada traviesa casi al final del ojo sobre la mejilla.

—Connor —exhalé con un suspiro, temblando por la emoción.

El imbécil frunció el ceño ligeramente, ladeando la cabeza sin entenderme, y sin soltarme de sus manos y algo sorprendido, volvió a preguntarme:

—¿Se encuentra bien?

Miré su boca no demasiado grande pero de labios carnosos y comencé a titubear mientras recorría una y otra vez su rostro, buscando alguna similitud más con la persona que esas tres pecas me habían hecho recordar. No, no podía ser cierto. De todos los hombres de Escocia, ¿por qué precisamente el imbécil tenía aquel especial rasgo de Connor? No podía ser que aquel tipo tan desagradable tuviera algo en común con mi *highlander*. Ni su pelo castaño claro, ni su piel morena, ni sus ojos… sólo aquellas tres pecas, colocadas de forma estratégica, eran iguales a las de mi escocés. Definitivamente, el destino es muy perro cuando quiere. Pero, ¿qué coño me había hecho ese hombre para quedarme con cara de pánfila, y lo peor, dejarme sin palabras? «Elva, deja de sugestionarte o vas a dar la nota», me dije.

En ese momento, otro hombre se acercó por su espalda y le susurró algo al oído que no entendí. Mi colchoneta trajeada me soltó como si mi tacto le quemara las palmas y se colocó bien la chaqueta con un ademán elegante, levantando la cabeza con aire señorial y evitando mirarme de nuevo.

—Discúlpeme, tengo que marcharme.

Y, efectivamente, introdujo sus manos en los bolsillos del pantalón y se alejó entre los invitados, caminando decidido con los hombros relajados y la barbilla recta cual modelo de pasarela.

Cerré los ojos y suspiré. La caída no había sido lo más vergonzoso, mi actitud ante el engreído chofer de porte aristocrático, vestido de forma impecable, recién afeitadito y guapo hasta rabiar, sí. De todos modos, y para no castigarme demasiado a mí misma, ¿el tipo no era un antipático con honores? Pero, ¿qué leches hacía entre tanta pomposidad un chofer? Seguramente era el conductor de alguno de los invitados. Me recompuse como pude, intentando no pensar en mi desafortunada entrada, pero algo me seguía preocupando. ¿Por qué recordé a Connor al ver a aquel maldito hombre de forma tan impulsiva?

Suspiré y me dirigí hacia el interior del salón, rezando para que don Rafael no me hubiese echado en falta, o como mínimo, no hubiese sido testigo de mi torpeza. Un camarero que pasaba por mi lado se detuvo para ofrecerme una copa y, sin dudarlo, y creyendo que aquel licor apaciguaría mi congoja, me la bebí de un trago. La deposité ya vacía en la bandeja ante la mirada impertérrita del camarero, y me dispuse a encontrar a don Rafael entre todo aquel gentío de alto postín.

Allí habría congregadas más de cien personas de diferentes edades y a cada cual más peculiar. Me llamó la atención el estilismo de las invitadas, cuanto más mayores eran, más recargadas tanto en sus vestidos como en sus complementos; al contrario de las pocas jóvenes asistentes que se limitaban a un estilo más minimalista y, no por ello, menos elegante. Algunos hombres vestían de modo clásico con el traje típico escocés de gala, el *kilt*. Otros llevaban esmoquin con un corte impecable. Ver tanto hombre en falda la verdad que era digno de disfrutar. Hasta resultaba cómico pensar en lo estereotipados que teníamos a los *highlanders*, pues creo que ninguno de los allí presentes se asemejaba ni de lejos a los protagonistas de los libros.

Y allí estaba yo, con mi traje chaqueta de Sarin's de doscientos euros, codeándome con lo más granado de la alta sociedad escocesa. Sonreí ante la comparación y me metí un canapé de salmón en la boca, cuando noté que me cogían con energía del antebrazo.

—¿Dónde diablos se había metido? —susurró entre dientes don Rafael, escupiendo sus palabras muy enfadado. Intenté contener mi mala leche ante las malas formas del hombrecillo, y pinté una sonrisa falsa en mi rostro mientras tragaba el canapé casi sin masticar—. Vamos, la familia nos está esperando.

Nos dirigimos a un lateral del salón donde un grupo de invitados rodeaba a la señora Hamilton, que disfrutaba de las atenciones y ejercía como perfecta anfitriona desde su silla de ruedas. Al vernos llegar, su expresión se llenó de alegría y extendiendo su mano, nos dio la bienvenida.

—Querida, estás preciosa. Me alegro de que hayas decidido venir.

Por inercia y porque así lo sentía, me acerqué y le di un beso en la mejilla, que ella tras la sorpresa recibió con agrado.

—Gracias a usted por invitarme, es una fiesta magnífica, la casa está preciosa.

—Ay, querida, hay que esforzarse para sacarle el dinero a estos ricachones. Pero sí, la casa reluce como en los viejos tiempos. —Miró con severidad a don Rafael, que ante mi acto espontáneo ya se había puesto de todos los colores, y dirigiéndose de nuevo a mí, la dulzura de su rostro retornó plácida y sonriente—. Acompáñame, querida, voy a presentarte a mi familia.

Con cuidado de no atropellar a nadie, las dos nos dirigimos hacia un gran ventanal como ella me indicó, mientras era saludada por todos los asistentes con los que nos cruzamos, y a los cuales fui presentada formalmente. Cerca de la ventana, una pareja charlaba animadamente mientras una chica joven se aferraba a su Martini como si fuera su gran tesoro. ¡Ostras! ¡Era la misma chica a la que había visto discutir el otro día en el jardín con aquel hombre! Me sorprendió que fuera a ella a quien la anciana Murray habló.

—Miranda, quiero presentarte a alguien, cariño.

La chica, rubia y con el clásico corte pixie peinado con ondas de agua y ataviada exquisitamente con un vestido largo de estilo años veinte, se acercó a nosotras con una sonrisa casi forzada, sin dejar de mirar de soslayo al hombre que la acompañaba y que seguía hablando animadamente con la otra mujer.

—Hola, abuela –susurró mientras le besaba.

«¿Abuela? ¿Es una Murray?», me pregunté sorprendida.

—Querida, ella es Elva Mota, la nueva asistente de don Rafael. Elva, te presento a mi preciosa nieta, Miranda.

Y realmente lo era, pero algo en sus ojos me anunció que ella no se sentía así.

—Encantada. –Y, por supuesto, me lancé y le solté dos sonoros besos ante su estupefacción.

—¿Asistente de don Rafael? –preguntó cuando se repuso de mi espontaneidad–. ¿Por fin Macarena se ha decidido a escapar de las garras del viejo? ¡Bien por ella! –celebró levantando su copa.

—Querida, no seas malvada ¿Qué va a pensar Elva de tu padrino? –le amonestó la anciana con una sonrisa irónica.

Miranda, algo nerviosa, buscó la mirada de su acompañante. Un hombre alto y pelirrojo, bastante atractivo, que seguía ensimismado con la mujer vestida de rojo. Una espectacular belleza morena y piel pálida de grandes ojos verdes a la que, sin duda, estaba más que encantado de atender. Intentó llamar su atención sin éxito y la noté angustiada.

—¡Benjamin, querido! –insistió.

El hombre, algo molesto por ser interrumpido, al percatarse de la presencia de Rosalind no dudó en cortar rápidamente la conversación y ofreciendo su brazo a la morena, ambos se dirigieron hacia nosotros, ella con actitud elegante y él con una sonrisa de oreja a oreja que dejaba ver su más que perfecta dentadura.

—¡Abuela! ¿Nadie le ha dicho lo preciosa que está esta noche? –la alabó quizá con demasiado ímpetu.

Rosalind asintió sin contestarle y fue Miranda la que rompió el halo extraño que se había formado en un instante entre ellos.

—Cariño, te presento a Elva Mota, la nueva asistente de don Rafael. Mi marido, Benjamin Lennox.

Aunque intentaba parecer cortés, noté cierta pesadumbre en su voz. No sé, mi intuición me decía que algo no andaba bien en esa pareja. Para eso tengo como un sexto sentido. Para mí no, pero cuando se trata de los demás soy casi una bruja. Mis genes gallegos, supongo.

—Vaya, encantado de conocerla. ¿Española? —me dijo mientras se inclinaba y cogía mi mano para besarla sin apartar sus ojos de los míos. —Quizá porque el beso duró más de la cuenta me sentí algo cohibida. Rosalind Hamilton tosió distraída y este volvió en sí saliendo de su encandilamiento y devolviéndome la mano que escondí tras de mí—. Discúlpeme. Es un placer tenerles en Stonefield, espero que puedan trabajar a gusto y disfruten de nuestras tierras.

Entonces caí. ¿Lennox? ¿Benjamin Lennox? ¿Era demasiada casualidad o el destino era muy cabrón como para emparentar finalmente a una Murray con un Lennox? Connor estaría revolviéndose en su tumba. La única referencia que tenía de los Lennox no era muy positiva precisamente, y tal como me había mirado el tal Benjamin, como si yo fuera carne fresca a la espera de ser devorada por un animal hambriento, no estaba segura de que aquel atractivo pelirrojo fuera digno de confianza. Vale, quizá estaba juzgándole sin razón, pero desde luego se veía a la legua que era un encantador de serpientes y que estaba encantado de conocerse. Fue el escuchar a un Lennox llamar *nuestras*, a las tierras de Connor, lo que me provocó un repentino nudo en el estómago.

—¿Al fin don Rafael se ha decidido a terminar el libro sobre el *Laird* hechizado? —me interrogó mientras daba un sorbo a su copa.

—Así es —contesté intentando ser amable.

—¡Bah! Esas leyendas son sólo tonterías que inventaron los habitantes del pueblo para dar gloria a su amo. Poco o nada debe haber de cierto en esos cuentos. Yo creo que ese hombre… ¿cómo decirlo? había perdido un poco el norte. —El tipo comenzó a carcajearse de manera hilarante, casi tétrica, pero ante semejante chiste desafortunado nadie le siguió la corriente. Rosalind estaba seria, Miranda simplemente miraba el suelo avergonzada y yo estuve a punto de decirle que como humorista no tenía futuro, pero como pedante, toda una carrera de éxito. Al notar el vacío calló, pero sin perder ese grado de superioridad que emanaba por todos sus poros—. De todos modos, si necesita cualquier información más sobre los antepasados Murray, como gestor de Stonefield estaré a su completa disposición.

—Se lo agradezco, aunque, afortunadamente, hay mucho material con el que poder trabajar —puntualicé para zanjar el asunto. Ignorante de la vida. ¿Leyendas? Connor no necesitaba que le inventaran cuentos para ser glorioso. Cualquiera que le hubiera conocido sería consciente de ello. Sonreí con educación, sin intención de continuar la charla por esos derroteros o acabaría liándola.

Benjamin reparó, entonces, en la persona que tenía a su lado, aquella mujer de melena negra como el carbón y belleza indiscutible, que se mantenía en silencio con una sonrisa en los labios.

—Oh, discúlpame, querida. Elva, ella es Laura Campbell, amiga de la familia y quién sabe si dentro de poco algo más… —anunció guiñándole un ojo a la susodicha.

—Un placer conocerte, Elva —dijo levantando su copa, dejando así claro que no iba a permitir que me acercara a ella ni por asomo.

Asentí y le aguanté la mirada por unos segundos. Me observaba fijamente, repasándome de arriba abajo sin ningún reparo. Era obvio que era hermosa, y tanto ella como su vestido rojo y caro me daban mil vueltas, pero no iba a permitir que aquella mujer me mirara por encima del hombro. ¡Acabáramos! Algo me dijo que Rosalind tampoco sentía devoción hacia ella, porque cuando la morena se le acercó con ese *glamour* innato y le dio un beso en la mejilla, esta le sonrió vagamente y enseguida volvió a centrar la atención en su nieta.

—¿Dónde se ha metido tu hermano? Aún no le he visto esta noche.

—No lo sé, abuela. Seguramente ya se habrá ido, ya sabes como odia estas cosas. Si me disculpáis, voy a por otra copa. —Se bebió su Martini de un trago y desapareció, dejándole el vaso con una mirada de desprecio a su marido.

Rosalind, atenta a todo, decidió que nuestra pequeña reunión social había llegado a su fin y, suspirando resignada, me instó a reunirnos de nuevo con el grupo en el que estaba mi jefe que, por cierto, estaba en su salsa haciendo alarde de su pedigrí aristocrático.

XIX

❦

Odio las multitudes. Si no hubiera sido porque la causa lo merecía, no habría asistido a la gala benéfica. Pero, obviamente, como nieto de la anfitriona y presidenta de honor de la fundación Moira Hamilton-Murray, nombrada así en homenaje a mi madre y destinada a la lucha contra el cáncer, no podía eludir mi responsabilidad. Sólo mi abuela y el abogado de la familia conocían el verdadero vínculo que me unía a la institución y, dado los problemas económicos de la familia, los recortes en sanidad y la huida masiva de patrocinadores, la organización corría el riesgo de desaparecer a corto plazo, dejando así a la planta de oncología infantil del Hospital Glasgow Royal Infirmary exenta de los recursos extra que tanto necesitaban. Mi presencia allí era inexcusable.

Mezclarme con aquella gente me revolvía el estómago y me producía una extrema ansiedad. Desde mi vuelta de América hacía unos meses y, a pesar de que había superado la gran mayoría de mis adicciones y malos hábitos, no había conseguido progresar en cuanto a relacionarme con el resto de la humanidad. Si bien había mejorado mucho en ese campo, aún me quedaban escollos que superar, recuerdos que olvidar y piedras que quitar de mi camino. Todos aquellos ricachones hipócritas, la mayoría provenientes de clanes de rancio abolengo como el mío, que ahora sonreían y veneraban a la abuela con sus perfectos trajes de gala y sus carteras llenas, fueron los que en su día dieron la espalda a mi madre, los que se avergonzaron de ella y acabaron compadeciendo a la abuela por haber tenido una hija drogadicta y un nieto que siguió sus pasos destrozando a la familia. No tuvo que ser fácil para ella aguantar los dimes y diretes, pero soportó estoicamente cada temporal de críticas como sólo ella era capaz, con la cabeza alta y sin perder ni un ápice de su elegancia y saber estar. Esa era mi abuela, Rosalind Murray. A veces me preguntaba cómo era posible que, tras ella, nadie de la familia hubiese heredado su templanza, característica en los Murray, su fuerte personalidad, y nos desviáramos por el mal camino. ¿Qué es lo que había fallado? Simplemente una cosa: el amor, el maldito y destructivo amor. ¡Cuánta desgracia había traído a mi familia! Mi madre tuvo una existencia muy dura desde que se enamoró de mi padre, un *playboy* que le sacaba quince años y que se acostaba con las hijas casaderas de media Europa. Aquello la llevó a una espiral de autodestrucción que acabó con ella, joven y enferma. Nunca fue capaz de dejar de amar a aquel hombre que le había hecho tanto daño. Yo casi sigo su camino años después, pero huyendo de todo lo que significara amor y cariño. El ejemplo de mis padres era lo bastante penoso como para mantener ese sentimiento lo más lejos de mí. Algo que producía tanta dependencia no podía ser bueno. Al final, tras llegar a la conclusión de que hurgar en el pasado no era más que traer al presente demasiado dolor, decidí olvidar el tema y aquel remordimiento que me perseguía desde hacía años y que me ponía de muy mala leche.

Al principio, la fiesta fue como ya había presagiado, un teatro de sonrisas falsas y buenos deseos entre la alta alcurnia escocesa y un servidor; exalcohólico, exdrogadicto, exjugador, y todos los ex, habidos y por haber. Saludé por obligación a varias personas y a la mínima que pude me ausenté bajo pretextos convincentes. La mirada reprobatoria de mi hermana Miranda me siguió por todo el salón mientras intentaba escabullirme de conversaciones banales que nada me importaban. El plan era sencillo: hacer acto de presencia, dar la bienvenida a los invitados y desaparecer. Sí, era un tipo bastante antisocial y no me sentía orgulloso de ello, pero haría un esfuerzo por la causa, por la abuela, y porque era necesario para mis propósitos recuperar el legado de mi clan, ahora en manos de ese desgraciado que tenía por cuñado. Por un breve instante, creí que todo iría bien.

Y lo fue hasta que aquella chica histriónica, torpe y cabezota del aeropuerto, la nueva ayudante de don Rafael, chocó contra mí en el *hall*. Para ser una extraña, me hacía sentir una incipiente curiosidad por ella que me tenía desconcertado. Aparentemente, tras nuestro primer encuentro, me resultó una chica normal, del montón. De media estatura, delgada y con una melena color castaño abundante y algo rebelde, mirada singular y boca pequeña pero sugerente. Pero había algo en su rostro que la hacía de diferente a todas las mujeres que había conocido hasta ese momento. Algo indescriptible que la envolvía en un halo misterioso. Soy buen fisonomista y tengo un don especial para el lenguaje corporal. Aprendí a observar y analizar a la gente durante mi época de jugador de póquer en los bajos fondos de Glasgow. Me relacionaba con gente de muy dudosa reputación y tuve que aprender a fingir y a anticipar acontecimientos para no perderlo todo, incluso la vida. Tenía dos cosas muy claras respecto a esa chica. Una, que ocultaba algo, sabía reconocerlo al instante ya que en eso yo era un profesional. Y dos, que después de verla bajo la lluvia plantándome cara, inexplicablemente, me había puesto cachondo como un colegial. «¿En qué coño estás pensando, Oliver?», me dije apartando su imagen de mi mente. Era pensar en ella y excitarme.

Reconozco que aunque era una posibilidad, no esperaba encontrarla en la gala. Es más, con un poco de suerte, para cuando ella llegara yo ya me habría ido a la cabaña del castillo que uso como vivienda cuando no estoy en Tighnabruaich a cargo de mi hotel. No era mi intención mantener ningún contacto con esa chica, que aunque despertaba en mí sensaciones contradictorias, no tenía nada que ver conmigo. Desde hacía tiempo había decidido no implicarme con la gente, evitar cualquier relación afectiva ajena a mi círculo, compuesto por mi familia, mi amigo Elliot y Laura Campbell, la única mujer a la que abría una pequeña puerta de mi vida por mero placer sexual.

Pero como siempre, fui un idiota. Murphy, que tiene fijación por llevarme la contraria, la estampó contra mi pecho aquella noche, haciendo que aquel olor a flores se metiera por cada uno de mis poros y me dejara literalmente hechizado por el aroma que desprendía su cabello. Sin duda alguna, aquella chica me turbaba. Tenía la capacidad de romper la frialdad con la que me protegía y llegaba hasta el límite de derretirme por sus huesos. Aquello era muy preocupante. No entendía el motivo por el cual esa mujer de ojos verdes pardo me afectaba tanto. Había entrado en mi vida sin avisar, sin ser invitada y sentí algo parecido al miedo. Hacía mucho tiempo que mi cuerpo no sentía con libertad, que no me dejaba llevar por las sensaciones, y no iba a permitir que eso cambiara. Ni por ella ni por nadie. Me había costado mucho enderezar mi vida como para volver a bajar mis defensas por una mujer. El amor es debilidad, las relaciones afectivas me producen inseguridad. Y en mi afán de no volver a ser frágil y recuperar una vida que nunca tuve alejado de malos rollos, decidí apartar de mi vida todo aquello que me hiciera sentir. Era la opción más válida para superar mis miedos. Soy un cobarde, lo reconozco, pero huir es lo único que puedo hacer.

Pero ¡es preciosa! Rodeada de una aureola brillante y especial, y aquel olor a flores… «Dios, ¡esto es una tortura!», masculle para mis adentros.

En cuanto fui consciente de que era ella la que respiraba pausadamente contra mi pecho, como si estuviera moldeado para acogerla con calidez, como si fuese su casa, me asusté. Aquello me hacía sentir bien, demasiado bien. Reaccioné como siempre hago, a la defensiva y siendo menos agradable de lo que me gustaría, pero era necesario para apartarla de mí. Me sentí desnudo cuando sus ojos recorrieron cada centímetro de mi rostro con deleite y sorpresa. ¿Qué le ocurría? «Ah, la barba», me dije. La abuela me había obligado a afeitarme, y no es que me sintiera muy cómodo. Me había acostumbrado a esconderme tras ella y ahora me sentía debilitado, como Sansón sin su melena. Y estaba seguro de que aquella insignificante y extraña mujer acabaría por ver mi alma negra si se lo proponía.

La aparté, instalándose entre nosotros un vacío frío y doloroso, y la observé con curiosidad. Ella seguía mirándome fijamente, en silencio, absorta como un niño cuando ve Disneyland por primera vez. Sentí un deseo incontrolable de apresar sus pequeños labios entre los míos, de volver a abrazarla hasta que se fundiera conmigo. Aquel olor embriagador, aquellos ojos dulces, su boca... pero entonces dijo algo que me devolvió a la realidad de un bofetón, «Connor».

¿Me había llamado por el nombre de otro tío? ¡¿Quién coño es Connor?! Una extraña indignación recorrió mi cuerpo de pies a cabeza hasta detenerse en mi pecho, en donde mi corazón comenzó a latir con celeridad produciendo que mi sangre hirviera, preso de... ¿los celos? «Huye, Oliver, huye», me gritó mi conciencia. No salí de mi asombro hasta que Perceval, el secretario de la familia me susurró al oído que Laura me esperaba en la biblioteca. Decidí aprovechar ese instante para salir de allí como alma a la que le persigue el diablo, con el corazón batiendo a mil por hora, como mis pensamientos.

Al llegar a la biblioteca, Laura me esperaba apoyada en el respaldo del gran sofá con una copa en la mano, tan sensual como siempre. La observé con ojos hambrientos desde la puerta, que cerré a mi espalda con llave, conocedor de hasta dónde me iban a conducir mis instintos primarios. Ella se incorporó y se acercó con ese movimiento de caderas que me había vuelto loco tiempo atrás, y balanceando su larga melena oscura sobre su espalda desnuda. He de reconocer que aquel vestido rojo era imponente, y no tuve opción. Mi cuerpo reclamaba atención, y ella era la única persona con la que podría dar rienda suelta a esa repentina combustión que corría por mis venas.

Laura, acostumbrada a dar ella el primer paso, acogió con sorpresa y entusiasmo mi arrebato y acabamos follando fuera de control sobre el sofá de cuero marrón frente a la chimenea. Laura era una amiga de la infancia, compañera de correrías de juventud y madurez igual de triste que la mía. Casada y divorciada en dos ocasiones y con una propensión a meterse en problemas más alta que la media. Todo lo que tenía de guapa lo tenía de problemática, pero era la única persona que podía comprenderme, éramos iguales. Hemos estado yendo y viniendo durante muchos años, y nuestra relación se reduce a una amistad con derecho a follar como salvajes de vez en cuando. Nada de ataduras, nada de sentimientos, nos necesitamos para aplacar a las bestias que llevamos dentro, nada más.

Pero en esa ocasión, mientras la penetraba, lamía sus pechos y jadeaba contra su cuello no pensaba en ella… ese día no. La imagen de esa española frágil pero con lengua afilada aparecía ante mis ojos en cada envite, llevándome al éxtasis imaginando que el cuerpo en el que estaba hundiendo mi hombría y los ojos oscuros que me miraban colmados de deseo no eran de Laura, sino suyos. Me sentí avergonzado, pero no se lo hice saber a mi compañera de cópula. De nuevo una ola de sentimientos contradictorios invadió mi mente. Había sido uno de los polvos más increíbles de mi vida, pero también el más ruin. Laura no era perfecta y teníamos un acuerdo de no involucrarnos más allá del aspecto sexual, pero no se merecía que la hubiese usado de aquella forma. «¿Qué tenía aquella chica española que me había hecho actuar así? ¿Qué había hecho que bajara la guardia e irrumpiera así en mi vida?», me pregunté inquieto mientras recompuse mi ropa de pie frente a la chimenea.

—Cariño, no sé qué te ha ocurrido pero me ha encantado —susurró Laura en mi oído satisfecha.

No quise contestar, ni siquiera me di la vuelta mientras ella acababa de vestirse. Sólo cuando me abrazó por la espalda y lamió mi oreja con su lengua hice un ademán con el hombro para que cejara en su intento de volver a seducirme.

—Si estás lista vete, te veré en la fiesta.

Mi tono no fue amable, sino seco y cortante. Laura que me conocía lo suficiente para saber cuándo debía apartarse, no me pidió ninguna explicación. Mi actitud le había desconcertado tanto como a mí, pero por diferentes motivos, así que tras bufar enfadada y llamarme capullo, se marchó al salón, dejándome mientras me preparaba una copa. Me quedé solo frente al fuego, con la imagen de aquella chica repelente marcada en mi retina y su aroma a flores adherido a mi chaqueta invadiendo mis sentidos.

XX

❧❧

La gala estaba siendo un éxito, no era una fiesta al uso. No hubo cena, ya que se trataba de un servicio de *Finger Food*, el picoteo de toda la vida vamos, que facilitaba la relación entre los invitados formando grupos en los que se trataban temas desde política hasta los asuntos más nimios. Un cuarteto de cuerda amenizaba la velada con composiciones de Haydn y Mozart, según me indicó mi anfitriona y, sinceramente, formar parte de aquello era maravilloso.

Apenas me separé en toda la noche de Rosalind y don Rafael, y me limité a escuchar y observar cada detalle de lo que allí ocurría. La anciana, haciendo gala de ser una anfitriona fantástica, me presentó a todas y cada una de las personas que habían asistido, bajo la atenta mirada de don Rafael, que con su copa de vino en una mano y la otra posada en su espalda como un auténtico *gentleman* nos acompañaba de un lado a otro en silencio. Según me comentó la anciana, el plato fuerte vendría más tarde, en la subasta benéfica en la que se pujaría por objetos y arte cedidos por personajes influyentes de la zona. También una pequeña actuación en honor al clan, una escenificación de la historia familiar acompañada de la música y cantos de un bardo. La verdad es que verme allí en medio de semejante acto me emocionó, y más siendo la recaudación para la causa que era. Si ya la enfermedad era dura, en niños me parecía horrible. Crucé los dedos, rezando por no tener que sufrir en primera persona la pérdida de un ser querido por esa causa y decidí pensar en otra cosa.

Tras casi una hora sin apenas descansar de tertulia en tertulia, las plantas de mis pies comenzaron a arder, necesitaba un lugar en donde sentarme un momento, quitarme los zapatos y tomar el aire, pero claro, yo era la novedad del encuentro, y no hubo manera de esquivar conversaciones ni preguntas por parte de algunos invitados.

Aproveché una animada conversación que mis acompañantes mantenían con un grupo de personas para disculparme y ausentarme un ratito. Busqué una salida al exterior desde mi posición, y me dirigí hacia los ventanales que daban al jardín, por donde vi desaparecer a algunos caballeros, que seguramente, se escapaban a fumar sus regios puros.

Efectivamente, había pequeños grupos de hombres en falda, apiñados junto a un cenicero, mientras conversaban y echaban humo como chimeneas. No sé vosotros, pero yo nunca he podido soportar el olor a habano, me tumba. Ni en las bodas. Bueno, menos en la del primo Pablo cuando apenas era una adolescente, en la cual me fumé uno entero y pillé tal castaña que casi tienen que hacerme un trasplante de pulmones.

Me aparté de la humareda y ese nauseabundo olor antes de que se me adhiriera a la ropa, y aguantando el tipo para disimular el dolor de pies, anduve por el caminito de piedras que separaba la casa del jardín y la bordeé hasta llegar a un lugar más tranquilo.

Encontré unos bancos de piedra presidiendo una senda que se dirigía hacia el nivel inferior de los jardines, y allí, en la más completa soledad, me quité los zapatos y dejé a mis maltrechos dedos campar en total libertad. Un suspiro profundo y lleno de alivio me hizo cerrar los ojos por la sensación de verme liberada de los grilletes de tortura que eran esos zapatos.

Disfrutaba del momento con las piernas descansadas sobre ellos, y la cabeza hacia atrás cuando un carraspeo me arrancó de mi comodidad. Pegué un respingo y me encontré con Benjamin

Lennox con su traje de gala escocés mientras fumaba un pitillo y no dejaba de observarme.

—Veo que los tacones no son lo suyo —afirmó sonriente.

—Me temo que no —contesté turbada por su imprevista presencia. Intenté calzarme pero se me habían hinchado los pies y si volvían a entrar en los zapatos dolerían, estaba segura.

—Esa magnífica obsesión femenina por lucir maravillosas... He de admitir que me resulta de lo más placentero en una mujer. Si me permite...

Apenas había parpadeado, cuando Benjamin se había agachado y tenía en su mano uno de mis pies. Lo acarició de una forma suave y comenzó a masajearlo. Yo no respiraba, me encontré petrificada ante un hombre realmente atractivo en las distancias cortas, con su voz melosa pero varonil, con su mirada gélida, pero aquella sonrisa embriagadora que podría hacer derretir un iceberg si quisiera. Ah, y casado.

Era guapo a rabiar y él lo sabía. Alto y elegante, con unos ojos azules que entrecerraba con picardía, y unos labios finos y sensuales con los que realizaba una mueca de suficiencia, sabedor del efecto que producía entre las mujeres. Benjamin era la definición exacta e inequívoca del hombre *granada*. Excitante y peligroso. Vamos, salvo que una fuera ciega, este hombre llevaba la palabra peligro tatuada en la frente.

—¿Conocía Escocia, Elva?

—No —confirmé con dificultad.

Mi sentido común se puso en alerta máxima cuando el cosquilleo que atravesó mi cuerpo hasta instalarse en mi pecho me anunció que aquello no me desagradaba del todo. Esa situación era rara, muy rara, y debía acabar con ella ya, antes de crear algún malentendido.

—Me encantaría poder enseñarle nuestras tierras con más detalle en su tiempo libre, si le parece bien. Hay lugares realmente extraordinarios que debería visitar y que no están en las guías de viaje. Yo podría enseñárselos si quisiera...

Esta última frase la dijo arrastrando las palabras, hasta hacer su voz de lo más arrebatadora y sensual, mirándome fijamente a los ojos, presuponiendo que mi cara de flipada era toda aceptación. En serio, ¿este tío está intentando ligar conmigo? ¿Así?

¿Sin cortarse un pelo? Inaudito. Me sentí halagada pero aquello no estaba bien. ¡Por dios, no quiero líos ni de coña!

Aparté la mirada y el pie de aquel encantador de serpientes, que sí, era un hombre muy atractivo y que tenía un don especial para la seducción, de eso estaba segura, pero no dejaba de ser el marido de la nieta de mi anfitriona, casi familia de mi jefe y, para colmo, un Lennox. No me gustó el juego que me proponía iniciar con él. Un hombre casado que tontea así con una desconocida en una fiesta en casa de la familia de su mujer, como que no es de muy fiar, ¿no os parece? Marisa ya se lo habría tirado entre los arbustos, porque ella era así, impulsiva y visceral, pero yo no, yo estaba allí para trabajar, para saber más sobre Connor, no para meterme en problemas con un tipo casado.

—Ah, estás aquí.

Miranda nos observaba desde la senda de piedra con una copa en la mano y la mirada puesta en su marido que aún seguía agachado. Benjamin me miró y noté su desagrado ante la interrupción, que a mí me vino de maravilla para retirarme y calzarme a toda pastilla.

—Deberías entrar, hace frío y podrías enfermar —le contestó Benjamin con frialdad, mientras se incorporaba y arreglaba con elegancia su indumentaria.

Ella, inmóvil y con una expresión inclasificable, seguía mirándole fijamente, situación que me puso muy nerviosa al instante. Decidí que tenía que salir de allí como fuera.

—La abuela nos espera, en breve comenzará la subasta —informó Miranda, sin emoción alguna en la voz.

Aproveché la tesitura y me despedí de Benjamin con un gesto. Había algo en el ambiente que no me gustaba, se podía cortar la tensión con un cuchillo y no quería ser parte de aquello. Ni me importaba ni me interesaba verme envuelta en una discusión marital.

Mientras yo enfilaba el camino empedrado en busca de la entrada al salón, con la firme proposición de huir de aquella situación extraña, empezó a llover. ¡Mierda! Me quedaban apenas quince metros para llegar a mi destino y no había ni un puñetero resquicio en donde resguardarme del inesperado chaparrón. Me encantaba la lluvia, no soy de esas personas que la odian ni nada por el estilo, pero en otras circunstancias, no subida a unos tacones de diez centímetros y con un traje que me había costado un riñón. Pensé en mi pelo, fan absoluto del encrespamiento, y decidí meterme en la casa por la primera puerta que divisé. Ya encontraría el salón, lo importante era huir de la lluvia para evitar parecer un pelocho.

Me encontré en una estancia casi a oscuras, sólo iluminada levemente por el fuego del hogar dispuesto frente a mí. El cambio de temperatura era agradable y el olor a madera y a cuero me envolvieron. Sentí alivio. Mientras mis ojos se acostumbraban a la penumbra me quité los zapatos y avancé con cuidado sobre la alfombra para no tropezar con algún mueble. Bordeaba el enorme sofá colocado ante el fuego y una mesa de café, cuando divisé una puerta a mi derecha. Hacia allí me dirigía cuando un reflejo llamó mi atención sobre la chimenea.

Me detuve y observé lo que la penumbra me mostraba a ráfagas con la claridad que proporcionaban las llamas. Un cuadro enorme presidía la pared sobre el hogar. Un cuadro desde el que alguien me observaba. Afiné la vista y no di crédito. Unos ojos grandes que reconocí al instante se clavaron en los míos cortándome la respiración. Mis zapatos se deslizaron de mis manos junto al pequeño bolso y me quedé petrificada ante la imagen de colores anaranjados que me mostraba el fuego: Connor Murray.

«Elva, tranquila, por favor, tranquila», me dije respirando con dificultad. Si aquel hombre pintado en el cuadro era Connor Murray, no creía que mis piernas soportaran mi peso, ni mi corazón la agitación ante tal descubrimiento. Totalmente hipnotizada, caminé despacio sin dejar de mirar aquellos ojos por un instante. A medida que me acercaba, se confirmaban mis sospechas, la emoción detonó las barreras que impedían que mis lágrimas de felicidad brotaran necesitadas de correr por mis mejillas. Ya frente al cuadro, pude reafirmar que aquel rostro pintado en el enorme lienzo era el de él, el de mi Connor.

Intenté ahogar un sollozo tapando mi boca con la mano, pero fue casi imposible. No os puedo describir la sensación al ver de nuevo a mi *highlander* ante mí, tal y como yo le recordaba, tal y como yo le conocí. Me impactó reconocer en esa imagen al hombre con el que compartí aquella noche mágica, al hombre que me ayudó a salir del bache. Era absolutamente idéntico, era él sin duda.

Desconozco cuánto tiempo estuve contemplando sus ojos, grandes y verdes como el jade, pero continué recorriendo su figura, admirando cada centímetro de él. Mi escocés buenorro vestía de gala y posaba de medio lado sosteniendo su enorme espada en una mano, tenía esa pose regia que ya le había visto adoptar aquella noche, mirando al frente, orgulloso y decidido, y con aquella media sonrisa socarrona que delataba a un hombre feliz. ¡Se le veía feliz!

—Te encontré, Connor, te encontré —balbuceé emocionada. Había existido y por ende, aquella noche también—. Escocés socarrón y exhibicionista, te encontré.

Me acerqué más al hogar, intentando así divisar con más claridad la imagen de Connor, cuando descubrí una chapa grabada en la parte inferior del cuadro:

Connor Murray, Laird of Stonefield. Stonefield Castle, 1716
«…If you were to ask me after all that we have been through, still believe in magic?
Yes I do. Of course I do».[1]

Mi cuerpo tembló al leer aquellas palabras. El cuadro se pintó un año después de su visita a mi casa por lo que, obviamente, había vuelto sano y salvo. Pero me conmocionó más el hecho de comprobar que aquel viaje significó tanto para él como para mí. Volví a leer aquella última frase grabada en la placa hecha un mar de lágrimas. Una sonrisa de orgullo se pintó en mi cara y aparecieron por mi mente a cámara rápida todos y cada uno de los momentos vividos junto a él, hasta que mi mente se detuvo en uno: Connor, enrollado en una sábana en el sofá verde musgo, con mi cabeza apoyada en su pecho, mientras escuchamos a Coldplay. Él me susurra, repitiendo la última estrofa de *Magic*.

---

[1] «… Si me preguntaras, después de todo lo que hemos pasado, ¿aún crees en la magia? Sí, por supuesto que sí». Fragmento de la canción *Magic* perteneciente a la banda británica de *pop-rock* Coldplay.

—¿Crees en la magia, muchacha? –hace una pequeña pausa mientras me acaricia el pelo y continúa– Yo sí, por supuesto que sí.

Aquella fue una sensación extraña, nunca antes había experimentado lo que era reír y llorar de dicha, pero os aseguro que no era comparable a ninguna que yo conociera.

Me puse de puntillas para tocar la placa dorada en la que aparecía la estrofa de la canción, cuando me percaté de algo que pendía de la mano de Connor en un costado de la pintura. Aquello ya acabó de romperme.

Un sol celta, un sol que yo conocía bien, colgaba de una cadena sostenida en su puño cerrado. Mi regalo. Aquel sol, sin duda, era mi sol.

Caí de rodillas lentamente hasta postrarme frente al fuego, y mi felicidad explotó como lo hacían los troncos al crepitar. Observé la lumbre mientras mis lágrimas corrían libres por mis mejillas y se estrellaban en mi ropa y en mi boca, que aún sonreía de satisfacción. «Nunca me olvidó», me dije emocionada. No podía haber recibido mejor noticia que aquella. Connor, mi *highlander* imposible, nunca me olvidó.

Saturada ya de tantas emociones y un poco más recompuesta, seguí mirando el cuadro desde el suelo durante unos minutos, satisfecha y feliz por el increíble hallazgo. Me incorporé limpiando mis lágrimas e intentando despejar mi nariz de la congestión que se apoderó de ella. ¿Quién me iba a decir a mí que aquella gala me iba a traer tantas sorpresas? Sentí un escalofrío recorrer mi espalda y al volverme, un bulto aparecido de la nada casi me provoca un infarto.

El imbécil barbudo del coche, mi colchoneta humana, el buenorro de las tres pecas, me miraba con el ceño fruncido desde el sofá en el que estaba sentado sosteniendo un gran vaso.

—¡Por Dios! ¿¡Te has propuesto matarme!? –le abronqué con la mano en el pecho en cuanto tuve ocasión de volver a respirar.

Él me escrutó en silencio con semblante muy serio. ¿Cuánto tiempo llevaría ahí? ¿Habría visto toda la escena lacrimógena? Esperaba que no, porque eso iba a ser muy difícil de justificar y no tenía ninguna gana de dar explicaciones a aquel borde rematado.

—¿Qué ha pasado aquí? —preguntó confundido, señalando el cuadro y seguidamente a mí.

«¡Mierda, Elva! ¡Invéntate algo, pero ya!», me exigí con urgencia.

—Y tú, ¿qué haces aquí escondido? ¿No deberías estar fuera aparcando coches o algo? —Nada se me daba mejor que cambiar de tema, y no había mejor defensa que un ataque.

«¿Dónde están mis malditos zapatos?», reclamé buscándolos con la mirada.

Su expresión se agrió, pero noté cierta diversión en sus ojos. Se levantó y se acercó a mí. Mucho. Apenas unos centímetros nos separaban y el aire comenzó a faltarme ante tal invasión de mi espacio. Me miró fijamente y le aguanté la mirada, desafiándole. ¿Qué coño se había creído este tío? Depositó su copa sobre la repisa de la chimenea sin dejar de observarme. Era perturbador, me sentía desnuda. Tenía una mirada profunda, descarada, severa, tanto que creí que podría leer mi mente si aquello duraba unos segundos más.

Se mordió el labio y sonrió levemente. ¡Por favor! ¿Por qué un hombre como aquel tenía una sonrisa tan, tan… condenadamente sexi?

Fue consciente de mis pensamientos en cuanto siguió mi mirada y sonrió más abiertamente, a sabiendas de que me había rendido a sus encantos.

—¿Te gusta lo que ves? —preguntó con condescendencia. Estaba bueno y el muy capullo lo sabía.

—¿Qué? —reaccioné ante tal provocación y me aparté como si me hubiesen dado una descarga eléctrica—. ¿De qué estás hablando? Eres tú el que se ha pegado a mí como una lapa. Engreído.

Dio dos pasos hacia mí cercándome contra la pared. Nunca me había tenido por una devora hombres, pero me pareció extraño que tras el momento surrealista con el tal Benjamin Lennox en el jardín, ahora el chofer estuviera también interesado en mí. ¿Sería la ropa? Si era así, seguiría los consejos de Marisa más a menudo. Si no era eso, probablemente había dado con una casa llena de escoceses salidos.

Apoyó su mano contra la pared, impidiéndome cualquier tipo de escapatoria y llevó su mano derecha hacia mi mejilla, la cual acarició con el pulgar mientras me miraba y sonreía. «¡Me falta el aire, me falta!».

Colocó su rostro paralelo al mío, dejando a su paso ese olor a whisky del bueno, a madera y a masculinidad, que hicieron papilla mi sentido olfativo. Acomodó su boca junto a mi oído y noté como aspiraba mi aroma. ¿Me estaba oliendo el pelo? Este hombre me ponía nerviosa, mucho. Aguanté la respiración esperando algo, no sé. ¿Qué era aquello?

—No estás mal, eso lo reconozco —susurró casi rozando mi pómulo. ¡Ay madre!—. Pero, siento decirte que no me gustan los osos panda.

—¿Cómo dices? —exclamé con todas mis fuerzas, apartándole de un empellón en el pecho.

Señaló divertido mi cara, haciendo pequeños círculos con el dedo.

—Antes de volver a la fiesta te recomendaría que limpiaras las manchas negras que tienes por toda la cara —musitó con aquella maldita y sugerente voz ronca y profunda suya, que era capaz de derretir el polo en cero coma.

El rímel. ¡Oh, dios mío! Yo pensando que era el objeto de deseo de todo escocés viviente y resulta que... ¡Qué vergüenza! Me froté la cara con saliva mientras buscaba a tientas el maldito bolso de mano que había perdido no sé cuándo al entrar.

—¿Buscabas esto?

Aquella voz nos sobresaltó a ambos. Tras de mí, cerca de la puerta, Benjamin Lennox me ofrecía el bolso con una mano, mientras en la otra sostenía mis zapatos.

—Sí... —respondí turbada. Estar en aquella habitación junto a aquellos dos hombres se me estaba tornando asfixiante. Desde luego, me habían fastidiado el momento cumbre de mi viaje, mi encuentro con Connor.

Observé como Benjamin miraba fijamente al chofer, mientras este se envaraba y su expresión se endurecía notablemente.

—¿Estás bien? —preguntó mientras cogía mi mano—. Volvamos a la fiesta, Rosalind me envió a buscarte temiendo que te hubieras perdido por el castillo. Deberías tener cuidado, querida, podrías encontrarte por él a algún indeseable.

Los miré a ambos confundida. ¿Me estaba perdiendo algo? El pulso visual entre aquellos dos era evidente. ¡Menudas movidas que había en esta casa! Desde luego lo que se dice aburrirme, no me iba a aburrir. En cuanto llegara a Tighnabruaich le preguntaría en plan cotilla a Violeta por estos temas. Tendría que mantenerme informada para no meter la pata.

Cogí el bolso y me calcé los zapatos mientras ellos seguían tirándose todo tipo de armas de destrucción masiva con la mirada. Antes de desaparecer por la puerta junto a Benjamin Lennox, el cual me ofreció un brazo que yo rehusé de inmediato, volteé la cabeza para dirigir un último vistazo al hombre que hacía unos minutos respiraba en mi cuello. Le vi girarse hacia el cuadro con los puños apretados y estrellar su copa contra el fuego, provocando una llamarada enorme y peligrosa. Madre, ¡cómo está el patio escocés!

Entramos en el salón, no sin antes hacer una breve parada en el servicio para limpiarme las manchas negruzcas que el rímel y mi mal hacer habían dejado en mi cara. Menos mal que llevaba los polvos translúcidos en el bolso, y pude retocarme para no parecer un adefesio.

La subasta iba a comenzar. Los invitados se agolpaban en la parte delantera del salón. Un señor uniformado apoyado en un atril daba un discurso de bienvenida. Nos dirigimos hacia el lugar donde se ubicaba el resto de la familia, cuya gran mayoría suspiró de alivio al verme llegar junto a Benjamin. Todos excepto Miranda, que me ignoró por completo y don Rafael, que me enviaba rayos X a ráfagas junto a una sonrisa del todo falsa.

—Querida, ¿estás bien? Casi te pierdes lo más importante. Siéntate a mi lado y disfrutemos de la puja. —susurró entre dientes la anciana señalando a los asistentes.

—Lo siento, va a tener que hacerme un mapa para no perderme cada vez que voy al baño —mentí risueña, provocándole una sonrisa y zanjando así el tema para evitar más preguntas.

XXI

La subasta fue interesante y todo un éxito según me indicó Rosalind. Aun con la crisis, se habían recaudado unos cientos de miles de libras por los objetos allí subastados. Un balón de fútbol firmado por el equipo local, un taco de un famoso jugador de polo, un jarrón de no sé cuál dinastía china, un boceto de un pintor del surrealismo, una primera edición de *Lejos del mundanal ruido* de Thomas Hardy, varias joyas deslumbrantes... Estaba segura de que aquel dinero sería de gran ayuda para los niños de la fundación.

Pero si he de ser sincera, apenas estuve atenta al evento. Mi pensamiento estaba en otro lugar. En un cuadro sobre una chimenea. En lo que significaba para mí aquella imagen y aquella placa grabada. Mantener la calma y la compostura iba a ser difícil, pero que todo el mundo estuviese atento a la subasta me facilitó la tarea. «Connor, mi Connor», me dije mientras suspiraba profundamente.

Tras la puja y después de unas palabras de agradecimiento de Rosalind Hamilton a los invitados, se despejó parte del salón para la esperada actuación de la noche. Un grupo de teatro local iba a representar la leyenda del *Laird* hechizado tal y como la contaban los bardos en su tiempo.

Se me encogió el estómago al pensar en ello, no tenía ni idea de lo que contaba la leyenda, de la interpretación que aquellos escoceses habían hecho del extraño viaje de Connor. Tuve un amago de ataque de pánico. ¿Y si Connor había contado la verdad? No, aquello no era posible. Si en la actualidad era una locura contar una cosa así, en su tiempo supuse que era mucho peor, le hubiesen quemado en la hoguera o algo similar. Aquel pensamiento tétrico me tranquilizó, era del todo improbable que nadie supiese que yo estaba implicada en la experiencia de Connor. No había peligro, estaba segura. Observé a las personas que tenía a mi alrededor, en especial, a Rosalind y Miranda. Me estremecí al pensar que ambas estaban relacionadas directamente con mi *highlander*, eran sus descendientes, su familia futura. La sangre que corría por sus venas era la misma que yo limpié aquella noche de su rostro mientras le curaba las heridas. Ellas eran un pedacito de él. Aquello era alucinante.

Benjamin se acercó a mí y me preguntó si quería una copa. Realmente la necesitaba, algo fuerte y que calmara la tensión en mis entrañas. Tenía ganas de salir corriendo, descalzarme por el campo, gritar de felicidad bajo la lluvia, tirarme sobre la hierba mojada y estropear mi carísimo conjunto. Todo me daba igual. Aunque no debía y no me gustaba en absoluto, pedí un *whisky*. Quizá algo de alcohol puro aplacaría mi euforia contenida.

—¿Lo estás pasando bien, querida? —me preguntó la anciana dándome una palmadita en la mano al posicionar su silla a mi lado.

—Desde luego, es una fiesta fantástica —contesté, quizá con demasiada efusividad.

No sabía cuánto la pobre. Me instó a sentarme junto a ella, en un lateral de la sala desde donde me dijo que veríamos mejor la función.

—Ahora conocerás parte de la historia de mi clan, se han basado en los escritos que tenéis en la biblioteca. ¿Leyenda o realidad? Quién sabe. Pero Connor Murray creía en la magia, y no seré yo quien reniegue de ella.

Mi expectación creció exponencialmente. La magia existía, no sé qué tipo de magia, pero la que llevó a Connor a mi tiempo y a mi hogar sí, de eso estaba segura. Necesitaba ese *whisky* como el respirar o acabaría por notarse mi nerviosismo. Rosalind se aferró a mi mano con decisión para llamar mi atención. Seguí su mirada, iluminada como dos faros y que se perdía frente a nosotras.

—¡Oliver! ¡Al fin te dejas ver! ¿Dónde te habías metido, bribón?

El tal Oliver se detuvo frente a nosotras sin quitarme ojo de encima y con una media sonrisa de triunfo en el rostro. Se agachó para besar a Rosalind y al incorporarse se dirigió a don Rafael y le dio un fuerte apretón de manos mientras escrutaba su vestuario de arriba abajo.

—Bienvenido. Veo que sigues teniendo ese horrible gusto por la ropa cara y de colores chillones.

Mi jefe le devolvió el saludo serio e impertérrito. Esperé que le contestara con cualquier tipo de improperio, pero no, ambos se fundieron en un gran abrazo.

—Me alegro de verte, muchacho. Me alegro mucho. —Realmente sí lo parecía, dada su enorme sonrisa—. Te veo muy bien. Ha pasado mucho tiempo.

Yo estaba atónita sentada en mi silla y con la mandíbula desencajada. ¿Qué pintaba aquel hombre abrazando tan cariñosamente a mi jefe? Porque don Rafael no es que fuera el adalid de las demostraciones de afecto, sin embargo con él estaba siendo muy cariñoso. Algo no iba bien, nada bien. ¿Por qué mi jefe y el chofer imbécil se abrazaban de aquella manera?

—Dejaos de ñoñerías, anda —les cortó Rosalind—. Acércate, Oliver querido, quiero presentarte a alguien. Ella es Elva, ha venido con Rafael para ayudarle con la documentación del libro del *Laird* hechizado. —comunicó la anciana, henchida de orgullo al mirarle—. Elva, tienes ante ti al futuro del clan Murray, mi adorable nieto Oliver.

Abrí la boca y me quedé paralizada. ¿El adorable nieto de Rosalind? El chofer capullo… ¿era un Murray? Ay, madre, ¿en qué lío me había metido? Me levanté de la silla de sopetón y extendí mi mano temblorosa en su dirección muerta de vergüenza, acto que él ignoró por completo. ¡La madre que lo parió! Simplemente hizo un leve gesto con la cabeza y se apartó incómodo ante la llegada de Benjamin con las bebidas. Desde luego entre esos dos pasaba algo, no había duda. ¡Menudas movidas las de la *high society* escocesa! Porque otra cosa no, pero intuición para estas cosas tengo, que para eso me he tragado años y años de culebrones.

Volví a sentarme junto a la anciana, sin dejar de retorcer mis manos sobre mis muslos. ¿Oliver Murray? ¿En serio?

Benjamin me ofreció una copa con forma de tulipán que yo acogí con gusto y bebí casi de un trago. El líquido me quemó la garganta y el estómago en cuanto se posó en él, y me quedé sin aire. Tosí con dos grandes lagrimones asomando por mis ojos.

—Madre de dios... ¿esto qué es? —exclamé echando fuego por la boca.

Aquella debía ser la broma del novato, porque todos a mi alrededor y para mi vergüenza estallaron en sonoras carcajadas.

—Querida, acabas de beber auténtico *whisky* escocés. Pero debes seguir un ritual, no tomarlo como si fuera agua, si no creerás que estás en el infierno —me informó Rosalind.

Todos seguían riéndose por mi torpeza y observé como Oliver, aunque alejado del grupo, hacía lo imposible por no carcajearse. Rosalind me dio varias palmaditas en la espalda para que recuperara el resuello y se dispuso a darme una *master class*.

—Mira, te enseñaré como se hace. ¿Benjamin? —Este, sin dudarlo, le dio su copa y ella de forma elegante arremolinó el líquido de su interior, para después olfatearlo—. Toma un sorbo suficiente como para que cubra tu lengua, pero no demasiado como para que tus papilas gustativas se saturen con el sabor del alcohol. Arremolina el *whisky* en tu boca e intenta saborearlo. Así.

Yo, que aún seguía emanando alcohol en llamas por todos mis poros, reparé en lo cateta que les habría parecido al beberme aquello de un tirón, pero lo acepté.

—Creo que me he saltado varios pasos —respondí a duras penas, irónica.

Hubo otra tanda de risas, y Rosalind ordenó a Benjamin que me trajera un poco de agua. El espectáculo estaba a punto de comenzar.

Un hombre vestido con calzas, botas de cuero, camisa y una capa con capucha se sentó a un lado del improvisado escenario junto a un pequeño instrumento de cuerda, mientras otro, ataviado con un *kilt* de gala, se posicionaba a su lado con una enorme y flamante gaita.

Noté como alguien se sentaba a mi lado mientras yo observaba la puesta en escena. Creí que sería Benjamin con mi bebida, pero encontré los ojos de Oliver clavados en los míos. Nos mantuvimos así por unos segundos hasta que las luces disminuyeron para dejarnos con la penumbra de los destellos de las velas. El hombre de las calzas comenzó a hablar pausadamente con un fuerte acento, que imaginé era gaélico. ¡Vaya! ¡No iba a enterarme de nada!

La gaita comenzó a sonar invadiendo el silencio sepulcral que reinaba en el salón. Varias personas caracterizadas con las ropas típicas de la época hicieron aparición interpretando sus papeles mientras la gaita y el bardo, que hacía de narrador, intervenían en su justa medida. Aquella melodía se metió en mi cuerpo hasta hacerme temblar, era maravilloso.

Uno de los actores, ataviado con una peluca negra y vestido únicamente con el kilt y una espada, fue presentado como Connor Murray. El pobre hombre, a años luz de siquiera parecerse a mi escocés, interpretó con bravura las escenas de lucha, que fueron las únicas que pude intuir.

—Esta primera parte cuenta la historia que ya conoces, la del libro de Rafael —susurró Rosalind, sin perderse el espectáculo.

Ahora sí, en cuanto la anciana me informó de este detalle, reconocí el papel de cada uno de los actores: Ilona, Angus y Kieran. Las escenas representadas, la reunión con los Campbell, la oferta de matrimonio de Ilona… todo lo que había leído estaba allí, ante mis ojos. Disfruté de los gritos de júbilo de los presentes cada vez que Connor daba un golpe certero. Por lo que parecía, su figura era bastante conocida y adorada por los ellos.

Reconocí embobada el momento en que Connor comienza a aislarse del resto de su clan y cuando Angus le convence para reunirse con los Campbell. De nuevo, experimenté de forma intensa aquella escena, tanto como la primera vez que la leí. Odié al consejero a muerte, y sufrí la misma inquietud al adivinar el peligro que se cernía sobre Connor. Sólo que yo sabía cómo acababa esa escena. Era la única persona allí presente que lo sabía, o al menos, eso creía. Me retorcí nerviosa en la silla, expectante ante la maravillosa oportunidad de conocer la historia. Oliver no fue ajeno a mi impaciencia y me observaba de reojo con el ceño fruncido. Si ya era difícil mantener la compostura ante tantas personas, con la mirada fija en mi nuca del nieto Murray iba a ser imposible. Desde luego, mis encuentros con aquel hombre habían sido una gran metedura de pata. Pero, ¿cómo iba a saber yo que aquel idiota era un descendiente de Connor? Oliver Murray. Oliver el imbécil.

Llegó el momento que yo esperaba con ansia, el instante en el que Connor era herido en la emboscada y desaparecía. Las luces se apagaron por completo, mientras «el cuerpo» de Connor yacía en el suelo. Una mujer, con larga cabellera castaña y vestida únicamente con una especie de camisón blanco nuclear y capa verde, apareció en escena iluminada por una tenue luz. La imagen era espectacular, junto a los quejidos de la gaita que, despacio y con una bella melodía, acompañaban sus pasos. Se me pusieron los pelos de punta.

La mujer, con aquel halo etéreo que parecía emanar, se acercó al cuerpo de mi escocés y se arrodilló junto a él. Le levantó la cabeza con suavidad y lo mantuvo aferrado a su cuerpo durante unos segundos, acariciando su cara y su pelo con cuidado. La gaita cesó y el silencio envolvió el salón de nuevo.

—Ella representa a Cascabel, el hada del tiempo y la compasión.

Fue la voz de Oliver la que interrumpió mi embelesamiento, indicándome el nombre de la mujer que sostenía a Connor. Se había inclinado hacia mí para explicarme la escena y sentí su olor, invadiendo mis sentidos que estaban a flor de piel.

Cascabel. ¿Podía ser aquello cierto? Cascabel, esa Cascabel, ¿podría ser yo?

No podía estar segura, pero intuí que ¡hablaban de mí!

Retorcí mis manos con nerviosismo sobre mi regazo, acto que no pasó inadvertido a la mirada de Oliver. «¡Elva, controla o la vas a fastidiar!», me dije.

Rosalind me miró con intención de decirme algo, pero al ver a su nieto junto a mí, volvió a su posición sin decir nada.

Centraba mi atención en la representación, intentando obviar el escrutinio al que Oliver me tenía sometida, cuando la mujer comenzó a cantar. Su voz era absolutamente espectacular. Limpia, dulce y suave. Sus primeras palabras, que no entendí, fueron suficientes para hacer que un escalofrío recorriera mi cuerpo de arriba abajo. Me abracé por inercia, intentando contener la emoción que aquella imagen me estaba produciendo.

—Cascabel ha rescatado al *Laird* en su último halo de vida, y se lo lleva a su morada para intentar recuperarle. Ahora le canta una canción para que vuelva de la oscuridad —el susurro ronco de Oliver me sobresaltó y se erizó hasta el último vello de mi cuerpo—; le habla de estrellas y de un deseo. Mientras él lucha por volver, ella le pide que busque en su corazón y encuentre qué es lo que más desea en el mundo.

Al contrario de lo que esperaba, las palabras de Oliver no me molestaron en absoluto y permanecí a la espera de sus explicaciones mientras seguía disfrutando de la representación. Se integraron de maravilla con la melodía cantada por aquella mujer, y mi mente las procesó como si estuviera viendo una película con subtítulos.

—Ahora él se despierta y cuando ve a Cascabel, descubre cuál es ese deseo. Recuperar sus tierras y ser un buen *Laird*. —Siento el susurro de Oliver muy cerca de mí, casi puedo notar su aliento rozando mi pelo. Y me hace sentir tan bien… Ante el suspiro que he dejado escapar involuntariamente, él hace una pausa, pero continúa con su exposición. —Ella se inclina y le canta al oído. Le dice que le ayudará a volver a su tierra para que pueda llevar a su pueblo a la gloria, pero a cambio, le pide dos presentes. —¡Ay madre que me lo veo venir!—. Un pañuelo y la insignia que representan a la casa Murray, prometiéndole que, si él es capaz de recuperar su grandeza, en el futuro ella se los devolverá.

En ese punto yo ya estoy con la lagrimilla a punto de salir de mis ojos, y con una extraña sensación de ahogo en mi pecho. Mi pañuelo, mi insignia, mis regalos de despedida. Cerré los ojos para disimular mi agitación como buenamente pude sin llamar la atención. ¡Madre mía! ¡A este paso estallaré de felicidad!

—Él acepta la propuesta —prosiguió Oliver—. Y ella en un último acto, antes de desaparecer y devolverle a Stonefield, le regala un amuleto en forma de colgante. Un sol que le ilumine el camino de vuelta, para que nunca más pierda el rumbo. —¡Me muero! Literal. Me deshago de gusto en la silla—. Ahora le dice tres palabras, las tres que marcarán la historia de este clan… Mo…

—*Mo Cion Daonnan... Mo Cion Daonnan...* Mi amor eterno...
–murmuré emocionada.

No lo pude evitar, la emoción sobrepasó mis límites al reconocer lo que aquella mujer cantaba ya como un susurro, y sobrepuse mis palabras sobre las de Oliver sin darme cuenta. Lamenté desde el mismo momento en que las dejé fluir haber bajado la guardia. Hice un gesto de fastidio y cerré los ojos, deseando que, con un poco de suerte, Oliver no hubiese estado atento y no se hubiese dado cuenta. «¡Mierda, Elva, eres una bocazas de campeonato!», me recriminé.

La mujer desapareció de escena y el actor que representaba a Connor se levantó con el colgante en la mano, repitiendo esas tres palabras y mirando al público con pose triunfal. Me recordó a Escarlata O'Hara en *Lo que el viento se llevó*. Aquello dio fin a la representación, y los asistentes, tras un segundo de silencio, rompieron en un gran aplauso que me trasladó de nuevo a la realidad.

No me percaté de la mirada sorprendida y atónita de Oliver hasta que me giré en su dirección y me uní a los aplausos. Sus ojos eran todo interrogantes y supe que había metido la pata hasta el fondo, descubriéndome al reconocer aquellas tres palabras.

Cuando la luz volvió por completo, me pellizqué los carrillos para darles color, e intenté evitar al nieto de Rosalind levantándome en cuanto divisé a Benjamin a varios metros de nosotros con un botellín de agua en la mano. Me dirigí hacia él, y a riesgo de parecer maleducada, se la quité y me la bebí prácticamente de un trago, dejándole asombrado con mi comportamiento. Aquello no podía ser más increíble. La leyenda del *Laird* hechizado hablaba de mí. Cascabel, no había duda, era yo. Encarnada en un hada mágica, vale, pero era yo. Los regalos, las palabras, todo era cierto a su manera. Pero lo importante era el final. Connor logró volver y recuperar su castillo. Ignoraba las explicaciones que mi *highlander* dio a su vuelta, pero aquellas personas, su gente, me transformaron en un hada. ¡Ríete, Elsa de Frozen, porque yo soy un hada! Yo, Elva Mota Fernández, ciudadana del mundo, para estos escoceses ¡soy un hada!

XXII

❧✦❧

—¡¿**Q**ué?! ¡Ni hablar!

No di crédito a lo que mi abuela me dijo con aquella fingida parsimonia que la caracterizaba. ¿Acaso se había vuelto loca?

—Lo que oyes, querido.

—No, abuela. Me niego a ser la niñera de nadie —repliqué atónito mientras me apoyaba en la mesa del despacho, comunicándole, completamente convencido, que aquello no iba a suceder jamás.

Ella ni se inmutó, siguió firmando varias cartas de agradecimiento a ilustres ciudadanos de Escocia que habían disfrutado de la velada de la noche anterior y me ignoró.

—Rafael se ha tomado muchas molestias para venir aquí a escribir sobre nuestro antepasado y, ya que no quiere ni oír hablar de dormir en el castillo, creo conveniente que alguien de esta familia se haga cargo de él y Elva mientras estén trabajando, ¿no te parece?

—Pero, ¿por qué yo? Perceval puede hacerse cargo, incluso Miranda, o ese energúmeno de Benjamin.

—Precisamente por esto último te he elegido a ti, cariño. No quiero ver como tu hermana sufre al ver a ese libertino con los ojos y las manos puestas sobre otras faldas.

—Esa cabezota... ¿por qué no escucha? —exclamé indignado—: Le he dicho mil veces que le deje abuela, pero no quiere saber nada de lo que le digo.

—Es difícil abrir los ojos cuando vives según qué situaciones, Oliver. Confío en ella y cuando esté preparada sé que tomará la decisión correcta, ya lo verás.

—¿Quieres que acabe como mamá? —insistí—. Entonces será tarde. Es el maldito destino de esta familia.

—No, no terminará como tu madre. Si tú y yo podemos evitarlo, no lo hará. Por eso, querido, te vas a encargar de nuestros invitados. He pensado que podrías enseñarle el castillo y recorrer con Elva nuestras tierras. Es más o menos de tu edad y te vendrá bien socializar un poco para variar. Parece agradable y creo que a ambos os viene bien un poco de compañía.

—Abuela, esa chica puede ser muchas cosas, pero no la calificaría precisamente como agradable. Es impetuosa. No pienso ser su niñera, me altera cuando está cerca... No me da buena espina, hay algo que no me gusta de ella. Me... me saca de quicio.

—¿Elva? Pero si es encantadora. Anda, anda... No seas tan antipático y esfuérzate un poco, ya verás como os lleváis bien.

Cuando vi que negándome no ganaría nada contraataqué decidido.

—Está bien, pero a cambio quiero algo.

Ella levantó por primera vez la vista de su escritorio y me prestó atención.

—Oliver Reid-Murray, ¿desde cuándo estás en posición de negociar con tu abuela?

—No tengo intención de negociar. Aceptaré, pero con una sola condición. —Ella me miró pensativa, y con un ademán me instó a continuar—: Quiero carta blanca para investigar a Benjamin.

El silencio cayó como una losa sobre nosotros. Mantuvimos un breve pulso visual y cuando fue consciente de que mi propuesta iba muy en serio, se rindió con un gran suspiro.

—Ayúdame con la silla y siéntate en el sofá —me ordenó con decisión. Conduje la silla de ruedas hasta él y tomé asiento, algo confuso por la seriedad que había tomado su semblante—: Escúchame, Oliver. Aún no estamos en posición de actuar contra

Benjamin Lennox. Esa lagartija es muy escurridiza en cuanto a sus asuntos. Ni Perceval ni el detective privado que contratamos han podido dar con alguna irregularidad para que podamos hacerlo todavía. No quiero que te involucres, ten paciencia, el momento llegará.

—Abuela, traté durante mucho tiempo con gentuza como él. Créeme si te digo que la única forma de atrapar a un individuo de su calaña es jugando su propio juego sucio —afirmé convencido mientras atrapaba entre mis manos las suyas con determinación para transmitirle mi seguridad—. Necesito que confíes en mí, dame tu permiso y te prometo que recuperaré lo que nos pertenece.

Ella levantó una de sus manos y me acarició el rostro, dedicándome una mirada llena de ternura.

—Ay, hijo, no hay día que no me arrepienta de la decisión que tomé entonces, pero me has demostrado que puedo confiar en ti, que te esfuerzas por recuperar tu vida y que estás preparado para llevar el nombre de tu clan con todo el orgullo de un Murray. Pero temo por ti, no quiero que te metas en problemas.

—No te preocupes, abuela, te juro que mi pasado ya está bajo tierra, pero para acabar de cubrir ese hoyo en el que lo he enterrado y pasar página necesito recuperar lo que es nuestro por derecho. Por mi madre, por ti, por Miranda y por mí mismo.

—Está bien, hijo, pero ten mucho cuidado.

De camino a Tighnabruaich pensé en Benjamin Lennox, en como aprovechó cuatro años atrás el hecho de que mi abuela estuviera enferma y yo metido en problemas hasta las orejas para tomar medidas y ser el administrador de la herencia Murray, apartándome así del legado de mi familia y del control de las propiedades del clan. Miranda y esa sabandija convencieron a mi abuela, aún convaleciente de su operación de corazón, para evitar la mala gestión que yo estaba haciendo de la fortuna familiar.

Realmente hicieron lo correcto. Yo, por entonces, estaba perdido entre timbas de póquer y carreras de caballos, mujeres, drogas y *rock and roll*. Mi asignación se hizo pequeña a la misma velocidad que mis deudas se hacían enormes, y acabé utilizando el dinero de la familia para costear mis vicios o evitar ajustes de cuentas. Pero lo malo del dinero, y lo digo por experiencia, es que nunca es suficiente, y es muy fácil acostumbrarse a él.

Todo empezó años atrás. Miranda y yo habíamos sido dos niños muy unidos debido a las circunstancias familiares en las que crecimos. Nuestro padre, un cazafortunas de ascendencia francesa sin oficio ni beneficio, abandonó a nuestra madre después de sacarle el dinero, engañarla hasta la saciedad y llevarla hacia un camino de autodestrucción del que ya no pudo salir jamás. Las drogas y su negativa a aceptar que su marido, el amor de su vida, la había abandonado y descubrir que había amado más a su dinero que a ella misma, fue demasiado. Éramos muy pequeños cuando la abuela nos trajo a Stonefield después de que recibiera la llamada de un hospital en el que nuestra madre nos había abandonado para luego marcharse. Supe ya de mayor que la abuela intentó ayudarla, ingresándola en centros y hospitales para recuperar a su querida hija, pero esta, rota de dolor, caía una y otra vez en sus adicciones. Hasta que un buen día desapareció.

No se volvió a hablar de ella en casa durante años. Para la abuela era una constante fuente de tristeza. Había perdido a su marido con apenas treinta años por un tumor fulminante, a su hijo adolescente en un accidente de coche y ahora a su única y adorada hija por culpa de un mal hombre. Sólo le quedábamos Miranda y yo, y se aferró a nosotros como si fuésemos el único combustible que le haría mover la maquinaria para seguir viviendo. Cuando mi hermana y yo fuimos conscientes de ello, decidimos desterrar de nuestra vida a aquella mujer, que a nuestros ojos no nos quería y que causaba tanto dolor a nuestra abuela, nuestra madre, Moira Hamilton-Murray.

La matriarca Murray nos crió en el castillo dándonos todo tipo de atenciones, nos proporcionó una buena educación y se nos prometía un futuro inmejorable bajo su tutela. Pero todo cambió el día, ya avanzada mi adolescencia, en que aquella mujer, que se había convertido casi en un fantasma, apareció fresca y recuperada en la puerta principal de Stonefield.

No recuerdo muy bien la vorágine que se formó a su llegada, pero sí lo enfadada que estaba la abuela, y como lloraron ambas tras su discusión. Desde ese mismo momento la odié. ¿Cómo podía aquella mujer, de aspecto frágil, buena presencia y bella, muy bella, haber abandonado a sus hijos?

Mientras Miranda, más frágil y generosa, le dio una oportunidad, yo me negué a tener ningún tipo de relación con ella. Era tal mi aversión que consentí que me enviaran a internados en el extranjero, con el único fin de apartarme de su lado. Y fue en ese tiempo cuando cometí el error más grande de mi vida. Comencé a forjar al Oliver frío y calculador, al que huía de sus problemas familiares bebiendo y drogándose allá por donde iba, malgastando las oportunidades que se me ofrecían, dejándome caer en un mundo lleno de tentaciones que para un joven que se sentía solo, vacío y enfadado, eran caramelos demasiado golosos. Reproché a mi madre la mala vida que había llevado, las malas decisiones que había tomado, lo egoísta que había sido y lo más doloroso, la tildé de mala madre y peor persona.

Fueron años duros para mi familia. Mientras la abuela disfrutaba de la vuelta de su hija tratando de recuperar el tiempo que habían perdido y Miranda buscaba marido desesperadamente, pues aspiraba a una vida de lujos y carente de preocupaciones, Moira hizo lo posible por ganarse mi confianza y mi cariño. Pero cuanto más lo intentaba, más me alejaba yo. Fui de internado en internado, me echaron de todos. Nadie me quería en sus centros, dado los problemas que ocasionaba.

Intentaron hacerme entrar en razón en varias ocasiones, que volviera al buen camino, pero yo no podía aceptar el consejo de la mujer que había sido tan mal ejemplo para mí. Así que fui apartándome, y me convertí en l'enfant terrible de los Murray, al que todos protegían a pesar de las circunstancias. Llegué a ser un joven problemático al que los abogados de la familia tenían que sacar de apuros cada vez más a menudo. Deudas de juego, estafas, peleas e incluso una sobredosis fueron borrados de mi currículum, aunque todo el mundo conocía mis lamentables hazañas. Dejé la carrera y me propuse cumplir aquello de «Vive deprisa, muere joven y deja un bonito cadáver». Recorrí Europa, malviví en Londres y acabé tirado en un callejón de Glasgow con una herida de navaja de doce centímetros en un costado por un ajuste de cuentas. Fue allí, en aquel oscuro y maloliente lugar, cuando abrí los ojos y me di cuenta de que estaba metido en una espiral que había dejado de ser divertida hacía tiempo, en la cual la gente sólo se acercaba a ti según lo abultada que tuvieras la cartera y que, en definitiva, no me ayudaba a olvidar mis problemas. Allí, en aquel sucio rincón lleno de orines, me sentí solo, perdido y acabado. Por primera vez, comprendí cómo debió sentirse mi madre en su desesperación.

Tuve suerte y alguien que me encontró agarrado a un hilo de vida llamó a una ambulancia. Tras aquel episodio las cosas cambiaron. Tuve tiempo de pensar durante mi convalecencia, y tomé una decisión que debía cambiar mi vida. Llamé a mi abuela y me trasladé a Stonefield para recuperarme, no sólo de las heridas físicas, sino de las del alma. Mi intención era hablar con Moira, pedirle perdón por haberla rechazado, por odiarla, por alejarme de ella. Pero fue demasiado tarde. Tres meses antes de mi llegada, le habían detectado el mismo mal que sufrió su padre, mi abuelo. Un tumor cerebral que, posiblemente, no hubiese sido tan letal de haber llevado una vida sin excesos.

Apenas tuve tiempo de despedirme de ella. Las pocas conversaciones que pudimos tener cuando la morfina no hacía su efecto fueron apenas un intercambio de miradas que hablaban por sí mismas y que nos ayudaron a ambos a redimirnos y quedar en paz.

—Ten una buena vida, hijo, demuéstrale a todo el mundo que eres un Murray.

Fueron las últimas palabras que escuché de sus labios mortecinos, y que marcaron mi vida como a una res. A fuego.

Tras su muerte, devastado y sintiéndome culpable por haberla juzgado tan duramente, casi me volví loco. Temiendo recaer en mis adicciones, acepté la proposición de Elliot, un amigo de la infancia a quien había apartado de mi vida, de marcharme con él a Nueva York. Tenía negocios allí y me dio la oportunidad de unirme a él y ayudarme en lo posible para curarme de mis malos hábitos, alejado del ojo del huracán. Para alegría y tranquilidad de mi familia así lo hice. Gracias al apoyo de mi amigo, su paciencia y un grandísimo esfuerzo, conseguí enderezar mi vida hasta tomar las riendas de nuevo, y aunque no fue fácil, tomé la determinación de, algún día, volver a casa y hacerme responsable de mi familia, y demostrarle a mi madre que iba a cumplir su último deseo.

Las primeras noticias de que algo raro ocurría con las gestiones de mi cuñado llegaron cuando quise recuperar el pequeño fideicomiso que la abuela me había otorgado en el caso de que me recuperara definitivamente de mis problemas. El acuerdo al que se había llegado en un principio era que Benjamin se ocuparía del legado mientras yo no estuviera en condiciones de hacerlo. En el caso de superar mi bajada a los infiernos, y mediante documentos que atestiguaran mi recuperación, análisis, informes médicos físicos y psicológicos incluidos, los derechos volverían a ser plenamente míos. Siempre y cuando contara con la autorización de Rosalind Murray, mi abuela.

Lo que me encontré cuando los solicité fue una negativa total a devolverme mis derechos como digno sucesor y heredero del clan Murray, bajo argumentos construidos con retazos de mi pasado que ponían en duda mi estabilidad y que mostraban el peligro que correría en mis manos una de las fortunas más importantes de las Highlands.

Contraté abogados americanos y lo único que conseguí, ante la firme oposición de Benjamin y tras la presión que ejerció mi abuela, fue la devolución de unas propiedades y algunos cientos de miles de libras. El muy zorro había blindado de forma muy astuta el acuerdo, y como familiar directo y con el apoyo de mi hermana, siguió al frente como administrador único.

Luego llegaron los rumores de sus infidelidades, la vida a todo tren de la que disfrutaba a espaldas de mi hermana, apuestas, turbios negocios en los que andaba metido, pero nada de ello se podía demostrar. No lo iba a consentir, ese tipo no iba a llevar a la ruina el nombre de mi familia. No sólo no se me permitió acceder a lo que me correspondía por derecho, si no que aquella batalla legal acabó por separarnos a mi hermana y a mí, y eso era quizá, mucho más doloroso.

Las posesiones que finalmente recuperé fueron un apartamento en Sauchiehall Street en Glasgow, otro en Tighnabruaich y la cabaña dentro del complejo de Stonefield. Una ajustada asignación mensual, suficiente para tenerme controlado y alejado de malas tentaciones, completaba el lote.

Por recomendación de Elliot, mi salvador y mejor amigo y un lince para las inversiones, con el dinero que había conseguido ahorrar en América, compré el Royal and Lochan, un hotelito dispuesto en uno de los mejores enclaves de la zona a orillas del lago, con el que, aunque en un principio no me trajo muchos beneficios, poco a poco asenté las bases de un nuevo futuro. Las cosas no iban mal del todo, el lugar tenía buena fama entre los turistas que visitaban la zona, sobre todo gracias a Jorge, el chef cubano que había conocido durante mi destierro en Nueva York y al que no dudé en ofrecer acompañarme en esta aventura. Sus menús eran famosos en media región y conseguimos levantar un negocio de la nada que cada vez iba a más.

También me asocié con Elliot en varios negocios menores de los que iba sacando rendimientos económicos que yo guardaba de cara a la batalla campal que estaba por venir. Porque una cosa tenía clara, el legado de mi familia iba a volver a ser de un Murray. Esperaba que Moira, mi madre, me estuviese viendo desde algún lugar. Esperaba que estuviese orgullosa de mí.

Mi vida era tranquila y no quería que nada me apartara de mis propósitos. Me autoconvencí de que lo más adecuado era mantener la cabeza fría. Si podía evitar cualquier tipo de decisión tomada con el corazón, protegería mis cicatrices. Todo debía estar milimétricamente calculado y nada debía afectarme. Si tenía que ser la niñera de esa española que me ponía tan nervioso para conseguir mi objetivo, bien sabía Dios que lo haría.

XXIII

❦

$\mathcal{M}$e desperecé en la cama con una sensación de bienestar que no recordaba desde hacía meses. No sólo había dormido estupendamente, sino que también había descansado. Recordé fugazmente la noche del sábado y sonreí feliz como una perdiz. Me sentía contenta, animada y con ganas de empezar a trabajar en el libro del *Laird* hechizado, motivo por el que en ese momento me encontraba tan lejos de mi casa. No me importaba si don Rafael tendría buen humor o no, o si iba a ser complicado trabajar codo con codo con él. Tras haber descubierto esa noche lo que significaba la leyenda de Connor, iba a poner todo mi empeño en disfrutar al cien por cien de esta aventura.

Aquel lunes, para mi sorpresa, amaneció lleno de luz, sin apenas brumas sobre el lago y el sol brillaba tímidamente sobre las altas montañas que se erizaban en el horizonte. Todo acompañaba a mi estado de ánimo, aquel iba a ser un buen día, lo sabía.

Tras la sesión de aseo, metí toda la documentación necesaria, la cámara y el portátil en sus bolsas correspondientes, y casi levitando de felicidad, bajé para tomar un delicioso desayuno. Mi alegría no pasó desapercibida para los trabajadores del hotel, que me saludaron sorprendidos por el cambio que percibían en mi actitud.

Me crucé con Violeta de camino al salón, cargada con una enorme cesta de frutas y me indicó con un guiño que haría lo posible por buscarme a mi vuelta para que le contara hasta el más mínimo detalle. Advertí que ella también estaba especialmente radiante. Con toda seguridad, y yo podía dar fe de ello, el catering a cargo de Jorge había sido todo un éxito entre los invitados. Sus ojos desprendían orgullo y compartí su alegría con una sonrisa de satisfacción.

Durante el desayuno rememoré la sesión de Skype que había tenido la tarde anterior con Marisa, en la que le puse al día de lo ocurrido en la gala benéfica. Le expliqué hasta el más mínimo detalle, y reímos hasta emocionarnos ante tan sensacional historia. Bueno, lo del hada fue la parte más divertida, en la que se cebó cachondeándose de mí hasta decir basta. Me sentía tan cerca de Connor al ser partícipe de su historia que no podía ser más feliz. Tan sólo ofuscaron esa dicha las sensaciones que percibí entre los miembros de la familia Murray, en especial entre Benjamin Lennox y Oliver, el Imbécil, el señor «no me gustan los osos panda». Pero, ¿qué me importaban a mí sus movidas? Problemas hay en todas las familias ¿no? Le juré y perjuré que no había conocido a escocés *empotrable* alguno y me despedí entre lágrimas causadas por un ataque de risa, cuando Marisa me instó a que la próxima vez comprobara si era cierto que bajo la falda iban completamente en pelotas.

¡Ainsss! Oliver Reid-Murray. Afeitado, elegante… Con ese olor a hombre que desprendía cuando se acercó a mí en aquella biblioteca, su aliento en mi cuello, sus ojos azules penetrantes y sus labios gruesos que… ¡Tierra llamando a Elva, tierra llamando a Elva! ¡Joder, estoy muy necesitada!

Cargada con todos los bártulos que componían mis herramientas de trabajo, me personé en recepción a la espera de que don Rafael hiciera acto de presencia. No es que tuviera muchas ganas de verle, pero tenía la esperanza de que al final me lo llevaría a mi terreno. ¡Menuda era yo!

Mar, la española que trabajaba a tiempo parcial en el Royal and Lochan, se apresuró a darme una nota en cuanto solicité que avisaran a don Rafael de que le estaba esperando para marcharnos. Me quedé pálida al leer las líneas allí escritas. ¿Es que este hombrecillo tenía que liarla siempre? Al parecer, durante las dos próximas semanas, mi jefe partiría al amanecer hacia Stonefield ya que le gustaba disfrutar de ese viaje matutino en soledad. Como consecuencia de ello, un coche con conductor me esperaría en la puerta a las ocho de la mañana y me conduciría al castillo de Connor. ¡La madre que lo parió! No había conocido a hombre más antisocial que aquel. ¿Tanto le hubiese costado decírmelo la tarde anterior?

Resoplé resignada, y miré el reloj que colgaba en la pared forrada de madera detrás del mostrador. Cargué mis bolsas y me dirigí hacia la entrada. El único vehículo allí presente era un todoterreno color verde botella enorme, y vislumbré una sombra en el asiento del conductor. La puerta se abrió y me encontré a la última persona que yo esperaba. Oliver Reid-Murray, enfundado en unos vaqueros y con la misma chaqueta de aviador con la que le vi en el café. Descendió, se apoyó en la carrocería con los brazos cruzados y comenzó a observarme a la espera de que yo reaccionara ante la sorpresa. ¡No! ¡Otra vez él, no!

—Buenos días, oso panda.

Abrí la boca para decir algo pero fui incapaz de emitir sonido alguno. Bajé las escaleras torpemente debido a la indignación y temiendo que mis sospechas fueran ciertas.

—¿Tú vas a llevarme a Stonefield?

—Ajá —afirmó con un leve movimiento de cabeza—. Pero cumplo órdenes, no creas que me hace especial ilusión hacerlo.

«¡Será engreído!», susurré para mis adentros mientras me acercaba a él.

—Te agradezco el detalle, pero preferiría llamar a un taxi —le informé demostrando mi desagrado al conocer la noticia.

Oliver levantó las cejas y cogiendo con su mano el mondadientes con el que jugueteaba en sus labios, se encogió de hombros y se dispuso a subir de nuevo al coche.

—Como quieras. —Abrió la puerta, pero se detuvo y se giró en mi dirección—: Por cierto, si ves un taxi me encantaría saberlo, hace años que no vemos ninguno por esta región.

—¿No hay taxis?

—Nadie los necesita.

—¡Yo lo necesito! –repliqué a la defensiva.

—Pues buena suerte.

Subió con calma al vehículo con intención de marcharse y me vi perdida. Si realmente decía la verdad, sólo tenía dos opciones: o me iba con él o las iba a pasar canutas para llegar a mi destino y con ello quedar mal en mi primer día de trabajo. Tan sólo tenía que tomar una decisión, y debía ser rápida o el cromañón que tenía por conductor se marcharía.

—Está bien, ¡espera! –bramé para que se detuviera–. Pero si está vez pinchamos, no pienso ayudarte. ¿Queda claro?

En el rostro de Oliver se dibujó una fina línea parecida a una sonrisa.

—Puedes sentarte delante, no voy a comerte.

Durante el trayecto no nos dirigimos ni una sola palabra. Agradecí que pusiera la radio ante la incomodidad que representaba aquel silencio devastador. Me sentía inquieta junto a aquel hombre que conducía a mi lado ignorándome por completo. No por la desagradable primera experiencia vivida a mi llegada, sino por el encuentro en la biblioteca de Stonefield. Me inquietaba la forma en la que me observaba en silencio desde entonces, como si pudiese adivinar que mi reacción ante aquel cuadro había sido desmesurada, que lo era para cualquier persona que no conociera mi secreto. No le quitaba razón. Intenté apartar esa preocupación de mi mente, recuperando el buen rollo con el que me había levantado pero era difícil. Ambos nos escrutábamos de vez en cuando por el rabillo del ojo, e intentamos eludir cualquier atisbo de simpatía en un espacio que se fue haciendo pequeño por momentos. Estaba claro que yo no era santo de su devoción, como él tampoco de la mía y, más evidente aún, que yo representaba un estorbo y él un invitado inesperado en mi historia que podría traerme más de un quebradero de cabeza. Pero eso él no lo sabía, así que debería tener mucho cuidado a partir de ahora. Decidí no darle más importancia de la que tenía. Vale, no habíamos comenzado con buen pie y quizá si intentaba un acercamiento cortés y manteníamos una relación cordial sería más fácil que desviara su atención de mí. Total, ¿qué interés podría tener yo para ese hombre? Así que me propuse suavizar mi actitud para evitar que aquellos profundos ojos azules dejaran de mirarme con sospecha.

Ya en el ferri que nos conduciría a Tarbert, bajamos del coche y desapareció unos minutos. Yo me apoyé en la barandilla para disfrutar del bonito paisaje que se mostraba ante mis ojos, que se veía completamente distinto en un día tan soleado. Respiré profundamente, llenando mis pulmones de aire escocés con olor a tierra mojada, a salitre, a madera, a bosque. Aquel era un lugar de una belleza sin igual y, por un segundo, entendí el amor que Connor sentía por él.

Estaba enfrascada en mis pensamientos sobre mi escocés, cuando Oliver me sorprendió con un café. Aunque hacía un día claro y estupendo, la brisa helada cortaba mi cara hasta que casi se me saltaran las lágrimas, así que agradecí el gesto con una tímida sonrisa.

—¿Conque te gusta el arte? —me preguntó mirando hacia el horizonte. Pero sus palabras, más que a una pregunta, se asemejaban a una afirmación.

—Bueno, estudié Arte en la universidad, por lo que sí, creo que me gusta un poco, sí —respondí intentando ser agradable.

—Y ¿siempre lloras cuando estás ante un cuadro?

¡Babum! Directo a la yugular.

Sentí su mirada clavada en mi rostro, esperando una respuesta que yo, por supuesto, no podía darle.

—No sé a qué te refieres —balbuceé disimulando torpemente mientras bebía un sorbito del café.

—Nunca había visto una reacción como la tuya ante el cuadro del Laird hechizado.

Dudé. ¿Cómo iba a salir de aquello? Debía ser rápida, si titubeaba, aquel lince que tenía junto a mí acabaría por hacer demasiadas preguntas.

—Bueno, me sorprendió ver su imagen, eso es todo.

—Y ¿es tal como lo imaginabas?

—No sé, me impactó comprobar que fue de carne y hueso, ponerle cara y ojos a alguien que hasta ahora no los tenía.

Si tenemos en cuenta que se trata del principal protagonista de la investigación de don Rafael, y el personaje al que tengo que estudiar durante estos meses… fue emocionante. ¡Toma ya! ¡Tema zanjado! Si es que cuando me pongo, soy muy, muy buena.

—¿Quién es Connor?

Aquella pregunta me descolocó. ¡Tierra ábrete bajo mis pies y engúlleme!

—No conozco a ningún Connor.

—Entonces, ¿por qué me llamaste Connor?

—Yo no hice eso.

—Sí, lo hiciste. Cuando chocaste conmigo.

—Seguro que te equivocas… Aunque ahora que lo pienso, ¿el *Laird* hechizado no se llamaba Connor? Se me iría la olla, estoy tan metida en mi trabajo que… —¡Corre, huye, desaparece Elva!— ¡Anda! Ya llegamos a Tarbert, te espero en el coche —respondí totalmente turbada, marchándome escopeteada y dejándole con el ceño fruncido y nada convencido. ¡Mierda, mierda, mierda!

Llegamos a Stonefield en completo silencio de nuevo. Opté por ponerme los cascos para evitar preguntas indiscretas con las que me vería obligada a mentir y a exponerme. Porque Oliver no parecía que se conformara con cualquier respuesta, y no me gustaba en absoluto la forma inquisitiva con la que analizaba cada una de ellas. No tenía duda, sospechar sospechaba algo.

Bajé del coche cargada con mis bolsos y me dirigí a la casa a toda prisa. Una chica del servicio me llevó hasta la gran biblioteca, los antiguos aposentos de Connor Murray, en donde Rosalind Hamilton-Murray y don Rafael me dieron la bienvenida de forma desigual. Ella cariñosamente y él simulando una superioridad que era hasta cómica.

—Ya era hora, estaba por empezar sin usted.

—Si me hubiese avisado de que iba a venir por su cuenta habría estado preparada con antelación —contesté con sorna—. Buenos días, señora Hamilton.

—Buenos días, querida. Espero que hayas disfrutado de esta bonita mañana que tenemos hoy. Créeme, son muy escasas y no verás muchas como esta —me informó mientras me acercaba para darle los dos besos de rigor–. Espero que mi nieto se haya comportado como debe. Ahora que vais a pasar tanto tiempo juntos, espero que podáis llevaros bien.

Abrí los ojos como platos sin entender el significado de aquella última frase.

—¿Vamos a pasar mucho tiempo juntos?

Rosalind levantó la vista sobre mi hombro y contestó sorprendida:

—¿No se lo has dicho?

Me di la vuelta y divisé a Oliver apoyado en el quicio de la puerta con los brazos y piernas cruzadas, dedicándome una mirada sombría que hasta dolía.

—¿Que voy a ser su niñera? No.

Confusa, devolví mi atención a la anciana reclamando algún tipo de aclaración.

—He pensado que quién mejor que mi nieto, para que te enseñe nuestras tierras y las historias que sucedieron en ellas. Así no te sentirás sola cuando no estés trabajando, ¿no te parece?

—No… no era necesario que se tomara tal molestia, hubiera podido hacerlo sola. Además creo que no voy a tener mucho tiempo de hacer turismo y…

—Bah, seguro que Rafael te dejará el tiempo suficiente para ello. Además, estoy convencida de que querrás visitar todos los lugares que descubrirás en esos documentos.

Asentí falsamente agradecida ante la amabilidad de la anciana y ella se apresuró a despedirse, informándonos de que el servicio nos avisaría a la hora de comer, y que cualquier cosa que necesitáramos tan sólo teníamos que pedirla. Oliver se adelantó, se hizo con el control de la silla y la condujo hasta la puerta por donde desaparecieron después de haberme dedicado una mirada llena de intención.

Tras una breve charla de don Rafael que me informó del trato especial que debería dar al material con el que trabajaríamos, este dio por iniciado el primer día de investigación. Mis tareas serían fotografiar y transcribir todo aquello que a él le pareciera de interés. Lo más importante para empezar, según me dijo, era que me familiarizara con Connor Murray y su entorno. Su nacimiento, su trayectoria y su muerte. Su muerte. Hasta ese momento no lo había pensado pero, obviamente, Connor había muerto varios siglos atrás. Independientemente de que yo le sintiera muy vivo, y a pesar de la congoja que me produjo pensar en ello, tuve que aceptar que era una realidad, por mucho que me afectara saber su destino.

Según leí, Connor Murray había nacido aproximadamente en 1681, allí mismo, en Stonefield. Hijo de Artair y Mairi Murray, sobrino de Finn Murray y descendiente de uno de los más respetados clanes de Escocia, el Murray. Conocido como el *Laird* hechizado, falleció por causas naturales cuando volvía de un viaje desde el norte de las Highlands, en el año 1752.

Me estremecí sin poder evitarlo, pero me alegré. Había leído *Forastera* y la serie basada en ella dos veces en estos meses, y me satisfizo ver que no había caído en la batalla de Culloden. Murió mayor y esperaba que feliz al haber recuperado su hogar.

Aunque era complicado entender el idioma, ya que casi todo estaba en inglés antiguo o gaélico, continué leyendo con un nudo de emoción atascado en mi garganta. Tras algunos párrafos difusos, descubrí que se había casado en 1716 con Riann Murray, y había sido padre de cuatro vástagos, Leslie, Logan, Evanna y Grant, que a su muerte tuvieron que emigrar debido a las revueltas políticas de la época. Casi un siglo después, en 1837, el castillo, casi derruido, fue reconstruido y conservado por los descendientes del clan Murray que volvieron, reclamando sus tierras y devolviéndole la gloria y el esplendor que Connor Murray, el *Laird* hechizado, le había otorgado mientras vivió. La época en la que fue el máximo jefe del clan era conocida como la más fructífera y pacífica que se recuerda en la zona. Le nombraban como a uno de los mejores Lairds de toda Escocia.

Limpié en un acto reflejo una lágrima furtiva que recorrió mi mejilla. Imaginé por un momento a Connor, mi *highlander*, volviendo a casa, recuperando su castillo, conociendo a una bella mujer con la que formar una ansiada familia… Me sentí feliz porque lo consiguió y, sobre todo, porque nunca más estuvo solo.

El día transcurrió tranquilo. Fotografié mapas e ilustraciones antiguas, tomos de libros centenarios y anoté todo aquello que a don Rafael le llamó la atención. Aquellos datos eran extraordinarios. La historia de Escocia, ya de por sí apasionante, convergía con la propia de un clan tocado por las intrigas políticas y las traiciones en busca de poder.

Desde luego, aquella investigación no sólo iba a servir para la aventura literaria de don Rafael, sino que iba a alimentar mi curiosidad por la vida y milagros de mi querido *highlander*.

Aunque solicitamos que nos subieran la comida a la biblioteca, apenas pudimos probar bocado. Al contrario de lo que me temía, fue muy fácil trabajar con mi jefe, que se concentró en lecturas y anotaciones y pareció olvidarse de que yo estaba allí.

No fuimos conscientes de la hora que era hasta que Oliver apareció en aquel portón, indicándonos que nos llevaría de vuelta a Tighnabruaich. Estaba tan subida en mi nube que ni me detuve a pensar en lo mal que me caía. Simplemente recogí mis cosas y le seguí hasta el todoterreno, en el que me dormí, exhausta, con la melodía de las voces de mis acompañantes de fondo.

XXIV

La tarea de ser niñera de Elva durante la primera semana fue una verdadera tortura, básicamente porque no cruzamos ni media palabra y la tensión era palpable en cuanto nos quedábamos a solas. Cierto era que yo no soy la persona más sociable del mundo, y que en las ocasiones en las que intenté entablar conversación la cagué en las formas, pero ella tampoco me lo ponía fácil. Era esquiva, desconfiada y se alejaba poniendo un muro invisible entre nosotros cada vez que le hacía alguna pregunta. Rafael, mi querido padrino, me invitó a participar en la investigación durante las tardes, en las que manteníamos charlas interminables sobre el patrimonio de mi familia y todo lo que iba encontrando en los libros sobre Connor Murray, mi antepasado.

Aunque era evidente que la española no estaba interesada en mí en absoluto, al contrario, creo que me tenía cierta aversión y con razón, la pillé en varias ocasiones mirándome de soslayo mientras estudiaba o fotografiaba documentos. Me tenía realmente desconcertado. Aquel halo de misterio que desprendía aquella muchacha me tenía absolutamente enganchado a ella. Esa sensación se tornó un reto para mí. ¿Por qué se preocupaba tanto en mantenerme alejado de ella? La había visto comportarse con el resto de la gente de forma bastante amigable, era extrovertida e incluso bastante divertida, por lo que no llegaba a entender su actitud hacia mí. Me propuse averiguar el verdadero motivo de su presencia allí, el porqué de su comportamiento conmigo, y por qué se le iluminaba la mirada cada vez que encontraba un nuevo dato sobre Connor Murray. No había duda de que Elva despertaba mi curiosidad, y reconozco que ese vacío al que me sometía día a día me molestaba. No es que deseara llamar su atención, pero no podía apartar mis ojos de ella, aspirar su aroma a aquellas malditas flores que me tenían anestesiado y casi me hacían babear al verla.

A pesar de todo, nuestra relación se fue suavizando a lo largo de los días. No es que el roce hiciera el cariño, pero nos acostumbramos a vernos a diario, y a aceptar que nos tendríamos que soportar. Una de las tardes en las que me encontraba con ellos en la biblioteca, Rafael me propuso que llevara a Elva a estudiar la zona cercana al lago. Aunque percibí el gesto de nerviosismo de la chica ante la noticia, asentí y convine que sería muy buena idea que fotografiara la impresionante flora que rodeaba nuestras tierras.

Anduvimos por el bosque que rodeaba Stonefield, en el cual ella se limitó a fotografiar árboles, frondosos rododendros y plantas exóticas de más de cien años de antigüedad. Le expliqué que fueron plantados allí por el gran botánico y explorador sir Joseph Dalton Hooker, quien trajo las semillas gracias a los muchos viajes que realizó por el Himalaya. Aquello pareció interesarle y la habitual tirantez entre nosotros se fue disolviendo conforme la excursión avanzaba. Pareció sorprenderse de mis conocimientos acerca de todos esos temas, y suavizó su mirada al ver la pasión que yo mostraba al sentirme el centro de su atención por una vez. Verla allí entusiasmada, captando con la cámara hasta el mínimo detalle, era una novedad muy agradable. Me sorprendí a mí mismo disfrutando de cada gesto, cada sonrisa y cada mirada que me regalaba. Estaba demasiado a gusto en esa situación y me preocupé por ello. No debía bajar la guardia, aquella mujer era una encantadora de serpientes.

Para intentar acercarme un poco más a ella, hice que nos prepararan un pequeño picnic como merienda. Quizá en esas circunstancias podría sonsacarle más información. Nos sentamos a la orilla del riachuelo que atravesaba la propiedad, rodeados de altos árboles y coníferas de todos los tamaños. La calma que se respiraba en aquel lugar del todo bucólico ayudó a que nos relajáramos. Comíamos algunas piezas de fruta en silencio, cuando me sentí con la valentía de romper el hielo.

—¿Puedo hacerte una pregunta? –le dije sin pensar.

—Sí, claro.

—¿Qué es lo que realmente te ha traído aquí? ¿Qué quieres de mi familia?

Me miró perpleja durante un segundo y le pegó un gran bocado a una enorme y sonrosada manzana.

—¿Qué te hace pensar que quiero algo?

—Todo el mundo quiere algo –afirmé convencido.

—Yo no soy todo el mundo.

Sonreí sin dejar de observarla. Desde luego esa mujer era totalmente diferente a cualquiera que yo había conocido, espontánea y fresca. Disparé con la seguridad de que la siguiente frase la haría reaccionar. Conocía muy bien el lenguaje corporal de las personas, eso lo había aprendido de tantas situaciones en las que me había tocado comerme mis palabras.

—No me fío de ti.

Elva dejó de masticar y me miró a los ojos sorprendida. De inmediato, comenzó a masticar de nuevo con más ímpetu para disimular su nerviosismo.

—Vaya… eres directo. ¿Y qué crees que quiero? Ya que estás tan seguro de que quiero algo me gustaría saber qué sospechas.

—No eres la primera ni serás la última cara bonita que se arrima a mi familia para conseguir algo de provecho.

—Como… –me instó a continuar con un ademán.

—Dinero, piezas de arte, un matrimonio ventajoso…

Abrió los ojos como platos y a continuación soltó una carcajada que tuvo que oírse en Tokio.

—¿En serio? Pero ¿tú me has visto bien? ¿Crees que doy el perfil de extorsionadora, ladrona o cazafortunas? Venga ya…

—¿Por qué no? Eres guapa, con una educación aceptable y has aparecido de la nada acompañando a Rafael de buenas a primeras.

—Pues te aconsejo que hables con Rafael sobre mis supuestos objetivos malignos y siniestros en contra de tu familia, yo soy la primera sorprendida de estar aquí, no creas. —Hizo una pausa y se burló de mí poniendo una de esas miradas encantadoras llenas de intención que me ponían como a un colegial—. ¿Me ves guapa?

Obviamente, aquella pregunta me desestabilizó. Tenía dos opciones, hacer que no había pillado la indirecta o bien disimularlo muy bien. Opté por hacerme el sueco.

—Sé que ocultas algo. Ahora mismo no sé qué es… pero lo descubriré —le aseguré señalándole con dedo acusador.

—¿Se cree el ladrón que todos son de su condición? —se mofó.

Fruncí el ceño en el instante en que todas mis alarmas se encendieron. Me molestó la facilidad que tenía Elva para analizarme.

—¿Qué quieres decir con eso?

—Me da la sensación de que el que esconde cosas eres tú.

—¿Yo? Te equivocas.

—¿Puedo hacerte yo una pregunta? —asentí con suficiencia y me acomodé contra el tronco del árbol cruzando los brazos, esperando atento lo que tenía que decirme—: ¿Por qué siempre tienes esa cara de amargado? ¿Qué te ha hecho el mundo para que tengas ese mal humor desde que te levantas hasta que te acuestas?

Levanté las cejas sorprendido ante la franqueza de la muchacha. Aquello había sido una bofetada a mi orgullo, con la mano abierta y que me dejó sin palabras además de con la mandíbula desencajada. Me sentía expuesto, nadie se había atrevido nunca a hablarme así. De hecho, me extrañó que una chica como ella se interesara por mí sin querer algo a cambio. La mala fama que me precedía impedía a cualquier persona pararse a pensar en los motivos de mi actitud. Simplemente daban por hecho que yo era así por naturaleza. Me turbé al sentirme así ante aquella muchacha de ojos vivarachos y lengua suelta. No quería continuar aquella conversación que me dejaba desnudo ante ella. Molesto, me agarré como era habitual a la única arma que tenía para preservar mi espacio vital: mi mala leche. La miré a los ojos y me incorporé con la mandíbula apretada.

—¿Siempre eres tan sincera? Es tarde, será mejor que nos vayamos.

Vi en sus ojos un destello de preocupación en cuanto me vio levantarme. No era mi intención que ella se sintiera mal, pero no podía dejar que las cosas siguieran el rumbo que estaban tomando. No quería que supiese que me había tocado algo la fibra, debía seguir siendo ese hombre en que me había convertido, frío como un témpano.

—Perdona, no quise que sonara así. Pero es que no entiendo el porqué de tu actitud, habrá un motivo, digo yo.

—Te espero en el coche.

Elva se quedó con la palabra en la boca, viendo como yo recogía la manta de mala manera y me dirigía al coche enérgico y de mal humor.

Durante el viaje de vuelta no dijimos ni una sola palabra. El ambiente se tornó gélido y distante. Otra vez nos encontrábamos en el punto de partida, y todo gracias a mi maldito miedo. Ella me miró de reojo varias veces, pero yo me esforcé en ignorarla por completo. Estaba tenso y preferí estar atento a la conducción. Aunque ella hizo varios amagos de iniciar una conversación, yo no estaba por la labor. «Mantén la cabeza fría, Oliver», me obligué a pensar. Era mejor dejar las cosas como estaban por el momento. Si consentía que ella escarbara en la coraza que me protegía, estaba perdido.

—¿No piensas volver a hablarme? –Silencio–. ¿Ves? Es a esto a lo que me refiero. Cuando parece que puedes llegar a ser incluso amable, ¡zasca! Supongo que no debes tener muchos amigos con esta actitud de perdonavidas que tienes.

—Elva, déjalo. No tengo que darte ninguna explicación.

—Claro que no, pero tienes un comportamiento muy egoísta. Pretendes acercarte a las personas, pero no dejas que nadie se acerque a ti.

—¿De qué estás hablando? ¿Quién te crees que eres para hablarme así?

—Nadie, no soy nadie. Pero no entiendo esa pose de tipo duro e inaccesible que te esmeras en proyectar. Sé que debajo de esa máscara hay algo más, alguien mucho más interesante de lo que dejas ver. No entiendo por qué no intentas ser tú mismo.

—Tú no tienes ni idea. No me conoces en absoluto. Créeme, no soy una buena persona y no creo que te gustase conocerme de verdad.

—Oliver, he visto como te comportas con tu familia, con don Rafael. Eres inteligente, atento y cariñoso, pero no compartes esa actitud con el resto de la gente, nos apartas.

Frené y me desvié hacia el arcén de la carretera, deteniendo el vehículo con brusquedad.

—¿Qué sabes tú de mi vida? Hace poco que estás aquí y ya crees que lo sabes todo, pero no tienes ni idea —sentencié de muy mal humor—. Tú me acusas de cosas que desconoces, mientras te mueves por mi casa con sigilo, como un ladrón al acecho de su próximo robo. Sé que ocultas algo y quiero dejarte clara una cosa: voy a averiguarlo. Tu interés por Connor Murray esconde mucho más que un simple trabajo de documentación y pienso desenmascararte.

—¿Ves? La única manera de actuar que conoces para evitar aceptar tus defectos es atacando. ¿Por qué piensas que escondo algo? He venido a trabajar, a estudiar la figura de un hombre que me resulta apasionante. Un hombre que, como tú, vivió en este lugar y amó estas tierras por encima de todas las cosas. Un hombre que cambió, que consiguió enderezar su vida sin dañar a su entorno y ser una persona íntegra y honesta. Desde luego no te pareces nada a él.

—Elva, creo que te has dejado hechizar por la leyenda del *Laird*, no dices más que tonterías —respondí con suficiencia.

—Sé que hay mucho más debajo de esa coraza que te convierte en un ser irascible y prepotente, que te protege de algo a lo que temes y que, en el fondo, no te hace feliz.

—Está bien, se acabó. ¡Ya es suficiente!

Di un acelerón que la dejó pegada al asiento, haciendo que se callara de una puñetera vez. Estaba encendido, cabreado, frustrado al sentirme frágil ante aquella chica de lengua afilada. Lo que más me indignaba era que tenía razón, en todo. ¿Cómo podía leer mi alma de aquella forma? ¿Quién demonios era esa chica?

—Ten cuidado, Oliver, estás conduciendo demasiado deprisa —me avisó con algo de temor en la voz.

La ignoré, y seguí pisando el acelerador con fuerza, deseando llegar a Stonefield y poner fin a aquella discusión sin sentido. Seguía cegado por la rabia y ofuscado por la situación cuando un grito me devolvió a la realidad.

—¡Cuidado!

Elva se había agarrado a mi brazo, haciéndose un ovillo. Frené con decisión, pero ya era tarde. Algo se estrelló contra un lateral del todoterreno, algo que no pude esquivar y que acabó golpeándose contra él.

Con el pulso a mil y el corazón a punto de reventar en mis sienes, intenté valorar la situación. El vehículo, cruzado en medio de la carretera, había atropellado a algo o a alguien, pero en ese instante mi preocupación se centró en la muchacha que tenía a mi lado, asustada y lloriqueando como una niña indefensa.

—¿Elva! ¿Estás bien? ¿Estás herida? —La urgencia que denotaba mi voz me sorprendió incluso a mí. Si algo le había ocurrido a la chica por mi culpa no me lo perdonaría—. Elva, responde, ¿estás bien? —insistí zarandeándola con apremio.

La chica reaccionó y se incorporó con cautela. Miró al frente con temor y a continuación se palpó el rostro con una de sus manos.

—Sí… creo que sí.

Suspiré aliviado y acaricié su pelo con suavidad durante un segundo, el tiempo en que ambos nos dimos cuenta de que ella seguía aferrada a mi brazo con fuerza. En ese instante nos separamos como si el contacto nos hubiese dado calambre y el nerviosismo y la vergüenza afloraron de nuevo entre nosotros.

—Voy a ver qué ha pasado. Quédate aquí —balbuceé inquieto antes de bajar del vehículo.

Sin duda alguna había atropellado a algo o a alguien, y recé porque no fuera esto último. En un lateral, con medio cuerpo bajo el coche, encontré herido a un pequeño animal de pelaje oscuro. Debido a la falta de luz del atardecer y a los nervios no podía distinguir la gravedad de las heridas. Me quedé paralizado ante el animal que gemía dolorido y asustado.

—¡Dios mío, es un perro! —exclamó Elva frente a mí.

Desde luego, y como era de esperar, había hecho caso omiso a mi orden de que se quedara dentro del coche. Se agachó enseguida y comenzó a hablarle al perro, acariciándole el lomo y analizando cuán grave era el daño producido por el atropello.

—No lo toques, podría morderte.

—Está asustado —me increpó—. Debemos llevarle a algún veterinario. Es posible que sus heridas sean internas, aparte de esta magulladura del costado.

—Si es así está sentenciado, no podemos hacer nada por él.

—¿No me has oído? He dicho que es posible, no que esté moribundo. Hay que llevarlo a un médico enseguida. No podemos dejarle aquí, no puede moverse y está consciente, si le abandonamos morirá de frío —ordenó inquisitiva y volvió a centrar su atención en el animal, que lamía su mano agradeciendo sus cuidados—. ¿Verdad, pequeño? Tranquilo… todo saldrá bien. Te vamos a llevar a un doctor para que te cure esta herida, ¿de acuerdo?

—Es un perro vagabundo, y morirá aunque le llevemos a un médico. ¿Es que no lo ves?

—¿Y qué más da? Te recuerdo que esto no habría ocurrido si hubieses tenido más cuidado. Es lo menos que podemos hacer, me niego a abandonarlo y que muera solo.

Me sentía culpable, realmente aquello había sucedido porque había perdido los estribos, y verla a ella, arrodillada y atendiendo con tanta ternura al perrito, derribó mis defensas. Tenía toda la razón, y me estaba comportando como un ser despreciable.

—Está bien —dije poco convencido—. Le llevaremos a Tarbert, Mac O'Brien es el veterinario de las granjas y supongo que sabrá qué hacer con él.

Tendí un impermeable que saqué del maletero en el asfalto y con mucho cuidado, colocamos al can sobre él. Elva se trasladó al asiento trasero para estar junto al animal, que lloriqueaba pero permanecía tranquilo bajo las caricias de la chica.

Llegamos a casa de Mac y enseguida el granjero se hizo cargo del pequeño perro color chocolate que miraba a Elva con ojos tristes. La misma expresión que destilaban los suyos, húmedos y llenos de preocupación. Esperamos durante una media hora hasta que Mac nos dio el diagnóstico.

—Bueno, parece ser que este pequeñín tiene un gran ángel de la guarda canino velando por él. No hay daños internos, aunque estará dolorido unas cuantas semanas. Le he entablillado una pata trasera que sí está fracturada, pero aparte de eso está bien. Ha tenido mucha suerte.

Elva dio unos saltitos de felicidad y me abrazó de forma espontánea mientras exclamaba un «¡Te lo dije!», que me dejó con la mandíbula completamente descolgada. En cuanto se dio cuenta de su osadía, reculó y se dirigió a Mac para darle las gracias.

—¿Sabéis a quién pertenece? –nos preguntó a ambos. Ante nuestra negativa, continuó–: Puede quedarse aquí un par de días en observación, pero habrá que llevarlo a algún sitio. Intentaré enterarme de si alguien puede hacerse cargo de él de todas formas.

—Gracias Mac. Te lo agradezco. –Y con un apretón de manos me despedí del médico.

Salimos de la consulta aliviados. Ella, feliz por haber tenido razón y haber salvado al pobre animal. Yo, por haber seguido su consejo.

—Deberías quedártelo –susurró Elva una vez emprendimos el viaje de vuelta a Stonefield.

—¿Yo? Imposible.

—Es lo mínimo que puedes hacer por él tras haber atentado contra su vida.

¡Será maldita! ¿Intentaba hacerme chantaje emocional?

—Yo no puedo hacerme cargo de un animal. Si no soy capaz de cuidar de mí mismo, ¿cómo esperas que me haga cargo de él? –bramé molesto.

—¿No has visto cómo te miraba? Es tan pequeño y tan cuco… pobrecito… a saber dónde acaba y con quién… –insistió con pena fingida.

—Vale, soy un ser insensible, repugnante y sin corazón, pero no me voy a quedar con él. ¿Te ha quedado claro? –concluí para zanjar el tema–. ¡Ah! Y Elva...

—¿Qué? –contestó decepcionada por mis palabras.

—Cállate.

XXV

☙❦☙

Cuando el viernes Violeta me contó los planes para el fin de semana me quedé algo sorprendida. Iban a pasarlo en Glasgow y me invitó a unirme a ellos. Se lo agradecí de corazón, pero intenté poner una excusa para no aceptar sin resultar desagradable. Estaba cansada y con pocas ganas de cachondeo tras mi bronca con Oliver la noche anterior y el tema del atropello. Había planeado visitar a Mac y ver cómo se recuperaba el perro. Desde luego, lo que menos me apetecía era hacer de carabina durante dos días. Acabaría vomitando arco iris.

Insistió ante mi negativa y me contó que por fin le habían concedido a Jorge la beca para estudiar cocina en París el próximo otoño, y querían celebrarlo por todo lo alto esa misma noche en uno de los mejores clubes de Glasgow, el Wicka. Aunque sabía que no estaba muy animada, intentó convencerme de mil formas, explicándome que era una de esas fiestas en las que si tu nombre no está en la lista no pasas, con gente guapa, algún famoso y muy buen rollo. Me resistí al principio, pero insistió tanto y la oí tan emocionada que acabó convenciéndome. Me prometió llevarme a conocer la ciudad y que lo pasaríamos genial. La idea me gustó. La fiesta era tan sólo un pequeño sacrificio en favor de mi integración en un país extraño y qué mejor que hacerlo con mis nuevos amigos. ¿Por qué no? Yo también tenía derecho a divertirme un poco, ¿no? Quizá desconectar del trabajo y de mi repelente niñera me haría bien.

Quedamos en encontrarnos en la puerta del hotel en Tighnabruaich a mi regreso de Stonefield después de comer, y desde allí haríamos el trayecto en coche hasta Glasgow para aprovechar las horas de luz y llegar temprano a nuestro destino. Ese viernes trabajaríamos media jornada, ya que don Rafael se había marchado al norte de cacería el fin de semana, y me había dado completa libertad esos dos días. «Aproveche para hacer algo de turismo», me dijo. Así que dejé una nota en el hotel para que se la hicieran llegar en caso de que volviera antes que yo, algo que Violeta me aseguró que no pasaría. Además, llevaba el móvil encima, si se producía una de sus grandes urgencias, tan sólo tendría que llamarme.

Tras despedirme de la señora Hamilton, la cual me informó de que a Oliver le habían surgido algunos temas profesionales en la ciudad y que no podría llevarme de vuelta a Tighnabruaich, me dirigí hacia Tarbert para embarcar en el ferri. Preparé una mochila con una muda y algo decente para salir por la noche y, sobre las tres de la tarde, la curiosa pareja ya me esperaba en la puerta. Durante el trayecto de casi dos horas, mostré mi interés por la seguridad de la ciudad. Tenía un alto índice de delincuencia y fama de ser una de las más peligrosas de Inglaterra. No me lo negaron, aunque me aclararon que había zonas más seguras que otras en Glasgow, igual que sucede en otras ciudades europeas. Aunque esto último me lo dijeron con la boca pequeña. Prometieron cuidar de mí y llevarme sana y salva de vuelta a Stonefield y eso, por el momento, fue suficiente para apaciguar mis temores.

Violeta me habló de casi todos los cotilleos del pueblo y parte de la comarca. La verdad es que para ser un lugar tan pequeño, tenían unos líos de lo más jugosos. Me habló de Laura Campbell, la despampanante mujer de rojo que conocí en la fiesta y que resultó ser, según me dijo, más que una amiga para Oliver Reid-Murray. Me aconsejó que pasara de ella, que pese a que era una engreída no tenía mal fondo. Simplemente había tenido mala suerte en la vida y era especialista en buscarse problemas, pero que si podía evitarla, mucho mejor.

—Es una diabla. Puede ser muy peligrosa —apostilló el cubano.

Me pareció curioso que dos personas tan diferentes a simple vista como eran Oliver y Laura tuvieran algo que ver. Mientras él huía aparentemente de la pomposidad y de ser el centro de atención, ella parecía estar muy a gusto disfrutando de esas cosas.

—¿De verdad Laura y el nieto de la señora Hamilton están liados? Porque no pegan ni con cola —pregunté sorprendida.

—Liados no, liadísimos. Estuvieron un tiempo viéndose, pero por aquel entonces él se tiraba a todo lo que se le ponía por delante. Guapo, rico y rebelde, del tipo de Laura, pero Oliver estaba muy metido en el lado oscuro.

—¿Lado oscuro?

—No sé si debería contarte esto, no deja de ser nuestro jefe después de todo —comentó precavida mirando a Jorge.

—Cariño, la vida de Oliver no es ningún secreto, ni tampoco la de su familia. Todo el mundo en la zona sabe lo que ocurrió en esa casa y en lo que estaba metido. Si no se lo cuentas tú, cualquiera del pueblo lo hará. —La tranquilizó.

—Estuvo metido en drogas, apuestas y dicen que si no llega a ser por los contactos que tiene la familia, ahora estaría en la cárcel o quizá tirado en alguna cuneta. Tocó fondo al morir su madre y estuvo fuera un par de años. Ha cambiado una barbaridad. Volvió hace unos meses y, bueno, las cosas han mejorado mucho. Se hizo cargo de nuestro hotel y varios negocios más y parece que ha vuelto al buen camino.

—Vaya —comenté sorprendida. Aunque sospechaba algo, me sorprendió conocer el duro pasado que soportaba Oliver a sus espaldas.

—Los ricos tienen tantos problemas como ceros en su cuenta bancaria, no creas. Y esta familia ha tenido muchos. —¡Qué agudo era Jorge!

—Ya veo.

—Apuesto lo que quieras a que la vieja le dará el control de la fortuna otra vez. No le está yendo mal con la gestión del Royal y en los negocios que comparte con Elliot —comentó Jorge.

—Dudo mucho que Benjamin Lennox lo permita, ahora vive como un rey. Hace y deshace lo que quiere con el dinero de la familia, sólo hay que ver como se pavonea por el castillo, como si realmente fuera suyo por derecho.

Tras el gesto de asco de Violeta, entendí que no había sido la única en notar ciertos aires de grandeza y pedantería en el cuñado de Oliver. Aun así, pregunté el porqué de ese control de la fortuna de los Murray.

—No entiendo, ¿no es Oliver el heredero?

Violeta parecía estar encantada de contarme toda la historia, hasta la vi emocionarse ante el culebrón Murray.

—Sí, es Oliver, pero dado sus problemas de entonces, le cortaron el grifo y el Lennox se hizo cargo de la gestión familiar. Dicen que Oliver ha vuelto para recuperar lo suyo, pero dudo que la abuela dé su brazo a torcer si no sienta la cabeza de una vez. Y dudo más aún que Laura sea el tipo de mujer que quiera para él. Es una arpía que sólo busca una buena posición.

—¿Siguen juntos entonces?

—Bueno, se ven de vez en cuando, ya sabes. Donde hubo fuego...

Sabía muy bien lo que era eso, yo hubiese caído a la primera oportunidad si en su día Carlos se me hubiese insinuado. Algo molesta por volver a recordar al *innombrable*, decidí no darle importancia al tema, y me convencí de que quizá Laura y Oliver Reid estaban hechos el uno para el otro. «Una diabla y un imbécil. Dios los cría y ellos se juntan», me dije.

Sonreí sin ganas y me quedé pensativa. Era demasiada información para asimilarla así de sopetón. Primero, me costaba imaginar a ese hombre altivo y con esa fuerte personalidad en una situación tan pésima. Pero luego pensé en Connor. Él también había perdido el norte, estuvo a punto de desperdiciar su vida y parece ser que nuestro encuentro fue el detonante para recuperar las riendas de nuevo. Quizá a Oliver Reid le había pasado algo similar que hizo que cambiara su actitud y volviera a ser normal. Lo único que tenía claro era que debería esforzarse un poco más por cambiar su agrio humor.

Llegamos a Glasgow sobre las seis y cuarto y ya había anochecido. Una de las cosas que más echaba de menos de España era la luz del sol. En Escocia a las cinco de la tarde era de noche y resultaba algo deprimente.

Nos dirigimos hacia Chancellor Street, una calle del West End, una de las mejores zonas de Glasgow, llena de residencias de estudiantes, dada su cercanía a la zona universitaria. Un amigo de Jorge le había prestado su apartamento ese fin de semana mientras estaba fuera, e iba a ser nuestra residencia mientras estuviéramos allí. Descargamos el coche de mochilas y bolsas de comida llenas de táperes repletos de manjares que Jorge se había encargado de preparar y subimos al pequeño apartamento. Estaba compuesto de dos espacios, la sala de estar con cocina americana y la habitación con un diminuto baño. Era austero pero estaba limpio. No se podía pedir más. Instalé mi bolsa en el sofá cama tras insistir a mis anfitriones que prefería cederles la intimidad de la habitación. Al fin y al cabo, lo de dormir en sofás era mi especialidad.

Tras picar algo, Jorge se arregló y nos dio espacio para hacer lo propio.

—Hoy eres toda mía —me aseguró Violeta con una sonrisa pícara.

Para mi terror, comenzó una sesión de pases de modelos con el más que considerable repertorio que había metido en su maleta. Tras revisar el modelito que yo había metido en mi mochila, Violeta decidió que no era lo suficientemente sexi. Íbamos a asistir a una sesión en uno de los mejores clubes del país, con la presencia de un Dj bastante conocido que estaba rompiendo las listas de éxitos europeas. Me vistió de pies a cabeza con esa ropa deliciosa que yo detestaba al ver en los escaparates y creí que nunca podría llevar por propia voluntad. Pero su carácter insistente me desarmó y cuando me miré al espejo, por una vez, me gustó lo que vi.

Un vestido midi de tirantes en tono granate, sencillo pero elegante, se ajustaba a mis curvas y resultaba bastante favorecedor. Me recogió el pelo en un moño informal, peinó mi flequillo hacia un lado, dando a mi rostro un toque más aniñado y me maquilló con una destreza que me asombró.

Ella también se puso un vestido midi pero en negro y ajustado, con escote palabra de honor y unos preciosos zapatos de plataforma color nude. Daba igual lo que llevara puesto, a su pequeño cuerpo todo le quedaba perfecto. Pero la sorpresa no acababa ahí, ya que lo que yo más temía se hizo realidad. Mirándome socarrona, me hizo sentarme en la cama y sacó de una bolsa de tela de la maleta un par de zapatos negros que, según me contó, le habían costado a Jorge los ahorros de casi un año. La guinda del pastel. Maldecí por tener la misma talla de pie que ella y no haber traído más que mis maltrechos salones con pulsera de España. No obstante, reconocí que eran divinos. Dos maravillosos zapatos con un interminable tacón para cualquier chica pero, que a mis ojos, no eran más que unos grilletes de tortura.

Me divertí mucho con ella mientras acabamos de arreglarnos y me trasladó su gran sentido del humor hasta que me sentí cómoda dentro de aquella ropa, y supongo que eso me dio ánimos. Aunque eran muy diferentes, me recordaba mucho a Marisa. ¡Cuánto echaba de menos a mi amiga! Salí de la casa casi optimista, deseando que al menos la noche fuera divertida. Jorge nos esperaba abajo con la paciencia de un santo y cogimos un taxi emocionados perdidos.

Llegamos al gran club ubicado cerca de Merchant City. Un edificio con apariencia de casa victoriana futurista, donde se formaba una cola interminable en la entrada. Pensé de inmediato en mis pies, y en lo duro que iba a ser superar esa espantosa espera a la intemperie. Pero, para mi sorpresa, nos dirigimos directamente al enorme tipo, un armario cuatro por cuatro, que estaba soldado al suelo en la misma puerta. No vi que llevara ninguna famosa lista en las manos, pero cuando Jorge le susurró algo, él se tocó la oreja y lo repitió por el pinganillo. El armario se movió un ápice para retirar la cinta que separaba a la multitud de la puerta y nos dejó entrar sin decir absolutamente nada. Sonreí de alivio. Ahí estaba yo, feliz por haberme ahorrado quizá una hora de espera a la intemperie y un buen dolor de pies. Compadecí a los que seguían fuera, alegrándome de mi suerte.

El local, dispuesto en un cavernoso espacio abovedado, estaba atestado de gente, o, al menos, el vestíbulo lo estaba. Esperamos turno para dejar los abrigos y guiadas por Jorge nos dirigimos de la mano a una sala enorme en donde bullía el ambiente festivo. Mientras nosotras admirábamos el ambiente del local, Jorge nos dejó para pedir unas bebidas.

—¿A que es impresionante? ¡Hoy ha venido todo el mundo!

—No hace falta que lo digas, aquí no cabe un alfiler. —Casi tuve que gritar para escuchar mis propias palabras.

—Me refiero a famosos. A la mitad ni los conocerás, son empresarios, muy muy ricos, pero te aseguro que esta es una de las fiestas a la que todo el mundo se muere por venir.

—¿Y qué hacemos nosotras aquí?

—Dale las gracias a Mar.

—¿Mar?

—Tiene una relación especial con uno de los socios de este club. Digamos que tenemos un poco de enchufe —contestó guiñándome un ojo.

—Mira, aquella es esa modelo que está tan de moda últimamente, todos los diseñadores se la rifan. Es divina, aunque la verdad es que en persona pierde bastante…

—Oh sí, sólo con mirarla acabo de perder mi autoestima —bromeé con los ojos en blanco.

—Elva, vamos a pasárnoslo genial esta noche. Estamos lejos de casa y nos merecemos un poco de juerga, ¿no?

—Sí, supongo que tienes razón.

Aunque tenía la sensación de estar más perdida que un elefante en una cacharrería en aquel lugar, el entusiasmo de Violeta era contagioso, y decidí que iba a pasármelo divinamente. Me lo merecía.

—Dicen que va a venir Rick Lennihan. Es un restaurador muy importante amigo de Oliver y está forrado. Todas se mueren por estar con él. Te vas a morir cuando veas lo guapo que es.

—Entonces seguro que no es mi tipo, será de esos que están encantados de conocerse.

—Ay, Elva, qué negativa eres. Me dijiste que no tenías pareja ¿no? Pues disfruta, chiquilla. Quién sabe si sales de aquí hoy con el amor de tu vida.

—Anda ya… Me siento un poco perdida, aquí no conozco a
nadie aparte de a vosotros dos. Ni se te ocurra dejarme sola, por
favor.

—Tranquila, Mar y algunos amigos españoles se reunirán con
nosotros enseguida. Además, no van a ser a los únicos conocidos
que veas hoy por aquí.

—¿No? –pregunté sorprendida. Pero ella se limitó a sacarme
la lengua y a cogerme de la mano.

—Vamos a buscar a Jorge, estoy seca.

Sonaba *Chandelier*, de Sía, cuando llegamos a una especie de
barra en la que se agolpaba un tumulto de gente deseosa de
calmar su sed o, simplemente, ponerse a tono para comenzar la
fiesta. Divisamos a Jorge ya casi a punto de ser atendido y era tal
la aglomeración que fui apartada de Violeta por una ola humana
en el momento que un tema *house* comenzó a sonar a toda pastilla. Entre vítores y saltos, decidí apartarme y me refugié ante la
atenta mirada de Violeta, bajo el paso de una escalera que delimi-
taba con un grueso cristal la zona VIP del local.

Aguardé a mi amiga allí metida hasta que regresara con Jorge
y las bebidas. Me empezaban a doler los pies, y eso que los zapatos eran buenos. El problema no eran los zapatos, eran mis pies.
¡Qué delicada era para algunas cosas, leches!

Recibí las miradas de varios chicos que transitaban por la
zona, incluso alguno se acercó con intenciones de ligar, pero yo
no estaba por la labor. Uno de ellos, que acababa de salir de la
sala VIP, se puso un pelín plasta y le señalé a Jorge, dándole a entender que le estaba esperando. En España recurría bastante a ese
pequeño truco si quería librarme de algún pesado. Señalaba al
novio de alguna amiga, o simplemente a un desconocido cachas
y problema resuelto, pero aquí no se daban por vencidos tan
fácilmente. El chico no estaba mal, era moreno, de ojos exóticos,
iba bien vestido y tenía buen cuerpo, pero su actitud chulesca le
restó muchos puntos. El plasta insistía en invitarme a toda costa
a una copa y me vi atrapada en aquel rincón, sola y sin tener a
nadie al lado para salir del trance. Intenté apartarme todo lo que
pude del pesadito escocés con aires de James Bond hasta que me
quedé literalmente pegada al cristal. El tipo debía tenérselo muy

creído, porque estaba seguro de que iba a caer rendida a sus pies con esa táctica. Cuando ya me tuvo prácticamente rozando su cuerpo, apoyó sus manos alrededor de mi cabeza para evitar que escapara. ¡Joder! ¿Tengo algún neón pintado en la frente pidiendo guerra o qué?

Con poco tiempo para reaccionar, porque el tipo ya tenía su aliento rozando mi boca mientras me decía sandeces con su piquito de oro, decidí que si no quería entender una negativa a la primera, quizá la comprendería de un modo inconfundible en cualquier idioma.

Cuando sus labios se acercaron a mi mejilla y su aliento a alcohol y tabaco se estrelló en mi cara, agarré sus testículos con la mano y apreté.

—No-me-toques. ¿Entiendes ahora?

El tipo apenas podía respirar por la sorpresa y el incipiente dolor que le estaba provocando el inesperado apretón. Separó las manos del cristal a modo de rendición y cuando estuvo a una prudente distancia le solté sin dejar de mirarle a los ojos como advertencia. Supuse, por su expresión de enfado, que era la primera vez que le rechazaban de aquella forma, y le estaba suponiendo una humillación extrema, por lo que tras hacer el intento de dar un paso hacia mí, se detuvo y escupió entre dientes algo muy típico: puta. Dio media vuelta tocándose la entrepierna y se marchó.

Me quedé satisfecha con mi hazaña y cuando desapareció de mi vista levanté el brazo en plan vencedor. Aquella maldita noche con Carlos ebrio ya había tenido suficiente. ¡No más babosos, por favor!

Busqué a Violeta con la mirada y la encontré desesperada intentando hacerse con nuestras bebidas. Le hice un gesto con el pulgar y salí del hueco de la escalera y me coloqué en un lateral, cerca de la puerta de entrada a la sala VIP por donde había salido el pesado y, por supuesto, se notaba el nivel. Un miembro del personal de seguridad se encargaba de la entrada y mujeres preciosas, con vestidos que enseñaban más que tapaban, se paseaban con tipos de cuerpo diez y con algunos que no lo eran tanto, pero que se veía a la legua que tenían la cartera muy abultada.

Pensé en Marisa y en lo bien que se lo hubiera pasado viendo semejante espectáculo de testosterona de lujo. Estaba segura de que ella, por sus ovarios, habría conseguido entrar a la zona VIP y llevarse a alguno de estos buenorros de calle. Sonreía recordando a mi amiga liándola parda en varios garitos de Barcelona, cuando le vi.

Allí estaba Oliver Reid-Murray, impecable de pie frente a mí, a varios metros del cristal en un pequeño reservado. Vestía un pantalón de tono azul oscuro y una americana color borgoña brillante, acompañada de un pañuelo azul marino moteado introducido por el cuello de la camisa. Ese estilo tan personal me llamaba mucho la atención. Nunca le había visto llevar corbata, al menos las veces que nos habíamos encontrado, sólo desabotonaba su camisa e incluía un pañuelo en su interior. El modelito de hoy me pareció rompedor y atrevido, y es que… joder, no podía negarlo. ¡Estaba muy bueno! «¿Eooo? ¿Elva? ¿Ese borde engreído, seguro?», me gritó mi maldito subconsciente.

Desde mi ubicación casi pude observar su pecho pétreo a través de la chaqueta. Sí, cuerpazo tenía, de eso estaba segura. Le acompañaban dos hombres y una morena despampanante maquillada como una puerta, que haría sombra a cualquier belleza que se pusiera a su lado. El caso es que me resultaba familiar. Con un exagerado movimiento de cabeza se despejaron mis dudas. Por supuesto, Laura. Le abrazaba, por no decir que le sobaba, marcando y dejando claro su territorio. Ella le sostenía como un trofeo cada vez que alguien se acercaba a saludar. Era patético. Pero no más que darme cuenta de que lo que realmente me molestaba de aquella estampa era no ser yo Laura Campbell. Nunca hubiera imaginado sentirme de esa forma, pero por un segundo quise ser ella.

Él me miraba con cautela, quizá desde antes de que yo le viera. Su cara tenía una mezcla de sorpresa y curiosidad. No era la primera vez que veía esa expresión pintada en su rostro; ceño fruncido, labios ligeramente apretados y cabeza ladeada.

Sólo tenía dos opciones, o darme la vuelta disimuladamente y perderme entre el gentío o saludarle y quedar como la persona tan educada que soy. Le aguanté la mirada, y lo único que me salió fue un tímido gesto con la mano. Yo y mi manía de ser correcta.

Su rostro se tornó interrogante. Debía estar flipando por verme allí y, por supuesto, no iba saludarme delante de sus amigos guays dada la aversión que sentía por mí. Bastante le molestaba ser mi niñera como para tener que aguantarme fuera también. Agradecí que el cristal de tres centímetros de espesor nos separara en esta ocasión. Frunció más el ceño, recto y altivo, con cara de: ¿tú que haces aquí? Y su gesto me turbó. Laura se dio cuenta de mi existencia en cuanto siguió la mirada de Oliver al ver que este no le prestaba atención, y después de susurrarle algo al oído, le besó. ¡Qué digo, le besó! ¡Se lo merendó allí mismo metiéndole la lengua hasta el esófago! Me dejó muy claro quién era la reina.

En ese momento, sentí un pellizco y mi corazón repicó tan fuerte que noté un escozor en el pecho. Una sensación que recordaba haber sufrido en el pasado y que se resumía en una sola palabra: celos. Una gran decepción le siguió. Yo nunca podría ser ella y, lo peor, nunca sabría lo que era estar con un chico como aquel. Estaba claro que no teníamos nada en común y mucho menos socialmente. ¿Por qué me dolía el pecho como si me hubiesen dado un picotazo? ¿En serio?

Vi de refilón como él se tensaba y apartaba a Laura de su cuerpo de malos modos, me di la vuelta y me marché entre la muchedumbre cabreada como una mona. En primer lugar, por no ser por una vez una morena neumática y, en segundo lugar, por dejar que me afectara tanto ver a Oliver Reid morrearse con una mujer. ¿En qué leches estaba pensando? Si además me caía fatal. Desde luego, era la antítesis de mi hombre ideal. Y, además, era un imbécil.

Bufé asqueada frotando el lado izquierdo de mi pecho para ver si se me pasaba esa extraña sensación que me incomodaba. Me negué a admitir que me la producía Oliver y me agobié. Ahora todo me daba vueltas, la música, las luces y los empujones tampoco ayudaban a calmar mis pensamientos, que iban a toda pastilla por mi cabeza. ¿Qué coño hacía yo allí? ¡Qué angustia! Decidí buscar a Violeta y decirle que necesitaba salir a tomar el aire. No es que yo fuera un muermo ni nada de eso, había tenido mi época salvaje después del instituto, y no es que renegara de ella, pero sí que había tenido dosis suficiente para unos añitos. Me sentía fuera de lugar en aquel sitio, en un país extraño y lejos de mi entorno natural. De verdad que había llegado con ganas de pasármelo bien, pero ver a Oliver Reid me había desestabilizado el karma. Maldito. Ver a Violeta y Jorge juntos me hacía recordar lo sola que estaba. Porque aunque yo gritara a los cuatro vientos que no necesitaba a nadie para vivir, en el fondo echaba de menos tener a alguien a quien abrazar y que me abrazara. Alguien a quien se le iluminara la cara al verme. Necesitaba importarle a alguien. Me había hecho a la vida casera y solitaria, salía a tomar copas con mis amigas, escuchábamos musiquita y teníamos conversaciones interminables que acababan, con suerte, conmigo metida en un taxi, mientras Marisa y las chicas se ponían las botas con tremendos jamelgos. Ese pensamiento me trajo una ola de agria nostalgia y me rayé. De repente supe que no quería estar allí, quería volver a Stonefield, tumbarme en el sofá frente al cuadro de Connor y recordarle mientras el resto del mundo iba a toda pastilla. Pero no podía ser tan egoísta y dejar en la estacada a mis nuevos amigos, que me habían tendido una mano de todo corazón.

—Elva, no te agobies, si acabamos de llegar. ¡Esto no ha hecho más que empezar! —exclamó Violeta enredando su brazo con el mío.

—Lo siento, con tanta gente y que un tipo se ha puesto algo tonto… me he rayado un poco…

—Bah, tonterías. Subamos a la terraza y tomemos un poco el aire hasta que se te pase, venga. Espera que le diga a Jorge que ahora volvemos.

—No, tranquila, quédate por si vienen vuestros amigos. Estaré bien de verdad. Sólo necesito respirar un poco.

—Vale, sube esa escalera y te encontrarás la terraza al fondo. Ni se te ocurra marcharte sola, no es una buena idea, créeme. Además, Jorge me matará y después a ti si lo haces. Si veo que tardas subiré a buscarte ¿Vale?

—Vale, vale. Prometo bajar en cinco minutos.

—Estaremos aquí.

XXVI

ꙮ

La seguí entre la jauría humana que atestaba el club hasta la terraza de la parte superior. ¿Por qué había salido tras ella? No lo sabía. ¿Por qué me había perturbado tanto aquella mujer? Ni idea. Pero tenía la incesante necesidad de mantenerme cerca y protegerla. Tras el beso de Laura, que en otro momento hubiese recibido con total agrado, algo me había hecho sentir incómodo. Por primera vez sentí algo que me daba miedo, mucho miedo.

Desde el primer encuentro en el aeropuerto, había nacido en mí algo que no esperaba, algo que no supe identificar, que se fue fraguando en nuestros encuentros y que me asustó cuando la vi atendiendo al perro herido. Un sentimiento que reconocí y me negué a aceptar. Me aterraba el significado de lo que sentía cada vez que ella estaba cerca. Porque mi interés por Elva no se limitaba únicamente a averiguar sus intenciones, ya no. En mi vida, el amor no tenía el mismo significado positivo que en la de cualquier mortal. El amor había traído mucho dolor y sufrimiento a mi familia, y yo no iba a permitir que volviera a suceder. Por el amor de Dios, ¡me había enamorado de aquella muchacha sin poder remediarlo!

Entré en la terraza, intentando no perderla de vista mientras varias personas se acercaron a saludarme. Como socio del local, no es que pasara muy desapercibido que digamos. Y ella, ajena a todo, simplemente se sentó en un puf de cáñamo y se quitó los zapatos. Ella y sus delicados pies. Sonreí y la observé desde lejos, disfrutando de la ventaja que me ofrecía ser un mirón en la distancia. Diez minutos después, cuando la terraza se despejó y la gente se dispersó hacia la parte inferior en donde comenzaba la sesión del Dj, decidí acercarme a ella, que seguía sentada en el puf descalza y tarareando.

—Qué manía la tuya la de torturar así a tus pies.

—¡Por dios!… —Por un momento perdió el equilibrio y se agarró con fuerza al asiento—. Hola…

—Tengo la sensación de que te encuentro en todas partes —afirmé con guasa mientras me sentaba frente a ella.

—Te aseguro que no te estoy siguiendo.

—Eso ya lo sé —contesté con certeza. Noté que algo no iba bien—: ¿No es una buena noche?

—¿Por qué lo dices?

—¿Qué haces aquí arriba?

—Pues tomar el aire —contestó desconcertada y molesta.

Empezaba a estar un poco desesperado. Quizá quería estar sola y no le apetecía charlar. Pero yo tenía la necesidad de hablarle, y asegurarme de que no era yo el causante de su tristeza. Estaba tan guapa que, al mirarla, todo en mí se despertaba. Todo.

—Perdona, soy un entrometido.

—No, es que no estoy de humor, lo siento —se excusó mientras se calzaba.

—¿Has venido con Violeta y Jorge?

—Sí.

—Ahora lo entiendo todo.

—¿Entiendes el qué?

—No sé, no eres el tipo de chica que se vestiría así para salir. Ni siquiera eres de las que saldría de fiesta a un sitio como este. Violeta ha debido de utilizarte como conejillo de indias en esas sesiones *fashion* que tanto le gustan.

—Vaya, al parecer eres todo un experto… ¿y a esa conclusión has llegado tú solito? A ver, listillo, y ¿qué tipo de chica soy?

—Aburrida. —¡Bravo, Oliver! ¡Cagada en 3, 2, 1!

—Y lo dice la alegría de la huerta… —masculló cabreada.

Observé su gesto de verdadero asco y sonreí para intentar quitarle hierro al asunto.

—¿Qué? Me has preguntado y yo te he respondido.

—Veo que la delicadeza no es lo tuyo.

—Guau... no sé qué te habrá pasado pero realmente hoy no estás de humor...

—¿Y tú? No creí que podría encontrarte en un sitio como este.

—¿Por qué lo dices?

—No sé, me dio la sensación de que estás de vuelta de todo esto y pensé que preferirías una vida más tranquila, no te pega. Pero veo que me he equivocado. ¿Ves? Yo no soy tan experta como tú.

—No te equivocas en absoluto. Pero es parte de, llamémosle, mi trabajo.

—¿Trabajas aquí?

—No exactamente, aquí hay gente con la que hablo de trabajo. Considéralo una especie de relación laboral.

—Pues qué bien, bonito trabajo el tuyo.

—Créeme, no es tan divertido.

¡Error! Elva acababa de ver como Laura casi me devoraba ante medio local, y ¿yo le decía que aquello no era divertido? Pero ¿qué tipo de imagen le estaba dando? ¿La de un puto *playboy*?

—Pues no parecías muy aburrido antes. —¡Zas, en toda la boca! Me lo merecía, por idiota—. Lo siento, ya no sé ni lo que digo —se disculpó azorada.

Me sentí mal por ella, aunque reconozco que ese defectillo que había descubierto me parecía de lo más sexi. El que no tuviera filtro alguno y no midiera sus palabras me decía de Elva que era espontánea, visceral y sincera, e imaginaba que su naturalidad le habría supuesto más de un problema en su vida. Aun así, me puse serio y decidí contestarle con delicadeza.

—Es complicado.

—No tienes por qué explicármelo, perdona, se me ha ido la olla —dijo contrariada.

—Quizá quiera hacerlo.

—Tampoco sé si quiero saberlo.

Nos miramos en silencio durante unos segundos. Me perdí en sus ojos, había algo más en ellos, algo que no adivinaba a descubrir. ¿Dolor quizá? Al igual que yo era esclavo de mis demonios y luchaba por no dejarlos salir, no había pensado que ella podría tener sus propios motivos para esconder los suyos. Por un instante, creo que pudimos vernos, sin corazas, sin máscaras, traspasando ese velo que nos habíamos autoimpuesto para alejar a los demás.

—Oliver, cariño, al fin te encuentro. ¡Oh!

Sí, alguien tenía que romper el hechizo. Bueno, no alguien, ella. Laura Campbell y su espectacular cuerpo se plantaron ante nosotros reclamando mi atención. Como siempre, esperaba ser el ombligo del mundo, y ya estaba comenzando a cansarme de que me tratara como si fuera de su propiedad. Eso no era lo que habíamos convenido. Su semblante se agrió en el momento en que divisó a Elva. La conocía demasiado bien como para no notar sus celos de gata.

—Hola, ¿tú eres…?

—Laura, ella es Elva Mota, la conociste en la gala de Stonefield. —Me levanté, decidido a disimular cuán inoportuna me parecía su presencia, y a sabiendas de que con toda certeza la había reconocido. Simplemente estaba construyendo su habitual tela de araña.

—¡Oh, sí! La asistente del viejo histriónico.

Elva levantó las cejas sorprendida y me miró. Recé porque Elva ignorara sus palabras y no le contestara. Aquellas dos gatas salvajes podrían mantener una batalla dialéctica en la que estaba seguro que la española saldría dañada. Elva podía ser una bocazas, pero dudaba de que tuviera la maldad de Laura. Gracias a Dios, y como si me hubiese leído el pensamiento, suspiró con resignación y miró hacia otro lado.

—Laura, por favor. —Me adelanté presagiando por dónde iba a ir la conversación.

—¿Qué tal eso de tener que limpiarle el culo a semejante vejestorio? ¿Edificante? —soltó con todo el veneno del que era capaz.

La agarré de la muñeca con decisión, para dar por finalizada semejante ataque hacia Elva y me di cuenta del olor a alcohol que desprendía su aliento. Le cogí la cara con las manos y observé sus pupilas, totalmente dilatadas. La sangre bulló en mis venas como la lava de un volcán y me enfrenté a ella duramente intentando hacer el mínimo escándalo.

—¿Qué has hecho? Me prometiste que esto se había acabado Laura. ¿Es que no sabes el daño que te estás haciendo? –siseé fuera de mí.

—Hoy es un día especial, Olly. No seas aguafiestas –contestó tambaleante sin dejar de mirar fijamente a Elva, que estaba totalmente confusa.

—No, Laura, se acabó. No voy a soportarlo más. Si quieres hacerlo, hazlo, pero no delante de mis narices. Llamaré a seguridad para que te pidan un taxi y te lleven a casa de tu hermana. Pasarás allí la noche. Se acabó, Laura.

—Pero, ¿qué estás haciendo? ¡Suéltame! Quiero pasármelo bien, Olly. Vamos, cariño, vamos a pasarlo bien juntos, como en los viejos tiempos… venga…

La imagen de Laura era patética. A pesar de que era una mujer que lo podría tener todo en la vida, se empeñaba en tirarla por la borda atiborrándose de alcohol y cocaína. Se negaba a abandonar esa adicción porque era la única sustancia con la que olvidaba lo vacía que se sentía. La insté a marcharnos haciendo uso de mi superioridad corporal, agarrándola de los hombros y guiándola hacia la salida. Yo podía ser muchas cosas, pero no era un cabrón sin corazón. Laura era mi amante, sí, pero le tenía un cariño forjado por muchos años de correrías, errores y problemas juntos. Ni siquiera pude disculparme con Elva. Lo importante en ese momento era desaparecer de allí y poner a salvo a Laura, una mujer enferma que necesitaba mi ayuda a pesar de todo.

Una hora después, cuando me aseguré de que Laura había llegado a casa de su hermana tal como había ordenado, volví a mezclarme en el tumulto ávido de diversión. Busqué a Violeta y Jorge entre el gentío, ya que localizándolos a ellos encontraría a Elva. Debía disculparme o al menos darle una explicación de lo ocurrido. Los encontré saltando y moviéndose como posesos al son de una versión *dance* de *She wolf* de Sía. Elva bailaba con Violeta, acompasando sus cuerpos como si de dos gogós se tratara. Me quedé allí, apoyado en la barandilla de la parte superior del local, siguiendo cada uno de sus pasos. Reían, bebían, saltaban… verla así de natural me produjo una sensación de bienestar que casi rayaba la felicidad. Me gustaba verla feliz. Esa era mi conclusión, y estaba perdido por ello.

Elliot me interceptó cuando intentaba volver al reservado, y me indicó que la persona a la que quería ver ya había llegado. Sé que el Wicka no es el mejor negocio para un tipo que ha salido de una vida nada recomendable, pero me convenía, aparte de por las suculentas cifras económicas que ingresaba en mi cuenta corriente, porque me permitía estar al tanto de quién movía los hilos de los asuntos más turbios de la ciudad. Y esa noche iba a hacer uso de ese privilegio para conseguir información sobre el desgraciado de mi cuñado. Como los chanchullos de Benjamin Lennox tuviesen algún pequeño cabo suelto, lo encontraría y sería su fin.

Y así fue. La reunión con uno de los capos de la noche de Glasgow fue más fructífera de lo esperado. Salí del despacho que utilizábamos como oficina con ganas de asesinar a alguien. Si no hubiese sido por Elliot, habría ido al encuentro de ese maldito Lennox para matarle.

Benjamin debía dinero, mucho dinero. Mi dinero. Le gustaba demasiado el lujo y, sobre todo, las mujeres. Como inversor era un cero a la izquierda, por lo que había movido grandes cantidades de dinero en negocios fantasmas, drogas y prostíbulos de alta gama, poniendo nuestras propiedades como avales, incluyendo el castillo de Stonefield. Mi contacto me avisó de que la paciencia de los inversores a los que había arrastrado con él se estaba acabando, y que era muy probable que comenzaran a tomarse la justicia por su mano en caso de no recibir sus ganancias en breve. Deseé con todas mis fuerzas que así ocurriera, y esa rata acabara donde pertenecía, en las cloacas. Pensé en mi hermana. Miranda no habría podido elegir peor marido que aquel, pero se afanaba en hacer ver que era feliz, pues su orgullo le impedía aceptar que se había equivocado. No quería ser como mamá, no quería acabar como ella. Por eso se aferraba a él, ciega por elección, defendiéndolo a capa y espada. Pero eso se había acabado, los días de Benjamin Lennox como miembro de la familia llegaban a su fin.

Aunque hacía mucho tiempo que no bebía más que cervezas sin alcohol, necesité una copa. Bajé a la primera planta y me sirvieron una. El calor del whisky consiguió apaciguar mi malestar a duras penas, y decidí olvidar mi venganza hasta el lunes, en que pondría a nuestros abogados al corriente de todo.

De repente un número importante de personas comenzó a gritar con fervor en dirección a una de las barras. Dirigí con curiosidad mi mirada hacia el tumulto y la vi. ¿En serio? ¿Qué más puede pasar esta noche?

Elva, subida a la barra, deleitaba al personal masculino con un baile tipo Bar Coyote, haciendo que más de un listo pusiera sus ojos en ella. Si ya estaba cabreado, ahora estaba a punto de explotar. Conseguí llegar hacia el lugar en donde se mostraba sin reparos, pero ya no estaba allí. La busqué agitado entre la gente y la encontré en un rincón menos transitado, bailando junto a Violeta y con un tipo con pinta de modelo de Milán, sobándola por la espalda. Aquello ya fue demasiado. Sin mediar palabra me dirigí hacia ellos como un toro desbocado y ocurrió lo que tenía que ocurrir. Violeta me vio llegar y con cara de pánico ante lo que iba a ocurrir se interpuso en mi camino.

—¡Olly, no!

No tuvo más tiempo de decir nada. Cogí al modelo de pasarela de la pechera y lo estampé contra una columna, bramando que, por su bien, se largara. Tal cogorza llevaba Elva que ni se dio cuenta de lo ocurrido, y sólo al sentir mi mano aferrarse a su muñeca y ser casi arrastrada entre la gente, recuperó algo de lucidez. Intentó zafarse de mi agarre de malas formas y no se me ocurrió otra que hacerle ver lo molesto que me encontraba. La acerqué hacia mí ayudándome de la mano que tenía en su cintura y la besé.

¡Dios mío! Vale, había sido una maniobra sucia, pero no esperaba sentir lo que sentí al fundir mis labios con los suyos. Una corriente eléctrica me atravesó de pies a cabeza, instalando un hormigueo desde mi estómago hasta mi boca, que reclamaba más en cada movimiento. No estaba siendo un beso dulce, pero lo suficientemente pasional como para que ella me diera permiso para invadir su boca con mi lengua y la danza de fuego que comenzó en ese instante nos hizo arder. Aquel maldito olor a flores junto al sabor dulce de su boca mezclado con el alcohol me volvieron loco. Había perdido los estribos segundos atrás, pero ahora estaba perdiendo la cordura. Un pequeño gemido de Elva se estrelló en mi boca y me encendió más si cabe. Aquello era el paraíso, y acababa de morder la manzana del pecado. La había fastidiado pero bien.

Me aparté con el mismo ímpetu con la que la había besado y la miré mientras respiraba con dificultad. Ella me observaba estupefacta y totalmente recuperada del sopor de la borrachera.

—¿Qué haces? ¡Déjame! —exclamó atónita apartándose de mí.

—¿No es esto lo que querías? —le amonesté a gritos.

—¡¿Qué?!

—Llevas toda la noche buscando guerra, o ¿me equivoco?

Aquel dardo envenenado había sido demasiado hasta para mí. Me arrepentí de aquellas palabras en cuanto las dije y vi su mirada apesadumbrada. Pero estaba fuera de control. Aquella mujer había despertado a la bestia que llevaba dentro, había liberado el mayor de mis miedos y no supe como gestionarlo. Me había sobrepasado.

—Pero, ¿cómo te atreves? ¿Me estás llamando buscona? —se defendió muy molesta.

—Creo que no ha quedado hombre vivo en la sala que no haya visto tus capacidades para ligar tras beberte las existencias del local.

«¡Oliver, contrólate. No sigas por ahí, no tienes ningún derecho!», me avisó mi conciencia.

—Y, ¿eso te da derecho a besarme? ¿De qué coño vas?

—Antes de que cometas una tontería con cualquiera de los tíos que hay aquí, prefiero que sea conmigo.

—¡Eres justamente el único tío que hay aquí con el que sería imposible que hiciera algún tipo de tontería! ¡Engreído!

—Créeme, si alguien quisiera aprovecharse de ti ¡preferirías que fuera yo!

Lo que vi a continuación me descuadró por completo. Elva, poseída por la furia, se rompió. Sus ojos comenzaron a encharcarse con gruesas lágrimas, que cayeron sobre sus mejillas sin ningún control.

—¡Desgraciado! No vuelvas a acercarte a mí. ¿Me oyes?

Intenté acercarme a ella, pero se apartó con un gesto de asco que me dolió.

—¿Cómo puedes estar tan encantado de conocerte? Vale, eres guapo y estás dentro del rango *follable*, pero abres la boca y... ¡Agh, eres insoportable!

—Habló Barbie Malibú.

«Pero ¿por qué le sigues el juego? Acaba esto ya, Oliver». Mi maldito sentido común de nuevo me dio un bofetón de realidad. ¿Quizá le seguía el juego porque me importaba más de lo que quería aceptar? «¡Dios, Oliver, estás perdido!».

—¡Imbécil!

—Vamos, te llevaré a casa —dije con intención de cogerle del brazo y sacarla de allí.

—¡Que no me toques! Creído, insoportable y sordo. ¡Lo tienes todo, hijo!

—¿Has visto la cogorza que llevas? ¡Vamos!

—Estoy perfectamente. ¡Suéltame!

Logré atraparla, pero era escurridiza, mi paciencia tenía un límite y estaba a punto de rebosar. Me planté ante ella muy serio dándole un ultimátum.

—Solo voy a decírtelo una vez. Sal por esa puerta. ¡Ya!

—¡No!

Nos retamos con la mirada y creo que si hubiesen existido los rayos X, ambos habríamos quedado pulverizados en la entrada del Wicka.

—¡Ahora!

—¡No!

¡Dios, esta mujer era dura de pelar!

—Está bien, si es lo que quieres... ¡¡Adiós!!

XXVII

൭ᕲᕙᏕ

Le vi salir del local, que por cierto se movía cada vez más. Me apoyé contra la pared intentando mantener el equilibrio sobre los zapatos de tacón y asumí que no podía. Era más que probable que me rompiera la crisma si seguía subida a ellos con semejante melocotón encima. Era cierto, llevaba encima tres copas de más y maldecí recordar demasiado tarde lo mal que me sentaba el alcohol. Tengo cierta hipersensibilidad a cualquier sustancia, incluidas las aspirinas. ¡Mierda, mierda, mierda!

¿Me habían besado?

Fuera quien fuera el perpetrador de aquel increíble beso, había traído a mi cabeza un recuerdo que tenía olvidado. Volví a rememorar la noche de los deseos, recordé a Connor, el beso que nos dimos, el calor de su cuerpo junto al mío, lo bien que me hizo sentir y lo protegida que me encontré a su lado. Una sensación muy parecida a la que me había producido aquel beso inesperado. Cuando conseguí respirar y abrí los ojos, lo que no imaginaba era encontrar a Oliver casi jadeando y con la mirada inyectada en fuego.

¿Oliver me había besado? ¿Aquel beso profundo y caliente me lo había dado él? No, no podía ser. De ninguna de las maneras, porque me había gustado y quería más.

*

Quise morirme desde el mismo momento en que tomé conciencia de la noche pasada. El retumbar de tambores que habitaba mi cabeza la iba a hacer estallar. Me incorporé como pude de la cama y al hacerlo, una arcada decidió acudir apresurada hacia mi garganta.

—Hazlo aquí —escuché, y llevé mis manos hacia la boca aguantando el impulso de vomitar.

Pero toda resistencia fue nula. Me encontré vomitando hasta la primera papilla en una palangana azul, mientras alguien acariciaba mi pelo retirándolo de mi cara con cuidado.

—Espero que estés orgullosa. —Sonó tan frío que hasta dolió. Aquella voz. Aquella maldita voz.

Cuando ya nada más quiso abandonar mi cuerpo, suspiré agotada por el esfuerzo y una toalla apareció sobre mis rodillas para salvar a mis lágrimas de estrellarse contra el suelo.

—Límpiate. —Señaló el hombre sereno. Levanté la vista confusa y busqué los ojos de Oliver Reid-Murray que me escrutaban cansados y cercados por dos sombras oscuras. Me sorprendió lo que vi ante mí, un hombre distinto al que me había encontrado en las últimas ocasiones. Vestido con un pantalón de chándal y una sudadera con capucha. Se asemejaba ligeramente a un boxeador profesional, y me dio un pelín de reparo. Al sentirse observado, se tensó y su humor volvió a ser tirante.

—¿Estás mejor?

—¿Qué haces aquí? —balbuceé aún con el amargo sabor recorriendo mi garganta.

—Lo correcto es que te preguntes qué haces tú aquí —respondió levantándose de la cama y dirigiéndose a otra habitación con la palangana en la mano.

Volvió a aparecer mientras yo hacía un reconocimiento del lugar en el que me encontraba. Un dormitorio enorme, de techos altos, sobrio y con pocos muebles. Un espacio que por su distribución me pareció el de una casa antigua, pero decorado de manera muy práctica y masculina. Las persianas estaban a medio bajar y las cortinas corridas, pero adiviné que era de día por el halo de luz que intentaba atravesarlas. Se apoyó con los brazos cruzados en el marco de la puerta que había frente a la cama y suspiró mientras no dejaba de ojearme. Turbada por encontrarme haciendo algo tan íntimo y vergonzoso ante el escocés imbécil, ataqué de nuevo.

—En serio, ¿cómo hemos acabado aquí? ¿Qué haces en la misma habitación que yo?

—Ya que lo mencionas, veamos… ¿quizá evitar que mueras ahogada en tu propio vómito? –escupió sarcástico.

—¿Dónde estoy? –pregunté con la cabeza gacha entretanto me fijaba en la prenda que me cubría, una camiseta de manga larga que al menos me iba tres tallas grande.

—En mi casa de Glasgow. –Aún no había reaccionado a esas palabras, cuando ya le tenía encima ofreciéndome autoritario y con el brazo estirado un brebaje de color verde en un vaso–: Bebe esto.

Miré aquella cosa que tenía aspecto de moho y desprendía un olor rancio y otra arcada amenazó con hacer acto de presencia.

—¿Qué es? –pregunté asqueada retrocediendo unos centímetros.

No me dio tiempo a más, casi me incrustó el vaso en los labios mientras con la otra mano agarraba mi nariz haciendo abrir mi boca, momento que aprovechó para hacer que tragara de una vez la mitad de aquel líquido nauseabundo.

—Bebe.

—¡Por Dios! Es repulsivo. ¿Quieres acabar de matarme? –Eso estaba realmente asqueroso.

En el rostro de Oliver se dibujó una sonrisa triunfal y se dispuso a recoger varias prendas caídas en el suelo.

—Túmbate y descansa, en un rato te encontrarás mejor.

—Tengo que irme. –Me apresuré a decir con la intención de levantarme de la cama–: ¿Qué hora es?

Una sola mirada bastó para que cesara en mi empeño. Cansada y con una resaca de narices, no alcancé a comprender el motivo por el cual estaba compartiendo habitación con Oliver Reid.

—¿Por qué? ¿Por qué cuidas de mí? –le exigí–. ¿A qué viene esto? ¿Por qué me sacaste de allí?

Evitó mirarme siquiera, pero noté como sonreía.

—Soy tu niñera, ¿recuerdas?

—¿Eso incluye traerme a tu casa y desnudarme? —repliqué, señalando la camiseta que me cubría. Entonces, como si hubieran activado un interruptor, un pensamiento horrendo se instaló en mi cabeza provocándome una angustia repentina—: No habremos... dime que no hemos...

Ahora sí que había captado su atención. Se sentó en una butaca de aspecto antiguo y tapicería de cuero gastado por el uso y me aguantó la mirada en silencio. La incertidumbre me estaba matando. De todas las tonterías que podía haber hecho la noche anterior, sin duda alguna la más grande habría sido acostarme con Oliver Reid, tatara tataranieto de mi Connor. Un grandísimo error que no me perdonaría jamás. Tuvo que leer el tormento que expresaba mi cara, pero el muy cabrito sólo me miraba y callaba. ¡Cómo estaba disfrutando!

—Di algo. No, mejor dime que no hicimos nada de lo que...

—No me gusta aprovecharme de una mujer inconsciente.

—En serio. ¿No ha... no hemos...?

—No estoy tan desesperado. Además, ¿quién te ha dicho que eres mi tipo?

¿Perdona? De nuevo su faceta imbécil hacía acto de aparición, ya decía yo que esto no podía durar mucho. Pero me dio igual, el alivio al saber que no había intercambiado fluidos con esta pesadilla de hombre me supo a gloria.

—Gracias a Dios. ¡Bien, Elva, bien! —Pero mi alegría se tornó en temor cuando vi la cara de pocos amigos que Oliver tenía al verme celebrarlo, así que cambié de tema—. ¡Ay! ¿Y mi ropa?

—En la lavadora. Vomitaste en el coche por si no lo recuerdas. Dos veces. También en la entrada, en las escaleras, en el salón, en...

—Basta. Creo que puedo hacerme una idea. ¡Qué vergüenza!

—Sí, deberías avergonzarte. Si no llego a estar ahí a saber dónde hubieses acabado.

—Oye, siento los problemas que haya podido causarte, en serio.

—A mí no me has causado ninguno, pero te podrías haber causado muchos tú solita.

—Supongo que bebí demasiado, y olvidé lo que me pasa cuando bebo... todo es demasiado confuso.

—Cariño, estuviste a punto de dejar sin reservas el bar. Pero eso no fue lo peor, créeme.

—Ay madre... no sé si quiero saberlo. ¿Hice mucho el ridículo?

—Estuvo bien hasta que Violeta y tú decidisteis subiros a la barra y hacer un espectáculo a lo Bar Coyote. A partir de ahí todo fue a peor.

—¡Mierda, mierda! ¡Joder, Elva, joder!

—¡Ah! Y no me olvido de tu refinado vocabulario, aunque veo que es marca de la casa aun estando sobria.

Ignoré este último comentario porque le hubiera soltado un imbécil en mayúsculas que no hubiese hecho más que acrecentar mi cabreo y la mofa de mi salvador.

—Sólo dime que no hice nada de lo que me tenga que arrepentir.

—Bueno eso depende de lo que tú entiendas por nada. Te bebiste el whisky de media Escocia, si a eso le sumamos que intestaste rozarte con todo bicho viviente y que casi te llevas una zurra de una novia celosa...

—Me quiero morir.

—Igual esto te resulta en España, pero aquí las cosas no funcionan así.

—No, por eso luego vais a nuestras costas y os ponéis ciegos hasta decir basta. —Mi dardo envenenado dio en toda la diana. Su cara era todo un poema—. No aguanto la doble moral, y con eso no me estoy excusando, pero no lo soporto. Además, ¿cómo te atreves a juzgarme de un modo tan duro? No tienes ni idea, ¡ni siquiera me conoces!

—Creo que con lo de esta noche ya he visto suficiente como para hacerme una idea.

—¿Qué quieres decir con eso? No creo que tenga que darte ninguna explicación de si voy buscando plan por las discotecas. ¡No es asunto tuyo!

—Lo sé. Pero es imposible que lo hicieras todo tan rematadamente mal.

—Vale, lapídame. La he cagado ¿vale? Lo sé y me siento avergonzada. ¿Hace falta que me hagas sentir más miserable de lo que ya me siento? No tienes ni idea sobre mí ni sobre mi vida.

—El alcohol no es buen consejero. Sólo espero que te sientas tan mal como para que no lo olvides y no se te ocurra repetir.

—¿Puedes pasarme el bolso? —Casi rugí como un tigre de bengala mientras intentaba contener las lágrimas que de la rabia se escapaban furtivas de mis ojos. Noté como Oliver me observaba sorprendido por mi tono y me acongojé—. Debería llamar a Violeta, debe estar preocupada. ¡Ay, Dios! Como don Rafael se entere de esto me pone rumbo a Barcelona... ¡Idiota, idiota, idiota!

—Échate y descansa. Ya me ocupé de eso.

—¿Ya te ocupaste? ¿Y ya está? ¿Me tengo que quedar tan tranquila?

—¿Por qué tienes que replicar cada cosa que digo? Eres... eres... *¡Aaaagh!*

—Soy ¿qué? Antes de juzgar a la gente mírate a un espejo, prepotente.

—Si no recuerdo mal, la primera que juzgó nada más llegar aquí fuiste tú. Sólo esta noche me has llamado chulo, pijo de mierda, machito, macarra, idiota... ¡Ah! y tu favorito: imbécil.

¿En serio le he dicho todo eso? ¡Ay, madre! Se dio la vuelta dejándome con cara de boba e intentando recordar cuántas cosas políticamente incorrectas habría soltado por mi linda boquita. Conociendo mi ausencia de filtro y añadiendo un poquito de alcohol... muchas, seguro, y Oliver Reid, estaba convencida, de que habría intentado sonsacarme hasta mi número de la seguridad social con tal de cachondearse de mí después.

Sospeché que me torturaría con su silencio, dejando que imaginara comentarios que me harían ponerme de todos los colores para luego utilizarlos contra mí. Recé para que lo único que no se me hubiese escapado fuese mi historia con su antepasado, Connor Murray. Odiaba no mantener el control, ahora me llevaba la delantera en cuanto a información.

Felicidad Ramos ๑๏

Le vi quitarse la sudadera camino del baño, y entonces vi su espalda y sus brazos desnudos. Mi corazón comenzó a dar saltitos de alegría cuando divisé gran parte de su piel musculada y morena llena de tinta. Porque sí, una de mis fantasías secretas eran los hombres tatuados, bueno, bien tatuados. Y Oliver Reid lo estaba, perfecta y delicadamente tatuado. Los dibujos comenzaban en su clavícula izquierda y caían enredados entre sí desde la paletilla hasta llegar a la muñeca. Ni un milímetro de piel tenía su color natural. Apenas podía distinguir qué clase de dibujos eran, pero lucían maravillosos sobre aquella percha. Oliver estaba lleno de sorpresas, pero nunca hubiese imaginado que bajo aquella apariencia trajeada e impecable se escondiera un amante del arte de la tinta... Vaya, vaya con el imbécil.

Me sorprendí excitada y casi babeando ante semejante espectáculo varonil y me reproché a mí misma que, ante aquella incipiente resaca que se avecinaba, me dedicara a tasar de aquella forma el cuerpo del Murray.

—¿Qué estás haciendo? –le pregunté algo avergonzada por lo que me afectaba su cuerpo.

Oliver se giró aún con la sudadera colgando del cuello y me dejó patidifusa. *Muerta, morida, matá.* Con la vista frontal que me regaló, mis ovarios explotaron. Su pecho izquierdo albergaba un tatuaje sorpresa, un *Mo Cion Daonnan* que hizo detonar mi corazón como una granada.

—Voy a darme una ducha. Apesto después de pasar la noche con la palangana en la mano mientras echabas el hígado por la boca. Duerme un rato, luego te ducharás y volveremos a Tighnabruaich. Algunos somos adultos y tenemos cosas que hacer, Elva.

Escuchar mi nombre en boca de ese arrogante escocés me dejó al borde del derretimiento supremo. E-l-v-a... ¡Dios, pero qué sexi! Sentido común llamando a Elva, ¿hay alguien ahí? ¿He dicho sexi? Para hostiarme, vamos.

Supuse, por las enormes ojeras que vislumbré bajo sus ojos, que no había pegado ojo en toda la noche. Me supo fatal, al fin y al cabo y a pesar de ser un idiota rematado, si había estado atendiendo mi borrachera se merecía un poquito de compasión, pero sólo un poquito.

Entró en el baño y quise decir un lo siento, un gracias, pero las palabras se ahogaron en mi garganta. Odiaba ser tan orgullosa, pero no podía evitarlo. ¡Idiota, más que idiota!

XXVIII

❧

—¿**Q**ué estás haciendo? —consigo decir mientras me desperezo y desenrollo del plaid de Connor.

—¿Has dormido bien, Cascabel? —contesta sorprendido.

¡Mira que es guapo el jodío! ¡Hasta en sueños es el number one!

Bostezo asintiendo y me incorporo a su lado, intentando averiguar qué es eso que pretende esconderme con tanto ahínco.

—Vamos, Connor, ¿desde cuando tienes secretos para mí?

—Escribo una carta, muchacha.

—¿Una carta? ¿De amor? ¿Te ha venido la inspiración mientras dormíamos bajo la luz de la luna? —me mofo sin miramientos. Hemos llegado a un punto en nuestra relación en el que podemos permitirnos este tipo de confianzas—. ¿No será para mí? Te dije una vez que no te enamoraras de mí, escocés cabezón.

—Más quisieras tú, muchacha petulante y descarada —me dice mientras revuelve mi enredada melena. —Es algo más especial, para una persona especial. Pero... es un secreto que prefiero que quede bajo mi responsabilidad, de momento.

—Y ¿luego me llamas a mi rara? ¡Hombres!

Observo como guarda el tintero y la pluma en una bolsa y la carta bien doblada dentro de una pequeña biblia que guardaba en su sporran. Si no quiere contarme de qué se trata, no insistiré. No dudo que tiene sus motivos para excluirme de ello. Me percato de que seguimos en el claro de la última vez, algo que me desconcierta ya que hacía días que no soñaba con él. Me maravilla el hecho de poder dejar mis sueños en pausa, es una fricada pero de las gordas. ¡Marisa lo va a flipar!

—Bueno, don secretitos, ¿cuándo vas a decirme dónde me llevas?

—Tienes muchas virtudes, Elva, pero Dios no te proveyó del don de la paciencia.

—Entiéndeme, llevamos haciendo este viaje extraño desde hace tiempo y no hay forma de que sueltes prenda. Mírame, voy vestida de época, cosa que me agrada, para qué negarlo, por lo que entiendo que estamos en tu siglo. Pero me tienes en ascuas, no entiendo qué hacemos aquí. ¡Quiero saber a dónde vamos!

Connor tiene una expresión en la cara indescifrable. No alcanzo a comprender si es de preocupación o de tranquilidad, o ambas cosas.

—Hoy he comprendido el porqué de esta travesía. ¿Recuerdas aquella canción? La que escuchamos en tu casa? Elva, ¿tú crees en el destino?

—Hombre, en el destino... pues no sé. Creo que algo hay, pero no sé si llamarlo destino o plátano.

—¿Plátano?

—Olvídalo. No sé a dónde quieres llegar.

—Y ¿si te dijera que eres tú la que me está llevando a mí a algún lugar?

—Pues te diría que estás como un cencerro. ¿Dónde te iba a llevar yo?

—A mi casa, Elva, a mi hogar.

Se hace el silencio y empiezo a comprender. Según los libros que he leído durante la investigación, Connor tardó en aparecer unos cuantos meses tras su encuentro con Cascabel. ¡Ay, madre! Le cuento a Connor todo lo relacionado con la leyenda del Laird hechizado, y él me escucha muy atento. Se sorprende por la originalidad de la historia, e incluso emite una pequeña carcajada cuando sospecha que con el hada Cascabel se refieren a mí. Silencio. Nuestros pensamientos se dirigen a una misma dirección. ¿Es posible que esto sea una especie de limbo en el que Connor se ha quedado atrapado y soy yo la que le tengo que ayudar a volver?

—¿Entiendes ahora, muchacha?

—Sí, pero entonces ¿qué hago yo aquí? ¿Llevarte de la mano hasta Stonefield? No tiene sentido —respondo pensativa.

—¿Algo de esto ha tenido sentido alguna vez?

—No, la verdad es que no.

Le dedico una gran sonrisa y él, con su brazo, me insta a que me recueste en su pecho, mientras acaricia mi cabello con suavidad.

—Estoy seguro, Cascabel, de que igual que yo he dado con el motivo de mi presencia aquí, tú hallarás el tuyo. Ten un poco de paciencia.

—Te va a sonar egoísta, pero no me importaría que este viaje fuera interminable, si así pudiese verte de vez en cuando. Nunca había tenido un amigo highlander de trescientos años.

Connor emite una carcajada que se pierde con el viento, y me da un pellizco en un costado para que me mueva.

—Vamos, hada Cascabel, enséñame el camino de vuelta.

*

Cuando desperté, me encontré sola en la habitación. Seguía en aquel lugar, en casa de Oliver. Me incorporé y me sorprendí de los buenos resultados antirresaca que me había producido aquel mejunje verde y viscoso.

Aunque tenía algo revuelto el estómago, me encontraba en muy buen estado para como imaginaba haber llegado allí. ¡Por Dios! ¡Qué vergüenza! Ahora entendía aquel dicho de «Noches de desenfreno, mañanas de ibuprofeno». ¡Elva, por favor, que ya tienes una edad!

Encontré en la butaca donde Oliver había estado sentado varias prendas de mujer y una nota.

«He salido a comprar una cosa. Ponte esto. Nos iremos en cuanto llegue. O.».

Escueto pero directo. El atuendo se componía de unos vaqueros de corte femenino y un jersey de lana, que supuse que era suyo dado el tamaño. Unos calcetines en los que podría haber metido las dos piernas, incluso el cuerpo entero completaban el look.

Me vestí y fui al lavabo a asearme. La ducha de agua caliente me sentó de maravilla, y cuando ya me sentí limpia y fresca de nuevo, me vestí. Empecé a pensar de dónde habría sacado Oliver esos pantalones, porque obviamente no eran suyos. ¿De alguna novia quizá? ¡No! ¿No serían de la tal Laura Campbell? Porque no tenía otra cosa que ponerme si no me los hubiera quitado de inmediato.

Me sequé el pelo y me hice una coleta, pero tras ver las marcas de cansancio que había dejado la noche de excesos, me lo dejé suelto. Me peleaba con varios mechones rebeldes frente al espejo, cuando tuve un *flash*. Una imagen que fue acompañada de un hormigueo lleno de placer que nació en mi sexo. Un beso apasionado, un señor beso. Oliver. ¿Oliver? ¡Pero si me había dicho que no habíamos hecho nada!

Mi mente estaba saturada, y cuando más quería concentrarme en esa imagen, más se alejaba entre mi confusión. Decidí no darle más vueltas al tema y convine en preguntarle directamente a Oliver cuando volviera. Porque no me habría engañado ¿verdad? Vamos, me acordaría si hubiésemos tenido una noche de lujuria y desenfreno. ¿O no?

Oliver llegó cinco minutos después cargado con varias bolsas. En una llevaba cafés y algún pequeño bocadillo que me ofreció pero que rechacé cuando mi estómago se negó nada más oler el pan caliente. Sí acepté el café, que sentí como gasolina para empezar el día. De otra de las bolsas sacó una caja de zapatos.

—Toma, póntelas. Espero haber acertado con la talla, he tenido que obligar a que me abrieran la tienda en domingo para comprártelas.

Me quedé patidifusa cuando vi lo que la caja contenía. Unas deportivas *Nike* de colores chillones que había visto en Barcelona el mes pasado y que costaban un riñón.

—Pero ¿estás loco? ¿Sabes cuánto cuesta eso?

—No tienes que devolverme lo que han costado si es eso lo que te preocupa. Considéralo un regalo.

—Pero yo no puedo aceptarlo. No deberías haberte molestado –afirmé con sinceridad.

—¿Crees que lo hago por gusto? ¿Recuerdas que anoche tuve que sacarte de un club borracha como una cuba? No te equivoques. Si quieres ponerte esos zapatos de tacón adelante, pero dudo que puedas siquiera dar un paso con ellos.

¡Mierda, los malditos grilletes! Lo había olvidado. Había quedado como una auténtica desagradecida. Oliver se había tomado la molestia de atenderme en su propia casa, tras un vergonzoso episodio digno de una niñata de veinte años. Se había preocupado por mí, me había traído ropa e incluso comprado calzado para evitar que me quedara sin dientes a la mínima ocasión. Por Dios, Elva, ¡qué *asquete* das!

—No sé por qué has hecho todo esto por mí, pero perdona. He sido una maleducada. Gracias.

Oliver no dijo nada, se mantuvo ante mí con esa expresión adusta en el rostro, y asintió.

Una vez que me hube calzado, me coloqué el abrigo y con el café en la mano le seguí hacia la puerta. Él paró en seco y casi

choco contra su pecho cuando se giró hacia mí. Levantó mi barbilla hasta que mis ojos se alinearon con los suyos y me taladró
con la mirada.

—No vuelvas a hacerlo ¿de acuerdo? Con eso me basta.
Vámonos.

Tuvimos que atravesar la ciudad para coger la carretera que
nos llevaría de nuevo hacia el hotelito al pie del lago, y al que temía
volver por la mala impresión que habría dado a mis amigos,
Jorge y Violeta. Desde luego, sería la última vez que me invi-
taban a salir con ellos, y eso no era lo peor. Conociendo a qué
velocidad corrían los rumores y cotilleos por el pueblo, seguramente ya se habría enterado media Escocia de mi noche loca.

Oliver conducía con su semblante serio de siempre, pero le
noté más relajado de lo habitual. Aquello me produjo una sensación de bienestar desconocida y me sentí segura por primera
vez a su lado. No se cortó como en otras ocasiones, y me preguntó varias veces si me sentía bien. Dada su actitud conciliadora, me vi en la obligación de corresponderle del mismo modo.
Poco a poco, las preguntas se convirtieron en frases más largas, y
acabamos charlando tímidamente sobre la ciudad. Era agradable
hablar con él de un modo normal, sin gritos, sin prejuicios, sin
desconfianza.

Había puesto un cd en el reproductor y Muse se encargaría
de amenizar nuestro viaje de vuelta. Sonaba *Hate this and I'll love
you*, cuando Oliver cambió de canción. Ante mi sorpresa, él se
disculpó con una media sonrisa.

—No me gusta esta canción, es demasiado triste.

—Nadie debería sentirse como una canción triste ¿verdad?
—musité en voz alta.

Oliver me miró frunciendo el ceño y suavizó su semblante.
Al parecer esa frase le había llegado más allá de donde yo podía
imaginar.

Esperábamos detenidos en un semáforo cuando Oliver echó
el freno de mano y salió del coche a una velocidad pasmosa,
dejándolo en medio de la carretera conmigo dentro. Le seguí
con la mirada y lo que vi me horrorizó. Se abalanzó sobre otro

hombre y comenzó a propinarle puñetazos como un poseso. ¡Ay, Dios! Pero, ¿con qué tipo de psicópata estoy tratando?

Los coches que se iban agolpando tras nosotros comenzaron a tocar el claxon en cuanto el semáforo se puso verde. No supe como reaccionar, ni siquiera entendía qué estaba ocurriendo allí, por qué se estaba peleando aparentemente, sin motivo alguno, con aquella persona. Bajé del coche nerviosa y me dirigí hacia él. Una mujer rubia, joven y que podría haber pasado por modelo, pedía ayuda mientras gritaba de una forma que me recordó a los gemidos que emitían los cochinos cuando mi abuela los sacrificaba en la matanza. Vale, la comparación es fuerte, pero ¡es que era igual! Sin saber cómo, me abalance sobre Oliver, y con la ayuda de un señor uniformado como un botones, logramos separarlo de su víctima.

—Oliver, tranquilo, por favor ¡tranquilo!

Pero el escocés estaba ofuscado por la rabia y la ira, y no me escuchaba. Cuando me aseguré de que el botones le tenía bien agarrado, me acuclillé sobre el hombre que se protegía en el suelo de los golpes de Oliver para auxiliarle. Me quedé lívida.

Benjamin Lennox yacía en el suelo con la cara ensangrentada, la nariz rota y muerto de miedo.

¿Qué había pasado allí?

La rubia con voz de pito corrió en su auxilio, gritando a Oliver que era un malnacido y un loco por hacerle eso a su novio. ¿Hola? ¿Perdona? ¿Había dicho novio?

Entonces lo entendí. Miré a mi alrededor y comprendí por qué aquel hombre que placaba a Oliver para que no matara a golpes a Benjamin era un botones. Estábamos frente a un gran hotel, y si mi instinto no se equivocaba, esa señorita y el herido habían salido de él. ¿En serio había dicho novio?

—Hijo de puta, ya te tengo. Esta va a ser la última vez que vas a salirte con la tuya ¡¿entiendes?! —bramó Oliver intentando zafarse de los brazos del botones.

—¡Estás loco! Casi me matas. ¡Me has roto la nariz!

—No hay nada en este mundo que me apetezca más, pero no seré yo quien tenga el gusto de hacerlo. ¡Estás muerto, Benjamin! ¡Estás muerto!

Benjamin se incorporó con dificultad con la ayuda de la rubia oxigenada y se encaró con Oliver lleno de chulería. Un «estás acabado» lleno de veneno salió de su boca, y cogiendo a la rubia, emprendió la marcha hacia un coche que le esperaba aparcado junto a la acera.

Me escamó que no quisiera ni denunciar, que vamos, hubiera sido lo más lógico ante un suceso así, pero que desapareciera de esa forma inclinó la balanza hacia Oliver, que seguía gritando improperios a su cuñado.

—Oliver, escúchame, ¡Oliver! –increpé con valentía–. Ya está, tranquilo. Vámonos, por favor.

El botones se resistió a liberarlo, pero ante mi insistencia lo hizo. Me acerqué a Oliver y le cogí la cara con las manos, le obligué a mirarme. Su mirada perdida centró su atención a duras penas en mí, pero no me di por rendida.

—Oliver, vas a acompañarme al coche ¿de acuerdo? –musité pausadamente–. ¿Me oyes, Oliver? Tú y yo vamos a subir al coche y vamos a volver a Tighnabruaich ¿vale?

Mis palabras parecieron amansar a la bestia que había despertado Benjamin, y por fin noté que me escuchaba. Comenzó a temblar como una hoja al darse cuenta de las consecuencias de su reacción. Su mirada llena de dolor me atravesó el alma y temí que se rompiera allí mismo en un llanto sin consuelo. Me sentí triste, casi tanto como él, y entendí sus motivos para haber actuado así, hasta perder los nervios de esa forma tan injustificable. Rodeé con mis brazos su cintura y le abracé, apoyando mi rostro sobre su pecho ancho y cálido, en el que su corazón latía a toda velocidad. Él, ante mi acción, se quedó rígido por un segundo. Sospeché que me había equivocado al abrazarle, total, ¿quién era yo para tomarme esas libertades? Y esperé paciente y con los ojos cerrados a que me apartara de su lado. Pero eso no ocurrió. Se aferró a mí como si fuese su única salvación. Correspondió mi abrazo con necesidad, como si al abrazarle pudiese transmitirle mi calma. Nos fundimos durante unos minutos hasta hacernos uno solo, con los corazones latiendo acompasados.

Me hice cargo de la conducción dado el estado de Oliver. Gracias al GPS del que disponía el coche, pusimos rumbo a Tighnabruaich de nuevo, en silencio y con un desánimo que nos oprimía como una losa. Oliver miraba por la ventanilla, absorto en sus pensamientos. Estaba avergonzado por su reacción y supongo que también por que hubiera sido yo la principal espectadora de la misma. Respeté su mutismo y me concentré en llegar sanos y salvos al hotel. Yo conduciendo un todoterreno ya era un peligro, pero al hacerlo por la izquierda mucho más.

Aparqué el coche en la calle anexa al hotel y apagué el motor sin saber qué vendría después. ¿Qué decir? ¿Qué hacer? Él seguía en la misma posición, mirando algo desconocido por la ventana, aunque quizá no veía nada. Me incorporé hasta quedar frente a Oliver e intenté romper el hielo con toda la calma posible.

—¿Te encuentras mejor?

Oliver me miró con ese condenado ceño fruncido característico en él y me cogió la mano. Me turbé y el mismo cosquilleo que sentí al abrazarle se apoderó de mi columna vertebral hasta erizarme el vello de todo mi cuerpo.

—Me dijiste que bajo mi aspecto de hombre duro se escondía algo más. Pues sí, tenías razón. Esto es lo que escondía, Elva. Hoy has visto al verdadero Oliver Reid. Te dije que no era buena persona y que no te gustaría conocerme de verdad. Como ves, no te mentí.

—Sé que has tenido un motivo de peso para comportarte así, y aunque no lo apruebo, lo entiendo.

Oliver hizo una mueca de disgusto y su voz adquirió un tono cínico que no me gustó en absoluto.

—¿Sabes, Elva? Ese es tu problema. Que crees que lo entiendes todo, pero no tienes ni idea. ¿Crees que has entendido lo que ha pasado hoy? ¿Crees que porque me has dado un abrazo me conoces? ¡No!

—¿Pero ¿por qué me dices estas cosas? Creí que habíamos llegado a un punto en que podíamos llevarnos bien. Al igual que tú te has preocupado por mí durante esta noche, yo he querido hacer lo mismo por ti después —alegué dolida—. ¿Por qué me juzgas de esa forma?

—Escúchame, nadie te ha pedido que te preocupes por mí. Es más, ni siquiera me gusta tenerte cerca. Me pareces una mujer insulsa y aburrida, que intenta disimular su mediocridad con buenos actos y palabras.

—¡¿Qué?!

—No sé a qué viniste aquí, aún me sorprende que Rafael te eligiera como asistente, cuando eres tan simple.

Aquellas palabras me hirieron en lo más profundo. ¿A qué venía aquello? ¿A qué venía tanto resentimiento hacia mí? ¿Qué había hecho yo de malo?

No pude contener las lágrimas de impotencia ante semejante injusticia, pero antes de darle el gusto de verme vulnerable, me dispuse a bajar del coche, pero en el último segundo me detuve.

—Mira, Oliver Reid-Murray de los cojones. No soy ninguna mujer mediocre, gracias a Dios mis padres han podido darme estudios y siempre me he buscado la vida. He salido de una mala racha y he conseguido establecerme de forma independiente sin ayudas económicas familiares. Tampoco soy simple, ni aburrida, simplemente no soy retorcida ni tengo doble fondo. Si soy todo eso por tener sentimientos, pues lo acepto. Lo que ves es lo que hay. No me considero superior a nadie pero tampoco inferior, y menos a ti. –Cogí aire y continué–. No sé qué puñetero trauma has tenido en la vida que te hace comportarte así, pero ni me importa ni me interesa. Nada te da derecho a tratar así a una persona, ¿es que estás mal de la cabeza?

Mi voz fue elevándose hasta hacer que Violeta y varios trabajadores del hotel salieran a cotillear. Cuando mi amiga se percató de dónde venía el follón, no dudó en acudir de inmediato con Jorge aunque optaron por no inmiscuirse hasta que fuera necesario.

—¡Aléjate de mí! No sé por qué te empeñas en convertirme en algo que no soy. ¡¿No te ha quedado claro antes?! Olvida lo que ha pasado, y vuelve a tu mundo de algodones de azúcar y arcoíris.

—Eres un amargado que va dando lecciones de la vida. Te parece mal que pille una cogorza con mis amigos y no te importa darle una paliza al primero que se te cruza. ¡Eres un psicópata!

—No tienes ni idea de lo que estás hablando –rugió para sus adentros.

Para entonces, ambos habíamos descendido del coche y nos encontrábamos frente a frente en el callejón, ante la atenta mirada de los espectadores allí congregados.

—¡Claro que sí! ¡Te crees que por haber tenido problemas puedes hacer lo que te dé la gana. ¡Tratar a la gente como basura y jugar con sus sentimientos hasta pisotearlos por completo!

Violeta miró a Jorge con urgencia y se adelantó hacía mí, captando mi atención.

—Elva...

—¡No, déjame hablar! –exclamé zafándome de ella. De nuevo me dirigí a Oliver, que ahora me daba la espalda–. ¡Estoy harta de ver tu cara de amargado desde que pisé este puñetero país, de aguantar tu mal humor, tus miradas asesinas y tus desplantes!

—Elva, vámonos, por favor. Déjalo –insistió Violeta de nuevo con preocupación.

Yo seguí embalada, soltando culebras por la boca sin ningún control, harta de ser engañada y juzgada por todos los hombres que se cruzaban en mi vida.

—No me conoces, tampoco has intentado hacerlo. Te has cebado conmigo desde el principio porque te crees superior a mí. Y, ¿sabes? Te equivocas, eres mezquino y despreciable.

—¡Basta, Elva, se acabó!

Esta vez fue Jorge quien se interpuso con más decisión que su mujer e intentó conducirme hasta el interior del Royal and Lochan. Pero yo ya estaba fuera de mí, llorando como una imbécil y vomitando la rabia acumulada tras muchos meses de contención tras lo de Carlos.

—Me das pena, alejas a las personas de tu lado cuando intentan acercarse a ti. Ni siquiera les das la oportunidad de conocerte. Y ¿sabes lo que te digo? Que tú te lo pierdes. Vuelve al agujero oscuro del que has salido, sigue solo y amargado porque es lo único que te mereces. Sal de mi vida, no quiero volver a verte nunca más, ¡¿me oyes?!

Jorge se centró ahora en Oliver, que mesándose el pelo nervioso, procuraba no coincidir con mi mirada.

—Llévala a casa, Violeta –ordenó el cubano sin titubear.

Lo último que oí fue como anunciaba a los presentes que el espectáculo había terminado.

XXIX

Gracias a Violeta y Jorge que se ocuparon de calmarme la noche de marras, no cogí la maleta para marcharme a casa. Sufrí un ataque de ansiedad por todo lo que había tenido que escuchar gratuitamente de boca de aquel arrogante escocés. Lo más fuerte era que no entendía el motivo. ¿Qué le había hecho yo?

Cuando me calmé tras darme una ducha y haber llorado lo que no está escrito, Violeta ordenó que me subieran algo de comer. Ella estuvo conmigo durante toda la noche. Me recordó a Marisa, que hizo el mismo papel cuando Carlos me puso los cuernos, y lloré de nuevo, esta vez por sentirme tan patética. Quería volver a casa. Al fin y al cabo ya había recopilado la suficiente información para que don Rafael trabajara en su novela. El lunes a primera hora presentaría mi dimisión y volvería a Barcelona huyendo de todo lo que estuviera relacionado con Escocia.

Violeta se mantuvo serena, y cuando observó que ya estaba más tranquila, llamó mi atención.

—Elva, tengo que contarte algo. Sé que igual debería habértelo dicho antes con más detalle pero, llegados a este punto, creo que es necesario.

La miré con curiosidad. No entendía qué podría explicarme mi amiga que fuera de tal importancia y la insté a proseguir, con cierto temor a lo que pudiese decir.

Una hora después, intentaba asimilar toda la vida, obra y milagros de la familia. Me quedé completamente atónita ante la historia triste y, en ocasiones, dura que esa familia había vivido. En especial, Oliver y su hermana. Una familia rota, una vía de escape que es una caída a los infiernos… Violeta había conocido a Oliver en Nueva York, en la etapa en la que Jorge trabajaba en un restaurante que solía frecuentar el escocés. Se interesó mucho por su trabajo y le propuso venir con él a Escocia y poder dar rienda a su creatividad culinaria con total libertad. Me contó que había pasado una muy mala etapa en su vida y que gracias al apoyo de Elliot y de la pareja había conseguido recuperarse y apartarse de esa vida tan nociva. Oliver Reid-Murray no era mal hombre, sólo que arrastraba aún muchos traumas del pasado que le impedían ser él mismo. Según me dijo, estaba convencido de que las relaciones afectivas eran una maldición para su familia, y no estaba dispuesto a seguir la tradición. Por eso se conformaba con una relación puramente sexual de idas y venidas con Laura Campbell, esa mujer odiosa que era casi tan guapa como desdichada. Oliver había calculado al milímetro cómo rehacer su vida, y evitaba salirse del plan trazado, huyendo de situaciones que hicieran peligrar esa estabilidad tan meditada.

Luego estaba el otro tema, Benjamin Lennox. Aquel tiparraco era un tirano embaucador que se había hecho con el patrimonio familiar a base de aprovecharse de la difícil situación que pasaban. Infiel e incapaz de querer a nadie más que a sí mismo y el dinero, no le estaba dando una buena vida a Miranda Reid-Murray, que guardaba las apariencias por evitar la vergüenza.

Fue un duro golpe para mí asimilar toda aquella información. Aunque seguía dolida e indignada, pude ponerme en los zapatos de Oliver y entender su comportamiento. Pero, de todas formas, yo necesitaba una disculpa por su parte, ya que había sido un daño colateral injusto.

Aprovechando que don Rafael avisó de que se quedaría un par de días más por el norte, visitando la isla de Skye, descansé y pensé en Oliver. El martes madrugué y me propuse ir hasta Stonefield en su busca. Tenía que hablar con él y aclarar algunas cosas. Le había buscado antes en el café de Elliot y me dijeron que no había aparecido por allí. Así que cogí mi bolso y me presenté en la cabaña que me habían indicado, que era su vivienda habitual. Una vez me encontré delante de la puerta, todo atisbo de valor se desvaneció. Estuve a punto de darme la vuelta y marcharme, pero me autoconvencí de que quizá si dejábamos las cosas claras, los dos viviríamos mejor. Al menos yo tenía que quitarme ese nudo que me oprimía. Llamé a la puerta y tras un eterno minuto a la espera la puerta se abrió.

—Hola. –La puerta volvió a cerrarse en mis narices, dejándome con la palabra en la boca. Está bien, me lo merecía y no esperaba menos, pero dolía igual.

No supe el daño y las consecuencias que le había provocado hasta que lo vi. Sólo había sido un segundo, pero me hice una ligera idea de cuánto le hirieron mis dardos hechos palabras. Su aspecto era lamentable, grandes ojeras bajo sus ojos tristes, el pelo enmarañado, la barba incipiente y una camiseta sucia que no debía haberse quitado desde hacía varios días. Me dio un vuelco el corazón, me dolía como si lo estuviesen retorciendo y me lo fuesen a arrancar. Puse la mano sobre mi pecho intentando apaciguar el dolor, y se me llenaron los ojos de lágrimas debido a la sensación de culpa que sentía. «Elva, esta vez te has pasado pero bien», me amonestó mi conciencia.

Pero había ido hasta allí con una misión clara, y no me iba a dar por vencida tan fácilmente. Decidí que si hoy no lo conseguía, lo intentaría mañana, y así todos y cada uno de los días, hasta que tuviera la oportunidad de hablar con él.

*

Durante los dos días siguientes a nuestro encontronazo, evité coincidir con Elva. Me inventé asuntos que resolver en Glasgow para no tener que volver a Tighnabruaich y me encerré en mi cabaña. Aunque no era la primera vez que alguien me echaba en cara mi pasado, las palabras afiladas de la española me habían cortado la piel profundamente. Tanto que habían tocado y hundido los barcos acorazados que protegían mi orgullo. Porque sus palabras fueron como cuchillos atravesando mi alma, llegando a ese músculo inútil que tenía escondido en el pecho y que mantenía en un coma inducido. Sentía un dolor profundo en él, como si mi caja torácica encogiera y presionara mi torso hasta romperlo. Hubo momentos en que me costaba respirar y temí que fuera a darme un infarto. Realmente me asusté. Pero no, era demasiado joven, y en el fondo sabía perfectamente el porqué de aquel estrangulamiento doloroso. Aquello que yo tanto temía y que durante años había esquivado, de lo que había huido durante tanto tiempo como de la peste, estaba ocurriendo. No quería aceptarlo, pero como me había dicho mi abuela muchas veces: «El amor no se elige, él te elige a ti. No le tengas miedo porque por más que te niegues, reniegues y huyas, te perseguirá hasta que te rindas a él».

Y yo me había rendido, estaba total e irremediablemente a los pies de una loca muchacha española, cuya impresión sobre mí era la de que era un impresentable. Y, desde luego, y tras mi inadmisible comportamiento, no se equivocaba. Elliot me llamó más de cien veces pero no tenía ganas ni de contestar el teléfono. De las personas que conocía, quizá él era el que más cerca estaba de conocerme de verdad. Más que un amigo era un hermano para mí. Sufrió al Oliver con el alma más negra y me tendió la mano cuando quise salir, por fin, del agujero de autodestrucción en el que estuve metido. Si no llega a ser por él y su idea de marcharnos a América, quizá ahora estaría muerto. Cogí una cerveza de la nevera y temiendo que se presentase en casa harto de que pasara de él, decidí contestar la octava llamada realizada en diez minutos.

—¿Qué?

—Pedazo de cabrón, ¿cuándo pensabas coger el puto teléfono?

Vaya, estaba realmente cabreado.

—¿Qué quieres, Elliot? —contesté sin ganas.

—¿Qué mierdas te pasa? Nadie sabe de ti desde hace dos días, ¿dónde coño estás?

—En la cabaña.

—¿Sabes la cara que se me ha quedado cuando tu abuela me ha dicho que en teoría estabas conmigo en Glasgow arreglando no sé qué historias? Se me ha quedado cara de gilipollas, y no me gusta quedarme con cara de gilipollas.

—Ya tienes cara de gilipollas —aseguré mientras abría la lata y me tumbaba en el sofá.

—¿Piensas decirme qué te pasa? –preguntó impaciente.

—No me pasa nada.

—¿Es por lo de esa chica? ¿La retuercepelotas?

—Tienes tan asumido que cualquier mujer caerá rendida a tus pies que no esperabas encontrarte con una chica como ella, ¿eh? Hubiera dado lo que fuera por ver como tu cara cambiaba de color. Tuvo que doler que retorciera de esa forma tu enorme ego –estallé en carcajadas imaginando la escena de Elva apretando sus partes íntimas.

—Vale, ríete, capullo. Si llego a saber que ella era la secretaria de don Rafael ni me hubiese acercado. Tiene pinta de mosquita muerta, pero no veas como se las gasta la nena.

—Tiene carácter, sí.

—Pues toda tuya, no pienso acercarme a ella ni en pintura, es una psicópata, ¡casi me deja sin descendencia! –se quejó Elliot casi ofendido. Escuché como emitía un pequeño gemido de dolor y al segundo, cambió de tema y volvió a preguntar por los motivos de mi desaparición–. Y dime, ¿en serio es por esa chica? Un pajarito llamado Jorge me ha dicho que discutisteis la otra noche.

Dejé la cerveza sobre la mesa de roble y acomodé el brazo tras la cabeza a modo de almohada mientras maldecía la poca discreción del chef cubano.

—Bocazas…

—¿En serio? ¿Es por ella? –Elliot parecía no dar crédito–. Y, ¿desde cuándo te preocupa lo que una tía diga de ti? –El silencio que se hizo entre los dos fue más que significativo. Lo suficiente para que yo no supiera negar lo evidente y las neuronas de Elliot comenzaran a trabajar–. No me jodas… ¡¿te gusta esa chica?!

Seguí sin decir nada, tan sólo un suspiro ahogado salió de mi garganta, liberando y deshaciendo el nudo que oprimía mi pecho.

—No me lo puedo creer, no te gusta… ¡te has enamorado de ella! —espetó a carcajada limpia.

Sonaba raro y me dio rabia tener que aceptarlo, pero escuchar esa frase me hacía sentir muy bien.

—Vale, vale. No te rías, mamón.

—Madre mía, y ¿por qué te escondes? Esto hay que celebrarlo, ¡el hombre de hielo se derrite! —Hasta ese momento no me di cuenta de las ganas que tenía de enamorarme. Sí, me estaba derritiendo como un cubito de hielo en el desierto.

—Ni se te ocurra comentar esto con nadie o juro que te mataré —le amenacé.

—Anda, abre la puerta, esto me lo vas a contar con detalle mientras nos bebemos unas cuantas cervezas. ¡Serás mamón! ¿Cuándo pensabas contármelo?

—¿Qué? ¿Estás aquí?

Asombrado, levanté mi torso y oteé por encima del sofá la silueta de Elliot pegada a la ventana. Será… Abrí la puerta y, efectivamente, mi amigo me aguardaba en el porche con un paquete de cervezas en una mano y conteniendo la risa al examinar mi cara con detenimiento.

—Definitivamente, tío, estás perdido.

—Anda, pasa, capullo —le di una colleja instándole a pasar. Presentí que iba a ser una tarde muy larga, en cuanto vi como se acomodaba en el sofá, impaciente por recibir todo tipo de detalles.

Durante la siguiente hora, le conté toda la movida que había tenido con Elva la noche de marras. Bueno, casi me torturó hasta que cedí. No es que me hiciera especial ilusión, pero ya era hora de confiarle a alguien esta sensación extraña que sentía desde que había visto a aquella chica, sola y a punto de llorar en la puerta del aeropuerto de Glasgow. Algo a lo que me había resistido de la única forma que sabía, huyendo e hiriendo los sentimientos de quien intentaba acercarse a mí.

—Vaya… a mí me retorció las pelotas pero a ti te ha retorcido otra cosa. Deberías hablar con ella.

—Y ¿qué cambiaría eso? Me odia.

—Seguramente, y te lo mereces. —Le amenacé con la mirada y él levantó los brazos a modo de rendición—. Vale… pero no sé, tal vez si hablas con ella y le explicas tu versión… Si de verdad te importa, deberías darte la oportunidad de contarle tu verdad.

—Yo no quiero enamorarme, Elliot. Ya sabes lo que el amor ha traído a esta familia. Además, Elva se marchará en unas semanas. Me detesta y, siendo tan obstinada como es, dudo que eso cambie por ahora, lo dejó bastante claro.

—Que conste que no estoy en tu contra, pero ¿ella lo sabe? Que no quieres enamorarte y esas cosas…

—¿Debería ir contándoselo a todas las mujeres que conozco? Hola soy Oliver, y tengo miedo a enamorarme porque el amor sólo ha traído desastres a mi vida… ¿te parece bien así?

—No me refería a eso y lo sabes. Si te gusta quizá debería conocer un poco tu historia para poder juzgarte con motivos.

—Vino a verme hace unos días y le cerré la puerta en las narices por culpa de los putos nervios. No tuve huevos a enfrentarme a ella. Pensé que lo olvidaría y lo único que he conseguido es que se presente aquí cada tarde, pero soy incapaz de abrirle la puerta, Elliot. ¿Qué le voy a decir cuando me comporté como un auténtico capullo? Además, eso de dar pena no me va.

—No es dar pena, es abrir tu corazón a una persona. Quizá por ella vale la pena que lo hagas. De momento, es la única chica que ha conseguido hacerte sentir con otra cosa que no sea la polla —sentenció mi amigo.

—Ese es el problema, ¿lo entiendes? Yo no quiero sentir nada aquí. —Le indiqué golpeándome el pecho izquierdo—. No quiero que esos sentimientos me hagan vulnerable. Además, ella no es precisamente una hermanita de la caridad, cada vez que habla es para ponerse a temblar, no te equivoques.

—En eso veo que os parecéis mucho entonces —reflexionó en voz alta. Inmediatamente después, un cojín se estampaba contra su cara—. ¡Oye! No la pagues conmigo, yo aquí soy Suiza y me presento como mediador. Ahora que lo pienso, Violeta y ella son bastante cercanas, si quieres que hable con ella…

—No, no hagas nada. Tan sólo dejaré pasar el tiempo. Igual que ha venido se irá.

—¡Ay, qué poco sabes del amor! Y, ¿qué vas a hacer? ¿Esconderte en tu madriguera hasta que ella se marche? ¡Ja! No te lo crees ni tú.

—Me marcharé a Glasgow una temporada, hasta que todo esto pase. No puedo permitirme desear algo y luego perderlo. Además, quiero centrarme en recuperar Stonefield.

El gesto de Elliot se tornó más serio y preocupado.

—Benjamin no va a ponértelo fácil, lo sabes, ¿verdad?

Asentí, resistiéndome a pensar que aquel desgraciado estafador que tenía por cuñado pudiera conseguir su objetivo: ser dueño y señor del legado familiar. Si algo había aprendido durante las últimas semanas al revisar los documentos de la familia, era que un Murray nunca se rinde y ama a su tierra y su gente por encima de todas las cosas. La esperanza de recuperar lo que por derecho y sangre me pertenecía estaba más viva que nunca. Y todo gracias a ese antepasado al que llamaban el *Laird* hechizado, a quien el hada Cascabel susurró al oído que abriera los ojos y volviera a luchar por sus tierras. Yo también estaba hechizado por otra hada, pero esta era muy real, Elva.

—No dejaré que manche el nombre de mi familia. No lo permitiré.

—Pondré tras su pista a los chicos, quizá pueda enterarme de en qué anda metido.

—Eso estaría bien. Gracias, colega.

—Todo se arreglará, ya lo verás —me tranquilizó dándome una palmada en el hombro—. Tío, después de todas las cosas que hemos pasado juntos, no sabes lo que me alegra verte así. ¡Te gusta de verdad! —me dijo con sincera sorpresa.

Sonreí al pensar en ella, no pude evitarlo. Ahora que el nudo que me ahogaba había desaparecido al confesarme con Elliot, me sentía mejor. A pesar de que tenía claro que esto no llegaría a ninguna parte, una sensación de vacío me inundó de pesar.

—¿Qué vas a hacer con Laura?

—No voy a hacer nada con Laura. Ella ya sabe como funciona esto.

—Sí, pero dudo que esta vez no le importe cuando sepa el motivo por el que pasas de ella.

Me disponía a contestarle cuando llamaron a la puerta enérgicamente y la conversación quedó cortada por el sobresalto. No esperaba a nadie. Mi amigo y yo nos miramos, él expectante, yo perplejo. Finalmente fue él quien se levantó, pero no se dirigió hacia la puerta, sino hacia la ventana de la cocina, que estaba a varios metros de ella y permitía espiar a los visitantes con total discreción.

Apartó la cortina con cuidado y vi que se alteraba súbitamente. Tapando su boca con la mano y casi de puntillas, volvió sus pasos hasta el sofá para susurrarme bastante emocionado:

—Es ella, Oliver, esa chica está aquí. Es tu oportunidad, tío. ¡A por ella!

Casi se me para el corazón. ¿Qué hacía ella aquí? No esperaba verla, me había pillado fuera de juego. Me puse a temblar como un flan, como un adolescente al que acaban de descubrir pensando en una chica por primera vez. Vale, la tensión por lo ocurrido ya se había liberado, pero no estaba preparado para verla tan pronto. Y menos cuando acababa de decidir que me iba a esconder para evitarla. Con toda seguridad empeoraría la situación dado el estado en que me encontraba. ¿Qué coño iba a decirle? «Hola, soy el cabrón al que odias, me he enamorado hasta el tuétano de ti». Imposible.

Cogí a Elliot de la pechera y le susurré que no se moviera y que se mantuviera en silencio. Ella volvió a llamar, no parecía darse por vencida tan fácilmente. De repente su rostro apareció pegado a una de las ventanas con las manos haciendo de visera para mirar en el interior, y como un resorte me tiré al suelo intentando resguardarme tras el sofá. Agarré con más fuerza a Elliot por la camisa y le forcé a hacer lo mismo. El muy burro, por la sorpresa, soltó un improperio que llamó la atención de Elva. Le maldije en silencio, asesinándolo con la mirada. Una escena bastante patética, ciertamente.

—¿Por qué te escondes? Aclara este tema de una vez —murmuró entre dientes.

Me disponía a contestarle cuando escuchamos la voz de la chica cerca de la puerta.

—Sé que estás ahí, te acabo de escuchar. Me gustaría hablar contigo un momento, bueno, si quieres… No te robaré mucho tiempo y después me iré.

—¡Abre la puñetera puerta de una vez! —masculló mi amigo.

Negué con la cabeza y forcejeamos un instante, ya que él se disponía a levantarse, obviando mis órdenes.

—Te estoy viendo, Oliver, veo tu camisa de cuadros. Quiero creer que estás buscando algo en el suelo y no te estás escondiendo tras el sofá para hacerme el vacío. Sería bastante infantil por tu parte –aventuró ella con un poquito de sorna.

Elliot y yo nos quedamos de piedra. Efectivamente, ella, pegada de nuevo al cristal de la ventana y aprovechando un resquicio que no cubría la cortina, saludaba con la mano.

—Toma, ponte mi camisa y abre la puerta. Yo me quedo aquí. Llévatela, no estoy preparado para verla. Hoy no. –Elliot me lanzó una mirada acusadora–. No puedo verla, ¿vale?

Entre cuchicheos conseguí que Elliot se agachara y comencé a quitarme la camisa de mala manera para evitar que ella me viera.

—Pero ¿qué te pasa? ¿Estás tonto? Habla con ella. Si ha venido hasta aquí, algún motivo tendrá.

—Haz lo que te digo, Elliot –masculleé ansioso–. ¡Llévatela de aquí!

—Ella tiene razón ¿sabes? Eres un imbécil –dictaminó con su habitual pose de perdonavidas.

Le taladré con la mirada mientras, con dificultad, nos cambiábamos la camisa. Elliot se incorporó, poco a poco, y con cara de póquer al ver en el lío que le había metido, me amenazó con un dedo muy cerca de mi nariz.

—Me debes una y muy gorda. –Se sentó en el sofá, y alzó la voz algo teatral para comenzar la farsa–. ¡Voy! ¡Un segundo!

Me esforcé por quedar bien cubierto por el mueble y limitarme a escuchar la conversación. Dios mío, qué ridículo. Desde mi escondite sólo atinaba a escuchar vagamente lo que Elliot dijo tras abrir la puerta. Por su bien, más le valía que no me vendiera o me las pagaría con creces. No les veía, estaba completamente a merced de mi amigo y de sus palabras. Tumbado sobre la alfombra, sólo me quedaba una opción, rezar por que Elva no detectara las escasas dotes de Elliot como actor. Afiné el oído y esperé.

—Eh… Hola… Soy Elliot, el socio de Oliver.

—Ah, hola. –La noté decepcionada–. Yo soy Elva. Pensaba que… ¿no está Oliver en casa?

—¿Oliver? No, No. Está atendiendo algunos asuntos en Glasgow. Yo he venido… en fin, he venido a buscar unas cosas, pero ya me iba…

—¿Debajo del sofá?

Sentí que la farsa estaba a punto de acabar. ¡Elliot no la cagues!

—¿Qué?

—Si lo que buscabas estaba debajo del sofá.

—Ah… no… Digo… sí… bueno, no importa. Si quieres que le dé un recado a Oliver, seguramente le llamaré más tarde, tenemos que hablar seriamente de un tema en particular.

¿Era retintín esa coletilla del final?

—No te preocupes, volveré en otro momento.

—¿Volverás?

¿Volverá? Esta mujer va a acabar conmigo. Eso se lo concedía, perseverante y cabezota era un rato. Me tenía loco.

—Necesito hablar con él. Aclarar cierto malentendido, bueno, es igual… ¿Sabes cuándo estará de vuelta?

—¡Mmmm…! Pues… imagino que mañana ya habrá concluido esos temas que le ocupaban en Glasgow. Aunque si es urgente, si me das tu número de móvil, le puedo decir que te llame esta misma noche.

¡La madre que te…! ¡Judas!

—No, en serio, no hace falta. Sólo… si hablas con él, dile que le ando buscando. No es urgente, pero es importante. Te lo agradecería.

—Claro, claro. –A Elliot ya se le notaba que se le estaban acabando los recursos, o salía de la casa ya o acabaría fastidiándola–. ¿Vas hacia el pueblo?

—Sí.

—Vamos, que te llevo. Voy para Tighnabruaich, podemos coger el ferri juntos.

Suspiré y relajé cada músculo de mi cuerpo ante la agudeza de mi amigo. Cuando quería, era un fenómeno.

—No te preocupes, llegaré dando un paseo. No esperaba volver tan pronto, así que pararé a comprar algunas cosas en Tarbert.

—¿Estás segura?

—Sí, pero te lo agradezco.

¡Ni hablar! ¡Insiste Elliot, insiste!

—Déjame que te lleve hasta Tarbert al menos, estos caminos no son peligrosos, pero me quedaré más tranquilo sabiendo que no vas sola.

—Está bien, gracias.

¡Te quiero, hermano, te quiero! Aunque negaré haberlo pensado siquiera. Me mantuve agazapado tras el sofá hasta que oí como Elliot desaparecía tras la puerta junto a Elva. Esperé un minuto y, poco a poco, me incorporé por completo. Con sigilo, me apresuré a cotillear por la ventana, y vi como ambos se alejaban en dirección al coche de Elliot, que estaba aparcado al comienzo del camino. Cuando desapareció por la espesura de los árboles, me dio el bajón. Acababa de dejar pasar la oportunidad de arreglar las cosas con ella, pero en el fondo sabía que hacía bien. Me sorprendió que acudiera a mi casa, después del intenso encontronazo que habíamos tenido, pero tuve la esperanza de que su visita fuera con intención conciliadora. Ahora por cobarde, no lo sabría.

XXX

❧

Si algo tenía que reconocer, era la persistencia de Elva. Efectivamente volvió al día siguiente, y el otro y el de después. Una semana entera. Cada tarde se presentaba sobre la misma hora delante de mi puerta. Llamaba varias veces, se sentaba en el porche y esperaba una hora o dos mientras leía un libro. Después se levantaba y se marchaba con el tiempo justo de llegar al último ferri.

Yo la veía desde el prado, camuflado entre los arbustos mientras tallaba figuritas con mi navaja en pequeñas ramas. Era obcecada y valiente. Yo no hubiese aguantado que me ignoraran una segunda vez. Pero ella seguía allí cada tarde, sentada en el porche, con una bolsa color violeta de la que luego sacaba alguna cosa que dejaba en mi puerta.

Un pastel de limón, pudin de cerezas, té de violetas... todos ellos con un palillo y un cuadradito blanco en la cumbre, emulando una banderita de la paz, y un pósit con un «Volveré mañana» escrito que cada día me rompía más y más el alma. Dios sabía lo que deseaba abrazar a esa mujer y dejarme llevar por lo que sentía, pero mi miedo a su reacción al saber la persona que había sido en el pasado y los lastres que arrastraba en el presente me lo impedían. Lo mejor para todos era dejar pasar este tema, no mantener relación alguna, esperar a que ella volviera a España y mi rutina volviera a ser eso, mi puñetera y absolutamente vacía rutina. Al menos, eso era lo mejor para mí. Era egoísta, pero era lo más fácil. Quería pensar con la cabeza, pues era la única manera de tenerlo todo controlado. Si pensaba con el corazón, perdería el control. No debía dejar que ella se quedara en él, debería mantenerla en mi cabeza, siempre.

Durante siete días evité sus visitas, observándola desde la distancia, hasta que su coraje acabó por ablandar mi resistencia. Mi intención era no caer en su tela de araña, pero deseaba tenerla frente a mí, perderme en sus ojos y escuchar lo que tuviera que decir. No se merecía el vacío con el que le estaba castigando, ya que yo no había sido un ejemplo de educación en aquella discusión. Realmente, no sentía lo que le dije. Decidí que si volvía aquella tarde, le daría una oportunidad y, de paso, intentaría convencerme del todo de que debía apartarme de ella. Zanjar aquel tema de una puñetera vez. A media tarde comencé a ponerme nervioso, trazando un plan para arreglar las cosas con la intención de finalizar esa atracción poderosa que sentía por aquella española y que me carcomía por dentro. Limpié la casa, me arreglé, puse la tele, la apagué, y cuando ya no pude más, puse un cd de Muse en el reproductor para calmar mi ansiedad. Fue entonces cuando llamaron a la puerta.

Esperaba que fuera ella, sí. Arreglé los cojines del sofá y me miré al espejo, atusando mi ropa y mi pelo para tener un aspecto presentable. «¡Joder, Oliver, si hasta te has echado colonia!», pensé ruborizado.

Hoy sería el día en el que cedería, en el que abriría no sólo la puerta de mi casa, si no la de mi corazón también. Me había demostrado que la oportunidad valía la pena. Debía ser sincero conmigo mismo. No quería terminar nada, lo quería todo de ella. Nervioso y frotándome las manos, me dirigí a la puerta y suspiré antes de coger el pomo y lanzarme por completo a Elva. Pero no era ella quién me esperaba al otro lado de la puerta.

—¿Qué haces aquí? –dije molesto y contrariado.

—Te echo de menos.

Laura se acercó sigilosa y me besó el cuello, algo que hizo que me tensara por completo. Agarré sus brazos y la separé de mi cuerpo preso de la incomodidad.

—Mira, Laura, ya hablamos sobre esto.

—No. Hablaste tú y decidiste por los dos.

—No me apetece discutir.

Lejos de entender que no quería verla, Laura entró al salón y se apoyó en el respaldo del sofá con los brazos cruzados, sexi, como sólo ella podía serlo.

—¿Qué es lo que te pasa? Hace más de una semana que nadie sabe nada de ti.

—Sólo quiero un poquito de paz y tranquilidad, ¿es mucho pedir?

—¿Esperas a alguien?

—No.

—Te conozco demasiado bien, cariño, no sabes mentir. Estás tenso, ven aquí…

Se acercó de nuevo y me rodeó la cintura, mientras me besaba la porción de piel de mi pecho que la camisa no ocultaba. Yo me mantenía impávido, hierático, con los brazos a un lado del cuerpo, frío y distante como una estatua de mármol. No quería seguirle el juego, hoy no.

—Si me conocieras tan bien te irías y me dejarías tranquilo. No tengo ganas de nada, Laura, en serio. Hablaremos otro día.

—¿Quién te ha dicho que he venido a hablar?

Se quitó el abrigo, dejando a la vista tan sólo el conjunto de ropa interior que llevaba sobre su piel, mostrando su cuerpo. Hacía muy poco me hubiera hundido en él buscando placer, pero ahora no me hacía sentir absolutamente nada. Debió leerlo en mi cara, porque me miró ceñuda y preocupada.

—¿Me estás rechazando?

—Laura, por favor… —alegué perdiendo la paciencia.

—Hace mucho que no estamos juntos. Vamos…

Laura era una embaucadora profesional, siempre conseguía lo que quería. He de reconocer que hasta ahora no me había importado, ambos habíamos sacado beneficio de nuestros encuentros, pero la imagen de Elva la eclipsaba por completo, nada podía compararse a ella. Ya no buscaba un revolcón salvaje, ya no. O al menos, no con ella.

—No, basta.

—Me sorprendes, Olly, ¿cuándo me has dicho tú que no? Venga, pasaremos un buen rato, que falta te hace…

Se frotó contra mi entrepierna con la certeza de que daría mi brazo a torcer, y podía ser muy convincente. Acercó sus labios a los míos mientras sus manos juguetonas desabrochaban mi cinturón, cuando unos oportunos golpes en la puerta me ayudaron a separar mi boca de la suya bruscamente.

—No abras —gimió frotando mi sexo con una mano—. Vamos a la cama.

Me besó de nuevo, pero esta vez estuve a punto de claudicar. Sabía muy bien como volverme loco. Cerré los ojos y me dejé llevar por un segundo, pero la imagen de Elva apareció en mi mente y sentí asco de mí mismo, por ser tan débil y no poner los puntos sobre las íes con Laura finalizando aquella relación de una vez.

—Para, para. Joder, ¡que pares!

Quién fuese que esperaba en el porche volvió a llamar y me aparté de Laura, huyendo de ella y de aquella situación incómoda.

—Espero que esa mala leche que te gastas la tengas ahora en la cama, me pones cuando te comportas así —espetó sobrada de deseo—. Te espero dentro, no tardes.

¡Joder! ¿Qué parte del no quiero nada contigo no había captado? El plan a tomar por culo. ¡Mierda! Miré mi reloj y comprobé que era muy posible que se tratara de Elva, y ahora tenía a Laura tumbada en mi cama dispuesta a todo.

Debí acabar con ella hace mucho tiempo. No era mala tía, era solitaria y poco amiga de nadie, como yo. Nos conocimos cuando ambos pasábamos la peor etapa de nuestras vidas y, por diferentes circunstancias, vernos nos acabó aportando ese desahogo, esporádico pero constante, del que hemos disfrutado durante unos años. Una relación libre y que nos servía de evasión de nuestras tensiones. Nos conocemos bien, hasta llegamos a comprendernos con apenas una mirada. Pero estamos a kilómetros de distancia el uno del otro en cuanto a inquietudes personales. Una parte de ella aún vive en esa etapa oscura, yo avancé, continué y así quiero que siga siendo.

Tenía que evitar que Elva la viera a toda costa si quería que me tomara en serio, me sentía confuso y cabreado, ¡vaya cagada! ¿Qué debía hacer? No abrir sería lo más prudente, pero, ¿volvería? Si Elva se encontraba a Laura de esta guisa, se llevaría una impresión equivocada y no volvería nunca más. No era precisamente la mejor ocasión para iniciar un diálogo de acercamiento. Y eso no era lo que yo quería. A partir de ahora iba a ser sincero con ella, quería ser su amigo... no, quería algo más, lo quería todo. Decidí abrir y espantarla con algún improperio de mi cosecha, eso se me daba muy bien. Con suerte, en unos minutos se marcharía y ya vería luego como me las arreglaba para arreglar el entuerto. Conociendo a Elva como creía conocerla, si no actuaba siendo borde, era capaz de sentarse en la escalera y esperar toda la tarde hasta que la atendiera. Abrí la puerta, maldiciendo cada segundo y cada palabra que solté por mi boca, que me iban a hacer el mismo daño que le iban a causar a ella.

—Otra vez tú. ¡¿No vas a cansarte nunca?!

Ella levantó las cejas sorprendida, pero una sonrisa vencedora se dibujó en su cara, retándome.

—Hola a ti también. Te dije que era muy persistente. ¿Puedo pasar?

Me apoyé entre la puerta y el marco impidiendo así su impulso y cualquier espacio libre, para que ella no pudiese siquiera intentarlo. Estaba tenso, por primera vez, odié ser un cabrón por lo que iba a hacer. No pude ni mirarla a los ojos. ¡Cobarde!

—No es un buen momento.

—Y ¿crees que en algún momento de los próximos ciento cincuenta años su excelencia podría dedicarme unos minutitos? —dirigí mi mirada a la bolsa violeta que llevaba en la mano y se me encogió el alma cuando vi que levantaba otra de sus banderitas de la paz y la oscilaba frente a mis ojos, en esa distancia que separaba nuestros rostros—. He preparado una pequeña merienda, he pensado que igual te apetece pasear y compartirla conmigo. Me gustaría hablar contigo.

Me peiné con la mano nervioso mientras me apoyaba en el marco de la puerta e intentaba disimular algo que, sin duda alguna, se me notaba en la cara a la legua.

—Lo siento… yo… estoy ocupado ahora mismo… Márchate.

Elva entrecerró los ojos y clavó sus preciosos ojos verdes en mi rostro y luego más atrás, intentando ver qué era lo que escondía. No, no se daría por vencida tan fácilmente.

—Eres duro de roer, ¿eh? Vale, pues volveré mañana, no hay problema.

Admiraba a esta mujer, mucho. Ojalá pudiese rebobinar el tiempo y hacer que este momento no hubiese sucedido. Esperarla en el camino y poder disfrutar de un paseo con ella. ¡Dios! ¡Nada me apetecía más en el mundo que estar con ella!

Sentí un cosquilleo tras de mí y unas manos se aferraron a mi cuerpo. Una a mi hombro y otra a mi cintura, haciendo que pegara un respingo y se derrumbara totalmente mi esperanza de que esto saliera bien.

—Oliver, cariño, ¿quién es? O vienes ya o voy a enfriarme…

Laura, completamente desnuda excepto por una de mis camisas con la que intentaba taparse sin conseguirlo, se aferraba a mí como si le perteneciera, melosa y posesiva. Mis ojos se fueron por inercia a la cara de Elva, que permanecía inmóvil con la boca ligeramente abierta y la piel pálida como una hoja de papel. En ningún momento me miró a mí, la miraba a ella, a Laura, que lucía esa expresión ganadora sonriendo con malicia. Sentí su decepción y percibí algo más en sus ojos que me sorprendió. ¿Lágrimas?

Cuando se percató de que no podría aguantarlas en sus ojos mucho más, tosió y el rubor volvió a sus mejillas, esta vez producido por la vergüenza.

—Oh… Vaya. Entiendo.

—No, no entiendes nada. –Mi voz tembló por la impotencia, pero su expresión me decía que ya era tarde.

Suspiró e intentó mirar hacia mil sitios que no fueran mi rostro y mis ojos, evitando mostrarme su frustración, pero consiguió recomponerse e hizo gala de ese orgullo español que tanto había odiado inicialmente en ella y que, más tarde, me había enamorado poco a poco.

—¿Sabes? Siento haber dicho todo lo que dije. Eso era lo que he intentado decirte cada puñetero día durante una semana. Ya está. Y como ya lo he dicho, pues mejor me voy. Y olvida todo esto, que me has visto y todo lo demás… olvídalo ¿vale?

—Elva…

El mundo se detuvo en el momento que la agarré de la muñeca para evitar que se marchara. No sé por qué lo hice, fue un impulso que no pude controlar, simplemente lo hice. Ella se detuvo y volteó su rostro mirando la mano que la detenía suavemente pero con decisión. Ambos la miramos, y también casi a la vez, buscamos respuestas en nuestros ojos. Era un simple acto reflejo, pero que guardaba mucho más significado del que aparentaba a simple vista. Los dos nos dimos cuenta enseguida al notar la piel del otro. Sus ojos brillaban confundidos, los míos mostraban pesar. En aquellos segundos, un remolino de sensaciones se instaló en mi estómago y tuve la sensación de mareo que sólo da el miedo. El miedo y la ansiedad por perderla… una sensación que tan sólo había vivido una vez, el día que perdí a mi madre. Ese pensamiento, esa sensación me dieron pánico. Hasta ese momento no me había dado cuenta de lo mucho que me afectaba Elva. Ni tampoco de que, por mucho que quisiera, jamás podría huir de lo que sentía por ella.

Le solté la muñeca, avergonzado al ver como su expresión se endurecía. Estaba a punto de romperse, lo sabía, y la dejé marchar cuando su barbilla comenzó a temblar. Se dio la vuelta y con paso firme y rápido, enfiló el camino hacia Stonefield sin mirar atrás, y con ella se fue una parte de mí, dejándome una herida abierta y sangrante que dolía, dolía mucho. ¡Dios! ¿Qué me estaba pasando?

—Vamos, cariño, déjate de niñerías con esa chica insulsa y vamos a jugar un poquito… —dijo acercándose con intención de besarme.

—¿De qué coño vas? ¿Qué crees que estás haciendo?

—Oliver…

—Vístete y lárgate de mi casa.

—Pero ¿qué estás diciendo? ¿Me estás echando?

—Sí. Voy a ducharme y cuando termine, no quiero verte aquí.

—Es por ella ¿verdad? ¿Por eso me ignoras?

—No digas tonterías.

—Desde que ella llegó has cambiado, apenas nos vemos y cuando lo hacemos es… diferente. Al principio pensé que jugabas con ella, pero te conozco demasiado bien, Oliver, ¿te has pillado por esa tía?

—Déjala al margen de esto porque no tiene nada que ver. Hice la vista gorda en Glasgow cuando la trataste como una mierda. ¿Cómo pudiste hacer algo así? Por eso te he estado evitando. ¿Entiendes? Mira, Laura, no te engañes. Lo nuestro no iba a llegar a ninguna parte y lo sabes. Lo sabías desde el principio, en eso quedamos cuando decidimos…

—¿El qué, Oliver? Dilo, cuando decidimos ¿qué? —gritó desesperada—. ¿Quedar de vez en cuando para follar? ¿Qué soy yo para ti?

Mi paciencia tenía un límite, pero en el fondo la comprendía. No me había portado bien con ella. Laura no tenía la culpa de lo que había pasado hoy, de lo que yo sentía por Elva. Aunque fuera malvada, no se merecía que la tratara así. Durante mucho tiempo nos habíamos utilizado el uno al otro y era verdad, si bien nunca le había prometido nada, quizá ya debería haber terminado aquella relación. Yo conocía sus sentimientos y no los había tenido en cuenta. Ambos nos habíamos engañado, ella pensando que con el tiempo llegaríamos a tener una relación seria, y yo creyendo que no podía aspirar a más. Me sentí mal, por Elva, por Laura y por ser un auténtico gilipollas.

—¡Basta, Laura! Me niego a volver a discutir esto, ya he tenido suficiente por hoy. Por favor, márchate ¿vale? Necesito estar solo. Y hazte un favor, no vuelvas a molestarme.

—Tú no estás hecho para amar a nadie, Oliver, ni siquiera te quieres a ti mismo —escupió desafiante—. Crees que una chica dulce como esa te hará ser mejor persona, pero no te engañes, nunca cambiarás. ¿Crees que ella aguantaría todo lo que yo he aguantado? La harás sufrir, dejarás tras de ti otro corazón roto y volverás a ser el mismo de siempre. Volverás a mí.

No podía más. No quería seguir escuchando a Laura. Sabía cuán negra era mi alma, pero no necesitaba que me lo recordaran en ese momento.

Cogí la escasa ropa de la habitación y el abrigo caído junto al sofá y se los lancé con rabia a sus pies.

—Sal de mi casa, ¡ya!

Mi rugido dejó a Laura petrificada y, por una vez, sin derecho a réplica. La dejé allí en medio del salón, impotente y con la rabia y las lágrimas contenidas ante el rechazo.

Como un animal enjaulado, me metí en el cuarto de baño y me mojé la cara con agua para salir del aturdimiento en el que me encontraba. Sentía rabia, me dolía el pecho, tenía ganas de llorar, la casa se cernía sobre mí hasta aplastarme, me faltaba el aire. Tenía que salir de allí. Ya.

A los pocos minutos salí del baño y Laura ya se había marchado. Suspiré y creí enloquecer. Cogí lo primero que tenía a mano, un libro sobre la mesa, y lo lancé contra la pared. ¡Mierda!

XXXI

Me alejé de la cabaña de Oliver a toda prisa, aún con su tacto quemándome la muñeca y con el dolor atravesando mi pecho como un puñal. Si me detenía estaba segura de que me rompería en mil pedazos, así que continué andando hasta que el aire comenzó a faltarme y las lágrimas empezaron a salir a borbotones y, con ellas, un llanto resultante del cúmulo de emociones. Necesitaba descargar mi frustración, maldecirme por ser tan ingenua y haber creído por un momento que algo podría pasar entre Oliver y yo, que podría haber un acercamiento. Estábamos a años luz el uno del otro, y quizá la sombra alargada de Connor me había impedido ver la realidad. Es posible que buscara en Oliver a otro Connor, pero no lo era. ¿Por qué leches había tenido que soñar con él? ¿Por qué cada vez que pensaba en él y aunque no quisiera, mi cuerpo reaccionaba como el de una quinceañera?

Me aparté del camino y me senté en la falda de un árbol dando rienda a suelta a mis sentimientos para desahogarme. Miré mi bolsa violeta por la que asomaba la merienda que había preparado y la pequeña banderita de la paz, y lloré. Lloré de impotencia por sentirme dolida, rechazada, por necesitar sentir la piel de Oliver junto a la mía como hacía unos minutos. ¿Es que tengo un imán para los hombres granada? ¡Aaaaargh!

Mientras limpiaba mis lágrimas e intentaba volver a dejar mis vías respiratorias libres de mucosidades, una suave brisa me acarició la cara. Cerré los ojos ante tan agradable sensación de paz y sentí a Connor muy cerca, percibí su presencia, ese calor que me aportaba tanta seguridad y que ya conocía tan bien. Una sensación que me meció hasta calmarme y casi adormecerme. Permanecí con los ojos cerrados, temiendo que si los abría, Connor desapareciera. Sentí como su caricia se deslizaba por mi pómulo hasta llegar a mi barbilla, aportándome el consuelo que necesitaba. La anestesia que mi corazón precisaba para no sentir dolor. Esto no podía seguir así, Connor ya no existía, no podía aferrarme a su recuerdo toda mi vida.

—Vaya, ¿sigues aquí?

La voz ronca de Laura perturbó de nuevo mi paz interior, haciendo desaparecer cualquier rastro de Connor, cuyo aroma se fue con el viento helado tal como había llegado. Abrí los ojos y allí estaba junto a mí con los brazos cruzados y desafiándome con la mirada.

—¿Qué quieres, Laura ?

—No, ¿qué quieres tú?

—No sé de qué estás hablando.

—¿Aún no te has dado cuenta? Oliver juega en otra liga. ¿De verdad pensaste que tenías alguna posibilidad? –exigió con superioridad.

Sus palabras me atizaron como si quemaran mi piel. Sí, lo había pensado ¿y qué? Idiota de mí. Podía ser tonta pero también tenía orgullo. Si Oliver Reid-Murray no quería arreglar las cosas, era su problema. Me quedaban apenas unas semanas de trabajo en Stonefield y después me marcharía a casa y adiós Escocia. Había encontrado lo que había venido a buscar, era inútil y absurdo esperar alguna cosa más. No debía ser codiciosa, a veces las cosas son como son, por mucho que queramos que sucedan de otra forma. Me levanté intentando parecer lo más entera posible y me enfrenté a ella.

—Mira, no voy a enzarzarme en una pelea contigo por un tío. No es mi estilo, eso te lo dejo a ti.

—¿Me estás juzgando?

—Sigue tu rollo o lo que sea que tengas con él, a mí no me importa en absoluto. Y, por favor, déjame en paz.

—Te estoy dando un consejo, Elva. Lo más que podrías conseguir de Oliver serían cuatro besos y, con suerte, un polvo rápido. Hazme caso, él no es un hombre que pueda enamorarse y menos de una mujer como tú. ¿Qué esperabas, que cayera rendido a tus pies? No le conoces, él no es tu príncipe azul.

—¿Una mujer como yo?

Laura se acercó amenazante y me agarró del brazo con fuerza hasta hacerme daño.

—Vuelve a tu preciosa y tranquila vida en España y olvídate de él. Es lo mejor que puedes hacer. Si no lo haces, puedes estar convencida de que no te lo voy a poner fácil, porque si no es para mí, te aseguro que para ti tampoco.

—Suéltame.

Me deshice de su mano de un empellón y recogí la bolsa del suelo. Laura me miró con prepotencia y escupió un «niñata» mientras desaparecía por donde había venido. Durante algunos minutos me quedé allí, con la mente en blanco, sin saber qué hacer o a dónde acudir. Miré en dirección a la cabaña y divisé a Oliver saliendo de la casa y subiendo al todoterreno con prisa. Me escondí tras el árbol para evitar que me viera y me dejé caer de rodillas. Estaba cabreada, decepcionada y dolida. Por las palabras incisivas de Laura, porque ella tenía razón. Un hombre como Oliver nunca se fijaría en una mujer como yo. Pero esta vez me resistí a flojear y llorar como una niñita a la que le han dicho no. Ni hablar. ¡Déjate ya de tonterías, Elva, y vuelve a casa! Con suerte, si don Rafael me lo permite en pocos días estaré de nuevo en España, mi verdadero hogar.

Como aún era pronto, decidí dar un paseo para despejarme, iba bien de tiempo y decidí disfrutar por mi cuenta de las maravillas de las tierras de Stonefield. Me instalé en un pequeño claro a orillas del río que me pareció tranquilo y me dispuse a merendar el pequeño tentempié que llevaba en la bolsa. Pensé en todo hasta que me agobié y decidí tumbarme para mirar el cielo y buscar parecidos razonables a las formas de las nubes.

*

Voy pegando cabezadas sobre Fury, el caballo de Connor. Hace un rato que conseguí que me dejara subir a él, bajo amenaza de volver a cantarle todo el repertorio pachanguero de las fiestas de mi pueblo. Escucho a Connor llamarme Cascabel, pero su voz está lejos, como acolchada. Abro los ojos y me sorprende la intensa neblina que se ha formado a nuestro alrededor, ya que el día se había levantado despejado e inusualmente soleado. Busco a Connor con la mirada, pero ya no está a mi lado dirigiendo a Fury como siempre. Me inquieto, no me gusta la niebla, me da miedo. Le llamo, grito su nombre, que se pierde con el sonido del viento. Silencio.

Espero que no sea otra de las bromas pesadas que suele gastarme. Sé que las merezco todas, pero esta en particular no me está gustando nada. Quiero despertar de este sueño en el que estoy sola, perdida entre la niebla.

Consigo que Fury se detenga y bajo de él con dificultad, deseando no partirme la crisma en el intento. Doy varios pasos tomando la delantera y vuelvo a llamarle.

—*Como te estés quedando conmigo, te aseguro que te vas a arrepentir de esto. No me hace ninguna gracia ¿me oyes?*

El silencio que obtengo por respuesta, sólo es roto por el relinchar de Fury, que de repente se encabrita y sale corriendo en la otra dirección. Chillo, me desespero. La niebla avanza y me envuelve. Me siento sola, pequeña, indefensa. Por inercia, salgo corriendo casi a ciegas. Tropiezo con una piedra y caigo. Me he magullado la rodilla y ahora sangra, pero no me importa, sigo corriendo. Tengo la sensación de que alguien me sigue, pero no es Connor, al que sigo llamando con gritos desgarradores que mueren en mi garganta.

Estoy aterrorizada. No sé dónde estoy, ni por qué este sueño se está convirtiendo en una pesadilla. Oigo mi nombre tras de mí, pero no reconozco la voz de Connor. No es la suya. Corro hacia adelante casi a tientas entre la bruma espesa, mirando hacia atrás con temor de que la voz del extraño que me persigue me atrape.

—*Elva… Elva…*

Tropiezo de nuevo y esta vez caigo sobre un cuerpo cálido que me recoge entre sus brazos con decisión. Me sobresalto al tacto, pero el aroma que desprende ese cuerpo desconocido me calma, lo conozco y me produce seguridad. Lo abrazo, deseando que me proteja de todo lo malo que viene a por mí.

—Elva, ¿estás bien? ¿Dónde estabas?
Asiento con la cabeza fundida en su pecho, no me salen las palabras. Observo que Connor ya no viste su kilt. Distingo una prenda marrón de cuero. Me extraño. Me aparto poco a poco. Aunque sé que ese cuerpo no me es indiferente, algo ha cambiado. Recorro con mis manos la prenda que ahora cubre el torso de quien me abraza y acaricia mi cabello con suavidad. Llego a la zona del cuello y doy un respingo. El tacto a lana me desconcierta. ¿Qué está ocurriendo aquí?
—¿Connor? —*susurro con miedo.*
El desconocido que me abraza se separa unos centímetros de mí. Me quedo paralizada, mi corazón acaba de explotar.
—¿Dónde te habías metido? Llevo tanto tiempo esperándote...
Me llevo la mano a la boca para acallar un gritito involuntario.
Oliver sonríe, le brillan los ojos de dicha por haberme encontrado. Recoge con suavidad mi rostro entre sus manos y me besa. El contacto de nuestra piel es como una chispa... recuerdo haber sentido esos labios presionando los míos. Recuerdo a Oliver en otro lugar y en otra situación haciendo lo mismo. Y me gusta. Me abandono, y todo a nuestro alrededor empieza a arder.

Había perdido la noción del tiempo y desperté entumecida por haber dormido a la intemperie. Ya había anochecido y maldecí mi poca cabeza. ¡Ahora a ver cómo me las ingeniaba para volver a Tighnabruaich! Pensé en avisar a Violeta, pero creí que era innecesario preocuparla y hacer que alguien viniera a buscarme desde tan lejos. Eso lo pensé antes de darme cuenta de que había olvidado el móvil sobre la cama de mi habitación. ¡Vaya tela, Elva! Subí el sendero y divisé luz en la cabaña de Oliver. Estaba sola y sin ninguna posibilidad de volver al hotel, así que me armé de valor y me presenté ante la puerta, decidida a pedir ayuda al único hombre que posiblemente dejaría que muriera congelada bajo un árbol.
—¿Qué haces tú aquí? —gruñó al verme cuando abrió la puerta.
—He tenido un problema y no puedo volver al Royal and Lochan.
—¿Qué clase de problema?
—Es una historia muy larga —atajé quitándole importancia—. ¿Puedo pedirte un favor? ¿Podrías llevarme de vuelta a

Tighnabruaich? Ya sé que soy la última persona a la que quieres ver en este momento pero...

Ni siquiera me dio tiempo a terminar. Se apartó de la puerta y caminó sobre sus pasos hacia el interior, dejándola abierta en lo que supuse era una invitación para que entrara.

Oliver se apoyó en el respaldo del sofá, esperando que yo decidiera dar el primer paso.

—¿Vas a entrar o no? Hace frío.

Entré, cerré la puerta tras de mí y me quedé allí de pie, esperando no sé qué, muerta de la vergüenza ante su mirada acusadora.

—¿Te importaría llevarme, por favor?

—Sí, me importa. No voy a llevarte a ningún sitio.

—Al menos, ¿podrías dejarme un teléfono para llamar a Violeta? He olvidado el móvil en el hotel.

El escocés negó con la cabeza con desespero y me lanzó dos cuchillos al corazón.

—¿En qué mundo vives, Elva? ¿Cómo puedes salir de noche y sin ninguna forma de comunicarte? ¿Por qué eres tan kamikaze? ¿Y si te ocurre algo?

¡La madre que lo parió! No iba a soportar de nuevo sus reproches y menos en una situación como aquella. Si hacía falta pedir cobijo en otro lugar lo haría, pero no iba a compartir techo con aquel imbécil ni un minuto más. Cogí el pomo de la puerta y me dispuse a salir por ella para no volver nunca más.

Algo impidió que lo hiciera. Noté el calor del cuerpo de Oliver pegado a mi espalda y su brazo imposibilitando cualquier movimiento sobre mi hombro.

—¿A dónde vas? —musitó angustiado.

—No tengo por qué aguantar esto. Me marcho.

—He dicho que no voy a llevarte a ningún sitio, lo que no quiere decir que no puedas pasar la noche aquí.

Sentir su aliento sobre mi pelo mientras decía esas palabras fue de lo más erótico. Me avergoncé al darme cuenta de que el dichoso hormigueo que hacía acto de aparición cada vez que se me acercaba nacía en mi sexo y lo peor era que me gustaba esa sensación.

—No pienso pasar la noche contigo —vacilé de forma que hasta para mí sonó poco creíble.

—Entonces, ¿por qué has venido? Podías haber ido directamente al castillo.

Eso. ¿Por qué no había ido al castillo? Ni yo lo sabía. Y me molestaba que fuera tan evidente y él fuera consciente de ello. Deseaba a aquel hombre al cual no soportaba, pero que producía en mí tal desajuste emocional y físico que podría explotar de gusto. Quería tenerlo encima, debajo y en todas las posiciones posibles. ¡Me estoy volviendo loca! ¡Soy una puñetera ninfómana mental! Me sentí descubierta y no podía permitirlo, tenía que darle la vuelta a todo aquello.

—Tú eres el que ha estado evitándome durante toda la semana, y ahora ¿me ofreces pasar la noche aquí? Sé que muchas de las cosas que dije no estuvieron bien y es lo que he intentado decirte, me disculpo por ello. Siento si estás pasando un mal momento por mi culpa, pero no me cargues con la responsabilidad de todos tus problemas, no es justo. Yo también tengo los míos y no voy por ahí machacando a nadie.

—Te equivocas si piensas que estoy pasando un mal momento por ti. Creo que te das demasiada importancia, muchacha.

—Entonces ¿por qué te empeñas en alejarme de ti de esa forma si te importo tan poco? ¿Por qué malgastas tus energías en dañar a una chica según tú tan mediocre y simple?

Sentí como la respiración de Oliver se aceleraba y su cuerpo se tensaba tras de mí. Lentamente me di la vuelta, quedando nuestros rostros a pocos centímetros el uno del otro. Sus ojos estaban oscuros, y apretaba la mandíbula como intentando contenerse. Vi la lucha en su mirada, era ahora o nunca.

—¿Por qué? —insistí.

—Porque si no lo hago, temo enamorarme de ti más de lo que lo estoy ahora, y tengo miedo.

El poco aliento que me quedaba tras su confesión no tuvo tiempo de salir de mi garganta. Mi boca se fundió con la suya en un acto espontáneo, como si ella supiera que su sitio siempre había sido ese, y tras la sorpresa inicial, Oliver me correspondió fundiendo su cuerpo contra el mío y dejándome atrapada sin salida contra la puerta. Debíamos estar locos, no nos soportábamos, o eso es lo que creíamos, pero era evidente que despertábamos algo inexplicable el uno en el otro.

El beso se fue haciendo más salvaje, más hambriento, y pronto la boca no fue suficiente. Comencé a quitarle la camisa mientras él recorría mi cuello con pequeños mordiscos que no hicieron más que acelerar mi combustión. Hice míos cada milímetro de su cuerpo musculado mientras le despojaba del jersey de lana y la camiseta, acaricié cada tatuaje mientras le miraba a los ojos hasta que mis manos parecieron sabérselos de memoria. La complicidad que resultó tras ese momento de intimidad fue decisiva para dar el paso que nos llevaría a dejar de ser dos y fundirnos en uno solo. Cuando acabó de desprenderme de mis ropas, que quedaron tiradas en el suelo de cualquier manera, me levantó haciendo que me enroscara en su cintura, notando su sexo caliente y duro contra el mío reclamando ser el protagonista. Apenas nos dio tiempo de llegar a ningún sitio, era tal la necesidad de poseernos que acabamos en el sofá y casi sin tiempo de ponerse el condón. Lo que empezó allí continuó en el suelo, sobre la alfombra. Si se hubiese acabado el mundo, hubiéramos sido totalmente ajenos a ello. Allí no había nada ni nadie más que nosotros dos. Dos cuerpos que inexplicablemente se entendían y conocían a la perfección. Una atracción invisible que nos sobrepasaba y que era maravillosa.

Entre beso y beso mientras nos devorábamos, se nos escapaban profundos jadeos que compartimos mientras el vaivén de caderas se tornó salvaje hasta llevarnos al clímax más absoluto. Nos tumbamos uno al lado del otro mirando hacia el techo. Aún respirábamos deprisa, temblábamos y los espasmos eran la respuesta de nuestros cuerpos al festival erótico-festivo que nos acabábamos de pegar. Aunque había sido un polvo de aquellos de aquí te pillo, aquí te mato, abrió la puerta a emociones que no esperaba y que me sorprendieron hasta hacer que dos lágrimas de felicidad escaparan por el rabillo de mis ojos y cayeran sobre la mullida alfombra. Cuando recuperé el compás de mi respiración, giré la cabeza hasta encontrar la mirada de Oliver que me observaba con el mismo semblante de satisfacción que el mío.

—¿Qué me has hecho, pequeña panda? –susurró conteniendo el aliento mientras recorría con un dedo el surco húmedo que había dejado una lágrima sobre mi mejilla. Por una vez en mi vida, me quedé sin palabras. No porque no tuviera nada que decirle, sino porque no encontraba la adecuada para explicarle lo que acababa de hacerme sentir. Simplemente, le miré a los ojos y sonreí. Me acerqué a él con cautela sin dejar de mirarle y apoyando mi cabeza en su tatuado pecho, justamente sobre aquel que rezaba «Mo Cion Daonnan», le abracé.

Tras unos minutos descansando en esa posición, Oliver se levantó y desapareció por una puerta tras activar el reproductor de música y dejando un vacío frío y desolador junto a mí. A la vuelta, se ocupó de asear con una pequeña toalla húmeda cada centímetro de mi piel sin dejar de clavar sus profundos ojos azules en los míos. Aquel baile de miradas y caricias nos llevaron a repetir una segunda vez. Esta, con más calma, sin prisas, disfrutando del más mínimo detalle. Apenas hablamos por miedo a estropearlo todo. Creí escuchar de fondo la canción *Exogenesis Symphony part III* de Muse, y el ambiente se tornó perfecto. No hicieron falta palabras para saber lo que ocurriría a continuación, pero ¿y si sólo así podíamos llegar a entendernos? No era lo que yo quería, pero era tanta la conexión y me sentí tan plena junto a él, que me conformé de momento.

En esta ocasión, se esmeró en recorrer mi piel y besar cada porción de ella con sus carnosos labios. Se dedicó a darme placer con su boca para alcanzar el cielo sin poner ni una pizca de resistencia en ello, empezando por mi cuello, entreteniéndose en mis pechos, deleitándose en mi abdomen y finalizando en mi sexo, en donde se recreó hasta hacerme perder la cordura. No me sentí avergonzada ni violenta. Aunque casi éramos unos desconocidos, Oliver no parecía serlo para mi cuerpo, que le acogió como si siempre hubiera sido el único destinado a disfrutar de él. Cuando estuve a punto de dejarme llevar por el éxtasis del orgasmo, le detuve, y le obligué con suavidad a que fuera él, ahora, el que me dejara disfrutar del suyo.

Le recosté sobre la alfombra y le hice saber que las riendas a partir de ahora las iba a llevar yo, con un profundo beso, cargado de ternura pero también de pasión controlada.

Su pecho, esculpido con total perfección y dibujado tan cuidadosamente con tinta, era como un imán para mis manos. Recorrí de nuevo cada línea, cada curva, pero esta vez con mi lengua, mientras mi corazón latía a toda máquina al notar como se le erizaba la piel. Al llegar al costado, una enorme cicatriz me llamó la atención y me dirigí hacia ella para prodigarle los mismos cuidados pero Oliver se tensó y me agarró de la mano impidiendo que llegara incluso a tocarla. Le miré sorprendida ante su reacción y noté temor en sus ojos. Aquella marca no debía ser algo agradable en su recuerdo por algún motivo y con una media sonrisa cargada de ternura le supliqué que confiara en mí. Cedió la presión y, poco a poco, bajé mi boca hacia aquella línea pálida y alargada y la besé con cuidado. Oliver jadeó durante unos segundos, suspirando en profundidad en el momento en que colocó sus manos en mi rostro y reclamó mi boca con necesidad. Sujetó mi mentón con delicadeza y me besó como nunca nadie lo había hecho, con exigencia, con profundidad, sin dejar un hueco de mi boca sin explorar y con nuestras bocas encajando como un broche, luchando entre ellas.

Completamente turbada por el fuego que comenzaba a arderme en los labios y que fue descendiendo por mi garganta hasta llegar a mi sexo, perdí la capacidad de resistirme, si es que aún quedaba algún atisbo de duda, a aquel hombre que me hacía morir de placer.

Me acomodé sobre sus caderas y coloqué su miembro a las puertas de la cueva de mi deseo, que esperaba ansiosa por sentirle muy dentro.

—Vas a matarme, ¿lo sabes? —murmuró con dificultad mientras apretaba mis muslos con sus manos con fuerza.

—Entonces muramos juntos.

Y tras susurrar estas palabras me hundí en él, comenzando una danza de cuerpos meciéndose al compás de la sugerente voz de Matt Bellamy, que acabó con el batir de nuestros corazones latiendo al mismo son, convirtiéndose en uno solo.

Dejamos atrás la noche y caímos en un sueño reparador consumidos por aquella vorágine de sensaciones y sentimientos tan nuevos para ambos. ¿No os lo he dicho? Fueron los dos mejores polvos de toda mi vida, sin duda alguna. Amanecimos en la cama, abrazados el uno al otro, como si fuese lo más normal. Nos acurrucamos hasta encajar con la sensación de que aquello era el paraíso. Habíamos pasado de no soportarnos a tener necesidad el uno del otro. No quise pensar en cómo lo que había pasado la noche anterior iba a cambiar las cosas, simplemente, quise disfrutar del momento. Había sido demasiado intenso como para estropearlo con cavilaciones sin sentido. Lo que debiera pasar pasaría y ya está.

—Eres insoportable, pequeña panda. ¿Lo sabías? –susurró cerca de mi oído.

—Tú odioso, maldito escocés.

Un beso largo y apasionado fue nuestra forma de darnos los buenos días.

Dejé a Oliver haciendo el desayuno mientras yo comencé un tour por la cabaña. Le noté algo azorado, nervioso y mirándome de reojo, esperando quizá que me fuera o le recriminara algo de lo sucedido. Pero yo tenía curiosidad por ver la casa y centrarme en los detalles para conocerle mucho mejor. Era sencilla en cuanto a decoración, muy parecida a la del apartamento de Glasgow. Encontré una habitación que me pareció una sala de juegos. Un billar y una gran butaca frente a una televisión casi de las mismas pulgadas que la pared eran sus únicos habitantes. Jugaba a introducir varias de las bolas en los agujeros, cuando un pequeño gemido llamó mi atención. Esperé otro, confundida, que me ayudara a ubicar de dónde venía, y un tercero me llevó hacia una pequeña galería en donde se escondían la lavadora y la secadora. En el suelo, encima de un cojín mullido de color azul, movía su colita desesperado el perrito al que días antes habíamos atropellado. El pobrecito, intentaba incorporarse para hacerme fiestas, pero aún llevaba la pata entablillada y le era difícil.

«Al final lo acogió él», me dije con satisfacción. Un gesto muy bonito que aprecié y me hizo sentir orgullosa. Debajo de aquel hombre duro y repelente, aparte de un amante excepcional, existía un ser compasivo y generoso, estaba segura.

Estuve un rato jugando con el perrito, que recibía mis carantoñas con total agrado, hasta que oí un ruido y al levantar la vista, encontré a Oliver apoyado en el marco de la puerta mirándome con devoción.

—¡Te lo quedaste! —afirmé feliz.

Él se sintió incómodo de repente, como si hubiese sido descubierto en una fechoría, y se sintiese expuesto. Noté como buscaba una excusa para quitarle hierro al asunto y no confirmar que sí, que a él también le importaba la suerte del cachorrito.

—Pero sólo hasta que encuentre a alguien que pueda atenderlo.

—Gracias, Oliver —respondí de todo corazón.

No hizo falta volver a Tighnabruaich, don Rafael se presentaría en breve en el castillo para continuar con nuestro trabajo y ya que estaba allí… Oliver insistió en acompañarme para no levantar sospechas. Obvié que llevaba la misma ropa del día anterior y recé porque los ojos del hombrecillo no se percataran de ello.

La relación con Oliver a partir de que salimos de la cabaña cambió. Ahora sí, debíamos enfrentarnos a lo ocurrido. ¿Qué haríamos ahora? ¿Había sido cosa de una sola noche? ¿Había algo más? Demasiadas preguntas que hacernos pero que teníamos miedo a formular. Hablamos poco hasta llegar a las puertas del castillo en donde mi jefe, que descendía en ese momento del coche, nos recibió con recelo. ¡Mierda! ¡Qué oportuno!

Me detuve junto a Oliver un segundo, simulando colocarme bien la bota y aproveché para susurrarle con disimulo.

—¿Y ahora qué? ¿Significa esto que hemos hecho las paces?

—Esto no puede volver a pasar —me comunicó él con convicción cuando don Rafael se encontraba ya a pocos metros de nosotros.

Sus palabras me sorprendieron y decepcionaron a partes iguales. ¿Qué esperabas, Elva? ¿Amor eterno? Le miré frustrada y asentí con todo el convencimiento del mundo.

—Nunca más.

XXXII

❦

Las dos jornadas de trabajo siguientes fueron muy duras. No conseguí dejar de pensar en Elva, en su cuerpo, en su boca y todo lo que había hecho con ella, mientras copiaba unas notas que don Rafael me había ordenado pasar a limpio. Tener a la culpable de mis pensamientos más tórridos a dos metros de mí tampoco ayudaba a que pudiera concentrarme.

Apenas nos dedicamos algunas miradas de soslayo algo nerviosas e intentamos mantenernos alejados lo más posible el uno del otro. Temíamos que un simple contacto involuntario hiciera estallar la chispa. La tensión en el ambiente se podía cortar con un cuchillo y procuré centrarme para que mi padrino no se percatara de la cantidad de feromonas que sobrevolaban el aire entre nosotros. Pero si por algo se caracterizaba el hombrecillo era por que no se le escapaba una. Le pillé observándonos varias veces y, en una ocasión, creí adivinar algo parecido a una sonrisa bajo su nariz. ¡Qué listo era! Haciendo gala de su más que notoria discreción, no dijo nada y siguió trabajando, sin hacer ningún tipo de comentario.

El tercer día, cuando la tarde se nos echó encima y era hora de volver a Tighnabruaich y, por supuesto, yo sería el encargado de llevarles al Royal & Lochan, ya estaba al límite. Ella se había tomado muy en serio mi comentario lapidario de que no iba a suceder jamás y me estaba matando por dentro. No podíamos seguir así, tenerla cerca era una tortura continua y si no poníamos remedio acabaría por volverme loco.

El viaje fue un suplicio. Mantener la compostura cuando lo único que deseas es poseer de nuevo a la chica de ojos verdes que llevas sentada en el asiento de atrás de tu coche es agotador. El interior se fue haciendo cada vez más pequeño y la atmósfera sofocante. La deseaba, sí, pero se lo había dejado muy claro: aquello no volvería a pasar. Mi sentido común, en ocasiones sabio de narices, comenzó a enviarme señales. «No te enganches, Oliver. No lo hagas. Considéralo el mejor polvo de tu vida y se acabó. Esta historia no tiene futuro, ella se marchará pronto y, ¿luego qué?», me decía luchando contra lo que mi corazón y mi cuerpo sentían ante ella. No le quitaba ojo a través del espejo retrovisor durante el trayecto, lo que era una tortura que me negaba a sufrir, así que encendí la radio con la esperanza de evadirme y olvidar en dónde y con quién estaba. El *Do I wanna know* de Artic Monkeys comenzó a sonar, y lejos de apaciguar mis instintos más salvajes, estos se acrecentaron hasta tal punto que tuve que disimular una inoportuna erección colocando mi mano encima. Elva notó mi inquietud y sospeché que ella tampoco estaba cómoda compartiendo un espacio tan pequeño, dado que no paraba de moverse en su asiento. Acabé activando el último cd de Marilyn Manson ante el disgusto de Rafael que, aunque no dijo nada, se envaró en su asiento. «¡Necesito una ducha fría pero ya!», maldije para mí agarrando el volante con tal fuerza que se me clavó en las palmas.

Tres cuartos de hora después, Elva descendió del coche como una exhalación y sin despedirse. La vi correr y desaparecer con premura por la entrada del hotel dejándome con la extraña sensación de que me había comportado como un verdadero idiota. ¿Por qué cojones le dije que no volvería a pasar si estaba deseando que ocurriera?

Me despedí de mi padrino, que observaba con curiosidad mi semblante ceñudo, y me dirigí a tomar una copa al café de Elliot, la necesitaba. Me estaba volviendo loco, aquella chiquilla me había calado más hondo de lo que pensaba. No sólo me atraía sino que en el apartado sexual era perfecta para mí. Nunca, y digo nunca, a pesar de haberme acostado con media Escocia, había sentido el sexo como con ella. Quizá la primera vez había sido salvaje y demasiado animal como para catalogarla de romántica, pero no podía olvidar la segunda, cuando ella tomó el control como una amazona y me llevó hasta un límite del placer desconocido para mí. Aquello no era sexo a secas, aquello había sido algo más, y lo preocupante era que quería más. No podía engancharme a ella, las adicciones no son buenas. Necesitaba más que nunca la opinión de un amigo. Si aquello era lo que me temía que era, estaba perdido.

Tuve la mala suerte de que Elliot no estuviera en el local, así que tomé un chupito de whisky apostado en mi rincón de siempre, mientras observaba a mis vecinos divertirse con las canciones que tocaba un grupo local. Dos minutos después me sentía fuera de lugar. ¿Qué estaba haciendo allí?

Salí del café y volví al hotel a toda pastilla, autoconvenciéndome de que lo que le iba a decir a Elva era lo correcto. Aquello había sido sexo, irracional y sin compromiso, y no iba a dejar que llegara más allá. Pero ¿qué problema habría si repetíamos teniéndolo claro? «Sexo, sólo sexo, Oliver. Nada más», dije intentando creer mis palabras mientras las repetía en voz alta.

No hice caso de la mirada atónita de Violeta en cuanto vio que me dirigía hacia las habitaciones con determinación. Sólo me detuve cuando me planté frente al reluciente número veintidós que brillaba en la puerta de Elva. Cogí aire con fuerza y llamé, con el convencimiento de que aquello que me hacía sentir aquella muchacha impertinente era, pura y llanamente, deseo sexual.

La cara de Elva al verme en el pasillo fue un poema, pero dudé de si estaba realmente sorprendida, pues percibí cierto aire de suficiencia en su mirada que me descolocó.

—¿Qué quieres?

—Quiero dejar las cosas claras.

—Creo que ya lo dejaste lo bastante claro la otra mañana, no hace falta que me lo repitas. Hasta ahí llego —me desconcertó su nerviosismo. Parecía casi tan tensa como yo. Se movió incómoda apoyada sobre el marco de la puerta y continuó–: ¿Has venido sólo para eso? Porque te lo podías haber ahorrado.

—¿Esperabas otra cosa? –la reté levantando las cejas, deseando que dijera que sí.

—¡Por supuesto que no! A ver si te has creído que eres una puñetera máquina sexual y me muero porque me metas en tu cama.

¡En toda la boca, por listo!

—Pues no vi que tuvieras ninguna queja –me defendí, dolido en mi ego.

—Mira, guapito, lo de la otra noche no estuvo mal, pero…

—¿Que no estuvo mal? –espeté ofendido–. ¡Estuvo mejor que bien!

Elva se cruzó de brazos sorprendida, intentando ocultar lo henchida de satisfacción que se encontraba ante mi revelación. ¡Tenerla delante y percibir su olor era un suplicio! ¡Mierda!

—¿En serio? Pues fuiste tú el que dijo que no volvería a pasar.

—Y sería así si no te hubieras propuesto torturarme cada vez que andas cerca.

El pulso dialéctico había comenzado, ahora sólo quedaba saber quién de los dos vencería. Elva dio un pequeño paso hacia mí e incrédula ante mis palabras, se envalentonó:

—¿Torturarte yo? ¿Quién es el que me provoca con sus sonrisitas y me devora con la mirada a través del retrovisor del coche?

—¿Yo? ¡Ja! ¿Quién es la que usa ese jabón que huele a flores y hace que me vuelva loco? ¡Me llevas al límite de querer lamer tu cuerpo de arriba abajo sobre la mesa de roble sin importarme que Rafael esté presente! –manifesté avanzando hacia ella para reforzar mi argumento.

Elva se encontraba ya a pocos centímetros de mí. Casi podíamos respirar nuestros respectivos alientos. Las respiraciones empezaron a agitarse ante la cercanía y una corriente eléctrica más que latente fue recorriendo mi cuerpo hasta provocarme una erección difícil de controlar. Éramos dos polos opuestos, pero era más que evidente la atracción que sentíamos cada vez que compartíamos espacio. Deseaba a aquella mujer y su cuerpo respondía al mío con el mismo entusiasmo. Noté como sus pezones se erguían poderosos bajo la camiseta de algodón blanca que llevaba puesta y acabé de empalmarme hasta que creí que la bragueta de mi pantalón no aguantaría la presión.

—Me estás volviendo loco… Te dije que esto no debía ocurrir otra vez –susurré con mi boca rozando ya su mejilla.

Elva, con la mirada cargada de deseo, me agarró de las solapas de la chaqueta y me atrajo hacia sí.

—¿De verdad me harías todo eso delante de don Rafael? Sólo imaginarlo me puso a mil y la agarré de las caderas para hacerle notar lo impaciente que estaba por demostrárselo.

—Pequeña panda, no tienes ni idea de dónde te acabas de meter…

La besé con urgencia y la empujé hacia el interior de la habitación cerrando la puerta a mis espaldas.

«Esto es sexo, Oliver, sólo sexo», volví a repetirme.

*

Durante las siguientes semanas, sobra decir que no cumplimos ninguna de nuestras promesas, las rompimos todas. Aquella primera noche en la cabaña, Oliver y yo habíamos abierto la caja de Pandora y fuimos incapaces de volver a meter dentro nuestros impulsos. Cada vez que hacíamos el amor, sí, porque ese era su nombre, nos prometíamos que sería la última vez, pero nunca era la última. Cada encuentro alimentaba las ganas de otro y, poco a poco, lo que se inició como una buena conexión sexual se convirtió en algo más. Aprovechábamos cualquier momento del día para dedicarnos miradas furtivas y esperábamos con avidez un segundo para estar a solas. A la más nimia ocasión nos encerrábamos en alguna habitación de Stonefield, desaparecíamos en el bosque o incluso, en una ocasión, lo hicimos en los aseos del ferri. Dimos un paso más sin apenas advertirlo y comenzamos a confiar el uno en el otro. Nuestro plan para ocultar el delito incluía peleas fingidas para despistar a nuestro entorno, de las que luego nos acordábamos partiéndonos de risa. Aquel era un juego divertido, que cada vez era más difícil mantener oculto. A veces, incluso nos toqueteábamos con disimulo mientras don Rafael nos explicaba, muy metido en su papel, algún hecho histórico que le apasionaba. Era obvio que congeniábamos en la cama y que aquella tensión sexual no resuelta la llevábamos de maravilla, pero no nos dimos cuenta de lo enganchados que estábamos el uno del otro hasta que, un día, la investigación llegó a su fin, y don Rafael se instaló de manera definitiva en el Royal and Lochan para comenzar a escribir.

Ya no tenía sentido que acudiera cada día a Stonefield y ese fue el primer escollo que nos encontramos en el camino. Me inventé mil excusas para reunirme con él: hacer turismo, recabar más información adicional por la zona, hacer fotografías... Todo el tiempo nos parecía poco para estar juntos. Pronto fue evidente para los dos que el sexo había resuelto nuestras tiranteces y que algo nuevo y sorprendente había nacido. Algo a lo que no quisimos poner nombre, pero que seguía su curso a pasos agigantados. Por más que quisimos llevar el tema con discreción, era fácil notar en nuestros rostros esa chispa que provoca el enamoramiento. Eran obvias nuestras miradas furtivas llenas de intención, estaba más que claro que cuando uno entraba en la estancia, la cara del otro se iluminaba.

Nuestros encuentros clandestinos dieron paso, poco a poco, a algo más que un sexo apasionado y pronto conseguimos mantener conversaciones sobre los temas personales más banales, como cuál era nuestro color favorito, nuestra comida preferida, y temas sin importancia, simplemente queríamos saber más el uno del otro. Dimos prioridad a la compañía que nos proporcionábamos, ya sin ansia, disfrutando del momento. Destruimos poco a poco las barreras que impedían que fuéramos espontáneos y naturales. Oliver se fue volviendo más cariñoso cada día que pasaba y me confesó que eso de enamorarse no parecía tan malo si era conmigo. Mientras, yo perdí el miedo a ser traicionada, dejé de anticiparme a los hechos evitándome ser feliz por miedo a ser engañada de nuevo.

Oliver, con mucho esfuerzo, acabó por abrirse a mí como un libro. Aunque yo ya lo sabía, me explicó la historia familiar sin obviar los episodios más tristes y duros referentes a su pasado nada conveniente y la muerte de su madre. Esa conversación, que fue muy dura para él, me hizo sentirme orgullosa, puesto que sabía cuán dolorosa resultaba esa etapa de su vida. Me habló de como Benjamin estaba destruyendo el legado familiar y lo infeliz que estaba haciendo a su hermana. Comprendí entonces su reacción desmesurada aquel día.

Yo le hablé de mi familia, de Marisa, de mis amigas, de Carlos... Fui sincera con él en todo, pero me guardé, obviamente, de contarle lo acontecido con Connor. Fue agradable ver el cambio de actitud que se fraguó entre nosotros y, poco a poco, aprendimos a aceptarnos tal como éramos. Me sentía bien, muy bien.

Durante un mes y medio evitamos pensar en lo que inevitablemente ocurriría en breve: mi marcha. «Vivamos el momento, Elva, no pensemos en el mañana», solía decirme al oído cuando yo le mostraba mi preocupación por mi futura vuelta a España. Oliver me tranquilizaba. Si en pocas semanas habían ocurrido tantas cosas, ¿quién sabe las sorpresas que nos depararía el futuro a muy corto plazo? Decidimos no comernos la cabeza hasta entonces, aunque sabíamos que aquellas palabras escondían una verdad disfrazada de temor. Separarnos no iba a ser fácil para ninguno de los dos.

Cuando al fin, una fría tarde de mayo, don Rafael me informó de que habíamos terminado nuestro trabajo allí, me hundí. No quería marcharme, ahora no. ¿Qué iba a hacer?

—Eso tiene solución —reconoció Oliver mientras me besaba la frente—. Estoy harto de esconderme. Quiero poder besarte si me da la gana delante de don Rafael, de mi abuela o del papa de Roma si hace falta. No quiero perderme ni un segundo de ti. No quiero que te vayas, al menos, todavía. Quédate conmigo.

¿Hola? ¿Hay alguien ahí? ¿Me está pidiendo que me quede? ¡Babum! ¿Qué es eso que veo, fuegos artificiales? Elsa de *Frozen* ¡Muérete de envidia!

Aunque no había nada que me apeteciera más, no quise aventurarme a contestarle un sí rotundo. Debía ser realista, podía quedarme ¿cuánto más? ¿Un mes? Pero tendría que volver a España en algún momento. Y luego ¿qué?

Lo que nunca esperé fue enamorarme como lo hice de aquel arrogante escocés que me volvía loca en la cama y fuera de ella. Así que para su alegría, acepté. Total, con lo que don Rafael me había pagado por mi trabajo podía permitirme pegarme unas pequeñas vacaciones. Don Rafael se quedó impertérrito, no esperaba menos. No obstante, creí ver un gesto de aprobación que pronto se dispuso a disimular.

Mi estancia en Stonefield sin don Rafael no tenía ningún sentido, así que reunimos a nuestros amigos una noche en el café de Elliot decididos a desvelar nuestro secreto, que resultó serlo a voces. Nos quedamos desconcertados cuando nadie pareció sorprenderse de ello. Elliot se mofó de su amigo durante toda la noche, y el resto, sobre todo Violeta y Jorge, se alegraron de que por fin hubiésemos dejado nuestras diferencias a un lado y nos lanzáramos a algo que, según ellos, estaba cantado desde el primer día que nos vieron juntos.

Al día siguiente nos presentamos en Stonefield y se lo comunicamos a la abuela Murray que, aunque lo intuía, expresó su felicidad porque al fin su nieto hubiese encontrado a la mujer adecuada. Miranda ni siquiera expresó emoción alguna al enterarse, simplemente nos ignoró.

Durante los siguientes días pasé mucho tiempo con la anciana. La noticia le había dado vida y se le notaba más risueña y llena de vitalidad. Cada mañana, mientras Oliver atendía sus negocios, yo me encargaba de pasear con ella por los jardines del castillo, donde me prodigaba historias acontecidas en su juventud. Rosalind era digna de admirar, había sido una fémina muy adelantada a su tiempo y, aunque había sufrido mucho, mantenía intacta su gran fortaleza. Aquella mujer pequeña y entrañable era todo un ejemplo para mí. Me animó en mi propósito de quedarme cuanto quisiera en su casa y me avisó de que me armara de paciencia para soportar a su nieto, visceral e impetuoso como todos los Murray.

Y llegó el momento de contárselo a mi familia. En principio, no hubo dramas más allá de los habituales causados por mi madre, que gritó a los cuatro vientos cual tragedia griega, que a este paso acabaría viendo a su hija por la tele en un Españoles por el Mundo. Sobra decir que la abuela Bríxida, deseosa de detalles, me deseó que fuera feliz, eso sí, después de indicarme que las 50 *sombras de Grey* era la lectura con la que ellas y sus amigas hacían ahora «ganchillo».

Y… Marisa. ¡La que lió Marisa! Si hubiera podido atravesar la pantalla del portátil lo habría hecho.

—¿Que estás saliendo con un *highlander* y no me has dicho nada hasta ahora? —exclamó ofendida—. Pero, ¿qué clase de amiga eres tú?

—Nena, ya sabes que Oliver y yo no empezamos con buen pie. No quise decir nada hasta saber si lo nuestro podía funcionar.

—Vale, vale. Estoy muy enfadada contigo, pero ya me vengaré cuando vengas. ¿Puntuación del uno al diez? —exigió curiosa.

—¡Mmmm…! ¡Once!

—¿Once? ¡La madre que te parió! ¡¡No sólo mantienes al margen de esta historia a tu mejor amiga, sino que también me ocultas que el susodicho es un puto dios del amor!! ¡Te odio!

Las dos emitimos sonoras carcajadas, y quiso que le explicara hasta el más sórdido detalle, a lo cual me negué, porque sentí que eso sólo nos pertenecía a nosotros dos. De la risa pasamos al llanto, y Marisa empezó a preocuparse al pensar que, si las cosas iban tan bien como intuía que iban con mi escocés, no volvería a Barcelona.

—¡Claro que voy a volver! Ahora no quiero pensar cómo solucionaremos esto de la distancia, pero en menos que canta un gallo yo me vuelvo a Barcelona, con *highlander* o sin él —mentí.

No sabía si quería volver o no, pero tenía clarísimo que pasase lo que pasase, no lo haría sola.

Fue esa tarde, mientras hablaba con Marisa por Skype, cuando alguien llamó a la puerta de mi habitación. Le dije a mi amiga que esperara un segundo, instándole a guardar silencio y me dirigí hacia la puerta. No vería a Oliver hasta el día siguiente, ya que había acudido a Glasgow por unos asuntos relacionados con Benjamin, pero fantaseé con la idea de que me quisiera dar una sorpresa.

Y tanto que me la llevé, pero no era Oliver quien estaba al otro lado de la puerta como hubiera deseado, sino Laura. A pesar de que aquella mujer no me llegaba como persona a la suela del zapato, reconozco que su belleza me imponía y me hacía sentir pequeña. La seguridad con la que me miraba por encima del hombro me ponía nerviosa. Ellos llevaban a sus espaldas una historia que yo no podía borrar y ella se aprovechaba de esa ventaja para atormentarme.

—Laura… —masculé sorprendida.

—¿Podemos hablar un momento?

Su tono era agrio, pero noté cierta desazón en su semblante. Le indiqué con la mano que podía pasar, y me senté en la cama, dándole la vuelta al portátil para que no viera a Marisa escuchando.

—Bien, ¿qué puedo hacer por ti?

—Exacto, ¿qué vas a hacer por mí? ¿A qué estás jugando, Elva?

—¿Perdona?

—Me voy unas semanas a Londres y, cuando vuelvo, me entero del nuevo chismorreo nacional. No hay nada que odie más que a las oportunistas de medio pelo. ¿De verdad crees que lo tuyo con Oliver tiene futuro? Ya te dije que no conseguirás de él más de lo que tienes ahora, si es que realmente tenéis algo.

Lo decía con la intención de hacer daño, de eso no había duda, pero su inquietud me descuadraba. Estaba nerviosa, no paraba de moverse y no me miraba a los ojos.

—¿Esto es todo lo que tienes que decirme? Pues no me interesa. Así que, si no te importa, te agradecería que te marcharas y me dejaras en paz —le informé con decisión.

—Y lo haré, pero no antes de decirte cuatro cosas sobre Oliver y yo que te harán cambiar de idea —repuso convencida de que picaría el anzuelo.

Me levanté de la cama con la intención de echarla educadamente, pero ella no tenía la más remota intención de moverse.

—Mira, Laura, ni tú ni yo tenemos ganas de discutir. Sé que tuviste una historia con Oliver, y yo no tengo nada que decir sobre ella. Por eso te pido que no te metas, es nuestra historia y no tiene nada que ver contigo.

—Estoy embarazada.

Laura quitó el seguro de la granada y la hizo explotar en mi cara. De todas las noticias que esperaba de ella, esa fue la única que nunca hubiese imaginado. Deslicé mi mirada hacia su estómago y quise ser mala y soltarle un: «¿de quién?», pero yo no era así, no podía ponerme a su altura. Intenté guardar las apariencias y disimular mi desasosiego, pero me fue muy complicado no transmitirle el dolor que me causaba aquella revelación. Ella me observaba triunfante, sabedora de que había puesto una carga de dinamita en los pilares de nuestra relación y los había volado por los aires.

—¡Mientes!

Laura me miró con superioridad y suspiró sonriendo.

—Mira, Elva, no sé qué tipo de persona eres, pero yo he cometido muchos errores en mi vida y nunca jugaría con una cosa así.

Lo dijo con tal seguridad mientras llevaba la mano a su vientre que dudé. ¡No podía ser tan mala persona! ¿Cómo podría alguien hacer algo así de no ser cierto?

—¿Lo sabe él? –atiné a decir con un hilo de voz.

—Por supuesto. ¿Qué esperabas? Oliver y yo nos conocemos muy bien, y es incapaz de dejarme en la estacada. Es un hombre de pies a cabeza y se hará responsable de nuestro hijo –se autoconvenció.

Nuestro hijo… nuestro hijo… su hijo… Mi estómago decidió revolverse en el momento menos oportuno, y me disculpé corriendo hacia el baño en donde intenté no desmayarme agarrada a la cerámica del lavabo. Ya era humillante recibir esa noticia así a bocajarro, como para también mostrar mi debilidad ante aquella arpía despreciable. «¿Por qué tenía aquella condenada mala suerte? ¿Por qué ahora? ¿Por qué con Oliver?», maldije en silencio. Intenté mantener mi respiración a raya hasta controlar un ápice mi ansiedad, y decidí afrontar la situación con valentía. ¡Ya estaba harta de sentirme humillada! ¡Otra vez no! Cuando volví a la habitación, blanca como el papel pero con la intención de plantar cara a la situación, Laura se había sentado en la cama y sonreía abiertamente, disfrutando de la penosa imagen que le ofrecía.

—Pobre niña. Cuando he llegado me has preguntado qué podías hacer por mí, bien, te lo diré. Márchate. Vuelve a España y olvídate de Oliver. En el fondo te estoy haciendo un favor, he venido aquí para evitarte un daño innecesario. Te avisé y no me hiciste caso pero, como ves, ahora ya no tienes ninguna posibilidad. Vete y déjale, le ahorrarás muchos problemas y tú podrás pasar página muy lejos de aquí.

¡Será zorra! Esta es de las que quieren morir matando. ¿No era ya lo suficientemente doloroso el tema como para que encima tuviera que agachar las orejas ante esta tiparraca?

—Que me marche o no, no es una decisión que te corresponda a ti tomar. Has venido a contármelo y ya lo has hecho. Así que, por favor, ¡vete de una puta vez! –espeté completamente destruida por dentro.

Laura sonrió satisfecha. El dardo envenenado había dado en el blanco y la ponzoña recorría mis venas en dirección a mi corazón.

—Está bien, me marcho. Pero espero que hayas entendido cómo están las cosas y no tomes la decisión errónea. No voy a permitir que te inmiscuyas en mi familia. Adiós, Elva.

Se marchó dejando la habitación llena de amargura y desconsuelo. Me desplomé en la cama, inerte, con la mente en blanco y el corazón latiendo en mis sienes como dos tambores de guerra.

Marisa, que había sido testigo mudo de toda la escena, se volvió loca.

—Elva ¿estás bien? ¡Cariño, respóndeme! Pero, ¿quién coño es esa puta?

XXXIII

❧

Marisa estuvo a punto de coger un vuelo y presentarse en Tighnabruaich si no llega a ser porque reaccioné a tiempo y la calmé. La noticia del embarazo de Laura me había pillado desprevenida en el momento más dulce de mi relación con Oliver. Había sido un mazazo en toda regla y la congoja que sentía no era comparable a ninguna otra que hubiese sentido antes. Vale, yo era propensa a ser algo *drama queen*, pero aquello rebasaba con creces los límites de mi mala suerte en el amor. ¡Joder!, ¿es que nunca iba a mantener una relación en condiciones? Algo muy malo tenía que haber hecho en otra vida para que Dios me castigara de esta forma. Prometí a mi amiga que hablaría de inmediato con Oliver, para que fuera él, de viva voz y cara a cara, quien me informase de toda la movida. Era lo mínimo que merecía.

Le llamé varias veces al móvil, pero saltó el contestador. Le dejé un mensaje a medias, no me gustaba hablarle a una máquina, aunque creo que en cuanto lo escuchara entendería que necesitaba hablar con él. Localicé a Elliot y no conseguí que me dijera nada sobre su paradero. Le noté esquivo e incómodo y me prometió que, si le veía, se aseguraría de que recibiera mi recado. El colmo de mi desdicha fue cuando Violeta se presentó en mi habitación con semblante compungido, resultado de que la noticia bomba había estallado y ya era el mayor chismorreo en la zona. Era lo más parecido a una amiga de verdad que tenía allí y acepté su consuelo con los brazos abiertos. Lloré de impotencia y de rabia, el destino, una vez más, estaba dispuesto a barrer de mi vida el amor.

Apenas pude conciliar el sueño esa noche. Esperaba con ansias la llegada de Oliver y lo hice hasta bien entrada la mañana, pero no hizo acto de presencia y tampoco contestaba mis mensajes. Me armé de valor, estaba harta de esperarle en aquella habitación y decidí poner rumbo a Stonefield. En algún momento aparecería por allí, así que me vestí y salí del hotel como una exhalación. Violeta me detuvo en el vestíbulo, y se negó a dejarme marchar sola en mi estado. Me indicó que la esperara, y en dos minutos estábamos subidas en un Volkswagen Golf negro de camino a Portavadie para coger el ferri que nos llevaría a nuestro destino.

Violeta intentó tranquilizarme, pero evitó sacar el tema más de lo necesario. Me animó a que no tomara decisiones precipitadas antes de conocer la versión de Oliver. Era de sobra conocida la bajeza moral de Laura Campbell, y me aconsejó que no juzgara al escocés sin antes conocer toda la historia.

Tres cuartos de hora después entrábamos en la propiedad Murray y Violeta aparcaba el coche en el sendero que lleva a la cabaña. Se ofreció a acompañarme, pero la convencí de que no era necesario y bajé del coche ante su atenta mirada.

Cada paso que di hacia aquella entrada me dio la sensación de que era un paso más en dirección a la tumba de nuestra relación.

Intenté buscar entre mis confusos sentimientos algo de coraje y tras coger aire para darme la fuerza suficiente, llamé a la puerta. Durante un segundo, deseé que Oliver no estuviera allí, que todo hubiese sido una broma o un mal sueño. Recé para no tener que hacerle aquella odiosa pregunta y supliqué no escuchar un sí como respuesta. Noté la presencia de alguien al otro lado, se oían voces y susurros, y no lo soporté más.

Abrí la puerta y me encontré la fotografía que tanto temía. Oliver abrazaba a una Laura Campbell descompuesta por el llanto. Su expresión denotaba complicidad, verdadero cariño, y descubrirlo fue más doloroso que la propia raíz que había provocado aquella situación. Solté un pequeño gemido y ambos me miraron. Ella, aún con los ojos anegados en lágrimas, tenía esa expresión de triunfo pintada en el rostro. Oliver, por el contrario, endureció su semblante hasta hacer de sus labios carnosos una fina línea casi inexistente.

—¿Qué haces aquí, Elva? –bramó con aquel tono áspero de sus inicios que reconocí enseguida.

—¿Cuándo has llegado? –exigí intentando mantener el tipo.

—Elva, este no es un buen momento. Márchate, luego te llamo.

El tema ya era lo bastante grave para él, para nosotros, pero el hecho de que esquivara mi mirada me mató.

—¿Por qué no has contestado a mis llamadas? ¡Estaba preocupada! –insistí.

Me agarró del brazo y, para mi sorpresa, me condujo hasta el porche de la casa. ¿Me estaba echando de su casa? Le vi a punto de desbordarse y me asusté. Algo se me estaba pasando por alto en toda esta historia.

—Mira, Elva, será mejor que te marches, no puedo verte ahora. Me marcho a Edimburgo esta misma noche, ya hablaremos cuando vuelva.

—¿A Edimburgo? ¿Por qué? –reclamé, buscando a Laura con la mirada a sus espaldas–: Pero ¿qué está pasando aquí? ¿Qué es lo que te pasa? Entiendo lo que ocurre, pero no comprendo el porqué de tu cambio de actitud.

—¿No lo comprendes? –rugió, mirándome a los ojos por primera vez. Entró en la casa y volvió a salir de inmediato con algo entre sus manos que reconocí al instante–. Y esto, ¿cómo he de comprenderlo yo?

Hice ademán de recuperar mi tesoro, pero él retiró la mano que sostenía mi cajita de madera, la que contenía los regalos de Connor.

—¿Cómo has conseguido esto?

—Da igual cómo lo he conseguido, Elva, lo importante aquí es ¡cómo lo has conseguido tú! –aulló hasta hacerme estremecer.

—Es complicado de explicar, Oliver, pero te aseguro que…

—Lo sabía. Sabía que tenías algún motivo oculto para venir aquí. Muy oportuno tu trabajo con Rafael, muy conveniente acercarte a mí.

El paraíso de Elva

—Oliver, confía en mí por favor.

—No puedo confiar en una persona que se mostró inocente y resulta que tiene en su poder objetos de mucho valor para mi familia. Porque son auténticos, Elva, ¡estos objetos tienen más de tres siglos! –Su mirada era tan fiera que me sentí tan indefensa como un cervatillo cercado por un lince.

—Oliver, te estás equivocando.

—Sí, tienes razón. Me he equivocado mucho contigo. Por favor, no quiero escucharte, ni siquiera puedo tenerte frente a mí. Márchate, no quiero volver a verte cerca de estas tierras, de mi abuela y, por supuesto, de mí. Al menos hasta que tengas una buena explicación que ofrecerme. Has traicionado mucho más que mi confianza, Elva, espero que estés orgullosa.

Tras estas palabras, dio media vuelta y se introdujo de nuevo en la cabaña. Por el quicio de la puerta pude ver el gesto victorioso de Laura que, obviamente, había disfrutado de la escena con satisfacción. Entre las brumas de confusión que nublaban mi mente recordé algo a lo que en un principio no había dado importancia hasta ahora: a Laura sentada en la cama de mi habitación guardando algo en su bolso el día anterior tras soltarme la bomba. ¡Maldita! Seguramente aprovechó el momento en que yo estaba en el baño para buscar entre mis cosas y, no tuve ninguna duda, había encontrado la cajita con mi tesoro.

Los brazos de Violeta, que ya se encontraba a mi lado asombrada por el espectáculo, evitaron que me estampara contra el suelo. Sentí como todo me daba vueltas y que mi cuerpo dejaba de responder. La voz de mi amiga se fue alejando conforme yo me zambullía en un pozo de aguas negras.

Cuando desperté aún era de noche. Cuando logré acostumbrarme a la penumbra que reinaba en la habitación, no reconocí el lugar en el que me encontraba. Desde luego no se trataba del Royal and Lochan, puesto que era una estancia enorme y decorada con fabulosas antigüedades que nada tenían que ver con los sencillos y funcionales muebles del hotelito de Tighnabruaich. Por un instante sentí temor, y me incorporé intentando recordar lo que me había ocurrido. Al hacerlo, la dura realidad se desplomó sobre mí, perforando mi pecho hasta sentir un dolor físico que hizo que me enroscara sobre la cama. La puerta se abrió y Rosalind apareció en su silla con una taza en la mano y se apresuró a atenderme, acariciando mi pelo y mi brazo con delicadeza tras dejar la taza sobre la mesilla.

—¿Cómo te encuentras, querida?

—¿Dónde estoy? –susurré confundida.

—En Stonefield. Te desmayaste y Violeta te trajo aquí. ¡Vaya susto nos has dado, muchacha!

Volví a hundir la cabeza en la almohada y cerré los puños con fuerza como si con ello pudiese desvanecerme y desaparecer de allí.

—Quiero irme a casa.

—Esta también es tu casa, puedes quedarte el tiempo que quieras.

La anciana no se imaginaba cuán profunda era la herida que me atravesaba el alma en ese momento por lo ocurrido.

—Quiero volver a casa, a Barcelona.

—¿Tan grave es lo que ha ocurrido entre tú y mi nieto?

No pude contestarle, simplemente, rompí en un llanto desconsolado que preocupó más si cabe a la anciana.

—No quiero inmiscuirme en vuestros asuntos, pero no voy a permitir que esto termine así. Me han dicho que se ha marchado con Laura Campbell a Edimburgo… ¿Es ella la culpable de todo esto?

—Será mejor que sea él quien se lo explique… yo… no puedo… yo…

Ella entendió que, efectivamente, Laura estaba implicada en lo que fuera que nos había pasado, y se indignó.

—Por su bien, espero que mi nieto no haya sido tan temerario como para abandonarte por esa víbora… Le llamaré y haré que vuelva de inmediato. Si a ti no quiere darte explicaciones, me las tendrá que dar a mí.

—¡No! No lo haga. No quiero verle, no quiero que me vea así, y no quiero saber nada de él. Sólo quiero marcharme a casa, no puedo seguir aquí.

Me hice un ovillo, destrozada por la impotencia y el dolor que me producía pensar que se me escapaba de entre los dedos la historia de amor más profunda y real que había experimentado en toda mi vida. El hombre del que me había enamorado hasta las trancas se alejaba de mí para empezar una nueva vida con otra persona. El destino me castigaba por segunda vez, negándome aquello que yo más deseaba. No podría soportarlo de nuevo. ¡Basta ya!

—Está bien, tranquila, Elva… sea lo que sea seguro que tiene solución. Ahora intenta dormir un poco más. Arreglaremos todo esto, no te preocupes, muchacha. No te preocupes.

Fue fácil convencer a Rosalind de que mi estancia allí había concluido. Sólo tuvo que ver la devastadora imagen que la noticia del embarazo y el rechazo de Oliver habían provocado en mi persona para saber que debía salir de allí como fuera. Se mostró atenta y preocupada, y agradecí el interés y las facilidades que me ofreció para volar lo antes posible de vuelta a casa. Me sentí en la obligación de darle las gracias por todo lo que había hecho por mí pero, sobre todo, por el cariño con el que siempre me había tratado.

Decidí marcharme con discreción. Lo mejor era quitarme de en medio sin hacer ruido, para no generar más rumores que pudiesen dañar a su familia. En unas horas ya estaría lejos de allí y dejaría de afectarme lo que allí pasara, pero le debía un respeto.

Me despedí entre lágrimas de mis amigos del Royal and Lochan, Violeta, Jorge y Mar y partí hacia Berwick aquella mañana de mayo, con un ánimo muy distinto al que tenía cuando pisé por primera vez tierras escocesas.

Mantuve la esperanza de que Oliver recapacitara y viniera a mi encuentro hasta el último minuto antes de subir a aquel avión. Pero nunca llegó y dejé mis esperanzas aparcadas en la pista uno de aquel aeropuerto. La bonita historia entre Oliver y yo había llegado a su capítulo final, con un desenlace bastante dramático para mí. Volvía a casa con una sensación agridulce en mi corazón y con la pena de dejar atrás a personas que nunca olvidaría.

XXXIV

☙❧

Tres meses y seis días después de mi llegada a Escocia, dos días después del agrio encontronazo con Oliver, subí a un avión que me llevaría de vuelta a Barcelona. Durante el viaje recordé con tristeza lo acontecido antes de mi marcha.

En Barcelona me esperaban Marisa y Nerea, que fueron mi apoyo de nuevo y las principales culpables de que, con el tiempo y su cariño, fuera recuperándome de mis heridas.

Llegó el verano y las tres emprendimos la marcha hacia Galicia para pasarlo con mi familia, para alegría de mis padres y mi querida abuela. Nos llamaba cariñosamente las tres mosqueteras, por aquello del «una para todas y todas para una». ¡No sabían la razón que tenían! Vivimos bajo el calor de la vida familiar, disfrutamos de las fiestas patronales como si se acabara el mundo y volvimos a Barcelona con las pilas cargadas y con ganas de encarar el último cuatrimestre del año con energía. Nunca estaré lo suficientemente agradecida a la vida por haberme bendecido con unas amigas como estas.

En septiembre, Marisa me sorprendió con la noticia de que por fin iba a independizarse y me propuso que compartiéramos piso en la ciudad. No me lo pensé. Necesitaba tenerla cerca y un cambio no me iría nada mal. Ya estaba harta de aquel estudio diminuto con la caldera estropeada cada dos por tres.

Don Rafael me llamó ese mismo mes para informarme de que, muy probablemente, la novela del *Laird* hechizado sería publicada a principios del año siguiente. Esto me alegró y me entristeció a partes iguales. Le deseé todo el éxito del mundo, ya que se lo merecía por el gran trabajo que había realizado. Era un buen hombre después de todo. Recibí correos esporádicos del aristócrata interesándose por mí durante algún tiempo y, como era de esperar dadas nuestras diferentes vidas, acabamos perdiendo el contacto.

Entre trabajo, amigas y recuerdos imborrables, fui consciente de que el tiempo pasaba muy rápido. Me encontré con que las calles de Barcelona ya lucían engalanadas con la colorida iluminación que anunciaba la cercana Navidad sin que apenas me diera cuenta. Aunque me había mantenido entretenida durante los últimos seis meses para no tener oportunidad de pensar en lo ocurrido en Escocia, a veces me era imposible no hacerlo. Intentaba con todas mis fuerzas evitarlo y desterrar mis pensamientos hacia un lugar oscuro y profundo de mi mente, pero era complicado. El puñetero espíritu navideño tampoco ayudaba mucho, ya que me hacía sentir melancólica y con la sensibilidad a flor de piel.

Me extrañé de no haber tenido más sueños con Connor durante los últimos meses. Si no recordaba mal, desde mi vuelta de Escocia apenas había pensado en él. Era tal la aversión que sentía por todo lo *Scottish* que hasta su recuerdo fue arrastrado al ostracismo porque me recordaba a Oliver.

Una tarde a principios de diciembre, mientras trabajaba en la portada del siguiente disco de Tarifa Plana, el móvil sonó y lo descolgué sin mirar.

—¿Señorita Elva Mota?

Una voz con un marcado acento británico me reclamaba al otro lado del teléfono, algo que me sorprendió.

—¿Sí? Dígame.

—Mi nombre es Perceval Dowley, abogado principal de la familia Murray.

Si llegan a pincharme, no sangro.

—Disculpe, pero no entiendo qué tengo yo que ver con esa familia.

—Supongo que ya conoce la noticia del fallecimiento de la señora Hamilton-Murray.

—¡Oh, Dios mío! −exclamé llevándome la mano a la boca−. ¿Rosalind ha muerto?

El hombre se quedó cortado ante la metedura de pata que había cometido involuntariamente.

—Discúlpeme, señorita. Pensé que alguien de la familia se habría puesto en contacto con usted para darle tan trágica noticia. La señora Hamilton murió mientras dormía a causa de un paro cardiaco hace aproximadamente dos semanas. Siento ser yo quien le informe de tan triste suceso.

Disculpé al hombre con pesar. El pobre no tenía la culpa. ¿Cómo es que don Rafael no me había informado? Me quedé completamente compungida por las nuevas y, tras un minuto en el que se me deshizo el nudo que tenía en la garganta, pregunté al abogado cuál era el motivo de su llamada.

—En las próximas semanas se hará la lectura del testamento, y no podrá efectuarse sin la asistencia de todas las partes. Le he enviado por correo electrónico su citación. La lectura tendrá lugar en el castillo de Stonefield, el próximo quince de diciembre a las once de la mañana.

—Debe de tratarse de una confusión, yo no… −balbuceé contrariada.

—Según determinó en las cláusulas de sus últimas voluntades la señora Hamilton-Murray, era su deseo expreso que usted estuviese presente llegado el momento.

—Pero, ¿por qué? Yo no soy de la familia y no quiero nada, no quiero que haya malentendidos con sus herederos. Renuncio a todo lo que la señora Murray haya podido dejarme como última voluntad.

—Lo siento, pero eso es imposible. Legalmente tiene la obligación de asistir a esta reunión. Si luego quiere renunciar sólo habrá que convenirlo, pero primero debe hacer acto de presencia para la lectura y aceptación de los bienes.

—¿Puedo enviar a alguien en mi lugar?

—Lo siento, me temo que eso no es posible. En breve recibirá un sobre en donde encontrará el billete de ida en avión y alojamiento para dos días. No se preocupe por nada, está todo preparado.

—No se ofenda, pero ¿cree que no puedo pagarme mis propios billetes?

—No dudo de su capacidad en ese sentido, simplemente hemos seguido las instrucciones indicadas con todo detalle por la señora Hamilton-Murray.

—Perdone, pero no puedo aceptarlo —alegué sin dar crédito.

—Consulte con su abogado los términos de esta citación y contacte conmigo en este número o a través del correo electrónico. Hasta el día quince, señorita Mota.

Estuve más de diez minutos observando el teléfono, asimilando la información que aquel inglés tan educado y formal me había facilitado. Rosalind había muerto y, por algún extraño motivo, quería que volviera a Escocia. Me apresuré a mirar mi correo y, efectivamente, no se trataba de una broma, allí estaba la citación. Busqué entre los muchos correos profesionales que recibía a diario alguno de don Rafael, ante la extrañeza de que no me hubiera informado del fallecimiento de la anciana Murray y, para mi desgracia, descubrí uno remitido por Macarena en el que me informaba de la triste noticia. Me sentí tan mal que maldije de rabia por mi despiste ¿Cómo se me había podido pasar algo así?

Minutos después, abrumada por la situación, lloré al recordar a la abuela Murray y temí por lo que se avecinaba, por todo lo que representaba volver allí.

XXXV

෨෬

Marisa y yo aterrizamos en el aeropuerto de Glasgow a una hora temprana del quince de diciembre. Para mí fue como revivir la primera vez que llegué allí, cuando mi maleta decidió conocer Italia y un gran cartel me daba la bienvenida a Escocia. Recuerdo la ilusión con la que llegué a aquel lugar buscando noticias sobre Connor, ignorante de todo lo que sucedería después. El cartel seguía allí y tuve la vana esperanza de que en la puerta un barbudo, borde y guapísimo escocés estuviera esperando para llevarme a Stonefield. Pero no fue así, Oliver no estaba allí.

Mi amiga estaba emocionada, aunque, al ver mi triste semblante, se esforzó por no hacer evidente su excitación por el viaje. Volver allí para mí era muy doloroso. ¡Habían cambiado tantas cosas! Rosalind había muerto y Oliver ahora tenía una vida con Laura Campbell y su precioso bebé. Yo había retomado mi vida en Barcelona, y las cosas no me iban nada mal. El amor me esquivaba, en serio, era gafe con mayúsculas. Entendí que quizá no estaba hecha para compartir mi vida con nadie, así que lo acepté e intenté adaptarme a esa idea para no hacerme más daño añorando a Oliver. Porque le quería, más que a mi propia vida. ¡Qué difícil es alejarse de alguien a quien amas!

Me preparé para el momento en que lo tuviera cara a cara de nuevo, pero tuve la certeza de que, hiciera lo que hiciera, no iba a poder controlar mis sentimientos. El viaje fue tranquilo. El paisaje, ya cubierto de un manto blanco tras las nevadas invernales, se me hizo sombrío, acorde con mis sentimientos. Llegamos a Stonefield a media mañana. Perceval, el amable abogado de la familia Murray, nos recibió y nos informó de que estaba todo dispuesto para la reunión, una vez nos instaláramos en las habitaciones que, cordialmente, la familia había dispuesto para nosotras mientras estuviésemos allí. No me hizo mucha gracia la idea, estar bajo ese techo me traía demasiados recuerdos, pero aceptamos más por comodidad que por otra cosa. Total, mañana a esa hora ya estaríamos rumbo a España.

Una hora después, Marisa y yo nos dirigimos hacia uno de los despachos de Stonefield, según las indicaciones del abogado. Nos indicó que debía entrar sola pues se trataba de asuntos privados, así que mi amiga del alma me aseguró que me esperaría fuera por si necesitaba que entrara a partirle las piernas a alguien. Sonreí ante su ocurrencia, ya que estaba segura de que, en caso necesario, lo haría.

Tomé aire con el deseo de ser lo suficientemente fuerte para soportar lo que se avecinaba. Más que cualquier otra cosa, tener frente a mí a Oliver y mantener a raya mis sentimientos iba a ser todo un reto. Perceval me preguntó si estaba preparada y, tras darme una pequeña palmadita de ánimo en el hombro, muy caballerosamente me cedió el paso al abrir la puerta.

Alrededor de una enorme mesa de roble estaban Miranda y Oliver junto a una persona que no reconocí y que Perceval me indicó en un susurro que se trataba del administrador de varias empresas de la señora Hamilton-Murray, incluida la fundación contra el cáncer que presidía.

—¿Qué hace ella aquí? —Oliver se levantó de la silla como un resorte sin dar crédito a lo que veían sus ojos. No estaba enfadado, simplemente desconcertado.

Tres pares de ojos se posaron como cuchillos sobre mi persona. La verdad es que ni yo sabía qué hacía allí, por lo que deseé que aquello fuera un simple error y acabara lo antes posible.

Miré sorprendida al abogado, puesto que pensé que la familia era conocedora de las circunstancias especiales de mi presencia. La idea de estar en la misma habitación que Oliver se me hacía insoportable.

—La señorita Mota formará parte de esta reunión testamentaria como así lo dispuso la señora Hamilton-Murray —comentó el abogado con tono calmado.

—Esto no tiene sentido. ¿Qué tiene ella que ver con los asuntos familiares? —preguntó Miranda confusa.

—Por favor, cálmense. Fue el deseo de la señora Hamilton-Murray que estuviera presente en la lectura de sus últimas voluntades, asunto al que legalmente no pueden negarse.

Lancé una mirada fría a Oliver y no me corté un pelo.

—No te preocupes, he venido obligada. No me interesa en absoluto el legado de tu familia si es lo que te preocupa. Escucharé lo que tengan que decirme y me marcharé.

El señor Dowley, viendo la tensión que impregnaba la habitación, se apresuró a realizar la lectura del testamento de mi querida Rosalind. Apenas entendí nada, más que el reparto de propiedades y negocios entre sus dos nietos. Me extrañó no ver allí a Benjamin. Miranda, con porte solemne, parecía mucho más joven que la última vez que la había visto, más serena, más tranquila.

Anduve perdida en mis pensamientos con tal de no desviar mi atención hacia Oliver, que me observaba con su característico ceño fruncido desde su posición al otro lado de la enorme mesa de roble, hasta que el letrado me nombró.

—Usted, señorita Elva Mota Fernández, recibirá una compensación mensual de tres mil quinientas libras en concepto de gastos de mantenimiento de la propiedad que hereda conjuntamente en un cincuenta por ciento con el señor Oliver Reid-Murray...

—¡¿Qué?! —Ambos nos levantamos de la silla al mismo tiempo y con la misma cara de sorpresa.

El abogado, tras el sobresalto, continuó con la exposición:

—La señora Rosalind Hamilton-Murray, de soltera Rosalind Murray, dispone que su nieto Oliver Reid-Murray y la señorita Mota gestionen la propiedad de Stonefield Castle a partes iguales, con la indicación expresa de que esta propiedad no podrá venderse jamás sin el beneplácito de ambos herederos. Así mismo, el señor Oliver Reid-Murray es nombrado, a partir del presente, Laird del clan Murray, legítimo heredero de su legado y responsable de su continuidad hasta el día de su muerte.

El señor Dowley abrió su maletín y nos ofreció a cada uno un sobre acolchado de esos marrones de burbujas que ambos miramos con extrañeza.

—Como último punto, la señora Hamilton-Murray expresó su deseo de que ambos recibieran estos sobres, cuyo contenido no podrán conocer aquí, sino que ruego lo hagan en privado durante el día de hoy. Con ello, la señora Murray espera que queden cubiertas todas sus carencias y necesidades de cualquier tipo.

Expulsé el aire que había estado aguantando durante todo el discurso para evitar caer desplomada. Aquello debía ser un error y de los gordos. Oliver y su hermana estaban tan sorprendidos como yo, que no daba crédito a la última broma que el destino y la dulce Rosalind nos habían endiñado.

En cuanto el abogado me aseguró que lo allí expuesto era la última voluntad de mi querida amiga, le pedí que contactara con mi abogado en España y firmé una documentación para solicitar lo antes posible la devolución de la propiedad a sus legítimos dueños. No me despedí al salir de la sala, simplemente bajé la cabeza y salí por la puerta con paso firme, el corazón a punto de estallarme en las sienes y la atenta mirada de los hermanos Reid-Murray clavada en mi rostro. Marisa me esperaba en uno de los salones de té y al ver mi semblante se preocupó. Ella, que me supera en lo de no tener filtro pero de calle, no pudo remediarlo.

—¿Qué coño te ha hecho ese imbécil escocés?

Oliver apareció ante nosotras justo en el momento en que mi amiga lo nombró. Su semblante se tornó serio y una ola de melancolía invadió mi cuerpo. Se acercó a nosotras y ella, que aún seguía con la boca abierta y avergonzada por la metedura de pata, susurró un «lo siento» casi inaudible.

—Hola, tú debes ser Marisa. Soy Oliver, el imbécil escocés.

Marisa casi se cae de culo y eso que sorprenderla a ella es difícil. No pude reprimir una sonrisa al ver como le dio la mano con la cabeza gacha y se escabulló para dejarnos solos, lo cual no me gustó tanto. ¡Traidora! Me encontré sola ante el peligro y con serias dudas sobre si conseguiría aguantar el tipo.

—Ante todo quiero que sepas que siento mucho la muerte de tu abuela —balbuceé, intentando acabar cuanto antes con aquel silencio incómodo que se fraguó a nuestro alrededor.

Oliver suspiró, asintiendo serio y cabizbajo, con las manos metidas en los bolsillos del pantalón.

—Reconozco que ha sido una sorpresa, eres la última persona a la que esperaba ver hoy aquí.

Aunque su tono no era inquisitivo, aquello me dolió.

—No te preocupes, arreglaremos esto en cuanto los abogados lo crean oportuno. No quiero nada que pertenezca a tu familia, estás en tu derecho de reclamar mi parte y no pondré ningún inconveniente para retornarla a su legítimo dueño —respondí lacónica sin apenas mirarle.

—Elva, eso no me importa.

—Pero a mí sí —espeté con más energía de la que esperaba. Tras ser consciente de mi error, retomé una actitud más conciliadora—. Le he otorgado al señor Dowley poderes para que solucione este tema directamente con mi abogado en España. Con un poco de suerte, no tendrás que volver a verme.

—Elva, tenemos que hablar…

Levanté la mano indicándole que parara. No había ido allí para escucharle. Lo único que quería era acabar con aquello lo antes posible.

—Marisa y yo aceptamos quedarnos aquí a pasar la noche, pero mañana a primera hora volveremos a España. Agradecemos vuestra hospitalidad y, como te he dicho, no os causaré ningún tipo de problema con la herencia. Por mi parte es lo único que tengo que decir.

Oliver desvió la vista, derrotado, y asintió.

—Está bien, estáis en vuestra casa. Si cambias de opinión, estaré en la cabaña por si…

No le di tiempo a acabar. Salí por el portón principal mientras escondía mi dolor tras mis gafas de sol. Estar allí era desolador y me quemaba el alma. Busqué a Marisa y nos dirigimos en el coche de alquiler hasta Tarbert. No estaría en aquel lugar más tiempo del que fuera necesario.

Marisa y yo cenamos en Tarbert, con la intención de volver temprano, acostarnos y marcharnos a primera hora. Evitó en lo posible hacer referencia a Oliver durante la cena, pero cuando llegó un momento en que vi que se retorcía en la silla, actué en consecuencia para evitar que estallara ante la incertidumbre.

—Vamos, dispara.

—Es guapísimo. No me lo imaginaba así –me indicó, precavida.

Ni tuve opción, no podía decir lo contrario porque no lo sentía.

—Lo es.

Metí un trozo de pescado en mi boca y mastiqué sin retirar la mirada del plato.

—Elva ¿tú estás segura de que ese hombre no siente nada por ti?

—¿Por qué dices eso? –Que mi amiga, la loca sin sentimientos, me dijera eso me escamó.

—He visto su cara cuando te ha visto al entrar a la habitación y me ha pillado in fraganti. Ese tipo está hecho polvo, se muere por tus huesos.

—¿Y qué si siente o deja de sentir? Ahora tiene una familia ¿recuerdas? ¿Acaso él se paró a pensar en qué sentía yo? Me hizo sentir como una verdadera idiota.

La verdad es que había sido mala suerte que en mis dos últimas relaciones me hubieran coronado con más cuernos que el padre de Bambi. Era patético y muy triste. Vale, las situaciones eran muy distintas en ambos casos. Carlos me engañó deliberadamente, con alevosía y ensañamiento, mientras Oliver se vio forzado a hacerse responsable de una situación creada anteriormente a mi llegada. Aun así, me sentí traicionada por sus inexistentes explicaciones que, la verdad sea dicha, yo tampoco le había dado la oportunidad de expresar. Si a eso le sumamos que, gracias a la arpía de Laura, los regalos de Connor habían llegado a sus manos, creando un malentendido que tampoco él quiso solucionar, aquello había sido un condenado fracaso. Ambos, enfadados y decepcionados, no quisimos comunicarnos y nuestro orgullo se impuso a cualquier disculpa o explicación.

Pero era mi sino. Mi deseo siempre había sido formar una familia con alguien especial y, desgraciadamente, el destino parecía estar siempre en mi contra.

Marisa sabía lo desagradable que era ese tema para mí, así que seguimos cenando en silencio hasta que me soltó un chiste de esos malos que me hacían llorar de lo absurdos que eran.

Tras la cena, bien entrada la tarde, volvimos a Stonefield. Por supuesto, Marisa había quedado encantada con el lugar. «Me acabo de enamorar», me había dicho cuando llegamos por la mañana. No escatimó en elogios en referencia al castillo, pero me confesó que el nivel de *highlanders* buenorros, por lo menos en aquella zona, era decepcionante.

Nos dirigimos hacia la entrada deseando llegar a nuestras habitaciones para descansar, cuando nos encontramos con que había bastante actividad en el *hall*. Al parecer, al día siguiente se celebraría una boda y los invitados y familiares de los novios charlaban y reían animadamente en el bar del salón. Miré a la pareja que se abrazaba y bailaba con dulzura una pieza de Gershwin. La gente se arremolinaba a su alrededor con miradas de verdadero orgullo. ¡Me daban tanta envidia!

—Vamos, Elva, no te ralles.

Marisa intentó animarme, pero era complicado hacerlo cuando tenía a quinientos metros al hombre que amaba, con el pequeño detalle de que nunca podríamos bailar una pieza de Gershwin mirándonos a los ojos.

Me despedí de Marisa con el pretexto de estar cansada hasta la extenuación. No sé si me creyó, pero respetó mi decisión sin chistar. Ella me informó de que bajaría a mezclarse con la gente del lugar. Quizá entre los invitados de la boda encontraría algo interesante.

¡Qué peligro tenía ella solita!

Me duché y me puse el pijama. Abrí el bolso para coger el móvil y vi el sobre acolchado en un lateral. Lo había olvidado por completo. Desconocía las intenciones de Rosalind al otorgarme el cincuenta por ciento de este castillo, pero intuí que el contenido del sobre era algo más personal.

Me senté en la cama y algo excitada por la incertidumbre, lo abrí. De él cayeron dos cosas. Un sobre blanco que parecía una carta y un pequeño paquete cuadrado del tamaño de una cajetilla de tabaco. Miré el sobre con curiosidad y sólo encontré escrito en el exterior un «Para Elva», en la parte frontal. Lo abrí con cuidado y las hojas con el membrete de Rosalind y el escudo con la herradura de los Murray hicieron su aparición. Las dos páginas estaban escritas a mano, con letra elegante y definida. Tomé aire y tras expulsarlo con lentitud comencé a leer.

Queridísima Elva,

Si estás leyendo esta carta, significará que mi vida ha llegado a su fin, y ya habré partido hacia otro lugar, con mi marido y mis añorados hijos.

Aunque te habrás sorprendido, espero que aceptes las últimas voluntades de esta pobre vieja y disfrutes de esta casa tanto como yo.

¿Por qué lo he hecho? Te preguntarás. Muy fácil. Stonefield nunca hubiese existido si no es por ti. La leyenda del *Laird* hechizado se creó gracias a rumores e historias que empezaron a contarse cuando Connor Murray volvió a su hogar de modo inexplicable. Pero, ¿sabes que toda leyenda tiene su parte de épica y su parte de verdad?

En cuanto Rafael me llamó y me contó que te había encontrado lo supe. Y cuando te tuve frente a mí la primera vez no tuve duda alguna. Tu entusiasmo y pasión por todo lo relacionado con esta casa y su *Laird* acabó por confirmarme lo que mi corazón ya sabía: que tú, Cascabel, habías venido a Stonefield para ayudar a mi clan por segunda vez.

Cuando Oliver me enseñó el pañuelo y la insignia, obcecado con la idea de que nos habías engañado, supe que la única forma de mantener mi hogar y morir en paz era uniros.

Me llevé la mano al corazón y suspiré. Ahora no estaba nerviosa, estaba completamente emocionada. Hice acopio de valor y continué leyendo:

No seré yo quién ponga en duda o cuestione la naturaleza de lo que se contaba en esa leyenda, pero estoy completamente convencida de que tú, Elva, y Connor Murray, de alguna forma inexplicable estáis unidos para la eternidad.

Sabía que tu llegada auguraba un cambio, pero no imaginé que serías capaz de modificar la vida de tantas personas con tanta generosidad.

Siento enormemente que hayas sufrido en pos de que otros sean felices, pero estoy segura de que la vida te guarda una enorme recompensa. Sé que ha sido duro para ti mantener ese secreto en tu corazón, y te lo agradezco. Es por ello que Stonefield también te pertenece y es tu responsabilidad que siga siendo la cuna de los Murray con todo su esplendor. Confío en ti y en que sabrás valorar este deseo.

No soy buena dando consejos, ni seré yo quien te diga lo que has de hacer con tu vida, pero me voy a permitir pedirte un favor. Escucha, Elva, cierra los ojos y escucha. Escucha el murmullo de los sentimientos que flotan en el aire. Ellos te susurrarán lo correcto.

He ordenado que te entreguen también una pequeña biblia perteneciente al *Laird* hechizado y que supongo que tendrá un gran valor sentimental para ti. Allí, el *Laird* habla de una mujer. De esa muchacha de lengua afilada y buenos sentimientos que le guió hasta casa con su cariño y sus consejos. Habla de ti, Elva de Barcelona. Me gustaría que cuidaras de ella como un tesoro. Sé que lo harás.

Querida mía, disfruta de la vida. Eres una gran mujer y harás muy feliz al hombre que tenga la suerte de ganarte. Ha sido un placer coincidir contigo en esta vida, Cascabel.

Un beso muy fuerte,

Rosalind Hamilton-Murray

Estuve durante un buen rato releyendo esa última frase de mi querida Rosalind, hasta que mis lágrimas llenaron de borrones el papel color vainilla y me congestioné por completo. Si toda mi historia con los Murray era excepcional, averiguar que por mucho que yo intentara ocultar mi aventura, Rosalind y don Rafael eran conocedores de mi secreto fue como quitarme una pesada losa de encima. Lloré hasta quedarme sin lágrimas. Algunas de felicidad y otras tan amargas que quemaban mi piel. Decidí bajar al jardín para despejarme y respirar aire limpio, eso ayudaría a calmar mi ansiedad y a que pudiera respirar con normalidad.

Cogí el pequeño paquete, me puse el anorak sobre el pijama y me calcé mis socorridas botas australianas. Introduje en el bolsillo el reproductor de mp3 y me coloqué los auriculares, esperando que la música, como en tantas otras ocasiones, espantara mis males y me calmara.

La fiesta en el bar continuaba, los novios seguían acaramelados, la gente charlaba y bebía animada en pequeños grupos. Hasta divisé a Marisa tonteando con un hombre moreno que se encontraba a su lado. Aunque me resultó familiar, no le reconocí hasta que se giró para ofrecerle una copa. ¿Elliot? ¡Madre mía! ¡Desde luego esos dos iban a encontrar la horma de su zapato el uno con el otro! Qué Dios le pillara confesado porque ¡con Marisa lo llevaba claro!

Divertida aún por la escena, salí al jardín atravesando uno de los ventanales para evitar ser vista con aquellas pintas. Necesitaba un poco de intimidad y, aunque la noche era fresca, la brisa era de lo más agradable. Bordeé prácticamente todo el castillo sin apenas darme cuenta hasta llegar a la zona de los jardines. Conocía cada estancia de aquel lugar y sentí, que a partir de ahora, estaría vacía sin la presencia de Rosalind. Evité que una nueva lágrima corriera libre por mi mejilla y me recompuse. Al girarme me percaté de que me encontraba junto al ventanal por el que aquella maravillosa noche en la gala benéfica me colé para resguardarme de la lluvia. Como si el cielo hubiese recordado aquella ocasión, una leve llovizna comenzó a caer hasta hacerse lo suficientemente molesta como para tener que guarecerme bajo una cornisa.

Sentí el deseo de hacer una cosa, pero me contuve. Ni era el momento ni lo apropiado. Yo ya no tenía ningún vínculo con aquellas personas y, mucho menos, quería ser denunciada por allanamiento. Pero como yo soy así, y hago todo lo contrario a lo que pienso, me deslicé con cuidado por el ventanal de la biblioteca, que afortunadamente estaba abierto, y me dispuse a ver a mi Connor por última vez.

XXXVI

Ꙩ꙳Ꙩ

La estancia estaba a oscuras, como la primera vez que estuve allí. El hogar encendido era la única fuente de luz que iluminaba la habitación. Y allí seguía él, dando vida a aquel lugar con su porte varonil y su semblante rebosante de carácter. Fui hacia el sofá con cautela, para no ser descubierta en mi empresa. Tan sólo quería verle, deleitarme con su presencia, perderme en sus ojos y encontrar el consuelo que tanto echaba en falta en los momentos duros. Nadie mejor que él había sabido comprenderme. Era triste, pero era así. Quizá éramos dos almas gemelas perdidas en el tiempo, no lo sé. Me senté en el sofá y pensé en lo bonito que sería abrir el paquete que me había otorgado Rosalind frente a él. Al fin y al cabo, era una de sus posesiones, y no podría hacerle mejor homenaje que recibirlo en su presencia.

Efectivamente, se trataba de una pequeña biblia, tamaño bolsillo, que diríamos ahora. La ojeé con cuidado, ya que el olor de sus páginas y su fragilidad me advirtieron de que cualquier movimiento brusco las dañaría. Había notas ininteligibles en los márgenes, y pequeños dibujos que no supe descifrar. Sin duda, aquella era la letra de Connor, y aquella biblia había servido para mucho más que para acompañarle en sus momentos de oración. Noté, casi al final de la misma, que una hoja más gruesa que el resto desentonaba en el tomo. Tiré de ella y, para mi sorpresa, me encontré con una carta perfectamente doblada varias veces y lacrada con el sello Murray.

Mi curiosidad mató no a un gato, sino a diez, y sin miedo a recibir amonestación alguna dado que era un libro ahora de mi propiedad, partí el lacre y abrí la misiva para leerla.

«Mi pequeña Cascabel...»

Sentí que me faltaba el aliento, e instintivamente, dirigí mi mirada al hombre que habitaba en aquel enorme lienzo. ¡Connor!

... si estás leyendo estas líneas, significará que lo has conseguido. Tú, mi querida muchacha cabezota, me encontraste. Por lo tanto, cumpliste eficazmente con tu promesa. No alcanzo a entender qué clase de magia te envuelve, Elva, pero en este instante mientras transcribo estas palabras estás aquí, durmiendo junto a mí, dentro de un sueño. Te escribo en secreto para evitar que esa curiosidad tuya rompa este hechizo y me obligues a confesarte mis teorías. Me preguntas constantemente hacia dónde nos dirigimos y hasta hoy no he entendido que la respuesta la tienes sólo tú. Sí, muchacha, tras desaparecer aquella noche de lluvia de estrellas de tu lado, no sé de qué forma, me encontré vagando entre las sombras, perdido y desorientado entre las brumas pero ahora eres tú, querida mía, la que en sueños me guías hacia mi hogar, al que tantas ganas tengo de volver y debo recuperar. Es allí hacia donde creo que nos dirigimos. La leyenda no se equivocaba, tú eres mi guía, tú eres mi hada Cascabel.

Pero, ¿cuál es mi misión para contigo? Esta incertidumbre me ha robado muchas horas de sueño. He intentado averiguar cómo agradecerte todo lo que estás haciendo por mí. Y, por fin hoy, mientras me hablabas de ese descendiente de mi clan que te está haciendo perder la cordura, lo he entendido. Este viaje es mi más preciado presente para ti. Por todo lo que ha significado en nuestras vidas que pidieras un deseo aquella noche mágica. Porque me otorgaste algo más que una amistad férrea, me regalaste esperanza, y es lo que me ha impulsado a retomar mi vida con decisión. Quizá no comprendas el significado de este mensaje, pero créeme muchacha, en él está escrito tu destino: tú me devolviste a mi hogar, yo te lo ofrezco ahora.

Me vas a permitir que como tu más fiel amigo y servidor, te encomiende una última misión: sé feliz. Cierra el círculo, Mo Cion Daonnan. Estoy convencido de que, si lo haces, nos encontraremos en esta o en otra vida.

Y concédeme un último consejo: dale una buena patada en el culo a ese Murray y haz que despierte de una vez como hiciste conmigo. Estoy plenamente seguro de que te lo agradecerá.

Volveremos a vernos, mi querida Cascabel.

Connor Murray

Me recosté sobre el sofá y di rienda suelta a mis emociones. Recordé aquella carta, a Connor intentando ocultármela la última vez que le vi en sueños. «Una carta especial para una persona especial», me dijo. Maldito escocés, ¡sabías que esto ocurriría! ¿Por qué no me avisaste para ahorrarme este dolor?

Connor se había equivocado en una cosa. Si bien era cierto que su parte se había realizado, la mía había sido un verdadero fracaso. Volví a leer la última frase y, en efecto, para mí no tenía sentido. Era imposible que Connor supiese que Rosalind me otorgaría parte de la propiedad del castillo a su muerte, pero bueno, ya no me sorprendía nada. De todas formas, no acabé de comprender a qué se refería con que él me ofrecía un hogar.

Seguía en silencio tumbada en total calma, mirando a Connor a la luz del fuego, cuando la puerta de la biblioteca se abrió. Me incorporé de inmediato, preparada para excusarme ante la invasión a escondidas que había perpetrado.

Miranda Reid-Murray me observaba desde la puerta nada sorprendida. Su semblante era amable, e incluso, creí ver como se pintaba una pequeña línea en su boca a modo de sonrisa.

—Hola, Elva.

—Perdona, yo… estaba abierto y… lo siento —me disculpé pesarosa.

—No te preocupes, esta es tu casa ¿recuerdas?

Se acercó hasta mí, y noté algo diferente en ella. Estaba diferente, en su rostro ya no había tensión, sus ojos brillaban y su cuerpo denotaba una gracia al moverse que antes no tenía. La vi más joven y sin aquel rastro de desconfianza que siempre emanaba al mirar a los ojos.

—Es vuestra casa, y así seguirá siendo. He dejado todo en manos de los abogados para que así sea.

Sorprendentemente, Miranda posó una mano sobre las mías, y con la otra limpió una lágrima furtiva que se había escapado de mis ojos.

—No tiene por qué ser así y lo sabes.

—No te entiendo —contesté desorientada.

Miranda sonrió tras suspirar profundamente, y me miró a los ojos con decisión.

—Sé que no fuimos las mejores amigas mientras estuviste aquí y quiero pedirte disculpas. Mi matrimonio era un fracaso y culpaba al resto del mundo por ello… No fui amable contigo y me arrepiento de que no llegáramos a conocernos más. —La miré confusa y ella continuó—: Ay, Elva, Elva. No sé cómo mi hermano y tú habéis permitido que esto llegue a este punto, me parece que os estáis comportando como críos. ¿Habéis hablado ya?

—No tenemos nada de lo que hablar —inquirí incómoda.

—¿Estás segura?

—Creo que la situación ya quedó bastante clara en su momento.

—Pero te marchaste sin despedirte siquiera, sin escuchar lo que tenía que decirte. Hasta hoy decidí no meterme porque es una cosa que sólo os compete a vosotros solucionar, pero estoy hasta las narices de ver como sufre mi hermano, y por lo que he podido comprobar hoy, tú tampoco lo estás pasando bien.

—Estoy perfectamente.

—Vamos, Elva, sólo han faltado fuegos artificiales cuando os habéis visto en el despacho esta mañana.

Por más que lo negara tenía razón, no lo estaba pasando bien y sí, si las cosas fuesen de otra manera, me habría lanzado a los brazos de Oliver a la mínima oportunidad.

—Él ya tiene su vida.

—Ahora más que nunca no la tiene, Elva. Dejó de tenerla cuando te marchaste. No le diste la oportunidad de explicarse, aunque reconozco que el muy cabezota se lo ganó a pulso.

—¿Explicarse? Me acusó de haberos engañado, y era bastante evidente lo que había ocurrido con Laura Campbell.

—¿Laura? ¿Qué tiene que ver Laura en todo esto? —me interrogó extrañada.

Debió ver la confusión pintada en mi cara porque, en un instante, abrió los ojos como platos y me miró atónita.

—No sabes nada de lo que pasó ¿verdad?

—Saber ¿qué? ¿Que dejó embarazada a Laura y se marchó con ella a Edimburgo, abandonándome sin ningún tipo de explicación y llamándome farsante? No tuvo huevos de decirme nada, fue ella la que me explicó lo que había pasado y se marcharon. ¿Qué debía hacer yo?

—Madre mía, esto es más cómico de lo que esperaba. ¿Laura te dijo que el hijo que esperaba era de Oliver? —asentí dolida—. Siempre fue una zorra, pero esto es demasiado incluso para ella. Escúchame bien, Elva, Oliver no era el padre de esa criatura. Lo era mi marido.

Mandíbula desencajada en ¡¡3, 2, 1!!

—¿Benjamin? No… no lo entiendo.

—Como sabrás, mi exmarido —recalcó— era bastante asiduo a visitar camas ajenas. Parece ser que Laura mantuvo una relación cruzada con ambos y, pobre de ella, se creyó todas las mentiras que Benjamin le contó. Se aprovechó de su posición para venderle la vida de lujos que ella deseaba vivir, y cuando se quedó embarazada, no quiso hacerse cargo. Imagínate qué escándalo. Una cosa es que yo hiciera la vista gorda con sus escarceos, pero un hijo… aquello eran palabras mayores.

Sus palabras me estremecieron. No daba crédito a la historia que Miranda me estaba contando. Mis pensamientos empezaron a moverse a toda velocidad, buscando aclararse en mi cabeza.

—Entonces, ¿por qué Oliver se marchó con ella? ¿Por qué ella me dijo que él era el padre?

—Elva, mi hermano podrá ser muchas cosas, pero nunca dejaría en la estacada a una amiga. Laura se encontró sola y acudió a él. A cambio de su ayuda, Laura le contó todo lo referente a los negocios sucios en los que Benjamin estaba involucrando a la familia. Decidió tener el bebé y el viaje a Edimburgo fue con el objetivo de ingresarla en un hospital especializado para que

Laura se tratara las adicciones que ponían en riesgo su embarazo. Él la llevó allí para ayudarla. Oliver no tuvo nada que ver en esta historia.

—Entonces, ¿por qué me mintió?

—Laura estaba desesperada, embarazada, adicta y sola. Supongo que la posibilidad de alejarte de Oliver era la mejor opción para ella, y vaya si lo consiguió. La situación de Laura y la oportunidad de descubrir por fin a mi marido fueron demasiado para él y reconozco que gestionó la situación mal, muy mal.

Mi mundo se desmoronó por completo. Si todo lo que Miranda me estaba contando era cierto, y no dudaba que lo fuera, me había comportado como una verdadera idiota. De repente, todas las piezas de mi puzle mental encajaron. ¡Cómo podía haber sido tan imbécil!

—¡Dios! ¿Qué he hecho?

—¿Entiendes ahora por qué debéis hablar? Cuando volvió ya te habías marchado y su orgullo le impidió salir detrás de ti. Se sintió mal por no haberte escuchado y supuso que le odiarías por haberte dicho lo que dijo. Creo que tenéis muchas cosas que aclararos el uno al otro.

La miré con timidez y asentí. Empecé a temblar como una hoja de papel. La emoción me embargaba y temí desplomarme ante el cúmulo de sensaciones que invadieron mi cuerpo. Quería reír, llorar, saltar, correr al encuentro de Oliver y fundirme en su abrazo. Pero me entró miedo. Miranda lo captó y me tranquilizó.

—Comprendo que estés asustada, pero ya es hora de que acabéis con esta situación. Los dos estáis sufriendo por algo que no tiene pies ni cabeza, y os merecéis una oportunidad.

—¿Crees que querrá hablar conmigo después de tanto tiempo?

—¿Que si lo creo? —exclamó divertida—. Estáis hechos el uno para el otro, sois igual de tozudos y orgullosos. Estoy segura de que esta noche no saldréis de la cabaña. Venga, ¿a qué esperas?

Me levanté con el temor de que mis piernas no soportaran mi peso pero, al contrario de lo que creí, me encontré fuerte, con una energía renovada por la esperanza de poder arreglar esta absurda situación, escena estrella de cualquier culebrón y de la cual yo era protagonista. Me dirigí hacia el ventanal excitada y cegada por la emoción. Me percaté de que ni siquiera me había despedido de Miranda, que aún seguía de pie, observándome con una gran sonrisa en la cara.

—Por cierto, ¿qué ocurrió con Benjamin? —inquirí con curiosidad, volviendo sobre mis pasos.

—Benjamin está en la cárcel a la espera de juicio. Más de veinte personas le han denunciado por estafa y malversación. Estará allí dentro una buena temporada.

—Lo siento mucho, Miranda.

—¿Puedo confiarte una cosa? —asentí—. Yo no lo siento nada. Anda, ve a ver a mi hermano.

Nos dimos un abrazo espontáneo y lleno de cariño y esperanza. Mi vida podría volver a dar un vuelco, de nuevo, y quizá, para siempre.

XXXVII

☙❧

Corrí por el sendero cubierto de nieve con dificultad, evitando pisar los cables del reproductor que, con las prisas, se habían descolgado de mi cuello. *Runnin'* (*Lose It All*) de Naughty Boy y Beyoncé sonaba cuando conseguí colocarlos de nuevo en mis oídos. Era curioso que justamente fuese esa melodía la que sonara mientras me apresuraba *corriendo* en busca del hombre al que amaba. Al llegar a la cabaña, temí vomitar los pulmones por la boca. La noche era muy fría y los primeros copos de la nevada que se avecinaba habían comenzado a caer acompañados de una leve llovizna. Estaba muy nerviosa y sentía retortijones en el estómago. Me apoyé en la pared, hasta que recuperé la respiración y mis latidos comenzaron a ralentizarse. Estaba chorreando, pero no me importó. Tampoco me importó presentarme con aquel aspecto, tan poco sexi y glamuroso. ¡Qué más daba! ¡Iba a recuperar mi vida, qué más daba que fuera en pijama o vestida de Chanel!

Aún jadeaba cuando llamé a la puerta y esta se abrió. Oliver apareció medio adormilado y tuvo que frotarse los ojos un par de veces para constatar que era yo la que estaba plantada ante su puerta en pijama y con el pelo lleno de copitos de nieve. ¡Qué estampa! Estaba segura de que si era capaz de quererme de esa guisa, tenía el cielo ganado.

—Elva, ¿qué haces aquí?

No hubo contestación, porque era tal mi estado de excitación que las palabras se aturrullaban por salir todas de golpe. Sólo le miré fijamente a los ojos, trasladándole con ellos toda la vorágine que sentía en mi interior. Seguimos en silencio durante unos minutos hasta que pude articular una frase con sentido. Entonces mis lágrimas comenzaron a brotar llevándose con ellas toda la tensión acumulada.

—¿Por qué no me lo dijiste? ¿Por qué no confiaste en mí?

Oliver comprendió que no era un reproche, sino la confirmación de que yo ya sabía la verdad y le invitaba de nuevo a entrar en mi vida. Dio un paso al frente y me cogió por la muñeca hasta atraerme de un empellón hasta su pecho y fundirnos en ese abrazo que ambos tanto necesitábamos.

Nos mantuvimos unidos el uno contra el otro, a punto de explotar como un polvorín, hasta que nuestras bocas se buscaron con ansiedad. No fueron besos amables, estaban cargados de necesidad, de añoranza, y la llama que había permanecido a medio gas se encendió como una hoguera de San Juan.

Nos palpamos y tocamos cada centímetro de nuestros cuerpos, como si nuestras manos quisieran recordar cada uno de ellos. A medio camino del salón ya había perdido la chaqueta, y antes de entrar por la puerta de la habitación de Oliver, mis pechos desnudos ya estaban siendo obsequiados con las hambrientas caricias de la boca de mi escocés.

Caí con Oliver sobre mí en la cama y me apresuré a quitarle la camiseta que cubría su piel tatuada, aquella que no me había cansado de admirar y que tanto había echado de menos. Él me miró fijamente, mientras nuestros alientos acelerados se estrellaban en el rostro del otro. Era tan fuerte nuestro deseo que ambos nos dimos permiso para disfrutar de nuestros instintos, sin barreras, sin miedos.

Esta vez hacer el amor con él iba a ser muy distinto, nos necesitábamos. Había pasado demasiado tiempo desde la última vez que lo hicimos y, aunque era obvio que lo que nos unía era mucho más que el sexo, en ese instante nuestros cuerpos se buscaban con urgencia. Apenas me había dado tiempo a desnudarle cuando se colocó sobre mí y me penetró. Permanecimos inmóviles por un segundo, mientras mi interior se acostumbraba a su erección. Oliver clavó sus ojos en los míos y comenzó a moverse entre mis piernas despacio pero con autoridad. Sentirle a cada envite era como si una llamarada quemara mis entrañas y me elevara a un estado cercano al éxtasis más absoluto. Cuando el ritmo se hizo más raudo, y al percibir que el cosquilleo que estaba naciendo en mi interior se extendía por mi estómago, coloqué mi mano en su pecho para notar los latidos de su corazón galopar como un pura sangre cada vez que se introducía en mí. Oliver hizo lo mismo y atrapó uno de mis senos con la suya, acelerando sus embestidas al ritmo frenético de nuestros corazones, hasta que estallamos de placer como una supernova en nuestro propio universo.

Cuando la luz que se colaba por las cortinas de la ventana me molestó hasta despertarme y abrí los ojos, fui consciente de dónde me encontraba. A mi lado, Oliver descansaba con el semblante sereno, resplandeciente. Besé su hombro tatuado y me acurruqué contra su espalda. Era allí donde quería descansar, aquel era mi sitio. Aquel había sido mi destino siempre, estar entre los brazos de Oliver. Como Miranda presagió, no salimos de la cama en todo el día. Nos alimentamos de amor y de poca cosa más. Estábamos tan felices de poder disfrutar el uno del otro que apenas ingerimos comida. Teníamos demasiada hambre de nosotros mismos. Hacíamos el amor, descansábamos mientras charlábamos de las cosas más banales y divertidas, hicimos guerra de cosquillas, volvimos a hacer el amor y dormimos de nuevo, exhaustos por la falta de sueño.

A media tarde noté como alguien me cogía en volandas y desperté de golpe. Oliver me había cogido en brazos e intentaba sacarme de la habitación, mientras yo intentaba enrollarme en la sábana que ya se arrastraba por el suelo.

—Suéltame loco escocés, ¿a dónde me llevas?

—No seas tan listilla y vístete —contestó dándome un pellizco en el culo.

—¡Oliver!

Descendí hasta el suelo y reconocí unos vaqueros y un gordo jersey de lana color borgoña, que en teoría debían estar en la maleta que dejé en el hotel y que ahora se encontraban sobre el sofá. Me vestí y esperé sentada a que Oliver saliera del baño, y cuando lo hizo, se sentó a mi lado con mirada solemne. Su rostro se había tornado más serio y temí lo peor.

—Escucha. Alguien te dijo una vez que un buen hombre pondría a tus pies el paraíso que merecías ¿verdad?

—¿Como sabes tú eso? –espeté estupefacta.

—Tras tu marcha, la abuela me explicó el porqué de tu visita. Una historia increíble que me negué a creer, pero que he entendido en cuanto he abierto el sobre que me entregó Dowley esta mañana. En cuanto leí la carta de la abuela lo supe. Me hablaba de otra versión de la leyenda del *Laird* hechizado... No sé cómo, ni siquiera si es posible pero, la creo. Por eso te interesabas tanto por Connor Murray, por su vida, por mi casa y, por eso, te emocionaste tanto al ver la escenificación de la leyenda en la gala. Tú conocías todo aquello porque Cascabel eres tú.

Le miré atónita y me levanté incapaz de permanecer quieta. ¿Cómo podía negarle la evidencia? Aquella revelación era todo un alivio para mí.

—Sé que es una locura pero, ¿entiendes por qué no podía explicarte nada?

—Cuando Laura me trajo aquella tarde el pequeño cofre de madera y vi su contenido, no te mentiré, creí que me habías tomado el pelo, que nos habías engañado a todos para conseguir algún propósito que desconocíamos relacionado con mi familia y, que yo sólo había sido un medio para llegar a él.

—¿Creíste que era una ladrona?

Oliver bajó la cabeza pesaroso y evitó mirarme a los ojos. Mantuve el tipo como pude, pero era muy difícil tenerle delante y que sus palabras no se clavaran en mi alma causando más dolor.

—Con el problema de Laura y el descubrimiento de la caja me obcequé y creí que querías algo más de mí, que buscabas dinero y que yo no te importaba nada. Me dolió creerlo porque sí me habías robado algo que había jurado no concederle a nadie, mi corazón.

Di un paso al frente por instinto y cogí una de sus manos entre las mías. Aquella confesión debía ser tan dolorosa para él como para mí, pero leí entre líneas y vi relucir algo de esperanza entre sus palabras.

—Oliver…

Levantó su rostro hasta fijar sus ojos anegados de lágrimas frente a los míos. ¡Dios!

—Déjame ser ese hombre, Elva, déjame quererte para demostrarte que te he abierto mi corazón y mi alma, cura mis cicatrices hasta que desaparezcan, y haz de mí ese hombre bueno que sólo tú sabes ver.

Me quedé petrificada.

—Oliver… ¿te estás declarando? —exigí boquiabierta, pero me instó a que callara con un gesto.

—Supe que eras especial desde el primer segundo que te vi. Había algo en ti que no podía descifrar y que me mataba de curiosidad. Contigo era imposible protegerme y aunque hice lo posible por mantenerte aquí —dijo señalando su cabeza—, te instalaste en mi pecho sin poder remediarlo. Ahora quiero que permanezcas en él, porque sé que es ahí donde debes estar.

No supe si derretirme, vomitar arcoíris, llorar confeti o todo a la vez.

—Te quiero, Elva, desde el primer momento en que me llamaste imbécil, desde la primera vez que olí tu aroma a violetas, desde la primera sonrisa que me regalaste, desde aquel abrazo que tanta falta me hacía, desde que dejamos de ser dos para ser uno. He cometido muchos errores en mi vida, dudé de ti y te pido mil perdones por ello, pero no voy a permitir que el miedo a quererte me impida hacerte feliz. Déjame hacerlo, Elva, y pondré ese paraíso a tus pies todos los días de tu vida.

Aquello era demasiado para mí. El amor sincero que siempre había soñado por fin me estaba siendo mostrado. Me acerqué lentamente a Oliver con los ojos anegados en lágrimas. Entendí lo que aquella declaración significaba para un hombre tan cerrado y con tantos miedos a amar como era Oliver. Y lo agradecí. Comprendí cuál era el significado del mensaje de Connor en aquella carta oculta en la pequeña biblia y que yo misma vi como escribía en sueños:

«Tú me devolviste a mi hogar, yo te lo ofrezco ahora», decía su carta. Como no podía ser de otra manera, me ofrecía su hogar, Stonefield, pero junto a Oliver.

—Ni se te ocurra volver a dejarme sola nunca más —le increpé cabreada—: Te quiero, escocés cascarrabias.

Nos fundimos en un profundo abrazo que culminó en un beso cargado de deseo. Nuestras lenguas se buscaron hasta danzar juntas en nuestras bocas, mientras palpábamos cada centímetro de nuestra piel. Cuando logramos separarnos para poder respirar, Oliver prosiguió besando cada zona de mi rostro: los ojos, las mejillas, la frente, la barbilla… deslizó sus labios hasta mi cuello y lo mordió con delicadeza, lo que provocó que mi cuerpo entrara en combustión. Me lo hubiese merendado allí mismo, pero el muy capullo me dejó con la miel en los labios.

—Ven, quiero mostrarte algo.

—¿Ahora? —me quejé por cortarme el rollo. Sinceramente, estaba necesitada de él y de sus besos y todo lo demás podía esperar.

Me tapó los ojos con un pañuelo de los que solía usar y me condujo hacia algún lugar perdido en el jardín, que permanecía cubierto por la nieve. Me agarré a él en más de una ocasión para evitar partirme la crisma de un resbalón y a los pocos minutos, me instó a que me sentara en lo que creí el peldaño de una escalera. Estaba nerviosa y expectante por saber a qué venía todo aquello. Sentí el aliento de Oliver cerca de mi cuello y jadeé al notar su calor.

—Hay alguien que ha esperado mucho tiempo para hacerte este regalo —susurró en un murmullo—. Colocó algo en mis manos y deshizo el nudo del pañuelo, dejando mi vista libre. Esperó mí reacción al ver la imagen que se abría ante mis ojos—. Bienvenida a tu casa. Elva, este es tu paraíso.

En mis manos se encontraba aquella pequeña caja grabada con flores de lavanda que significaba mucho más para mí que cualquier otra cosa. Aquel cofre contenía un pañuelo bordado y una insignia pero, también, el recuerdo de un gran hombre, un escocés al que consideraba mi amigo a pesar de la naturaleza de nuestros encuentros. Allí permanecía la esencia y el alma de Connor Murray.

Ante mis ojos, el lago Fyne, las montañas nevadas, el cielo encapotado, los bosques frondosos y el castillo de Stonefield coronando la colina. Apoyé mi cabeza contra su hombro y él pasó su brazo por los míos atrayéndome más hacia él. Entonces supe que el círculo se había cerrado para siempre como predijo Connor.

—Oliver, ¿crees en la magia? –le miré con atención esperando una respuesta.

Suspiró sobre mi pelo y lo besó, mientras un perrito color chocolate que nos había seguido, y que yo tan bien conocía, lamía mi mano izquierda reclamando atención.

—Sí, por supuesto que sí, *Mo Cion Daonnan*, por supuesto que sí.

Y allí, ante la atenta mirada del castillo de Stonefield, Oliver y yo vimos juntos el primer atardecer desde nuestro nuevo hogar.

Epílogo

ᑌᢦᑌ

Castillo de Stonefield, Escocia, mayo de 1715

—¡Señor! Se acerca un grupo por el camino del bosque. Un carro, dos hombres a pie y uno en montura.

—Temerario aquel que camina con este frío en plena noche –lamentó un enorme escocés saliendo de las sombras de las almenas. Se frotaba las manos, cortadas por las bajas temperaturas–. Serán unos pobres desgraciados buscando cobijo. Abrid la puerta, encontradles algún lugar en donde puedan pasar la noche y dadles algo de comer.

—Pero señor... –dudó el joven soldado, de no más de quince años, dirigiéndose a su superior–: Angus ha prohibido la entrada al castillo de cualquier forastero.

—¿Desde cuándo en estas tierras se le ha negado un poco de pan y vino a un viajero?

Su rugido fue apaciguado por el sonido de la ventisca helada, pero algunos hombres que se calentaban con pequeños fuegos apostados en las piedras levantaron la mirada. Aquello no era buena señal. Si el capitán Kieran Blacksmith, conocido por su carácter sosegado y el único que había conseguido que la tropa se mantuviera unida, se rompía, estaban perdidos. El muchacho se encontraba contra la espada y la pared, temeroso por las consecuencias que podría sufrir si desobedecía los mandatos dispuestos por el nuevo autoproclamado *Laird*.

—Son ordenes, señor.

El rubio estalló.

—¿Órdenes de quién? ¿De ese conspirador? ¿De aquél que ha traicionado a tu *Laird*, al que juraste lealtad y obediencia?

—Pero, ¡él está muerto! –exclamó contrariado el muchacho.

—Nunca, jamás, vuelvas a repetir eso en voz alta –le amenazó con un susurro a pocos centímetros de su cara el capitán de armas de Stonefield–. Hasta que no tengas delante su cuerpo inerte, no vuelvas a afirmar tal cosa a menos que quieras perder tu lengua. ¿Me has entendido?

El muchacho asintió preso del temor a la furia de su capitán, y no pudo articular palabra alguna ante su mirada vehemente, ninguna extremidad le obedeció, simplemente, se orinó encima.

Gor, uno de los guerreros más mayores del castillo, posó su mano sobre el hombro del rubio capitán, como advertencia de que el muchacho ya había tenido suficiente.

Kieran, soltándole la pechera mientras intentaba calmarse, miró a su alrededor y llamó a uno de sus hombres con la voz llena de angustia e impotencia.

—¡Tú! Abre la maldita puerta y haz lo que he ordenado. Angus no tiene por qué enterarse de esto –dijo arrastrando estas últimas palabras con hastío.

Se mesó su espesa melena rubia desesperado, y se apartó del grupo de hombres que junto a él vigilaban desde las almenas. Se apoyó en la muralla y miró al horizonte. Recordó a su amigo con preocupación. Su compañero de luchas, al que consideraba un hermano, su *Laird*, no podía haber muerto. No así. Se resistía a creer que ese hombre que tantas veces le había salvado la vida, aquel que había burlado a la muerte en numerosas refriegas, hubiese desaparecido sin dejar rastro, herido y tras haberse visto envuelto en una conspiración para derrocarle de su castillo.

Habían pasado nueve meses desde que Connor Murray, *Laird* de Stonefield, le confiara sus planes ante el encuentro que tendrían esa misma noche con los Campbell. Le escuchó y le tachó de perder la cordura. ¿Cómo podía estar tan seguro de que aquella reunión no se trataba más que de un engaño? «Confía en mí», le había dicho, mirándole a los ojos con total seguridad. Y él no pudo más que dejar sus dudas a un lado y confiar en él. Le había notado extraño durante las últimas semanas y fue incapaz de averiguar qué le afligía. Pero su lealtad era férrea y exenta de toda duda para con su *Laird*. Allá donde este fuera, iría él. Se sentía culpable por no haber acudido en su auxilio a tiempo cuando Connor fue herido. Se dedicó a reducir a los traidores Campbell comandados por Angus, que habían preparado una emboscada contra su *Laird*. No sabía cómo Connor supo de la traición y, aunque en los últimos tiempos, hasta él mismo había observado un cambio notable en el comportamiento de Angus, se resistía a pensar que el viejo traicionaría a los hombres a los que había criado como a hijos.

Tras la lucha en el claro, y mientras los Campbell huían, reparó en que Connor había desaparecido. Su cuerpo no fue encontrado por más que buscaron, algo imposible dada la naturaleza de sus heridas. Él mismo había visto como era abatido a varios metros de su posición. Era impensable que el cuerpo malherido de su amigo se hubiese esfumado de aquella forma inexplicable. Tampoco había dado tiempo a que nadie se lo llevase mientras él luchaba contra los traidores cuerpo a cuerpo. Aquello era extraño, pero en el fondo de su ser, sabía que de una forma u otra, Connor estaba a salvo, algo en su interior así se lo decía.

La noche helada y la espesa bruma envolvían cada centímetro de Stonefield. Kieran sacudió su cuerpo intentando expulsar el frío de su interior, y decidió entrar en el castillo, ¡Por los dioses que necesitaba algo de beber para entrar en calor! Encaminó sus pasos hacia el salón, en donde sus hombres bebían y comían en silencio lanzándose miradas suspicaces y llenas de incertidumbre.

Desde que Angus McFarlan se había hecho dueño y señor de la fortaleza de los Murray, todo había cambiado. Una extraña sensación reinaba por los pasillos y las estancias. Nadie se fiaba de nadie, cualquiera podía ser un traidor. El nuevo jefe, autoproclamado de un modo rastrero y vil, apenas se había dejado ver en los últimos días. Los pasaba en el lecho de su *Laird* con su nueva esposa, Ilona Lennox, con la que retozaba a todas horas entre las sábanas, henchido de poder y victoria.

Divisó al grupo de viajeros que acababan de llegar, al fondo, junto al hogar. Una mujer joven daba de mamar a una criatura cerca del fuego y un niño de unos ocho o nueve años comía con ansias con los dedos un plato de gachas que Elspeth, la cocinera del castillo, había servido a cada uno de ellos. El resto del grupo se componía por un anciano con ropas raídas y dos jóvenes muy delgados que necesitaban, dado su delicado aspecto, una buena ración de comida y una noche de descanso.

Kieran dio instrucciones a su escudero y protegido, Kamron, para que les instalara en las bodegas y se encargara de que no les faltara ropa de abrigo y comida. Por la mañana se reuniría con ellos y vería como proceder. Elspeth, una mujer de mediana edad entrada en carnes, que a pesar de ello aún mostraba signos de belleza en su curtido rostro, le acercó una jarra de cerveza y posó la mano sobre la suya.

—Has hecho bien, Kieran, Connor no hubiese permitido que esa pobre gente pasara hambre. Deben llevar días sin probar bocado. De todas formas, no nos queda mucha comida en la despensa para poder servirles, las reservas se las están llevando esas sanguijuelas de Angus McFarlan y la zorra Lennox...

Su mano ya no se posaba delicada sobre la del capitán, ahora se cernía cada vez más firme, poseída por la indignación. Este se solidarizó con su rabia y cogiéndole la mano con suavidad, la besó y la miró intentando trasladarle una pizca de esperanza. La mujer se recompuso, emocionada, y, en silencio, se dirigió hacia las cocinas para seguir con sus tareas.

Exasperado por la situación que se cernía sobre ellos y carcomido por el dolor de la pérdida de su amigo, cogió un vaso y la jarra y decidió marcharse del salón principal para beber en soledad en un sitio más tranquilo. Necesitaba pensar en cómo solucionar este mal trago en el que se encontraba su pueblo hasta la vuelta de Connor. Porque tenía la ferviente convicción de que volvería. Pero, irremediablemente, las dudas le asaltaban. ¿Y si era cierto que Connor Murray, Laird de Stonefield, había sido asesinado? ¿Qué pasaría con ellos? ¿Acabarían rindiendo pleitesía a los traidores por miedo a la hambruna y la muerte? No. Eso nunca. Bebió de un trago la cerveza de su vaso de peltre y lo estampó con rabia contra uno de los muros, intentando así romper el rumbo pesimista de sus pensamientos.

Se dirigió a los establos con el *plaid* cubriéndole por completo para protegerse del helado frío que la noche regalaba a esas horas. Los caballos se revolvieron nerviosos en cuanto notaron su presencia y, sin apenas hacerles caso, se hizo un apaño con la paja en un rincón y empezó a beber.

Los establos eran uno de los lugares favoritos de Kieran. Allí se había criado, como aprendiz del herrero, cuando sus padres murieron, antes de que Angus viera su potencial como guerrero y le instruyera en el castillo junto a Connor. Podría decirse que allí encontraba la paz y la tranquilidad que necesitaba para evadirse ocasionalmente aunque, era cierto también, que se le daba mucho mejor el trato con los caballos que con las personas.

Connor se mofaba de él cuando cortejaba a alguna muchacha de la aldea. «¿Cómo quieres que se te acerque alguna si las miras como si estuvieras tanteando a una mula?», le decía a carcajadas. Sonrió amargamente, recordando tantos y tantos momentos junto a su amigo, su *Laird*, su hermano. «¿Dónde estás Connor Murray? ¿Dónde te escondes?», se preguntó esperanzado. Juró que, fuera cual fuera el desenlace final, se vengaría de Angus McFarlan. No permitiría que su traición quedara indemne de castigo. ¡Maldito traidor desgraciado!

Tras darle los últimos tragos a la jarra, la arrojó a un lado y se acomodó sobre la paja, acunado por el sopor producido por el alcohol y el cansancio acumulado. Casi no había dormido desde la desaparición del *Laird* y su cuerpo clamaba reposo a gritos.

Apenas se había dejado llevar por Morfeo cuando notó algo extraño y, al intentar moverse, un brazo fuerte le inmovilizó, tapándole la boca y privándole de aire que respirar. Abrió los ojos de golpe y al intentar zafarse de su agresor, notó el filo helado de un arma presionar su gaznate, lo que paralizó su intención de escapar.

Percibió el calor de un cuerpo pegado a su espalda que emanaba un extraño aroma a flores. Si su atacante era una mujer, debía ser casi tan alta y fuerte como él. No era posible de ninguna de las maneras. Herido en su orgullo ante la expectativa de ser reducido por una fémina, y enfadado consigo mismo por haber

El paraíso de Elva

bajado la guardia, estudió la estrategia a seguir para salir de aquella situación. Él tenía experiencia en la lucha cuerpo a cuerpo y no iba a dejar que cualquiera le venciera simplemente por haberle pillado desprevenido. Y mucho menos por una mujer, por muy enorme que fuera. Evaluó la situación, incómodo al permanecer inmovilizado por su oponente, cuando advirtió la cercanía de este, al posar su rostro sobre su hombro y susurrándole al oído.

—Ni se te ocurra moverte. Conozco todas tus tretas, no te será fácil deshacerte de mí.

«¡Por todos los demonios! ¡Qué me aspen en la copa del árbol más alto de toda Escocia!», rugió Kieran para sus adentros, aún con la mano del hombre presionando su boca. De su cuerpo inmóvil por la impresión y la sorpresa, sintió como un torrente de sensaciones, entre la emoción y la ira, comenzaban a crecer en el centro de su pecho. Porque dos cosas las tenía muy claras tras haber escuchado aquellas palabras. Una, que su captor era un hombre, aunque olía a jardín fresco como una dama. Y, la segunda, que reconocería esa voz en cualquier lugar y en cualquier situación.

El atacante, divertido ante la idea de verse descubierto y al observar el asombro del guerrero, cedió y le dejó libre sin poder contener por más tiempo la risa, momento que Kieran aprovechó para deshacerse de él dándole un codazo en las costillas y derribándole. Se posicionó sobre él y le inmovilizó propinándole un gran puñetazo en la boca.

El hombre no se resistió, ni siquiera se defendió. Se quedó laxo, vencido por las grandes carcajadas que salían de su garganta. El capitán estaba aturdido, «Por todos los dioses, que me arranquen los ojos si no es cierto lo que están viendo», murmuró.

Ante él, un hombre completamente aseado y sano limpiaba la sangre de su labio inferior con la manga de la camisa y, con una chispa de alegría brillando en sus grandes y profundos ojos verdes, extendió el brazo hacia el rubio para que le ayudase a levantarse.

—No creí que echaría tanto de menos tus puños, Kieran Blacksmith.

406

Kieran no tenía duda, sus plegarias habían sido escuchadas. Agarró con porte regio la mano del hombre y lo atrajo hacia sí. Ambos se miraron fijamente, ya más calmados, y el capitán tuvo que resistirse durante un segundo para no abalanzarse y fundirse en un abrazo con él.

—¡Qué demonios! —Y lo abrazó como si con ello pudiese evitar que volviera a desaparecer como un fantasma ante él. La esperanza, el deseo que tanto había reclamado durante diez largos días, se había hecho realidad—. Me alegro de verte de nuevo, Connor.

Permanecieron unidos en silencio durante unos segundos, dándose firmes palmadas en la espalda, cargadas de emoción contenida. Un abrazo que significaba muchas cosas, familia, lealtad, amistad. Fue Kieran quién lo rompió abruptamente, empujando a Connor y apartándolo de su cuerpo disgustado.

—¿A qué diantres hueles? ¡Acaso has estado escondido en algún burdel?

Connor sonrió, mientras se colocaba bien la mandíbula dolorida por el golpe. Era cierto, olía bien, olía a violetas, al jabón de violetas de Elva.

—¡Sabía que no podías haber muerto! ¡Lo sabía! —espetó Kieran con emoción contenida—. Ahora ese McFarlan tiene los días contados —rugió con furia apretando su puño—: ¿Quién te capturó? ¿Dónde has estado?

Con un suspiro de resignación, Connor le indicó que era muy largo de explicar y que, de todas formas, estaba seguro de que no le creería. Le prometió contarle todo en el momento adecuado. Sonrió al recordar la leyenda que se forjaría en el futuro en torno a él y que Elva, emocionada al saberse también protagonista, se había encargado de relatarle. Convencido de que con su mágico encuentro sus vidas habían dado un vuelco importante, decidió honrarla de la única manera que podía hacerlo:

—Antes, amigo, tenemos algo que solucionar —le dijo a su capitán con la mirada cargada de valentía—. Ayúdame a recuperar mi castillo, hoy va a ser el día en el que nazca la leyenda del *Laird* hechizado.

Nota de la autora

Todos y cada uno de los personajes de esta novela son ficticios, pero no así los lugares en donde transcurre la historia. Tighnabruaich, Tarbert, el hotel Royal and Lochan, Stonefield Castle y todas las ubicaciones mencionadas son reales.

Me he permitido la licencia de jugar con nombres y fechas, y variar algunos datos adaptándolos a la trama según he creído conveniente.

Por ejemplo, Stonefield Castle, en efecto, es un castillo habilitado como hotel, que se dedica a la celebración de eventos matrimoniales. No pertenece al clan Murray, sino al Campbell, y fue construido dos siglos después de lo indicado en la novela. Las alianzas entre Murrays, Campbells e ingleses, como las posteriores menciones históricas en relación a Connor Murray, nunca sucedieron y no forman parte de ningún hecho histórico real. Todo lo relatado dentro de esta novela son situaciones puramente ficticias.

Agradecimientos

Tengo tanta gente a la que agradecer su apoyo en este camino, que esto va a ser muy difícil. Ha sido duro, pero no puedo estar más feliz.

Ante todo, quiero agradecer a mis padres que me hayan apoyado desde el minuto uno, cuando leyeron por primera vez mis escritos. Mis mejores críticos sin duda. Sin vuestro aliento no hubiese sido lo mismo, sólo por ver vuestra emoción, todo esto ya vale la pena. Espero que estéis orgullosos de esta loquilla que tenéis por hija. Por supuesto, a mis hermanas Laura y Marisa, y a mis niños. Este libro es para vosotros.

A mi hijo, Lucas, por su comprensión y paciencia cuando mami pasa horas pegada al teclado. Por mostrarme esa gran sonrisa de orgullo y por ser mi mejor relaciones públicas. Te quiero hijo. Todo esto es por ti.

A mi familia y en especial a la madrileña. ¡Gracias por apoyarme siempre!

A Caroline March, esta pedazo de escritora y mejor persona, pero ante todo mi amiga en mayúsculas. Por escribir el prólogo de mi primera novela, sin dudarlo y con el corazón. Mi madrina, te quiero.

A mis Chunguis S. A., porque somos perros verdes y orgullosas de serlo. ¡Esto hay que celebrarlo con unos tercios para dos! Lucía, Macarena, Silvia y Eva, gracias por ser mis látigos, por ofrecerme vuestro hombro y vuestra mano cuando ha hecho falta, por darme ánimos y por dejarme aprender de vosotras con tantos consejos. Gracias, amigas.

A mi twin, Álvaro Ganuza. Gracias por compartir tu «cajón» conmigo en tantas charlas nocturnas. Por esas conversaciones frikis, por las risas, por tu ayuda en los bloqueos, por ser tan buena gente y por estar ahí siempre como buen Power Ranger rojo que eres. Twin, ¡eres grande y lo sabes!

A Eva García Carrión, mi gran amiga y grandísima autora. Tienes mucha culpa de esto, ya que sin ti, posiblemente, esta novela no estaría en manos de las lectoras. Te quiero *mo chuisle*.

A mi tata, Mar. Que la vida me haya dado el placer de conocerte ya es todo un regalo. Sé que no te gustan estas cosas, pero tenía que decírtelo, ¡ja ja ja!

A Dama Beltrán, por darme mi primera oportunidad, y a María Válnez, a ti especialmente, porque has vivido y sufrido conmigo esta aventura desde la primera letra y me has animado siempre. Gracias, cariñetes.

A mis compañeras gallegas, que tan amablemente me ilustraron sobre el idioma y costumbres de su tierra.

A las personas que he conocido gracias a mi blog Vomitando Mariposas Muertas, y que ahora sois amig@s y/o compañer@s de camino. Autor@s y lector@s que siempre me han mostrado respeto y cariño, y de l@s cuales he aprendido mucho y voy a seguir aprendiendo si me dejáis. En serio, sois tantos que sería injusto poner nombres porque seguro que me dejo a alguien. Soy muy afortunada de teneros en mi vida.

A mis compis de curro, Chus y familia en particular, que habéis sido un@s fantástic@s lectores 0. ¡Catapultada como un Exoset!

A Mercè, la persona más luchadora y valiente que conozco. *Aquest llibre també es per tú.*

A mis compañeras de los «buenos días mañaneros de Facebook», da gusto amanecer con vosotras, soletes. ¡Seguiremos siendo positivas!

A Manel Peña, sin su ayuda, posiblemente no vería la vida como la veo ahora. Mil gracias.

Quiero hacer mención también a cuatro personas: Mar Bustos, Violeta Moreno, Macarena Ferreira y Jorge Relova, ya que vosotros sois también parte de Elva. A las chicas, espero que disfrutéis de vuestros alter ego y a Jorge, mi cubano loco, porque hace muchos años, le prometí que él sería parte de ese sueño por cumplir. Y yo como los Lannister, siempre pago mis deudas.

A Isabel López-Ayllón, mi editora. Por darme la oportunidad de vivir esta experiencia, por apostar por una autora totalmente desconocida y creer en mi historia como lo ha hecho, por su paciencia, que ha tenido mucha, consejos y cariño. ¡Así da gusto trabajar!

Finalmente, quiero dar las gracias a todas y cada uno de los escritores que me han hecho soñar con sus historias desde niña, que han hecho que mi imaginación volara a sitios inimaginables y conociera personajes increíbles. A esos músicos y compositores que me acompañan con su música mientras escribo. Sois mi inspiración.

Y, en especial, no me olvido de mi musa verbenera: espero que sigas conmigo *forever and always*.

¡Va por todos vosotros, mi gente! Espero que disfrutéis de *El paraíso de Elva* tanto como yo. Besos y achuchones. ¡Alehop!